BE MY TEACHER

De la même autrice chez Addictives

Arrogant Highlander
Just Sex & Tattoos

MINA ZADIG

BE MY TEACHER

Luv

1

Mads

– Tu es quoi ?!

– Je suis enceinte, Mads.

– Et tu nous balances ça comme ça ? m'emporté-je devant l'énormité de la nouvelle qui vient de nous tomber dessus.

– Et tu veux que je te le dise comment ? Tu voulais peut-être une jolie carte ? « Coucou les loulous, j'attends un bébé. »

– T'aurais simplement pu nous le dire plus tôt, m'énervé-je carrément.

– Mads, me stoppe Antonia.

– Quoi ? Mais putain y a que moi qui vois le problème ? Elle arrive la bouche en cœur et nous annonce qu'elle est enceinte de quatre mois et que son toubib lui a demandé de cesser toute activité. On est en plein boum, le club commence à avoir une belle renommée et elle nous plante, là, comme ça, du jour au lendemain.

– Voilà pourquoi j'ai attendu le dernier moment, sombre crétin, m'invective-t-elle. Parce que je savais que tu allais mal le prendre et me balancer tes reproches à la figure. Tu es un gros égoïste, Mads. Tu ne penses qu'au club au point que tu lui sacrifies tout. Je suis désolée, mais j'ai d'autres priorités.

– Tu racontes que des conneries ! Je peux comprendre que tu veuilles un enfant. J'aurais même été le premier à me réjouir de ta grossesse. Ce que je n'accepte pas, c'est que tu nous plantes comme ça. Si tu nous avais prévenus plus tôt, on aurait eu le temps de se retourner, mais là tu nous fous dans la merde !

Je me tourne vers Antonia. Je pensais que ses origines espagnoles la feraient prendre le mors aux dents pour ruer dans les brancards. Mais non, elle reste assise derrière le bureau dans notre espace privé qui surplombe la boîte et dont la large baie vitrée offre une vue imprenable sur ce qui se passe en contrebas.

Ses yeux noirs sont fixés sur ce qui se trouve devant elle, mais elle ne réagit pas. Idem pour Danilo. Le Brésilien au look de surfeur chic reste passif. Il est assis dans le canapé de cuir crème, dans notre petit coin salon, jambes croisées, et il ne semble pas accorder plus d'importance que ça à ce qui nous tombe sur le coin de la gueule. Bon sang, je suis quand même pas le seul qui trouve cette situation carrément pourrie !

– Je suis désolé, Rebecca, mais Mads n'a pas tout à fait tort. Tu nous mets réellement dans la merde, réagit enfin Danilo.

– Vous savez faire les cocktails ! tente-t-elle encore de se défendre.

– Ce n'est pas le souci, objecte Antonia qui à son tour semble prendre conscience de l'ampleur de la tuile et pose son regard sombre sur Rebecca. Oui, on sait les faire, mais pas aussi bien que toi. Je vais pas te passer de la pommade, mais tu as toujours été douée pour ça. Ce sont tes cocktails qui ont contribué, en partie, à notre renommée. Si nous ne pouvons plus en proposer, ça va craindre.

– Je peux vous faire des fiches, propose-t-elle piteusement.

Bon sang, je suis heureux que Rebecca devienne maman mais elle nous plonge dans une sacrée merde quand même.

Le Serial Killer est notre bébé à tous les quatre. Nous y avons investi tout ce que nous avions. Les débuts ont été difficiles, car nous ne sommes pas les seuls dans Paris. Nous avons bien failli fermer, mais depuis que nous avons réussi à attirer une clientèle un peu plus sélecte grâce à la qualité de nos prestations, de notre service et de l'ambiance que nous avons réussi à instaurer, tout va beaucoup mieux.

On n'est pas encore sorti de l'auberge, mais nous commençons à faire des bénéfices. Nous avons les moyens d'engager des DJ connus et voilà que Rebecca balance tout pour devenir maman.

J'ai juste l'impression qu'elle nous trahit même si je suis heureux qu'elle soit assez amoureuse pour avoir décidé d'avoir un enfant. Je sais que je m'emporte, mais je serais prêt à tout pour faire évoluer le Serial et lui donner la renommée qu'il mérite. On s'était juré, quand on s'est rencontré sur les bancs de notre école de commerce, qu'on irait jusqu'au bout de notre projet, et voilà qu'elle nous lâche alors que nous sommes en passe d'atteindre le Graal. Je me suis calmé, mais une nouvelle idée me percute. Il ne manquerait plus qu'elle retire ses billes et ce serait le coup de trop.

D'ailleurs, Antonia y pense aussi puisqu'elle s'empresse de lui poser la question.

– Pas pour le moment, répond-elle d'une toute petite voix.

– Comment ça, pas pour le moment? Tu n'envisages quand même pas de te retirer complètement du club! s'écrie Danilo qui a de plus en plus de mal à cacher sa colère alors que, de nous quatre, il a toujours été le plus pondéré.

– Justin et moi avons des projets, figure-toi. Nous voulons partir dans le Midi et ouvrir quelque chose sur la Côte d'Azur. Cet argent est le mien. J'ai le droit de le récupérer.

– Attends, tu te rends quand même compte que si tu te retires complètement, tu signes notre arrêt de mort! s'époumone notre Brésilien qui sait mieux que personne ce que la part de Rebecca représente puisqu'il est celui qui s'occupe de nos finances. Comment veux-tu que nous te rendions cet argent sans mettre en danger la survie du Serial?

– Ce n'est pas mon problème, Dani. De toute manière, ce n'est pas à l'ordre du jour. Je suis désolée de vous annoncer de but en blanc que je ne peux plus assurer mon service, mais tant que le bébé ne sera pas né, nous resterons sur Paris. Vous avez donc encore cinq mois pour vous retourner. Vous trouverez sûrement un autre investisseur pour me remplacer.

J'y crois pas.

Je les laisse plantés là. Je me tire, descends au rez-de-chaussée et m'enferme dans le bureau pour ne plus avoir à lui faire face. Je suis sur des montagnes russes émotionnelles, mais comment pourrait-il en être autrement? Je ne peux pas accepter que Rebecca nous balance tout ça d'un seul coup sans en avoir préalablement parlé avec nous.

Elle était la plus enthousiaste de nous tous. C'est elle qui a eu l'idée du club. Nous aimions faire la fête. Nous écumions les boîtes, les clubs de la capitale et d'ailleurs. Mais Rebecca n'était jamais satisfaite. Il y avait toujours quelque chose qui clochait. La déco était naze, pareil pour la musique. L'accueil n'était pas à la hauteur, le carré V.I.P. absolument pas digne de ceux qu'il était censé recevoir.

Puis, un matin, très tôt, alors que nous venions de rentrer d'une fête et que nous étions tous les quatre bourrés, elle a pris un papier et un crayon. Elle a tracé deux colonnes. Ce qu'elle voulait trouver dans un club digne de ce nom dans la première et ce qui était totalement rédhibitoire dans l'autre. Plus tard, ce jour-là, quand nous nous sommes réveillés, nous avons trouvé la liste sur la table et au lieu de la jeter, comme si elle était le résultat improbable d'une bonne beuverie, nous l'avons relue et nous l'avons complétée.

Cette feuille de papier est devenue la première pierre de notre projet professionnel à tous les quatre.

Nous avons passé notre diplôme, mais nous avons surtout profité des mois qui nous séparaient de la fin de nos études pour mettre au point notre business plan. Nos prétentions étaient telles qu'il nous fallait une véritable fortune. Alors nous les avons revues à la baisse, tout en sachant que nous pourrions réinvestir plus tard, une fois le club lancé.

Maintenant, nous y sommes. Nous avons trouvé des financements. Nous avons emprunté, nos familles nous ont aidés. Nous avons mis des mois à dégoter un local assez grand pour accueillir notre projet. Pour économiser, nous avons fait beaucoup de travaux nous-mêmes, réservant le reste à des professionnels. Il nous a fallu un an avant de programmer l'inauguration. Mais l'ouverture ne signifiait pas que nous étions arrivés au bout de nos peines. Les six premiers mois, la nouveauté a fait que nous avons eu du monde. Le club tournait bien, mais nous n'engrangions pas assez de bénéfices pour nous sortir de gros salaires.

Et alors que nous commençons à voir le bout du tunnel, un bébé qui pèse quelques grammes à peine vient tout chambouler. À moins que ce soit la rencontre de Rebecca avec Justin. Après tout, le résultat est le même. On ouvre ce soir sans barmaid digne de ce nom. Les clients vont nous demander des cocktails que nous ne saurons pas réaliser et nous allons passer pour des cons et perdre des consommateurs.

Si tout va bien, on n'aura pas trop de commentaires négatifs sur les réseaux sociaux. Dans le cas contraire, on mettra quelques mois à nous en remettre.

– Elle peut pas nous faire ça! hurle Antonia qui vient de rentrer dans le bureau comme une furie.

Elle est suivie de Danilo. Mon pote est une vraie cocotte-minute. Il est calme et serein vu de l'extérieur, mais je sais qu'à l'intérieur, il bout autant que nous. Moi, par contre, je finis par laisser déborder ma rancœur et ma colère. Ça fuse!

– Elle va tout foutre en l'air! Je comprends qu'elle veuille fonder une famille, mais pas sans en avoir parlé avec nous avant. On aurait pu le prévoir, aviser, tirer des plans, anticiper son départ en embauchant un nouveau barman. Et comment on va trouver l'argent si elle nous le réclame dans cinq mois? Comment elle veut qu'on se dégote un investisseur en aussi peu de temps? Putain, mais dites quelque chose!

– Et tu veux qu'on te dise quoi? reprend Danilo, totalement blasé. Il n'y a pas grand-chose qu'on puisse faire. Je dirais que le plus urgent est de trouver un barman assez bon pour faire des cocktails.

– Ouais, et on trouve ça où? À Pôle emploi? On passe une petite annonce? suggéré-je en râlant.

– On balance l'info dans le milieu et on organise une sélection dès qu'on reçoit un certain nombre de propositions, conclut Antonia.

Je n'ai pas l'air très convaincu et c'est désespérant. Aucun de nous n'a les compétences de Rebecca. Danilo s'occupe du côté financier, des commandes, de la gestion. Antonia de la communication, du relationnel. Et moi, j'aide au bar quand mes responsabilités m'en laissent le temps. C'est-à-dire une fois que j'ai géré les différents problèmes de personnel, d'intendance et autres joyeusetés. Je me débrouille, mais aucun de nos employés n'a le niveau de Rebecca.

– C'est la merde ! conclus-je.

– Et on ouvre dans deux heures.

– Je répète… C'est vraiment la merde !

2

Valentine

– Tiens, prends un Kleenex.

Je saisis le mouchoir en papier que me tend Pénélope, ma meilleure amie, mais je n'ai pas fini de pleurer sur mon sort… Non, je rectifie, sur mon triste sort !

– Valentine, arrête de pleurer, ce naze n'en vaut pas la peine.

Oh, si ! Il en vaut la peine. C'est le plus beau mec du monde. Et je suis amoureuse de lui depuis des mois. Tout est parfait chez lui. Son visage angélique, ses cheveux artistiquement décoiffés, son corps svelte et ciselé. Y a rien à jeter chez Jonas.

– Je me suis pris un râteau ! chouiné-je en me mouchant bruyamment dans le mouchoir, vite remplacé par un deuxième, puis un troisième.

Je regarde Pénélope qui ne sait plus quoi faire et qui me contemple d'un air affligé.

En même temps, je la comprends. Nous sommes installées dans le coin salon de mon studio depuis un certain temps déjà. Ma jolie voisine avec sa chevelure rousse toujours disciplinée en chignon, son regard clair et franc, son nez pointu et sa bouche aux lèvres charnues, assise en tailleur à côté de moi, ne semble plus savoir par quel bout me prendre. Elle préférerait sûrement être au boulot à nous pondre des articles bien sentis pour son journal plutôt que d'assister à mes lamentations. La pauvre ! Je pleure depuis des heures, inconsolable, parce que Jonas, le mec dont je rêve pratiquement toutes les nuits, m'a évincée en me faisant clairement comprendre que je n'étais absolument pas son type de fille.

Le pire dans tout ça, c'est que je ne peux même pas le blâmer. Je suis quelconque. En gros, je suis celle qu'on ne remarque jamais, qui ne fait jamais parler d'elle, qui a trouvé un boulot de merde et paye son loyer régulièrement. Je suis prévisible, terne, sans éclat. Alors comment un mec tel que Jonas aurait pu me vouloir moi, alors qu'il peut avoir toutes les filles de la terre à ses pieds?

Il m'a pourtant embrassée. Bon, d'accord, il avait un peu bu... Il n'avait plus les idées très claires. Hier soir, nous étions à l'anniversaire de ma sœur, il s'est approché, m'a caressé la joue et comme dans mes rêves les plus fous, il s'est emparé de mes lèvres pour le baiser le plus parfait que j'aie jamais reçu.

J'en ai pas reçu des tonnes non plus, d'accord, mais quand même... Celui-là était, sans conteste, le *number one*, du *high level* quoi. J'ai connement cru qu'il avait un petit faible pour moi. Ce matin, je me suis crashée en beauté. Il s'est approché de moi, il m'a embrassée sur la joue et m'a lancé un « désolé pour hier soir, ma belle, j'étais bourré, tu es géniale, mais tu n'es pas mon genre ».

Depuis, je pleure toutes les larmes de mon corps. Je vais finir desséchée, toute flétrie et je serai encore plus moche que je ne le suis déjà.

– Valentine, s'il te plaît. Au moins il t'a embrassée, reprend Pénélope.

– Oh, ouais, tu parles d'une consolation. C'est comme si tu donnais un gâteau appétissant à un mort de faim et que tu le lui enlevais après une bouchée seulement. J'ai pas eu assez de Jonas. En même temps, regarde-moi.

– Ah, non! s'indigne-t-elle. Tu ne vas pas recommencer! Tu es très bien comme tu es. Tu es la plus belle personne que je connaisse alors s'il ne peut pas voir ça, c'est qu'il n'est pas fait pour toi.

– Il ne suffit pas d'être sympa, Pénélope, m'agacé-je, oubliant quelques secondes les sanglots qui me secouent. Ce mec, c'est une Formule 1 et moi, je ne suis qu'une 2 CV.

– Tu sais quoi, tu me fatigues.

Oui, je sais. Elle me le répète souvent. D'ailleurs, à cet instant, je me fatigue moi-même. Jamais je n'aurais dû le laisser m'embrasser. Je savais qu'au pire, il aurait oublié le lendemain ou, qu'au mieux, il aurait fait comme si rien ne s'était passé. Je ne suis pas naïve à ce point. Je sais que je n'ai rien pour plaire à ce genre de type. Alors quoi ? J'ai voulu voir ce que ça faisait d'être embrassée par un dieu vivant ? J'ai voulu tenter une expérience et découvrir si ses baisers étaient aussi bons en vrai qu'en rêve ?

Je le sais maintenant. Ils sont mille fois meilleurs et du coup, je souffre et je pleure parce que j'ai touché du doigt, ou du bout des lèvres, quelque chose de bien trop beau pour moi.

Et puis, une autre conclusion s'impose. Un truc encore plus trash que de me dire que je ne suis pas son genre…

Si j'ai aimé son baiser, ce n'était peut-être pas son cas. Si ça se trouve, il a trouvé ça super nul. Oh, mon Dieu ! En fait, son « tu n'es pas mon genre » était peut-être sa façon à lui de me dire que j'embrasse super mal et qu'il était hors de question qu'il tente quoi que ce soit de plus avec moi et surtout pas une partie de jambes en l'air. Alors là, si je suis moche, même pas excitante et qu'en plus j'embrasse comme un pied… Qu'est-ce qu'il me reste ?

Le couvent ?

C'est ce moment hautement dramatique que choisit ma deuxième meilleure copine pour faire une entrée fracassante dans mon studio. Elmer accroche son manteau dans l'entrée déjà pas mal encombrée et se précipite vers nous pour me prendre dans ses bras et me faire un gros câlin. En gros, il fait deux pas pour rejoindre le canapé dans ce qui pourrait ressembler à une boîte d'allumettes tant la place me manque.

Elmer est mon meilleur ami. Avec son look improbable, mélange de geek et de dandy, il est grand, assez mince et sa tête de premier de la classe est auréolée d'un carré roux dont aucun cheveu ne dépasse jamais. Son visage aux traits réguliers est mangé par de grosses lunettes de vue. Je l'adore et comme il semble comprendre les filles mieux que nous-mêmes, il a été promu « meilleure amie » et il ne s'en plaint pas. Son mec non plus d'ailleurs.

– Ben pourquoi elle pleure? s'étonne-t-il en m'étreignant, dans mon pyjama en pilou, tentant de garder serrée contre moi la boîte de Kleenex bientôt vide.

– Jonas.

– Quoi, Jonas?

– Il l'a embrassée hier soir et ce matin il l'a jetée, récapitule Pénélope.

Je dois lui reconnaître une certaine capacité à résumer la situation en quelques mots tout en y glissant tout ce qu'elle a de tragique.

– Il était bourré? demande Elmer.

– Ouais.

– Oh, le petit cafard! s'emporte mon ami. Mais pourquoi tu l'as laissé t'embrasser, ma chatounette?

– Une histoire de gâteau et de mort de faim.

– Hein!

– Cherche pas à comprendre, conclut Pénélope qui, décidément, n'a rien compris.

Elmer se lève et va nous faire des tisanes dans mon petit coin cuisine. C'est son grand truc. Tout va mieux après une bonne verveine. C'est clair, il ne manquait plus que le pisse-mémé et ce sera complet. En plus, je ne vois pas ce qu'une eau chaude à peine aromatisée pourrait faire pour moi.

Je suis moche, fripée d'avoir trop pleuré. J'embrasse mal et en plus je ne suis même pas appétissante... Super bilan d'un week-end merdique sur toute la ligne. Pour une fois que je ne bossais pas dans mon bar pourri à servir des mojitos à tour de bras.

– Bon, tu veux une nouvelle qui pourrait te remonter le moral? nous annonce un Elmer branché sur vingt mille volts.

Il gesticule tellement qu'il va finir par casser quelque chose.

– Quoi? Jonas a dessoûlé, ouvert les yeux et découvert qu'en fait j'étais la femme de sa vie et qu'il n'aurait jamais dû me repousser ce matin? proposé-je.

– Non.

– Donc mon moral restera en berne.

– Elle est pas un peu chiante, là? demande Elmer à Pénélope en me pointant du doigt.

Je pensais que ma meilleure amie allait au moins prendre ma défense, mais pas du tout. C'est même tout le contraire. Elle acquiesce sans aucune considération pour moi.

– Non mais oh! Vous êtes pas censés être mes meilleurs amis et me soutenir même quand tout va mal? râlé-je, désespérée qu'ils fassent aussi peu de cas de ce que je ressens.

– Si, mais pas quand t'es en boucle comme ça, objecte Pénélope qui déguste sa tisane comme si c'était le plus savoureux des nectars.

– Bon, alors, ma super *news*?! insiste Elmer qui ne lâchera pas l'affaire tant qu'il ne nous aura pas fait sa grande annonce.

– Allez, balance, lui lancé-je avant d'avaler une gorgée de ma verveine qui ne sera décidément jamais mon truc.

– Alors, le Serial Killer cherche un nouveau barman. Particularité, il faut qu'il sache faire les cocktails.

Oui… Voilà… En même temps, un barman a plutôt intérêt à savoir faire des cocktails. C'est comme si un cuisinier ne savait pas faire à bouffer ou un garagiste réparer une bagnole…

– Oh! Le Serial Killer! Barman… Cocktails… Mais vous vous réveillez, oui?

– Ben quoi? Oui, et alors? réagit à peine Pénélope.

– Quand tu parles de Serial Killer… On est bien d'accord que tu ne parles pas de Jack l'Éventreur ou de Ted Bundy? tenté-je, sans grande conviction.

– Mais vous me faites quoi, là, toutes les deux? Valentine, tu nous tannes depuis des mois en nous rabâchant que tu veux quitter ton bar pourri où tes talents ne sont absolument pas exploités et tu ne réagis même pas quand je t'annonce qu'un des clubs en passe de devenir un des plus fréquentés de la capitale cherche justement quelqu'un pour servir une multitude de cocktails à des clients très exigeants. Oh! Les meufs! On se réveille!

– Et ils vont m'embaucher sur ma bonne mine avec un CV dans lequel je n'ai aucune véritable expérience en club à leur proposer?

– Ils font passer des tests. Il suffit de te présenter et de faire ce qu'on te demande et le tour sera joué.

– Ah oui ? Et qu'est-ce qui te fait dire que ce sera aussi facile que ça ? s'étonne Pénélope.

– Parce que Valentine est la reine du shaker, bon sang ! assène-t-il comme si c'était une évidence.

Eh oui ! Je suis nulle pour appâter un mec, mais il semblerait que je fasse des cocktails de folie. J'ai une excellente mémoire quand il s'agit de retenir une recette. J'aime mélanger les saveurs, les couleurs. J'aime inventer, créer, tenter des expériences. J'ai toujours adoré ça, aussi loin que je m'en souvienne. À tel point que j'ai toujours voulu faire ce métier multipliant les expériences au détriment de mes études dans lesquelles je me faisais royalement chier. Si, au début, je mettais mes talents au service de mes amis lors de nos fêtes, j'ai fini par les proposer pour de nombreuses soirées avant de me faire embaucher dans le bar où je suis pour le moment.

Autant dire que mon expérience dans le milieu de la nuit et des clubs sélects est plus que limitée, mais il est vrai que j'aime ça. J'aime servir les gens, le contact avec les clients, savoir que je leur donne du plaisir.

Alors, après tout, c'est peut-être une bonne nouvelle. Je ne connais pas le Serial Killer, mais il est vrai que je ne perds rien à tenter ma chance.

– C'est quand ? finis-je par me renseigner.

– Dans trois jours, nous balance ce crétin d'Elmer, tout content de lui.

– Et t'as appris ça comment ? s'étonne Pénélope.

– Tout simplement parce qu'un des videurs est un ami de Nico, que nous étions sur place et qu'il nous a raconté qu'ils avaient perdu leur barmaid et que c'était la merde. Alors je suis allé voir Antonia, une des gérantes du club. Elle est vraiment adorable. Je lui ai dit que je connaissais quelqu'un qui pourrait sûrement les intéresser. C'est là qu'elle m'a annoncé qu'ils organisaient un recrutement. Je lui ai dit que tu n'avais jamais bossé dans des clubs comme le sien, mais elle m'a répondu que c'était le talent qui comptait. Alors voilà pourquoi je suis en droit d'affirmer que tu as toutes tes chances.

Pénélope et Elmer se checkent et je me dis qu'à défaut d'un super petit ami, je vais peut-être hériter d'un boulot génial dans lequel je réussirai enfin à m'épanouir vraiment. Je ne risque rien à essayer de toute manière, au point où j'en suis.

3

Mads

Trois jours sans un barman confirmé et c'est déjà le bordel. Je passe pour le chieur de service, mais j'ai réussi à organiser une sélection au plus tôt. Encore un week-end comme celui que nous venons de passer et on peut dire adieu à tous les progrès faits dans notre volonté d'imposer le club comme une référence dans le milieu.

On y est donc. Il y a dix candidats. Sept hommes pour trois femmes. Ils ne sont pas encore tous arrivés et je les observe depuis l'aquarium, situé en hauteur, qui nous permet, les soirs de grande affluence, de pouvoir garder un œil sur l'ensemble de l'espace. Les différents prétendants au poste de barman sont installés dans la partie de la salle réservée aux consommateurs. Certains sont assis sur nos canapés en cuir, d'autres ont pris place à une des tables. On a essayé de séparer le bar de la piste de danse. De créer des atmosphères différentes dans des décors qui sont un mélange entre l'industriel et le club chic de style anglais. Des endroits qui puissent correspondre aux envies de nos clients qu'ils désirent s'amuser, bouger ou, tout simplement, se poser et discuter.

C'est Antonia qui accueille les candidats et qui les fait patienter. Nous voulons qu'ils soient tous là. Elle a organisé ce recrutement comme un concours. On va demander trois cocktails à chacun. On goûte, on sélectionne cinq finalistes, puis deux et enfin une dernière épreuve et un entretien.

Normalement, ce soir, on aura notre champion et il pourra commencer dès demain.

– Tu crois qu'on va trouver notre perle rare? s'inquiète Danilo qui vit plus mal que prévu le départ de Rebecca.

Je pensais que j'étais celui qui l'accepterait le moins bien. Je me suis vite rendu compte que ce n'est pas le cas. Dani a pris une cuite monumentale samedi soir. À tel point que j'ai dû le ramener chez lui, dans la petite baraque qu'il partage avec sa moitié à quelques rues de Montmartre. J'ai même dû le coucher, ce qui arrive très rarement. Comme Simon, son mec, n'était pas là pour veiller sur lui, je suis resté avec mon pote au cas où. J'ai pioncé sur leur canapé tout pourri et j'ai assisté à son réveil plus que chaotique.

J'ai poireauté et il a fini par me balancer ce qu'il avait sur le cœur. Dani est un mec fidèle en amour et en amitié. Il n'accepte pas que Rebecca décide de nous lâcher alors qu'on se connaît depuis près de dix ans. Le beau blond a vraiment été secoué. Si je rajoute à ça la pérennité de notre projet mise à mal par le futur retrait des capitaux investis par Reb, on atteint des sommets, et la pilule semble véritablement difficile à avaler.

– J'ai bon espoir. Il semblerait qu'il y ait au moins deux cadors venus voir si l'herbe était plus verte chez nous que dans les clubs dans lesquels ils bossent pour le moment. Après, je sais, pour les connaître de réputation, qu'au moins trois ne feront pas l'affaire. Pour les cinq autres, franchement j'en sais rien.

– Ça me tue. Comme si elle n'avait pas pu nous prévenir avant, s'emporte-t-il encore.

– Écoute, mon pote, on ne va pas revenir là-dessus. Elle veut partir, c'est son choix et on n'y peut rien. Elle attend un enfant, après tout c'est plutôt une bonne nouvelle. Maintenant, il nous faut un bon professionnel pour attirer du monde, gagner de l'argent et nous tenir prêts au cas où elle retire vraiment ses billes.

– J'y arrive pas. J'essaie, mais ça passe pas.

– Je sais.

Un signe de la main d'Antonia dans notre direction nous prévient qu'on peut commencer. Je chope Dani par le bras et je l'entraîne à ma suite.

– Allons dénicher notre perle rare.

– Ouais, et si on la trouve pas, on aura au moins bu des cocktails.

– C'est parti !

On a chacun nos cocktails préférés. On sait ce qu'on aime y trouver et ce qu'on déteste. On a sélectionné six cocktails en tout pour les phases éliminatoires. On en a gardé deux pour la finale, deux que les clients demandent rarement. Deux cocktails de la mort qu'un pro se doit de connaître et de savoir réaliser même s'ils sont casse-gueule.

On a tout organisé sur le grand bar en bois sombre qui occupe tout un côté de la salle. Tous les ingrédients y sont disposés. Antonia a corsé l'affaire en proposant plusieurs marques d'un même alcool ou d'un jus de fruits. Il y a des shakers, différentes sortes de verres, de déco… Enfin, tout ce dont les candidats ont besoin pour satisfaire nos papilles exigeantes.

Ils sont donc dix. Danilo et moi restons en retrait. Nous ne sommes que goûteurs. C'est notre associée qui mène la sélection. Mon pote scanne chacun des prétendants. Il me désigne discrètement les deux mecs qui viennent de clubs concurrents. Pas certain que leurs boss soient très contents quand ils apprendront qu'ils sont venus cet après-midi. Après, c'est peut-être un bon moyen pour ces pros de faire grimper leur cote et de faire valoir leurs prétentions à la hausse. En gros, je suis bon, je le sais, si tu ne m'augmentes pas, je pars apporter mon savoir-faire à la concurrence. C'est de bonne guerre. Je connais certains de ceux qui sont là et je pourrais tout de suite en éliminer deux qui sont assez moyens, voire une qui n'est vraiment pas au niveau.

En ce qui concerne ceux qui restent, ce sera la surprise. Il y a encore trois mecs et deux nanas dont une que je n'aurais jamais imaginé faire ce job. Elle semble gênée d'être là et fait tout pour passer inaperçue, ce qui m'amuse pour quelqu'un qui veut bosser dans une boîte où on est exposé tous les soirs au regard du plus grand nombre. Je la contemple un peu plus longtemps que les autres. Pas parce qu'elle a quelque chose de remarquable, c'est même tout le contraire. Si je l'avais croisée dans la rue, j'aurais dit qu'elle était bibliothécaire, secrétaire, mais pas barmaid. Elle n'a aucun style particulier. Elle n'est pas très grande, elle porte une queue-de-cheval, des lunettes… Pourtant, elle a un je-ne-sais-quoi qui me retient plus longtemps qu'il ne le faudrait. Je tente même de l'imaginer habillée autrement, les cheveux lâchés. C'est comme si cette nana qui affiche un look d'instit *old school*, pas vraiment de son âge, n'attendait que d'être révélée, réveillée.

– OK, vous allez passer par binôme. On va vous demander de préparer trois premiers cocktails. En gros, ce sont les basiques : mojito, piña colada et margarita. On les goûtera et à la fin, on éliminera ceux qui ne nous satisferont pas. Pour le deuxième tour, on vous demandera trois nouveaux cocktails ; aviation, mai tai, old fashioned. Après ces trois dernières préparations, on s'entretiendra avec les finalistes qui devront réaliser encore deux autres cocktails. Pour ceux-là, surprise. Est-ce que vous avez compris ?

Ils hochent tous la tête et les deux premiers vont s'installer derrière le bar alors que les autres sont invités à reprendre leur place autour des tables ou sur les canapés qui occupent l'espace dédié aux consommateurs avides d'une musique plus tamisée et d'un décor cosy et chic.

Chacun à leur tour, ils préparent ce qu'on leur a demandé. Antonia nous file un petit carnet et nous demande d'y inscrire les remarques sur ce qu'on goûte. Nous ne faisons aucun commentaire tant que les dix candidats ne sont pas passés.

J'inscris scrupuleusement tout ce qui me vient à l'esprit et le dernier verre reposé, j'ai déjà un top cinq qui se dessine et aussi surprenant que ce soit, l'un des cadors n'est pas dedans. Par contre, l'institutrice, oui. Je l'ai regardée préparer ce qu'on lui a demandé et j'étais hypnotisé par ses gestes précis. Il est évident qu'elle connaît son affaire. Elle était speed et concentrée, ses joues rosies par l'adrénaline. Son regard que je devinais brillant derrière ses lunettes hideuses lui allait plutôt bien.

Nous nous retirons et comparons nos notes pour la réalisation de ces trois cocktails qui sont des basiques qu'il faut savoir réaliser à la perfection.

Nous sommes satisfaits de découvrir que nous sommes raccord sur le choix des cinq personnes que nous comptons garder pour la deuxième étape.

Après avoir annoncé les noms de ceux qui restent et remercié les autres, un petit moment de tension s'installe quand l'un des cadors se voit mis sur la touche alors que nous gardons l'institutrice. Mais je recadre le mauvais perdant avant de poursuivre.

Pour les trois cocktails suivants, ils sont encore cinq et nous n'en garderons que deux. Il reste trois mecs et deux nanas, dont l'institutrice qui tente comme elle peut de se faire oublier. Si elle ne m'avait pas épaté avec une piña colada de folie, crémeuse et adroitement exécutée, je l'aurais rejetée. Enfin, ça, c'était avant de découvrir son mojito et sa margarita qui nous ont littéralement bluffés. Non seulement elle sait y faire, mais en plus, elle sait choisir ses ingrédients. C'est assez hallucinant de la regarder œuvrer. Elle devient littéralement une autre nana. On en oublierait presque qu'elle est sapée comme l'as de pique tant elle rayonne et semble apprécier ce qu'elle fait.

Un des mecs reste scotché devant son verre et nous explique qu'il n'a jamais préparé d'aviation. Soit, il est éliminé d'office.

– La parité est respectée, les mecs, s'amuse Antonia qui garde un œil sur nos différents prétendants.

Dès que leurs trois préparations sont terminées, nous leur demandons de retourner à leur place et nous commençons la dégustation.

– Bordel de merde ! lâché-je.

– Ouais, putain de chiotte ! renchérit Danilo.

– On a nos finalistes, se réjouit Antonia qui se tourne déjà vers les quatre rescapés.

4

Valentine

Mais qu'est-ce que je fais là?

Je ne sais pas pourquoi j'ai écouté Elmer. Je suis au niveau, c'est une certitude. Je sais que je suis une bonne barmaid, mais il n'y a pas à dire, je détonne.

Les autres prétendants, enfin ceux qui restent après les cinq premières éliminations ont de la prestance. Ils en imposent, ont un look, une vraie personnalité. Les deux mecs sont en costard, mais ils ont enlevé leur veste. Un des types ressemble à Tom Cruise alors que l'autre semble tout droit sorti d'un club de hipsters. En ce qui concerne la nana, c'est encore pire. Elle est super bien sapée, maquillée et reste séduisante tout en étant pro. À côté d'eux, je ressemble à une nana d'un autre temps mal fagotée avec mon tailleur trop large, ma queue-de-cheval et mes lunettes à monture épaisse.

Comment pourraient-ils me choisir? Et quand je dis « ils », je parle des trois proprios du club. Deux mecs et une nana. La fille de type hispanique s'appelle Antonia. Elle est très sympa, avenante et en plus elle est divine. Elle n'est pas plus grande que moi, mais elle est en équilibre sur des talons démesurés. Son corps est parfaitement mis en valeur par une petite robe rouge. Elle a un très beau visage, des lèvres pulpeuses, de grands yeux noirs et une chevelure sombre, bouclée et épaisse qui lui descend jusqu'au bas du dos. Et que dire de ses associés! Un grand blond avec des yeux bleu turquoise qui affiche un sourire éclatant. J'aime beaucoup son allure de surfeur, ses cheveux blonds, hirsutes. Ses fringues chics et bien coupées détonnent. On le verrait davantage avec un bermuda et des tongs. En ce qui concerne son compère, c'est très différent. Il est tout aussi grand, mais n'a pas le côté lumineux du premier. Il est plus sombre et fait peser sur nous un regard plus froid, bien qu'un petit sourire en coin, que je juge diabolique, vienne adoucir le tout.

J'ai un peu de mal à détacher mes yeux de ce type dont j'ai senti le regard peser sur moi quand je préparais les verres demandés. Il a bien failli me déstabiliser et me faire perdre mes moyens, mais, heureusement, j'ai su résister à l'attrait qu'il exerce sur ma petite personne. Je le trouve vraiment très beau. Je crois que j'apprécie un peu trop le côté mauvais garçon. Il a les cheveux bruns, coupés court, des yeux clairs. Je ne suis pas assez près pour en distinguer la couleur, mais on dirait qu'ils tirent vers le gris. Ses traits virils sont adoucis par une bouche aux lèvres parfaites et une barbe de trois jours.

En gros, je suis tombée dans l'antre des dieux. Ils sont tous remarquables et moi, au milieu, j'ai l'impression d'être la pauvre petite humaine mal foutue, pas très jolie, qui détonne. Une sorte d'anomalie dans un univers parfait. Pénélope a beau affirmer le contraire, à cet instant, être moi me pèse parce que, clairement, je me sens totalement à côté de la plaque et invisible.

Je me suis assise un peu à l'écart et j'attends qu'Antonia nous invite à partir quand ils auront choisi les deux finalistes. Je suis fataliste, je n'ai aucune chance. Je sais pourtant que je bosse bien, mais je ne corresponds pas à ce qu'on attend d'une barmaid de haut vol. J'aurais dû soigner mon look, faire un peu d'effort, mais je pensais que mes talents avec un shaker suffiraient. Les trois derniers cocktails n'étaient pas très difficiles à réaliser. J'aurais bien aimé connaître ceux qu'ils ont choisis pour départager les heureux élus. Antonia pourra peut-être me le dire avant que je parte.

Je les regarde déguster nos dernières préparations et j'attends, comme les autres, essuyant des regards curieux ou étonnés. J'ai l'habitude. Quand on me demande ce que je fais comme métier et que je réponds barman ou barmaid, très peu me croient parce que je n'ai pas le look de l'emploi. Je suis souvent obligée de répéter ou de le leur prouver en les invitant à boire un verre là où je bosse.

Je regarde mon téléphone et je suis émue d'y trouver les messages que mes amis m'ont envoyés. Le premier est celui de Pénélope.

[Pas besoin de te dire que tu es celle qu'il leur faut.
Je sais que tu vas y arriver. Je t'aime.]

Le deuxième est à l'image d'Elmer et je me retiens d'éclater de rire.

[Tu es la déesse du shaker,
la reine incontestée des cocktails,
la meilleure barmaid que je connaisse,
même si tu es la seule.
Déchire tout, ma bichette ! Je crois en toi,
montre-leur à qui ils ont affaire !]

Je repose mon portable. Ils seront terriblement déçus quand je rentrerai bredouille, parce qu'il ne faut pas se leurrer, c'est ce qui va se passer. Mais bon, au moins j'aurai essayé.

– Bon, nous n'allons pas vous faire poireauter plus longtemps, clame Antonia qui est revenue vers nous. Nous avons nos deux finalistes. Je tiens à vous remercier d'avoir joué le jeu et d'avoir pris du temps pour venir au club.

Je récupère mes affaires et m'apprête à me lever pour partir.

– Nous demandons à Dominique Paoli et à Valentine Matthys de rester avec nous. Les autres, merci encore d'avoir participé et bonne chance pour vos recherches futures.

Je reste scotchée. Je demanderais bien à Antonia de répéter les noms qu'elle vient d'annoncer pour être bien certaine d'avoir entendu le mien, mais je n'ai pas envie de passer pour une débile. Donc je m'abstiens et je suis celui qui semble être Dominique puisqu'il suit Antonia et se rapproche des deux autres patrons restés vers le bar.

– Bravo à vous, mais ce n'est pas encore terminé. Nous allons vous demander deux dernières choses puis nous prendrons une décision finale que nous vous communiquerons ce soir. Il faudrait que vous puissiez venir travailler dès demain ou au moins pour le week-end à venir si vous êtes choisi. J'espère que ça ne vous posera pas de problème.

Comme l'autre candidat, je réponds non sachant que j'ai déjà prévenu mon patron que je voulais partir et qu'il devait trouver quelqu'un pour me remplacer d'ici vendredi.

Il n'a pas été très compréhensif, mais je ne lui ai pas laissé le choix. Il savait que je partirais dès que l'occasion se présenterait. Je ne lui ai jamais caché que je ne m'éclatais pas, que je voulais plus, pour pouvoir mettre en application tout ce que j'aime au lieu de servir des bières et des whiskys à des clients dont certains n'ont même jamais goûté un cocktail de toute leur vie. Donc ça devrait aller. Bon, cela veut dire aussi que si j'échoue aujourd'hui, je n'aurai plus qu'à pleurer et à aller pointer au chômage.

– OK, vous allez avoir encore deux cocktails à préparer et nous n'avons choisi ni les plus faciles ni les plus demandés, mais nous devons vous départager, alors voilà. Nous aimerions que vous nous prépariez un Singapore sling et un B-52. Dès que vous aurez fini, nous les goûterons puis nous nous entretiendrons avec vous. Vous êtes prêts?

Je hoche la tête et je rejoins le bar pour faire ce qu'on vient de nous demander. Je connais ces deux préparations même si je les ai rarement réalisées pour mes clients. Ça a dû m'arriver une fois pour le Singapore et une ou deux fois de plus pour le B-52. Si le Singapore est un mélange de nombreux ingrédients, ce n'est pas le plus complexe à faire. Il suffit de connaître les doses. Non, celui pour lequel on ne doit pas se rater, c'est le B-52. Il ne compte que trois ingrédients à parts égales, mais une fois le cocktail terminé, ils doivent se séparer en couches visibles. La liqueur de café en bas, le Baileys au-dessus puis le Cointreau. Je jette un œil vers mon voisin qui s'est déjà mis au boulot.

J'attaque par le plus long, car il réunit neuf ingrédients, dans des proportions variables. Quand on est bartender, il ne suffit pas de bien réussir un cocktail, il faut surtout le réussir vite. Quoi qu'ils demandent, les clients n'attendent pas, surtout dans un club. Dans un bar, c'est un peu différent, on peut se permettre de faire le show. Sinon, on s'abstient et on prépare rapidement ce qu'on nous a demandé. C'est donc ce que je fais. Je dois montrer que je suis adroite et rapide et je termine donc mes deux verres très peu de temps avant mon concurrent.

Je nettoie mon plan de travail, lave les ustensiles dont je me suis servie et j'attends. Anxieuse, je tripote les boutons de ma veste au risque de les arracher. Puis, enfin, les trois juges se décident à goûter nos préparations. Ils ne disent rien, ne montrent rien, ce qui annonce que l'heure est grave. D'ici quelques minutes, soit je serai embauchée, soit je serai chômeuse et quitte à choisir, je préférerais la première option.

Je reste seule parce qu'ils viennent de partir pour le premier entretien. J'en profite pour envoyer des SMS à mes amis afin de leur dire où j'en suis de cet après-midi plutôt saisissant.

[Je suis trop fière de toi ma chatounette. Pénélope]

[J'en étais sûr. Tu déchires ! Elmer]

Leurs messages me font sourire, mais ne m'occupent que très brièvement.

Je lisse ma jupe qui n'en a absolument pas besoin. Je regarde autour de moi. Je n'en ai pas vraiment eu l'occasion jusqu'ici tellement j'étais stressée. C'est un bel endroit. Un club chic en passe de devenir une référence, et ce serait une chance d'y travailler. J'aime l'ambiance feutrée qui règne alors que les lumières illuminent la salle. D'habitude, il fait noir, on ne voit que les éléments remarquables du décor et pourtant, l'espace reste très attractif. Le coin dans lequel je me trouve, avec ses couleurs chaudes et ses fauteuils Chesterfield, ne ferait pas tache dans un club sélect londonien et j'aime ça. J'aime le décalage qui existe entre cet espace et celui réservé à la fête et à la danse dominé par le métal et les couleurs plus froides.

Je ne sors pas beaucoup, en règle générale. Je bosse le soir, le week-end et quand j'ai une soirée de repos, je reste chez moi, tranquille pour éviter le bruit, la foule qui est mon lot quotidien. Mais je me sens bien ici. Peut-être parce que c'est exactement l'endroit qu'il me faudrait pour pouvoir mettre mon savoir-faire en valeur.

– Mademoiselle Matthys?

C'est Antonia qui vient me chercher et qui me conduit dans une salle aux murs colorés qui doit servir pour leur réunion. Une grande table au plateau de verre est installée en son centre, entourée de nombreuses chaises qui ont l'air confortable. Deux sont occupées par le grand blond et le brun. La jolie brune s'installe entre les deux alors qu'on m'invite à prendre place en face d'eux.

La dernière ligne droite est amorcée alors que des yeux gris me scrutent et risquent de me faire perdre le peu de moyens qu'il me reste. Je ne sais pas pourquoi ce mec me fait autant d'effet. Je ne le connais même pas et en plus, c'est mon potentiel futur patron, ce qui devrait freiner mes ardeurs et me faire redescendre des hauteurs où m'emmène son regard que je juge un peu trop insistant.

5

Mads

– Je crois qu'on a trouvé notre perle rare, lâché-je alors que nous venons de mettre fin à notre premier entretien.

Le mec est un bon, il connaît son boulot, a tout à fait l'allure et la prestance recherchées et il a une expérience plus que convaincante. Il désire découvrir de nouveaux horizons, semble curieux et c'est tout à fait ce que je cherche chez notre future recrue.

– Il nous reste encore une personne à voir, Mads, objecte Danilo.

– Non mais t'es sérieux ? m'étonné-je.

– T'as goûté ses cocktails comme moi, non ?

– Ouais.

– Et alors ? demande-t-il.

– Ils sont bons, je suis d'accord.

– Bons ? Tu te fous de moi ? Ils sont plus que bons. Meilleurs que ceux de ce type. Ne dis pas le contraire.

– OK, Dani, je te suis sur ce point. Mais tu l'as vue ? Cette meuf a passé son après-midi à essayer de se cacher. Comment veux-tu qu'elle fasse son taf correctement si elle a peur de s'afficher derrière le bar et n'ose pas dégoiser deux mots à la clientèle ? Et elle va se fringuer comment ? En empruntant les vêtements de sa mère, voire de sa grand-mère ?

Dani me balance un coup de poing dans le bras pour me faire taire, mais il sait que j'ai raison. Je le suis sur le fait que Valentine Matthys a un don pour réaliser des cocktails, mais, putain, dans notre boulot il n'y a pas que ça. Il faut une certaine prestance, de la personnalité. Il faut être sûr de soi, ouvert, avenant et cette nana n'a absolument rien de tout ça.

Je n'ai rien contre elle, mais il faut reconnaître que si elle avait pu se rendre invisible, elle l'aurait fait.

En tout cas, quelle que soit la tournure que prendra l'entretien, mon choix est fait et je ne reviendrai pas dessus.

Antonia entre dans la pièce à cet instant et invite la demoiselle à prendre place en face de nous, ce qu'elle fait, gauchement, en lissant les plis de sa jupe. Non, mais sans blague. Comment on peut être aussi mal fagotée? Cette meuf pourrait sortir tout droit de son couvent ou d'un autre temps que ça ne ferait aucune différence.

– Tu peux nous en dire un peu plus sur toi et ton expérience, lui demande Antonia, un sourire amical et rassurant accroché aux lèvres.

Putain, elle est sympa, parce que de mon côté, je n'ai envie que d'une chose, secouer cette meuf pour la faire réagir et lui apprendre qu'on a quitté le XIXe siècle depuis un peu plus de cent ans.

– J'ai 23 ans, commence-t-elle timidement en se tordant les mains.

Merde, mais on est où là? À l'École des fans? Et on va lui demander si elle est venue avec papa et maman, tatie et tonton. Je me retiens difficilement d'éclater de rire et je laisse mes potes continuer l'entretien.

– Je n'ai pas beaucoup d'expérience, mais j'ai fait énormément d'extras dans de nombreuses soirées avant de trouver une place de bartender dans un pub. J'y suis depuis deux ans, mais j'aimerais découvrir autre chose et pouvoir utiliser tout ce que j'ai appris.

– Tu as quoi comme diplôme? demande Danilo.

– Un bac littéraire. J'avais entrepris des études supérieures dans les métiers du livre, mais je ne suis pas allée au bout.

– Et tu visais quel métier? demandé-je. Bibliothécaire?

J'éclate de rire. Je n'arrive pas à m'en empêcher. D'accord, ce n'est pas très pro, mais franchement, avec ce look, c'est exactement le boulot qu'il lui aurait fallu. Je suis rappelé à l'ordre par un coup de pied d'Antonia qui invite Mlle Matthys à poursuivre.

– Non, rétorque-t-elle, cachant difficilement une pointe d'agacement.

Mes parents voulaient que je fasse de hautes études, mais je crois que je n'étais pas faite pour ça. J'ai préféré arrêter pour travailler.

– Que des extras en tant que barmaid? reprend Dani en me jetant un coup d'œil.

– Pas seulement. J'ai été serveuse dans différents bars, je faisais les extras le soir ou le week-end. Je me suis rendu compte que j'appréciais le monde de la nuit. On y joue souvent un rôle, on peut devenir quelqu'un d'autre et j'aime ça.

– Quelles sont tes autres passions, Valentine? l'interroge encore Antonia d'une voix douce accompagnée d'un grand sourire encourageant.

Je dirais bien le tricot, le macramé, la broderie, nourrir ses chats…

Putain, je suis vraiment un abruti parfois.

Je garde en tête ce que Valentine vient de dire parce que ça rejoint la première impression qu'elle m'a faite. Je suis certain que ce n'est pas tout à fait la vraie Valentine qui est assise avec nous à cet instant et j'ai toujours cette envie étrange de gratter un peu pour découvrir celle qu'elle cache sous son camouflage.

– J'aime lire, faire la cuisine, être avec mes amis. Je fais de l'escrime aussi même si je n'y accorde plus autant de temps qu'avant.

– Tu déconnes, ne peut s'empêcher de réagir Danilo, alors qu'Antonia éclate de rire en me dévisageant.

Je dois faire une tête de cent pieds de long. Un point pour elle. Peut-être un aspect de la vraie Valentine, mais ça n'enlève rien au fait qu'elle n'est pas faite pour le job et que de toute manière mon choix est déjà fait.

– Si on décide de te prendre, tu es dispo?

– Oui.

– Une dernière question: qu'est-ce que tu pourrais apporter à un établissement comme le nôtre? insiste Dani qui ne lâche pas le morceau.

– Une très grande sélection de cocktails, pour commencer. Je peux aussi en créer que vous seriez les seuls à proposer pour un événement, une personne, ce serait à voir.

Elle se tait, semblant avoir terminé, puis elle relève la tête et enlève ses lunettes à monture épaisse, nous révélant des yeux bleu foncé bordés de cils blonds, longs et épais. Cette nana est un oignon. Elle est enfermée dans un carcan fait de multiples couches qui doivent cacher tout un tas de trucs surprenants. C'est que la demoiselle pourrait être jolie si elle arrivait à se défaire de tout ce qu'elle a mis en place pour se cacher.

– Je sais que je ne suis pas vraiment le style de personne que vous recherchez, concède-t-elle. Je suis renfermée, timide, mais derrière un bar, je deviens une autre. J'aime plaisanter, parler avec les clients, les conseiller, les guider vers de nouvelles saveurs.

– Nous avons bien entendu le message, Valentine. Nous allons en parler tous les trois et nous te recontacterons très vite. Si c'est oui, il faudra que tu sois prête dès vendredi soir.

– Je le serai.

– Je vais te raccompagner, propose Dani.

– Attends, lancé-je avant de réfléchir vraiment.

– Qu'est-ce qui se passe? s'inquiète mon pote.

– Mais absolument rien! Je voulais seulement poser une dernière question à Miss Matthys.

Je ne devrais pas, mais je ne peux pas m'en empêcher. Une subite envie de la déstabiliser et de lui montrer qu'elle n'a pas sa place ici. Ou alors un moyen de lui retirer une nouvelle couche de mystère.

– Si tu avais à nous faire une proposition, là, tout de suite, deux nouveaux cocktails que nous pourrions ajouter à notre liste, lui demandé-je, persuadé qu'elle va sécher.

– Le Serial Killer mériterait sûrement deux boissons qui tuent, non? balance-t-elle, son regard accroché au mien. Deux cocktails chers et addictifs, des alcools de qualité et un mélange original qui reste à définir. Un « Jack l'Éventreur » pour les hommes et un « Élisabeth Bathory » pour les femmes. Deux assassins célèbres pour un club d'exception.

Je n'affiche rien alors que mes collègues jubilent. Enfin, c'est surtout Antonia qui semble hautement apprécier l'idée et bat des mains, enthousiaste. Je la trouve géniale aussi. Valentine vient de nous montrer une nouvelle facette de son drôle de personnage. Elle est créative et réceptive, j'apprécie, mais hors de question de revenir sur ce que j'ai dit et de passer pour une girouette. Mon choix est fait.

J'attends qu'elle sorte et je me tourne vers Antonia.

– Ce n'est même pas la peine d'essayer de me faire changer d'avis. Je veux le type de tout à l'heure, la devancé-je avant qu'elle ne commence à me vanter les mérites de Mlle Matthys.

– Mads, elle est…

– Non ! Paoli a déjà du métier, il bosse déjà dans un club, il saura gérer la pression, servir vite, charmer les nanas. Il a une belle gueule et de la personnalité.

– Oui, mais ses cocktails sont moins bons. Et t'as vu ce qu'elle vient de nous sortir en quelques secondes.

– Je m'en tape. Je préfère des cocktails moins bons servis par un mec qui en jette que des trucs meilleurs amenés par une bonne sœur. On est dans un club qui se veut sexy, on est pas à la fête de la paroisse.

– Faut toujours que t'exagères, balance Danilo qui vient de nous rejoindre.

– Putain, mais vous l'avez regardée ?

– Elle a de très beaux yeux et un vrai potentiel, affirme Antonia.

– D'accord, elle a de très beaux yeux, acquiescé-je, quand ils ne sont pas cachés par des lunettes qu'un soudeur ne pourrait pas renier. Et en ce qui concerne son potentiel, je ne vois pas où tu vas le chercher. C'est tout, Paoli, point barre.

– Dani ? interroge ma voisine.

Mon pote réfléchit et je croise les doigts pour qu'il me suive.

– Mon cœur pencherait pour Miss Matthys parce que je suis certain qu'elle a un potentiel, mais ma raison me pousse à suivre Mads. Paoli est du métier, il a une vraie expérience et ne sera pas dans le jus au premier rush.

– Vous me faites chier, les mecs ! s'agace Antonia. Va falloir que je la prévienne, maintenant.

6

Valentine

Je cale le pot de glace monstrueux, acheté il y a une heure, entre mes jambes et j'allume ma télévision. Est-ce que je devrais pleurer? C'est déjà fait. Est-ce que j'aurais dû appeler Pénélope et Elmer au secours? Absolument pas, parce que je n'ai pas envie qu'on me remonte le moral.

Antonia m'a appelée en début d'après-midi et la réponse est non.

Les raisons? Oh, elle a été sympa. Ce n'est pas mon look et ma personnalité qui sont en cause même si le grand brun qui s'appelle Mads, je crois, a tiqué plus d'une fois et a même éclaté de rire quand j'ai dit que j'avais entrepris des études pour devenir bibliothécaire. Je sais ce qu'il s'est dit alors, que mon look aurait moins détonné au milieu de rayonnages de livres poussiéreux qu'au milieu des bouteilles. Non, la raison avancée par Antonia est que je n'ai pas assez d'expérience. Qu'elle veut quelqu'un prêt à prendre son service tout de suite, sans avoir besoin d'aide pendant un rush de consommateurs, par exemple.

Mais elle croit quoi?

Que le pub dans lequel je bossais ne connaissait aucun moment d'affluence? Que je me tournais les pouces pendant que mes collègues faisaient tout le boulot? J'étais toute seule derrière le bar et j'assurais.

Mais bon. Encore une fois, j'ai tout fait de travers.

En une semaine, j'ai réussi à faire fuir le mec qui me plaît depuis des mois, j'ai raté l'opportunité professionnelle du siècle et du coup, je n'ai plus de boulot. Autant dire que tout va bien…

Non, tout ne va vraiment pas bien. Je crois même que tout s'acharne.

Ma mère a appelé tout de suite après Antonia et elle veut ses deux filles à manger demain midi. J'aime mes parents, mais franchement ce n'est pas le moment. Pour affronter un repas familial, je dois être au mieux de ma forme et ce n'est pas tout à fait le cas.

Ma mère va me demander où j'en suis dans ma recherche de travail, puisqu'il est évident pour elle que bosser dans un bar n'a absolument rien d'une carrière professionnelle. Mon père, lui, va se contenter de me sourire, totalement absorbé par tout ce qu'aura à dire ma sœur. Rose est mon aînée de quatre ans et elle est tout ce que je ne suis pas. Pour commencer, elle est belle. Elle l'a toujours été. Elle est grande, blonde, fine. Elle est extravertie, aime la fête, attirer l'attention sur elle, s'habille à la dernière mode et, ce qui ne gâche rien, est avocate dans un des cabinets les plus prestigieux de la capitale.

Il n'y a jamais eu de rivalité entre nous pour une raison simple : pour Rose, je n'existe pas. Si elle se rappelle qu'elle a une sœur, c'est pour me faire des reproches. Je ne suis pas assez ceci, pas assez cela, je ressemble à une grand-mère, m'habille comme un sac. En gros, elle n'a que des amabilités à mon égard. J'aimerais savoir pourquoi elle me déteste autant. Je le lui ai déjà demandé, mais je n'ai jamais eu de réponse. Je sais qu'elle est comme ça depuis que je suis en âge de m'en rendre compte, c'est tout. Je crois surtout qu'elle aime écraser les autres, se montrer, réussir par tous les moyens. Je ne vois que ça puisque je n'ai jamais rien fait qui ait pu la mettre en rogne ou la blesser.

Mais bon, le résultat est le même, demain je vais devoir faire bonne figure. Je sourirai, supporterai les humeurs de ma sœur, l'attention intrusive de ma mère et l'indifférence de mon père. Je ne devrais sûrement pas m'imposer ces repas. J'en sors toujours avec le moral en berne, mais ce sont mes parents. Pénélope parle de loyauté mal placée. Peut-être… D'autant qu'ils m'ont souvent fait sentir que je n'étais pas vraiment ce qu'ils attendaient. Après ma sœur, ils rêvaient d'un garçon. D'ailleurs, c'est ce que le médecin de ma mère lui avait annoncé durant sa grossesse. Et puis je suis arrivée. Le toubib s'était trompé. Valentin est devenu Valentine et je crois qu'ils ne me l'ont pas pardonné même si je n'y suis absolument pour rien. Si encore j'avais comblé leurs attentes par la suite, mais non. Pas assez jolie, pas assez bonne à l'école, sans ambition, sans diplôme, barmaid de surcroît. C'est clair, pourquoi est-ce que je me sens obligée d'endurer tout ça? Parce que mon père est malade. Il a une maladie du cœur qui pourrait nous priver de sa présence à tout moment. Et il reste mon père malgré sa passivité et son manque d'attention à mon égard.

Peut-être qu'un jour j'aurai le courage de leur dire ce que j'ai sur le cœur. Pour le moment, malheureusement, ce n'est pas le cas. Mais je ne désespère pas, ça viendra.

Si seulement ma mère avait organisé ce repas ce week-end, mais non. Rose est prise donc ce sera demain et pas un autre jour.

J'aurais dû aller à la salle d'armes. Au moins là-bas je peux me défouler sans avoir peur qu'on me juge. À l'escrime, derrière nos masques, nous sommes tous les mêmes que l'on soit introverti ou pas, beau ou non, riche ou pauvre. Ce sont les épées qui parlent et notre adresse à les manier. On n'a rien à prouver, on a juste à mettre notre intelligence au travail. On se défend, on répète des mouvements, on partage notre savoir-faire et bénéficions de celui des plus capés que nous.

Si je n'avais pas eu cette activité, je ne sais pas ce que je serais devenue. Je serais sûrement encore plus timide, plus introvertie. J'aurais laissé ma sœur m'effacer complètement. Elle m'a toujours fait de l'ombre. Quand j'étais petite, notre entourage m'encensait. On disait de moi que j'étais jolie, drôle, vive puis tout a très vite changé. Ils se sont mis à affirmer que je n'étais que la pâle copie de ma sœur. Qu'elle avait tout pris et ne m'avait pas laissé grand-chose, que ce soit au niveau de la beauté, du physique ou de l'intelligence.

Je n'ai pas eu besoin d'une psychanalyse pour savoir que ma volonté de m'effacer, de ne pas me faire remarquer vient de là. Si on m'oublie, on ne parle pas de moi. Si on ne parle pas de moi, on évite de me sortir des vacheries blessantes qui font mal et que je n'arrive plus à digérer.

Parfois, je me trouve pathétique, comme à cet instant. Bonne à rien, qui raterait toujours ce qu'elle entreprendrait. D'autres fois, mais elles sont rares, j'arrive à me dire que je vais tout déchirer. Que je vais changer de look, devenir une autre, bouffer la vie à pleines dents, rentrer dans le lard de ma chère sœur et lui montrer qui je suis vraiment. Mais voilà, pour réussir à m'opposer à elle, il faudrait que je sois plus sûre de moi, prête à encaisser ce qu'elle me balancera alors, et ce n'est pas encore le cas. C'est difficile de changer un fonctionnement dans lequel on est englué depuis des années.

Il n'y a qu'un endroit qui me permet de me transformer en la Valentine que j'aimerais être tous les jours; avenante, souriante, drôle. C'est derrière mon bar. Là, je suis bien. C'est comme être sur une piste d'escrime. C'est un exutoire génial.

Demain, j'irai voir mon patron et je lui demanderai s'il peut me reprendre. Il va me rire au nez, mais j'ai besoin d'argent. Sinon, j'écumerai les bars, les clubs, les boîtes et les hôtels et je finirai bien par trouver une place. Elle sera moins brillante que celle que je visais hier, mais elle me fera vivre.

J'avale une première cuillère de glace. Malheureusement, elle n'a pas l'effet escompté. Normalement, elle devrait me rasséréner, m'aider à faire passer la pilule, mais rien du tout.

J'en tente une deuxième et c'est exactement la même chose. Rien.

Quelle idée aussi de vouloir jouer les Bridget Jones!

Je vais reposer le bac de glace dans mon freezer et je décide de finir ma soirée dans mon lit. Il n'est que vingt et une heures, mais je m'en fous. Après tout, je peux tout aussi bien me morfondre en position horizontale. J'essaierai de lire et si je n'arrive pas à me concentrer suffisamment, au moins je me reposerai. J'ai plutôt intérêt à être en forme demain si je veux affronter la famille Matthys.

7

Mads

– Appelle-la ! m'ordonne une nouvelle fois Antonia.

– Fais-le, toi.

– Si je le pouvais, je le ferais, gros malin, mais mes clients V.I.P. arrivent. Je dois aller les accueillir et m'occuper d'eux et j'espère seulement qu'ils ne voudront pas de cocktails.

– Offre-leur du champagne et après on avisera.

– Ouais, on avisera si tu fais ce que je te demande. J'aurais mieux fait de ne pas vous écouter, Danilo et toi. On ne serait pas dans cette situation de merde.

– Comment voulais-tu qu'on devine que son patron lui donnerait une rallonge et qu'il resterait à sa place ?

– En attendant, on n'a personne… Donc tu l'appelles et tu vas la chercher.

– On lui envoie un taxi.

– Bouge ton cul, Mads ! C'est en partie à cause de toi qu'on en est là.

Mais bien sûr, ça va être de ma faute. Paoli, ce crétin, a préféré rester dans la boîte qu'il devait quitter parce que son boss lui a filé une rallonge substantielle. Il nous a appelés une heure avant de prendre son service, sachant pertinemment qu'il nous foutait dans la merde. Professionnel de mes deux ! Maintenant ? Il faut que j'appelle notre deuxième candidate. Celle sur laquelle je n'aurais pas misé un centime.

J'ai l'air fin maintenant, à devoir supplier la meuf dont je me suis moqué ouvertement. Elle va sûrement me rire au nez et m'envoyer chier et je ne pourrai même pas lui en vouloir.

Je gagne le bureau et croise Danilo à qui j'essaie de refiler le bébé. Mais cette andouille éclate de rire.

– Tu viens de me faire gagner cinquante euros, mon pote.

– C'est quoi cette connerie?

– Antonia a parié que tu allais l'appeler tout de suite. J'ai parié que si tu me voyais, tu essaierais de me demander d'appeler à ta place. Victoire!

Je grommelle et passe devant lui en lui faisant un magnifique doigt d'honneur. Bon sang, cette meuf n'a pas encore commencé à bosser pour nous - si elle accepte, ce qui n'est pas encore gagné - et elle me fait déjà royalement chier.

Je m'enferme dans le bureau qui est la pièce la plus tranquille du club. Il est à l'écart du bruit, c'est notre antre quand on a besoin de s'isoler un peu. Il est confortable. On y a installé une grande table de travail, des fauteuils, un canapé gigantesque. Les couleurs sont chaudes et reposantes. C'est un lieu très différent de notre nid d'aigle, mais c'est un bon compromis quand, comme à cet instant, on a besoin de se retirer et de se concentrer. Et je vais en avoir besoin. Je cherche le numéro de Valentine dans les dossiers d'Antonia qui n'apprendra jamais à ranger son bordel « organisé », comme elle aime à l'appeler, et je m'installe dans le fauteuil, téléphone en main, prêt à affronter celle qui me pose beaucoup trop de problèmes depuis qu'elle est entrée dans mon univers.

Je compose le numéro et j'attends qu'on daigne décrocher.

– Oui? me répond une voix ensommeillée au timbre plus chaud et envoûtant que dans mon souvenir.

– Valentine Matthys? demandé-je en secouant la tête, énervé que cette meuf, d'une manière ou d'une autre, arrive à me scotcher.

– Elle-même. Qui êtes-vous?

– Mads Larson du Serial Killer.

– Votre amie m'a déjà prévenue que vous aviez quelqu'un. À moins que vous ne vouliez en remettre une couche?

– De quoi vous me parlez? m'étonné-je.

– La bibliothécaire devrait vous raccrocher au nez, me balance-t-elle tout de go.

OK, je l'ai pas volée, celle-là.

– Il serait peut-être malvenu de raccrocher au nez d'un de vos patrons, la préviens-je quand même, agacé qu'elle ose me remettre à ma place.

– Vous vous foutez de moi?

– Absolument pas. Je dirais même que je vous veux derrière notre bar le plus vite possible.

– C'est-à-dire?

– Une grosse demi-heure.

– C'est une blague?

– Vous croyez que j'ai envie de plaisanter à cette heure-ci alors qu'une nuée de clients attend pour pouvoir se désaltérer? Un taxi est en route pour venir vous chercher.

– Vous voulez dire que vous me prenez, alors?

– Bon sang, Valentine, va falloir que je le dise en quelle langue… Mais, euh…

– Euh… Quoi?

– Si vous pouviez éviter le tailleur que vous aviez l'autre jour, ça m'arrangerait. Une autre coiffure, peut-être? Vous avez des lentilles de contact? suggéré-je, sarcastique.

– Vous êtes certain de me vouloir moi?

– Magnez-vous!

– Alors arrêtez de me retarder, bon sang! objecte-t-elle alors que je l'entends s'activer et même pester parce qu'elle vient de se vautrer.

Ça promet.

Je repose mon portable sur le bureau et je souffle un grand coup, surpris d'avoir retenu ma respiration. Elle a dit oui. Au moins elle n'est pas rancunière. Et je découvre qu'elle a du répondant.

Je regagne le club et m'installe derrière le bar après avoir prévenu Antonia qu'elle devra attendre Valentine pour me l'amener dès qu'elle sera arrivée afin qu'elle prenne le relais.

Je regarde ma montre. Il ne lui reste plus qu'un quart d'heure pour me rejoindre. Je ne sais pas pourquoi, mais j'ai envie qu'elle se plante et qu'elle arrive en retard. Je sais, j'ai du mal à lâcher le morceau, mais je ne la voulais pas ici et pour le moment rien n'a changé. Je ne pense pas qu'elle fera l'affaire. Elle va être dans le jus, car, comme un fait exprès, il y a foule ce soir alors qu'on est en plein milieu de semaine.

Je regarde encore une fois l'heure à mon poignet et je suis tellement focalisé sur le cadran qu'il faut qu'on me tape sur l'épaule pour que je réagisse.

– Antonia m'a demandé de venir prendre le relais.

Je me tourne, attiré par sa voix harmonieuse, et je découvre notre nouvelle employée.

Merde, elle est en avance et elle n'est pas habillée avec le tailleur de sa grand-mère. C'est même tout l'inverse. Pourquoi est-ce qu'elle n'est pas venue vêtue comme ça le jour de l'entretien? Son ensemble n'est pas super tendance, mais c'est toujours mieux que ce qu'elle portait la première fois. Bon, je retrouve la queue-de-cheval et les lunettes qui cachent beaucoup trop ses yeux, mais elle a opté pour un pantalon à pinces plus ajusté, une chemise blanche boutonnée jusque sous le menton et un gilet ajusté qui souligne sa poitrine et met en évidence des formes qu'elle avait tenues cachées jusque-là.

Je suis un peu choqué par ce que j'ai sous les yeux. C'est encore une nouvelle découverte concernant cette nana. Elle est bien gaulée et il me faut un autre rappel de sa part pour que je comprenne ce qu'elle me dit.

– Vous pourriez me montrer vite fait où tout se trouve?

Ouais, ce serait sûrement mieux. Bordel, je n'ai pas l'impression d'être face à la même fille que l'autre jour et je me sens un peu con. Elle a l'air si sûre d'elle. Elle est plus souriante et commence déjà à servir alors qu'un mec l'interpelle pour un whisky. Le temps de lui demander quel type de whisky il désire, elle prend un verre et se dirige tout de suite vers une bouteille. Ce qui veut dire, en gros, qu'elle connaît les alcools et leurs particularités. Impressionnant.

J'encaisse à sa place parce qu'elle n'a pas encore les codes et le passe et je lui montre où se trouve chaque boisson.

– On te donnera tout ce dont tu auras besoin demain pour que tu puisses encaisser, en attendant enregistre mon numéro de téléphone.

– Pour quoi faire? demande-t-elle, méfiante.

– Au cas où tu aurais besoin de moi, la nargué-je en insistant un peu trop sur le mot « besoin ».

– Ça ira très bien, merci, objecte-t-elle, m'opposant une indifférence polie.

– Au cas où tu aurais un problème ou besoin de quelque chose, me sens-je obligé de préciser alors qu'elle n'a pas mordu à l'hameçon.

Elle hausse les épaules et se précipite vers un nouveau client. Je me sens très con. Je devrais arrêter d'essayer de la pousser dans ses retranchements, de la faire réagir, mais je n'y arrive pas. Cette meuf m'agace. De plus, j'ai une tonne de choses à faire et pourtant je reste là. Je prends quelques minutes pour la regarder évoluer. Je suis épaté et ça m'agace encore plus de devoir le reconnaître.

Valentine est transfigurée. Face au client, elle devient une autre. Elle est souriante, plaisante, s'excuse d'être la petite nouvelle, cherche peu, trouve vite, semble posséder une mémoire assez phénoménale. En gros, je suis bluffé par ce petit bout de nana qui semble réellement être dans un univers qu'elle maîtrise magistralement.

– Je crois que tu vas avoir des excuses à faire.

Je me retourne pour découvrir un Dani hilare qui semble, comme moi, apprécier Mlle Matthys évoluant derrière le bar et servant des verres à tour de bras.

Il a raison sur une chose, je me suis complètement planté et effectivement, j'aurai sûrement des excuses à présenter, même si ça ne m'enchante absolument pas.

8

Valentine

J'ai tout rangé, j'ai nettoyé mon poste de travail. J'ai noté ce dont j'aurai besoin pour le prochain soir et j'ai déjà prévu de venir plus tôt pour avoir un peu plus de temps pour me familiariser avec ce qui m'entoure. J'ai réussi à me débrouiller, mais j'ai perdu trop de temps à chercher ce qu'il me fallait pour servir au mieux les clients.

À cet instant, je ne rêve que d'une chose : aller me coucher. Il est quatre heures du matin. J'aime l'atmosphère qui règne alors qu'il n'y a plus un seul client. L'équipe de nettoyage est déjà à l'œuvre alors que je suis éreintée. Je contemple mon nouveau lieu de travail avant de partir et je dois dire que ça change du pub miteux que j'ai quitté il y a une semaine à peine. Mon regard parcourt les différents rayons sur lesquels sont alignés les bouteilles et les verres. Dès que je me serai familiarisée avec le choix énorme qui m'est offert, je vais m'éclater et je pourrai régaler les clients. Tout est démesuré ici et ce n'est pas étonnant que j'aie mal aux pieds, mais surtout à la cheville que je me suis tordue tout à l'heure, en me dépêchant de sortir du lit après l'appel de Mads.

Je devrais rentrer chez moi. Alors pourquoi je ne le fais pas ? Parce que j'attends le verdict de mon trio de patrons. Ils m'ont appelée, d'accord, mais ça ne veut pas dire qu'ils sont contents de ce que j'ai fait ce soir. Ils vont peut-être me dire que rien ne va et qu'ils désirent autre chose et que du coup… je suis virée avant d'avoir vraiment commencé.

– Bon sang, Valentine ! s'écrie Antonia qui se précipite sur moi.

Je ne sais pas si elle va m'en coller une ou me prendre dans ses bras.

Je suis rassurée et heureuse quand elle se jette sur moi et m'étreint.

– Tu nous as carrément sauvé la vie! Jamais je n'aurais dû écouter ces deux crétins! Si j'avais suivi mon intuition, c'est toi qui aurais été là depuis le début et Mads n'aurait pas eu à t'appeler en catastrophe! déclare-t-elle d'une traite sans reprendre sa respiration.

– Ouais, bien joué, ma belle, renchérit Danilo alors que son voisin ténébreux ne dit rien.

– Mads! l'interpelle Antonia.

– Je suis désolé, Valentine… crache-t-il avec réticence.

– On dirait que tu as un truc coincé dans la gorge, mon pote, se moque Danilo.

– Ta gueule, je me suis excusé, c'est bon? Je peux y aller maintenant? On m'attend!

Et c'est vrai. Une grande blonde montée sur échasses et vêtue d'une robe qui a dû rétrécir au lavage attend vers la sortie. Si elle continue à se bouffer les ongles comme elle le fait, elle va bientôt attaquer ses phalanges. Mads embrasse Antonia sur la joue et serre l'épaule de Danilo. À moi, rien. Je n'ai rien à attendre de lui. Il m'a appelée, m'a présenté mon nouvel univers, s'est excusé d'avoir, de prime abord, rejeté ma candidature et voilà, fin de l'histoire. Je n'en ferai pas mon meilleur pote.

Pourquoi cette constatation m'agace-t-elle autant, alors? D'accord, Mads est viril et beau à tomber. Je le regarde s'éloigner. Ce soir, il porte un jean noir taille basse qui moule ses cuisses et son derrière. En haut, c'est un tee-shirt, siglé d'un nom de groupe que je ne connais pas, qui souligne la largeur de ses épaules. Il est vraiment sexy, mais c'est aussi un emmerdeur un peu trop sûr de lui et du charme qu'il a sur les femmes. Je tiens à préciser que je suis exclue du lot. Si Mads déclenche quelque chose chez moi, c'est de l'agacement. Il m'horripile et j'ai trop souvent envie de lui rentrer dedans, ce qui, à coup sûr, serait une très mauvaise idée puisqu'il est un de mes patrons.

Je me contente donc de faire comme les autres. Nous le regardons rejoindre la nana qui se colle à lui dès qu'il arrive à proximité d'elle.

On dirait une liane qui s'enroule autour d'un arbre. Et je ne parle même pas du baiser qu'ils échangent. Un truc à faire fondre la banquise !

– Y a des chambres pour ça ! hurle Antonia avant de se tourner vers nous. C'est vrai, quoi ! Ce mec est un serial baiseur !

– C'est pas nouveau ! réagit Danilo.

– Peut-être, mais ça commence à me gonfler !

– On s'en tape ! Ce qui nous importe, à cet instant, c'est de discuter avec notre nouvelle bartender.

– Oui, c'est vrai. Oublions ce crétin ! acquiesce Antonia en éjectant le cas Mads d'un revers de la main. Mais tu veux peut-être rentrer, Valentine, tu dois être crevée.

– Ça ira si vous m'offrez un grand café.

– On va même faire mieux, me promet Danilo qui fait demi-tour et nous quitte.

– Oh, trop bien ! s'extasie sa collègue. Viens, Valentine.

Je suis ma patronne à travers la salle. Nous la traversons pour nous retrouver au pied d'un escalier en métal qui mène jusqu'à un petit palier et à une porte. Nous nous retrouvons dans une sorte de poste de pilotage. Les vitres offrent une visibilité incroyable sur la salle en bas.

– Bienvenue dans notre nid d'aigle, ou dans notre aquarium, comme tu veux, se marre la jolie Espagnole.

Ce club est un endroit vraiment extraordinaire. Antonia me laisse le loisir de visualiser l'ensemble. Les lieux sont très différents quand toutes les lumières sont allumées. Encore plus en contre-plongée, vus de ce poste haut perché. C'est impressionnant. On distingue réellement les différents espaces. Les deux pistes de danse, les tables disséminées autour, les îlots sur lesquels les fêtards les plus délurés peuvent se faire voir, le poste du DJ au fond et l'immense bar derrière lequel j'ai officié ce soir.

C'est cossu, sélect et je comprends que le club commence à avoir une belle notoriété. C'est aussi beaucoup plus grand que je ne le pensais au début.

– Nous sommes une grosse vingtaine à bosser ici, commence Antonia en me désignant un siège en face du sien.

Je m'exécute et retire discrètement mes chaussures pour laisser mes pieds respirer alors qu'elle reprend :

– Danilo, Mads, moi, mais aussi quatre serveuses, un autre barman qui sera là à partir de demain, mais qui est loin d'avoir ton niveau côté cocktails. D'ailleurs, je crois que Ed sera enchanté de pouvoir bénéficier de tes conseils. Un DJ qui change selon les soirs, les semaines ou les ambiances que nous avons envie de développer, trois videurs, notre duo de techniciens de choc et l'équipe de nettoyage.

Elle me laisse le temps d'assimiler ces dernières informations avant de continuer. Je suis suspendue à ses lèvres. Elle me donne l'impression d'entrer dans une grande famille unie pour faire tourner le club et l'amener vers le plus haut niveau. Une sorte de challenge que je suis toute prête à relever.

– Notre jour de fermeture est le lundi, poursuit-elle en me souriant. Il nous arrive d'ouvrir pour un événement particulier, mais c'est rare. Tu seras le chef du bar. Ce sera à toi de gérer le personnel de service. Tu verras avec les filles et Ed. Je crois que vous vous entendrez très bien. La personne que tu remplaces était parfois un peu caractérielle et ça ne se passait pas toujours très bien avec eux.

Je bois tout ce qu'Antonia me dit et je tombe des nues. Je ne comprends pas et lui demande de répéter. En fin de compte, j'ai bien compris. Je monte en grade et obtiens un poste qui normalement devrait revenir au dénommé Ed puisqu'il a plus d'ancienneté que moi. Je n'ai pas tant d'expérience que ça et surtout pas dans le milieu de la nuit et encore moins pour un club de l'importance du Serial, et pourtant. J'espère seulement qu'il ne m'en voudra pas trop et que notre collaboration se passera au mieux.

Danilo arrive avec trois tasses Starbucks et un sachet de viennoiseries.

– Où est-ce qu'il a trouvé des cafés à cinq heures du mat' ? glissé-je à Antonia qui s'avance déjà pour récupérer sa boisson et lorgner dans le sachet.

– Mon mec bosse au bout de la rue et il aime bien arriver en avance. Je passe toujours le voir un petit coup quand il est de service parce que nous ne nous voyons pas souvent. Et comme je suis son premier et son meilleur client de la journée... D'ailleurs, je suis le plus beau aussi, alors il me gâte. Vas-y, sers-toi.

Je rigole en voyant l'air très sûr de lui de mon boss. Il a les yeux brillants en parlant de son chéri dont il semble très amoureux. Je récupère mon café et en respire l'arôme avant d'y mettre du sucre. Je saisis un cookie chocolat blanc, framboise et je savoure, assise autour d'une petite table dans le coin salon.

– Tu lui as *préchenté* le *perchonnel*? articule difficilement Dani, la bouche pleine de la viennoiserie dans laquelle il vient de croquer.

– Oui, mon gros lapin, se marre son amie.

– Cool.

– Pourquoi est-ce que ce n'est pas Ed qui devient chef du bar? ne puis-je m'empêcher de demander, un peu inquiète que ce dernier prenne mal ma subite montée en grade.

– Mais parce qu'il ne voudrait pas de la place pour tout l'or du monde, ma jolie! s'écrie Antonia. Tu vas te coltiner les commandes, les clients insatisfaits, la recharge des frigos, le planning des services... Que des trucs super sympas qui font clairement chier Ed.

– Tu lui as parlé du *chalaire*? demande encore Danilo qui dévore son troisième donut au moins.

– Environ trois mille euros net sans compter les pourboires qu'on divise entre les différentes personnes au service.

Je crois que je viens de bugger. Trois mille euros alors que mon dernier poste m'en rapportait à peine plus de la moitié. J'ai l'impression d'avoir gagné au loto et ça tout en faisant ce que j'aime dans un des plus beaux clubs de la capitale.

– Valentine? Ça va? s'inquiète Antonia qui me contemple comme si elle avait peur que je m'effondre.

– Carrément! m'écrié-je, voyant déjà ma vie s'améliorer grandement.

Je ne suis pas un panier percé, mais j'en ai marre de compter le moindre centime pour ne pas finir le mois à découvert. La vie en ville est chère alors cette manne est vraiment bienvenue pour rendre mon existence un peu moins austère.

Parce que c'est décidé : j'en ai marre de me cacher, de vivoter, de ne profiter de rien, d'être habillée comme une bonne sœur et d'être souvent la dernière roue du carrosse. J'ai envie d'un peu de nouveauté dans ma vie… Il me suffit de découvrir le moyen d'y parvenir. Ensuite je pourrai devenir celle que je rêve d'être. Une nana sûre d'elle, qui sourit, parle, qui n'a pas peur des autres. En conclusion, devenir le jour la Valentine qui opère derrière le bar la nuit.

9

Valentine

La sonnerie stridente de mon réveil me perce les tympans. Pourquoi est-ce que je l'ai fait sonner déjà? Je n'en sais rien. Je l'éteins donc et tente de me rendormir avec l'impression étrange que j'oublie quelque chose de très important.

Je replonge dans le sommeil avant de me souvenir de ce que c'est et j'émerge difficilement un peu plus tard alors que les chiffres rouges indiquent onze heures quinze.

Je me rappelle vaguement avoir entendu la sonnerie, mais j'étais si crevée. Je suis rentrée à six heures trente et même si j'ai l'habitude de me coucher très tard, je le fais rarement alors que le jour commence à se lever. Je récupère mon téléphone et je remarque un message de ma mère. Ce n'était pas vraiment ce dont j'avais envie au réveil, mais j'appuie tout de même sur la petite enveloppe.

Pourquoi me rappelle-t-elle que je dois passer chercher le gâteau qu'elle a commandé chez Dugazon, son pâtissier préféré? J'ai à peine le temps de me poser la question que tout me saute à la figure. L'appel de Mads, le Serial Killer, ma première soirée, mon embauche et… le repas chez mes parents qui doit avoir lieu dans exactement quarante minutes.

Bordel!

Crotte de bourrique!

Je suis grave à la bourre et regarde hargneusement mon réveil comme s'il était coupable de quelque chose. Je me lève en quatrième vitesse, fonce sous la douche et repousse mes velléités de changement à la

Saint-Glinglin. Je saute dans un jean large, enfile le premier haut qui me tombe sous la main – c'est-à-dire un pull moche et informe –, finis de m'habiller et je suis enfin prête à partir.

J'arrive en bas de mon immeuble quand je me rends compte que je n'ai pas mon sac et je dois remonter en lançant tout un tas d'imprécations à l'architecte de mes deux capable de construire un immeuble de cinq étages en oubliant d'y coller un ascenseur. Mais quand on n'a pas de tête, on a des jambes et ça n'a jamais été aussi vrai dans mon cas.

Il est midi quand je déboule dans la pâtisserie pour récupérer la commande de ma mère et une demi-heure de plus quand j'arrive chez mes parents, entrant sans frapper, à moitié morte de fatigue, de soif et de faim. J'ai toujours cette même impression de découvrir un décor que je connais pourtant par cœur. Un décor qui n'a rien de très attrayant. Aucune personnalité, des couleurs ternes, des meubles sans patine et sans caractère. Je ne me suis jamais sentie très à l'aise dans cette maison que j'ai quittée dès que je l'ai pu. Tout y est étriqué, à tel point que j'ai souvent eu l'impression d'y étouffer.

– C'est à cette heure-ci que tu arrives? m'invective ma mère en sortant de sa cuisine pour récupérer le gâteau que je tiens encore.

Je le lui tends avant d'enlever ma veste et de la pendre au portemanteau de l'entrée.

– On t'attend, figure-toi, me reproche-t-elle, peu amène. Ta sœur n'a pas que ça à faire. Elle a des responsabilités et un emploi du temps chargé.

Ou plus clairement: comment toi, qui ne fais rien de tes journées, peux-tu nous faire perdre autant de temps? Elle commence fort, comme d'habitude, et je ne réponds pas, ayant déjà trop entendu cette ritournelle qui ne varie pas beaucoup.

– Et qu'est-ce que c'est que cet accoutrement!? s'écrie-t-elle après un examen de quelques secondes. Ma pauvre Valentine, mais quand donc décideras-tu de prendre soin de toi? Quand je pense que tu es sortie comme ça, franchement j'ai honte, ma pauvre fille.

J'aurais dû rester couchée. Je le sais pourtant. Je sais qu'elle ne changera pas. Qu'elle trouvera toujours une occasion pour me montrer combien ma sœur est supérieure en tout ou combien je suis vraiment inférieure en tout. Je me dis parfois qu'elle est capable de changer puis une autre diatribe délétère me fait revenir sur terre et je me rends compte que c'est impossible, qu'elle sera toujours comme ça et que son regard sur moi ne changera jamais.

Je quitte donc la cuisine et me rends dans la salle à manger dans laquelle la table a été dressée. Du coup, je ne m'attends à rien de particulier, car tout se déroule comme d'habitude. Mon père ne dit rien et me sourit. Je lui rends son sourire en sachant que je n'ai rien à attendre de plus de sa part. C'est un homme malade, soumis à ma mère qui parle pour deux, qui agit souvent de même et qui n'a jamais vraiment laissé son mari prendre la place qui lui revenait. Ma sœur est égale à elle-même. Elle me détaille des pieds à la tête, me renvoie son air exaspéré dans lequel je lis un peu d'une honte qui me fait mal.

Nous passons à table. Rose attaque son sujet favori : elle et sa réussite, encouragée par le regard béat et admiratif de mes parents qui boivent littéralement ses paroles alors que je lutte pour ne pas tomber la tête la première dans mon assiette de purée.

Je les laisse écouter Rose et je repense au club et au fait qu'il faudrait peut-être que je me repose un peu avant d'y commencer une nouvelle soirée. Je vais devoir trouver mon rythme si je veux tenir. Je vais devenir un oiseau de nuit et je crois que j'apprécie ce changement, car j'ai vraiment l'impression d'entrer dans une sorte d'univers parallèle où rien n'est à sa place et où tout est possible. Cette nouvelle situation me gêne d'autant moins que je vais enfin pouvoir montrer ce dont je suis capable et alimenter mon compte en banque pour le plus grand bonheur de mon banquier qui arrêtera enfin de m'appeler un mois sur deux pour me rappeler que son établissement n'a rien d'un comité de charité.

Je n'ai plus faim. Je finis tout de même mon assiette pour ne pas attirer de nouvelles remarques et je repose mes couverts quand je me rends compte qu'il n'y a plus un bruit et qu'ils me regardent tous.

– Qu'est-ce qui se passe? demandé-je, intriguée de les voir me dévisager comme ils le font.

– Si on te gêne, ce n'était pas la peine de venir, crache ma mère avec aigreur. Je t'ai posé une question, tu pourrais au moins avoir la décence de me répondre.

– Tu disais?

– J'espère que tu suivras l'exemple de ta sœur et que tu trouveras enfin une situation convenable.

– Ah! Mais ça y est.

– Comment ça, ça y est?

– J'ai un nouveau travail.

– Alléluia! Tu vas enfin faire quelque chose de ta vie.

– Et on peut savoir ce que tu fais? me demande ma sœur, affichant ce petit air pincé qui m'est réservé.

– Je suis barmaid en chef dans un club parisien.

– Je croyais que tu avais enfin trouvé un vrai métier, gémit ma mère.

– Mais c'est un vrai métier, maman! J'ai des responsabilités et je suis très bien payée.

– Quel club? se renseigne Rose, l'air de rien.

Et c'est là que je prends une mini revanche. Mon aînée, en bonne fêtarde, est toujours à la recherche de nouveaux lieux à la mode où elle aime se faire voir. Je ne sais pas si elle connaît le Serial Killer, mais je suis certaine qu'avoir sa sœur qui y bosse ne lui déplaira pas. À condition bien sûr que ladite sœur joue le jeu, ce qui est loin d'être gagné.

– Le Serial Killer.

– Tu plaisantes?

– Quoi? Qu'est-ce qu'elle a fait encore? Et c'est quoi ce nom? C'est un club échangiste, satanique? s'égosille ma mère.

– Mais oui et j'y sers des cocktails totalement nue après avoir bu le sang d'une ou deux victimes, rétorqué-je à ma mère qui reste coite, n'ayant pas l'habitude de me voir réagir aussi vivement.

Non mais franchement. Ma mère adore exagérer. En même temps, entre mon père qui ne dit absolument rien et elle qui en fait des tonnes, on arrive à un semblant d'équilibre.

– Depuis quand? me questionne ma sœur.

– Hier soir.

– Et ils t'ont prise? Toi? insiste-t-elle sans cacher son étonnement.

– Oui.

– Ma pauvre fille. Tu ne serais pas en train de te donner plus d'importance que tu n'en as vraiment. Je ne crois pas que les trois proprios de cet endroit soient justement venus te chercher toi pour tenir le bar d'un club qui est en passe de détrôner ses principaux concurrents.

– J'y serai ce soir, viens vérifier par toi-même.

Rose secoue la tête, convaincue que je raconte des mensonges. Ma foi, qu'elle vienne et voie ce qu'il en est.

Je ne goûte même pas au gâteau que je suis passée chercher. Je suis trop fatiguée pour ça et si je veux être en forme, il vaut mieux que je rentre et que je dorme un peu.

Pour une fois, cependant, le départ de chez mes parents est un peu moins amer. Je n'ai plus l'impression d'être la pauvre petite chose que sa sœur écrase et qui décampe pour retourner à sa pauvre petite vie.

Ma sœur est intriguée et je sais qu'elle viendra. Peut-être pas ce soir, mais elle viendra et je serai derrière le bar, dans mon univers. Elle ne s'est jamais rabaissée à venir au pub où je bossais avant. Un endroit qu'elle devait juger en dessous du standing auquel elle est habituée. Cette fois-ci, seulement, ce n'est plus la même et je sais qu'elle pointera le bout de son petit nez pointu. Je n'en tire aucune fierté, simplement une mini revanche que je vais savourer comme il se doit.

10

Mads

Il n'y a jamais eu autant d'affluence. Depuis notre perchoir, je domine la salle et ai une vue plongeante sur le bar devant lequel les clients se bousculent pour commander un des multiples cocktails servis par Valentine. Je dois lui reconnaître une chose, elle est très professionnelle dans son petit tailleur très comme il faut, mais qui ne cadre pas du tout avec le lieu. Son style est sympa, mais on attend autre chose. Enfin, j'attends autre chose. J'ai essayé d'en parler à Antonia, mais dès qu'il s'agit de la nouvelle recrue, elle ne supporte aucune critique, surtout si elles viennent de moi. Mon amie a toujours été la plus sympa de nous trois. Quand elle apprécie, elle le fait à fond et je crois qu'elle s'est prise d'amitié pour Valentine. Antonia a perdu sa sœur il y a quelques années maintenant. Valentine la lui rappelle peut-être et elle a décidé de la protéger et de l'aider, ce qu'elle n'a pas pu faire avec sa cadette. Du coup, on ne peut rien dire sous peine d'essuyer les foudres de celle qui peut être aussi vindicative qu'adorable.

Alors je ferme ma gueule. Au moins Valentine a réussi à se faire sa place et ça semble plutôt bien coller avec les serveuses et Ed qui ne tarissent pas d'éloges à son sujet.

C'est son premier week-end et tout semble rouler.

– T'as toujours des réserves? me glisse Danilo qui vient de me rejoindre et qui, comme moi, jette un regard critique, mais empli de fierté sur notre bébé.

– Pas sur son côté professionnel. Pour le reste, je ne dirai rien sinon Antonia risque de mordre.

– Qu'est-ce qui te chiffonne ?

– Mais regarde-la ! Elle n'a aucun style. On dirait une vieille fille mal fagotée et c'est pas vraiment l'image que veut renvoyer le club, non ?

– Laisse-lui un peu de temps.

– Et un miracle ? Comment veux-tu que cette meuf devienne ce qu'elle ne sera jamais ?

– C'est-à-dire ?

– Une bombe ! Oh, elle est efficace, mais elle a autant de sex-appeal que ma grand-mère.

– T'es con !

Au moins je fais marrer mon pote, mais j'aimerais bien qu'Antonia fasse quelque chose avant que je ne mette les pieds dans le plat.

Nous redescendons en salle et je vais filer un coup de main au bar alors que Ed prend sa pause. Valentine tient la distance, mais elle semble fournir plus d'efforts que d'habitude. En la regardant mieux, je suis touché par sa pâleur et les cernes qui marquent son visage. Elle nous a dit qu'elle avait un peu de mal à se faire à son nouveau rythme de travail. Elle finit beaucoup plus tard qu'avant et les responsabilités que nous lui avons données ne font rien pour arranger les choses. Elle arrive plus tôt et repart tard et il va falloir quelques semaines pour qu'elle s'habitue. Elle est persévérante et ne lâche rien et je n'ai vraiment rien à redire là-dessus. Elle m'épate encore une fois même s'il y a encore beaucoup de choses qui me débectent.

J'expédie un nouveau client et je rejoins une Valentine qui semble débordée. Elle fait face à un groupe un peu excité et je suis incapable de la laisser se démerder toute seule. Je m'attends à ce qu'elle m'envoie paître en arguant qu'elle peut se débrouiller toute seule, mais elle m'accueille avec un sourire timide qui me fait un peu trop plaisir. Nous prenons les commandes et pendant qu'elle concocte plusieurs de ses cocktails, je m'occupe des bières et du whisky que je dépose devant les clients.

Il semble que le gros coup de bourre soit passé alors je la laisse prendre sa pause et attends le retour de Ed. Elle a à peine quitté son poste qu'une superbe blonde moulée dans une robe qui révèle plus de choses qu'elle n'en suggère s'approche et se dirige directement vers moi. Elle est accompagnée d'un grand mec plutôt canon qui la serre de près, une main possessive posée sur sa taille.

– Qu'est-ce que je peux faire pour toi, beauté?

D'accord, l'approche est un peu *too much* mais mon interlocutrice ne semble pas s'en formaliser et me lance un regard chaud bouillant alors que son mec discute avec un autre couple.

– Je cherche Valentine. Elle m'a dit qu'elle bossait ici, mais je crois qu'elle m'a raconté des craques.

– Non, elle vous a dit la vérité, mais elle prend sa pause. Je peux peut-être la remplacer et vous offrir ce qui vous ferait plaisir.

– Ce qui me ferait plaisir… répète-t-elle en forçant sur le sous-entendu.

Y a pas à dire, cette meuf sait y faire et elle n'a pas froid aux yeux. Je pose devant elle la tequila qu'elle vient de me commander, pose des bières devant son mec et leurs potes et vais m'occuper d'autres consommateurs.

C'est alors que je vois Valentine arrêtée à l'entrée du bar. C'est comme si elle n'osait pas avancer ou qu'elle en était incapable. Son regard est fixé sur la nouvelle arrivante. Mes yeux vont de l'une à l'autre et j'ai la sensation bizarre d'assister à un duel à distance.

– T'as de la visite, préviens-je Valentine alors que c'est tout à fait inutile.

– Oui, je vois, répond-elle sans grand enthousiasme.

– C'est qui? l'interrogé-je, curieux.

– Ma sœur.

Alors que notre barmaid va saluer celle qui est venue la voir, j'en suis encore à digérer le fait que les deux nanas qui discutent ensemble sont frangines. Si elle ne me l'avait pas dit, jamais je n'aurais pu imaginer que ces deux filles si dissemblables puissent avoir un lien de famille.

Je sais que je devrais filer et m'occuper de ce que j'ai à faire, mais je n'y arrive pas et me rapproche d'elles.

– Le beau gosse, ronronne la jolie blonde.

– Rose, je te présente un de mes patrons, Mads.

– Enchantée, Mads, minaude-t-elle.

Je jette un coup d'œil à Valentine et suis surpris de la découvrir très mal à l'aise. C'est comme si la barmaid sûre d'elle et avenante venait de disparaître en quelques secondes. Je pressens un truc bizarre entre les deux frangines.

– Alors vous avez embauché ma petite sœur?

– Il faut croire, rétorqué-je, sur la défensive.

– Elle doit être très douée parce qu'elle ne cadre pas vraiment avec tout ce qui nous entoure.

Valentine se crispe à côté de moi et j'ai envie de la protéger de ce qui fuse de la bouche du démon blond qui semble très content de lui. Comment sa sœur peut-elle regarder Valentine comme si elle n'était qu'un insecte insignifiant?

Je reporte mon attention sur ma barmaid qui s'affaire à nettoyer ce qui n'en a pas besoin et à ranger ce qui l'est déjà.

– Vous lui avez dit qu'il serait peut-être temps qu'elle s'habille autrement que comme une bonne sœur?

– Rose, s'agace Valentine alors qu'elle devrait lui sauter à la gorge.

Je ne comprends pas sa passivité alors qu'elle devrait se rebeller.

– Quoi? Tu ne ressembles à rien, mais ça, tu le sais déjà. Demande à Mads. Tu crois que s'il te croisait dans la rue, il se retournerait sur ton passage? Tu es dans un club, ma chérie, pas dans un couvent ou dans une cour d'école. Mads?

Eh ben, putain!

Ce qui est certain, c'est que ce n'est pas l'amour fraternel qui va l'étouffer. Valentine me fixe, attendant ma réponse. Je suis tenté de donner raison à la trop jolie Rose, ayant d'ailleurs fait les mêmes remarques qu'elle, mais un je-ne-sais-quoi dans l'attitude de Valentine et dans le regard qu'elle me jette me retient. Elle semble sur la défensive et ses yeux, pour ce que j'en vois, sont teintés de désespoir.

– Nous avons commandé sa nouvelle tenue, mais elle n'est pas encore arrivée, rétorqué-je, tentant de juguler la colère que cette pimbêche fait naître en moi. Valentine sera absolument extraordinaire quand elle aura remplacé son tailleur beaucoup trop sage par ce que nous lui avons choisi.

Mais qu'est-ce que je raconte, bordel? Pourquoi je me dresse comme le défenseur de Valentine? D'ailleurs, vu la tête de la frangine, elle non plus ne s'attendait pas à ce que je sorte un truc de ce genre. Je suppose qu'elle me voyait déjà abonder dans son sens afin d'enfoncer un peu plus Valentine, qui n'en a pas besoin à cet instant.

Mais il vient d'où ce besoin de la protéger alors que, pour être franc, cette nana n'est que mon employée et reste tout à fait insignifiante.

– Alors il va falloir que je revienne et que je voie ça de mes propres yeux.

C'est le moment que choisit son mec pour revenir et l'embrasser dans le cou avant de saluer Valentine qui, là encore, a un comportement bizarre qui m'interpelle, comme si j'avais besoin de ça pour étendre mon bouclier au-dessus de sa tête.

– Ah oui, au fait, puisque tu n'as pas su retenir Jonas, je me suis dit que tu ne verrais aucun inconvénient à ce que nous soyons ensemble. C'est tout nouveau. Tu sais à quel point il est canon et adorable.

– On va danser, Rose? demande ce dernier avant de se tourner vers ma barmaid. Super content de t'avoir revue, Val. Au fait, tu ne m'en veux pas, hein?

– Tu fais bien ce que tu veux…

Sa réponse laconique traduit mal le fait qu'elle semble se retenir à grand-peine de sauter à la tête du dénommé Jonas qui enlace sa sœur et finit même par lui rouler une pelle d'anthologie.

– Ça va? ne puis-je m'empêcher de demander à ma voisine.

Valentine est en effet en train de se cramponner au bord du bar et fixe sa sœur et son mec comme si elle pouvait les anéantir d'un simple regard.

– Oui.

– Ben on dirait pas.

Je la vois respirer profondément à plusieurs reprises. Je ne dis rien de ses yeux qui m'apparaissent un peu plus brillants qu'il y a quelques secondes à peine. La colère semble avoir reflué. Un bref instant, je pense qu'elle va fondre en larmes puis elle se reprend et se tourne vers moi.

– Tu peux m'expliquer cette histoire de nouvelle tenue? me lance-t-elle d'un seul coup. Je ne crois pas qu'Antonia m'ait parlé d'un truc de ce genre.

– Pourquoi? T'aurais peut-être préféré que je réponde à ta frangine qu'elle a raison. Que tu ressembles à une instit ou au pire, à une nonne perdue au milieu d'un club sélect.

– Elle va revenir.

– Oui, et?

– Elle verra que t'as raconté des conneries.

– Alors on va faire ce qu'il faut pour que je n'aie dit que la vérité.

Elle me lance un regard qui tue et je me marre en la quittant. Sa sœur est une garce. Et je ne sais pas ce que le dénommé Jonas a voulu dire en lui demandant si elle lui en voulait toujours, mais ce petit épisode hautement dramatique a au moins permis une chose: Antonia va devoir relooker notre barmaid et il me tarde de découvrir le résultat même si ma curiosité n'est que professionnelle. Je ne vois pas pourquoi je m'y intéresserais autrement.

11

Valentine

– Mais c'est une blague? Antonia, je ne peux pas mettre ce truc-là!

– Tu vas être absolument divine là-dedans.

Tu parles. Antonia se marre alors que je découvre ce qui sera mon nouvel uniforme. Cette nana est devenue, en quelques jours, beaucoup plus qu'une patronne. Je ne sais pas pourquoi elle m'a prise sous son aile, mais c'est le cas. Elle a su me mettre à l'aise, cela depuis le premier jour. Elle a instauré entre nous des rapports qui n'ont rien de ceux d'une boss avec son employée. J'ai plus l'impression d'avoir une bonne copine en face de moi. Si c'était un peu déstabilisant au début, je m'y suis faite même s'il y a encore quelques ratés comme à cet instant. Non seulement je vais me ridiculiser devant les clients avec ces fringues, mais je serai aussi super mal à l'aise pour travailler.

– C'est trop décolleté.

– Non, c'est parfait.

– Et là, c'est trop serré.

Je tire sur le tissu qui m'enserre comme une seconde peau pour essayer de gagner quelques centimètres. Rien à faire. Le gilet sans manches épouse ma silhouette comme un véritable corset.

– Oui, c'est ce qui met ta poitrine et ta taille en valeur.

Sous le gilet, je porte une chemise blanche, tout aussi ajustée. J'ai l'impression que ma poitrine comprimée va jaillir sans que je puisse l'en empêcher. Je me regarde dans le miroir en pied et je passe ma main sur ma hanche. Je me tourne pour tenter d'apercevoir ma silhouette de l'arrière. Le pantalon cigarette noir moule mon postérieur et mon ventre qui, heureusement, ne comporte pas de petits bourrelets qu'il aurait eu beaucoup de mal à aplatir.

– On voit mes fesses.

– Qui sont rondes et fermes.

C'est pas possible. Je maudis Mads parce que tout est arrivé par sa faute. Non, en fait, je les maudis lui et surtout ma sœur dont la médisance est à l'origine de toute cette histoire.

J'ai arrêté de pleurer et j'ai dû garder des compresses sur mes yeux toute la journée pour effacer les stigmates de ma soirée. Je me suis retenue parce que j'étais au boulot, mais j'étais si en colère de les voir tous les deux ! Je suis certaine qu'elle l'a fait exprès. Ma sœur sait que j'en pince pour Jonas. Et il a fallu qu'elle vienne au club pour me montrer son couple et combien elle est beaucoup plus attirante que moi, plus sûre d'elle.

Ce n'est pas la première fois d'ailleurs puisqu'elle m'a déjà piqué un de mes petits amis de l'époque, ce dernier arguant qu'il s'éclatait plus avec elle qu'avec moi, dans tous les sens du terme. J'étais déjà très en colère à l'époque, mais j'étais incapable de réagir, submergée par la peine et la rage de devoir reconnaître qu'elle avait beaucoup mieux à offrir que moi. Ce qui me fait le plus mal cette fois-ci, c'est qu'elle a fait son super numéro devant mon patron, dans mon propre univers. C'est vrai que c'est beaucoup plus sympa de se foutre de moi devant un témoin qui ne me porte déjà pas dans son cœur. Mads a dû bien se marrer. Bon, je dois reconnaître qu'il n'est pas entré dans le jeu de ma frangine, mais elle m'a quand même balancé que je ne ressemblais à rien, que j'avais l'air d'une instit ou d'une nonne et, cerise sur le gâteau, que je détonnais dans l'univers branché dans lequel j'évolue.

Je me regarde une nouvelle fois dans la glace et je finis par reconnaître que l'ensemble choisi par Antonia met mes formes en valeur. Elles sont moins spectaculaires que celles de Rose, mais elles ont le mérite d'exister et d'être agréables à regarder.

Mais comme dit l'adage, l'habit ne fait pas le moine. Il peut changer l'extérieur, mais je reste la même fille timide, bourrée de complexes et absolument pas sûre d'elle. Celle qu'un mec a larguée pour mieux aller se jeter dans les bras de sa sœur.

– Valentine, tu es avec moi?

Je regarde Antonia et je vois celle que je ne serai jamais et franchement j'ai juste envie de rentrer me terrer dans mon appart pour ne plus jamais en ressortir.

– Tu veux bien me raconter ce qui ne va pas?

– Mais ça va, biaisé-je sans grand succès quand je la vois hausser ses jolis sourcils.

– Tu sais quoi? Tu vas aller enlever tout ça, te rhabiller, on paie et je t'invite à aller boire un café. Tu en profiteras pour me dire tout ce que Mads a oublié de me raconter. Je tiens d'ailleurs à te signaler qu'il était très en rogne quand il m'a relaté tout ce qui s'est passé.

Je n'y crois pas trop, bien que Mads m'ait défendue devant Rose.

Après qu'Antonia a réglé l'achat de mon nouvel uniforme malgré mes protestations, assurant que c'est la boîte qui doit payer ma nouvelle tenue, elle m'entraîne dans un café branché dans lequel elle nous commande deux doubles expressos et les viennoiseries qui vont avec.

– Maintenant que nous avons de quoi nous sustenter, je veux tout savoir.

– C'est gentil Antonia, mais…

Je suis gênée. Seuls mes deux meilleurs amis savent exactement ce qu'il en est. On se connaît depuis des années et je sais tout d'eux aussi. Là, c'est différent. Antonia est pratiquement une inconnue et en plus, elle est ma patronne.

– Écoute, Valentine, je sais qu'on ne se connaît pas et que tu bosses pour moi, mais je t'apprécie beaucoup et j'aimerais comprendre pourquoi ta sœur en a après toi. Et qui est ce Jonas?

– C'est Mads qui t'a dit tout ça?! m'écrié-je.

– Oui, et que le dénommé Jonas s'était excusé de quelque chose.

Je veux mourir…

– Arrête de raconter des idioties. On ne meurt pas pour un mec.

Si en plus je me mets à balancer à haute voix tout ce qui me passe par la tête. Antonia en sait déjà beaucoup trop et en plus elle lit en moi, ce qui me fout un tantinet mal à l'aise.

– Tu sais, quand on bosse dans un club, on a tendance à regarder les gens et à tenter de lire en eux sans qu'ils aient à prononcer une parole. Il suffit de regarder leur visage, leurs vêtements, leur attitude.

– Ou comment découvrir en quelques coups d'œil que vous êtes tombés sur une pauvre fille dont le seul talent est de savoir faire les cocktails.

– Je t'interdis de te dénigrer, Valentine ! s'exclame Antonia, son regard devenu plus dur. Tu es belle et talentueuse. Le seul problème, c'est que tu n'en es absolument pas consciente. En même temps, quand votre sœur aînée passe son temps à vous écraser et à vous répéter que vous êtes une moins que rien, c'est difficile de faire autrement. Qui est Jonas ?

– Le mec que j'aime et qui m'a mis un vent il y a tout juste une semaine.

– Explique, ordonne-t-elle avant de porter sa tasse à ses lèvres carminées.

Le pire, c'est que je m'exécute, honteuse de devoir avouer que Jonas m'a préféré ma frangine. Que le seul baiser que nous avons échangé devait être tellement pitoyable et pathétique qu'il en a préféré une autre. Ou comment prouver que je suis réellement une pauvre nana, même si Antonia tente de me démontrer le contraire.

– C'est un cafard.

– Comment ça un cafard ?

– Un insecte absolument pas digne de ton attention. On va prendre une grande décision, ma belle. Rappelle-toi de ce moment comme le départ du début du reste de ta vie. À partir d'aujourd'hui, tout va changer. Crois-moi, ça va dépoter !

Elle me ramène chez moi en fin de matinée et me donne rendez-vous au boulot. Elle me demande d'y arriver plus tôt parce que, a-t-elle dit, il y a encore un peu de boulot pour faire de moi une bombasse. Comme si j'avais envie de ressembler à ma sœur. J'en ai froid dans le dos.

Beaucoup de mes connaissances qui ont des frères ou des sœurs aînés les citent souvent comme modèles. Je peux assurer que ça n'a jamais été mon cas. Rose est une garce. Aussi loin que je m'en souvienne, elle m'a pourri la vie. Elle ne s'est d'ailleurs jamais comportée en grande sœur. Ni protectrice, ni bienveillante, ni câline… Je pense qu'elle aurait été une parfaite fille unique. J'ai toujours fait avec, mais je dois reconnaître que s'afficher avec l'homme qui fait battre mon cœur, l'embrasser juste sous mes yeux et ceux de mon patron, c'est inédit.

J'ai végété tout l'après-midi, tentant de me reposer avant d'affronter une nouvelle nuit de travail. Puis je me prépare pour partir au boulot. Je récupère les seules ballerines noires à ma disposition pour ne pas avoir les pieds en compote au petit matin et je sors de chez moi. J'ai la surprise de découvrir qu'on m'attend.

Mads est appuyé contre un bolide noir rutilant garé en face de mon domicile.

Mais qu'est-ce qu'il fout là ? Il me regarde traverser la rue.

Je suppose que je devrais être impressionnée par sa voiture, mais comme je n'y connais absolument rien en bagnole, je me tais et m'approche de mon boss qui fume une clope, affichant une attitude pleine de nonchalance. Il est l'archétype du mâle séducteur, canon et bien foutu et il le sait. Il est vraiment très beau et mon corps, ce traître, est bien trop réactif à sa présence. Comme si ce genre de mec pouvait être attiré par une fille comme moi. Il m'a clairement fait comprendre que je ne ressemblais à rien alors pourquoi est-ce que je réagis aussi fortement alors que je me rapproche de lui ?

Aucun espoir qu'il me voie autrement que comme une employée. D'ailleurs, au lieu de jouer la groupie, je devrais plutôt repenser à toutes ces filles qu'il a déjà eues à son bras depuis que je le connais et que, surtout, Mads est mon boss et donc intouchable. Point barre.

Du coup, j'éteins toute étincelle de désir en moi et je me concentre sur ce qu'il y a de moins dangereux, sa voiture.

– Si les patrons viennent chercher leurs employés en Batmobile, où va-t-on ! le nargué-je malgré tout, incapable de faire profil bas.

– Je n'ai rien d'un super-héros, réplique-t-il avant de jeter son mégot par terre.

– Il n'y a pas de cendrier dans cette voiture très impressionnante et sûrement très chère? demandé-je, outrée.

– Non.

– Ah.

– Quoi, ah?

– Ben c'est bête, autant d'argent sans mettre un malheureux cendrier, ça craint, renchéris-je.

Je ramasse le mégot et vais le jeter dans une poubelle à quelques mètres.

– Voilà, c'était pas compliqué, fais-je en me frottant les mains sous son regard certes captivant, mais surtout plein de colère.

– Tu sais quoi? Quand Antonia aura une autre idée à la con te concernant, je fuirai… loin.

– Je me disais aussi.

– Mais tu n'es pas obligée de monter, s'énerve-t-il.

– C'est ça. À tout à l'heure alors, lui lancé-je en partant à pied.

Je suis une employée modèle. Du moins je m'y efforce même si Mads semble souvent avoir quelque chose à redire depuis que j'ai été embauchée. Je me le farcis déjà toutes les nuits, je ne vais pas faire du rab en partageant aussi sa voiture. Je ne suis pas désespérée à ce point-là et en plus, marcher, c'est bon pour la ligne. Franchement, quelle idée a eu Antonia de me l'envoyer pour qu'il m'emmène. Je ne veux rien devoir à cet homme et je n'ai absolument pas besoin de lui ou de ses services.

12

Mads

Mais quelle chieuse !

Comme je le lui ai dit, la prochaine fois qu'Antonia prononce le prénom de notre chère barmaid pour ensuite me demander une chose la concernant, je l'envoie chier. Il a fallu qu'elle me joigne pour un problème au club. Il a suffi qu'elle me demande où j'étais pour me suggérer, la bouche en cœur - enfin, je le suppose parce que je ne la voyais pas, mais que je la connais très bien -, de passer chercher Valentine pour l'amener au boulot puisqu'elle devait y aller plus tôt.

Comme un con, et parce que j'aime beaucoup trop Antonia, je suis là à regarder Valentine s'éloigner de moi, en marchant, parce qu'elle m'agace prodigieusement. Putain, mais qui m'a collé une meuf pareille ? Et vas-y que je ramasse un pauvre mégot alors que les rues en sont jonchées. Elle a regardé ma bagnole comme si c'était un vulgaire tacot alors que n'importe quelle meuf vendrait père et mère pour y poser une fesse en ma compagnie. Non, l'autre, elle se tire. Elle est fagotée comme l'as de pique. Tout pendouille chez elle. C'est hallucinant. Elle est sympa. Enfin, avec tout le monde sauf avec moi. Il suffit que je sois dans les parages pour qu'elle se dresse contre moi alors qu'elle est gentille avec les autres. Hormis ce petit défaut de caractère qui m'est réservé, elle est professionnelle, ça, on ne peut pas le lui enlever, mais elle n'a pas une once de sexytude. Tu m'étonnes que l'autre naze de Jonas ait choisi l'aînée.

Eh merde, si Antonia la voit arriver à pied, elle va me pourrir toute la nuit et je n'ai pas besoin de ça. Ce soir, c'est spécial. J'accueille un client monstrueux. Un V.I.P. qui pourrait remplir la boîte pour l'année à venir. Ce type craque en une soirée ce que d'autres passent en un mois, voire un an. Si on arrive à le ferrer, on grimpera un échelon et notre club ne sera pas loin d'atteindre le sommet qui lui est promis.

Alors, elle va pas me gonfler longtemps. Elle va grimper dans ma caisse et arrêter de me les briser.

Je me glisse dans mon Aston Martin et je démarre. Le moteur ronronne et je la fais rouler le long du trottoir pour me mettre à la hauteur de miss chieuse.

– Tu pourrais monter, qu'on y aille, la prié-je, laissant de côté mon agacement. On a un gros client qui doit venir ce soir et une tonne de choses à préparer. D'ailleurs, c'est un fan de cocktails, tu vas avoir du taf aussi.

Elle s'arrête net et se tourne vers moi.

– Parce que tu crois que faire appel à ma fibre professionnelle va me faire oublier que tu es un mufle ?

– Tu pourrais m'expliquer pourquoi tu n'envoies pas chier ta frangine comme tu le fais avec moi ?

Bon, si faire appel à son professionnalisme n'a pas marché, j'ai au moins trouvé un sujet qui retient son attention. Elle semble sidérée. Je me penche pour lui ouvrir la porte et je n'ai même pas besoin d'insister pour qu'elle grimpe dans l'habitacle et mette sa ceinture. Si j'avais su que parler de sa frangine la ferait taire… Je garde ça pour plus tard, on ne sait jamais, en cas d'urgence.

– Alors ?

– J'en sais rien, s'étonne-t-elle en me regardant. Avec toi, ça sort tout seul.

Je m'engage dans la circulation et la laisse à ses réflexions. J'y crois pas. Il n'y a qu'une meuf qui me vanne comme ça sans que je l'envoie chier avec perte et fracas. Antonia. Elle me connaît depuis longtemps et elle sait à peu près tout de moi. Nous ne sommes jamais sortis ensemble. On a préféré garder notre amitié. Avec Danilo, elle est une des personnes à qui je fais le plus confiance. Elle sait me remettre à ma place comme personne. Ni ma mère ni ma frangine n'ont ce pouvoir. Et surtout pas les meufs avec qui je sors et baise. Moins elles en disent, mieux je me porte. En même temps, je ne leur demande pas de me faire la conversation.

– Mais au fait, il est où le super uniforme que vous deviez acheter avec Antonia?

– Au club. Je ne le mettrai qu'en arrivant.

– Pourquoi? Parce qu'il te va si mal que ça?

– Comme de toute manière tu ne regardes que les robes qui en montrent plus qu'elles n'en cachent, je ne vois pas ce que ça peut te faire.

– Eh, je suis ton boss! m'agacé-je.

Se faire moucher une ou deux fois, passe encore, mais si elle commence à m'envoyer balader à chaque fois, ça va pas le faire.

– Alors n'aie aucune crainte, je collerai parfaitement avec l'image que veut renvoyer le club.

– Une petite robe sexy?

– Pourquoi, c'est un bar à putes?

– Valentine, c'est bon!

– Quoi? Je suis barmaid, pas call-girl.

– Putain, profite bien de cette bagnole parce que je te jure que c'est la première, mais aussi la dernière fois que tu y poseras ton cul de bonne sœur frigide et coincée.

– Au moins il purifiera cet habitacle qui a dû déjà recevoir beaucoup trop de visites féminines, à mon avis.

– Oui, ben on ne te le demande pas.

Je me tais. Le reste du trajet se fait en silence. Elle me gonfle, Madame-j'ai-réponse-à-tout.

Je la dépose derrière le club et démarre alors qu'elle a à peine refermé la portière. Elle a réussi à me foutre en rogne alors que j'ai besoin de calme et de sérénité pour penser à l'organisation de ma soirée.

Ma conscience me rappelle quand même à l'ordre, me glissant que j'y suis peut-être allé un peu fort. Cette nana n'est pas sûre d'elle. Si je commence à lui balancer qu'elle est moche, frigide et coincée, elle risque de me foutre un procès au cul ou tout simplement de démissionner, et ce n'est vraiment pas le moment.

Elle me quitte sans un regard ni un merci dès que nous arrivons au club.

Je file voir Danilo et Antonia pour checker la liste des choses auxquelles je dois penser pour ce soir. Je me suis renseigné sur notre gros client. Je connais ses goûts, ses fréquentations, la musique qu'il aime, ce qu'il boit en général, l'ambiance qu'il apprécie. Normalement, tout a été prévu, mais avec ce genre de gars, on n'est jamais à l'abri d'une envie folle ou d'un caprice. Maurizio est le fils d'un des plus gros industriels italiens et un influenceur très coté qui bénéficie de millions de vues sur son compte. En gros, il est riche et fait partie des clients qui osent tout. Sa venue est risquée, mais ce n'est pas cher payé par rapport à ce qu'elle peut nous rapporter.

Je ne m'occupe de rien d'autre, prêt à bondir dès qu'il arrive, et il se fait attendre. Je me dis qu'il y a un truc qui va foirer et ça ne manque pas. D'habitude, le type est entouré d'une cohorte de nanas et de potes. Bizarrement, là, il est accompagné d'une blonde qui semble être sa petite amie et de plusieurs couples qui tournent autour de lui comme des satellites. Il bécote sa copine, la caresse, et la fait s'asseoir sur ses genoux dès qu'ils s'installent.

– Maurizio, bienvenue dans notre club.

Il me tend une main molle et attire mon attention sur sa partenaire.

– Je te présente Barbie. Si tu fais son bonheur, on entendra parler de ton club partout.

– Cristal ?

– Bon point pour toi, mon pote. Tu connais ma marque de champagne préférée. Par contre, mon amie ne boit que des cocktails… roses et jamais le même. En fait, elle a un goût très sûr et quand elle n'aime pas, on change d'endroit.

Putain de bordel de merde !

Valentine, t'as intérêt à assurer sinon je vais faire de ta vie un enfer. Je me dépêche d'arriver au bar et je cherche ma barmaid alors que je suis prêt à exploser. Mais elle est où bon sang ?

– Ed, t'as vu Valentine ?

– Oh, boss, va falloir t'acheter des lunettes !

– Arrête de me gonfler et réponds à ma putain de question ! Ça urge !

– Elle est juste là, devant toi, et si tu pouvais éviter de me gueuler dessus devant les clients.

Rien à foutre de ses états d'âme, l'heure est grave, et j'ai beau chercher, je vois pas Miss mal fagotée. Enfin, elle l'était…

Mais qu'est-ce qu'Antonia a foutu ? C'est comme si Valentine était sortie de sa chrysalide pour devenir un joli papillon.

Elle est à couper le souffle.

13

Valentine

C'est trop serré. Je me sens engoncée dans mon uniforme, mes formes exposées au regard de chacun. Ma taille est trop marquée, ma poitrine trop mise en évidence et j'ai la sensation qu'il y a toujours des yeux rivés sur mon cul.

Comment font les autres filles pour supporter ces regards que je jugerais prédateurs. Je me sentais plus à l'aise mal fagotée. Je regrette mes anciennes fringues même si elles me donnaient un air d'instit revêche ou de bonne sœur coincée. Au moins je n'avais pas l'impression d'être offerte en pâture aux clients qui ne se privent pas pour plonger leurs prunelles avides dans mon décolleté.

– Valentine ?

– Hein ? Quoi ?

Je me retourne et tombe sur Mads dont l'attention est attirée par une zone que je n'ai décidément pas l'habitude d'exposer au plus grand nombre. C'est un peu déconcertant et encore une fois mon corps réagit à ce regard qui s'attarde, comme une caresse, sur ma poitrine qui se sent un peu trop à l'étroit. Si lui aussi s'y met, je ne vais pas m'en sortir. Bizarrement, sa curiosité toute déplacée me gêne moins que celle de beaucoup d'autres. Qui a dit que nous, les femmes, ne savons pas vraiment ce que nous voulons ? Je me reprends, éjectant Mads de la liste des hommes dont les regards me font beaucoup plus d'effet que les autres. Je toise mon boss et attends qu'il me dise ce qu'il désire. Mais ça ne vient pas et même si son intérêt pourrait presque me faire rougir, il commence sérieusement à me soûler, d'autant que je n'ai pas que ça à faire.

– Mes yeux sont trente centimètres plus haut, m'agacé-je. Tu voulais me demander quelque chose ?

– Tu... C'est... Mais...

– Oui ? Ton gros client est arrivé ? Il veut un cocktail ? Enfin, si tu arrives à aligner quelques mots intelligibles pour former une phrase.

– T'es...

– Bon, OK, on t'a perdu. Désolée, boss, mais j'ai du taf, alors quand tu auras retrouvé la parole, tu me fais signe.

Il ne manquait plus que lui. S'il est là, c'est que son V.I.P. vient d'arriver et s'il est dans cet état, c'est que ses demandes doivent dépasser l'entendement. Je déteste ce genre de personnes qui se croit tout permis parce qu'elles ont du fric. Je déteste tous ces gens qui dépensent des fortunes en futilités. En même temps, s'ils ne le faisaient pas, nous n'existerions pas, mais quand même.

– Il me faut des cocktails roses.

Ah, le revoilà, et il semble avoir repris ses esprits.

– Mads, regarde-moi dans les yeux, merci.

– Mais où vous avez trouvé ces fringues ? Sur le site « plus serré que moi, tu meurs » ?

– C'est bon, c'est pas la peine d'en rajouter. Je l'ai dit à Antonia, mais elle n'a rien voulu entendre.

– En fait, t'es plutôt vachement bien foutue. Tu avais de très jolies formes sous tes accoutrements chelous, déclare-t-il en se foutant de moi.

– Ah ah ah ! Bon, c'est quoi cette histoire de cocktails roses ?

– C'est la meuf de mon V.I.P. Elle n'était pas prévue et elle ne boit que des cocktails roses. Un différent à chaque fois et s'ils ne lui plaisent pas, elle et son mec changent de crèmerie.

– Mais t'es sûr que vous avez besoin de ce style de client ? demandé-je encore.

– Tu n'as même pas idée. C'est un influenceur dont la famille est pleine aux as. Tout ce qu'il touche se transforme en or. Alors oui, le club en a besoin.

– Quel cocktail en premier?

– J'en sais rien, moi. C'est toi la spécialiste, non?

Il me soûle carrément. Il me déstabilise aussi, beaucoup trop. Je fais mine de réfléchir intensément. Je sais déjà ce que je vais préparer, mais je le fais mariner un peu juste pour le plaisir de le voir trépigner et perdre de sa superbe. Il peut jouer du fait que je ne suis pas sûre de moi en temps normal, mais à cet instant, alors que je suis derrière le bar, c'est moi le chef.

– Valentine, merde!

– Quoi? Je réfléchis à la meilleure stratégie.

– Ouais, ben si tu pouvais éviter d'attendre qu'ils meurent de soif et décident d'aller se faire servir ailleurs.

OK, je me décide avant qu'il ne perde totalement patience.

– On va y aller crescendo. Je te propose un caniche rose.

– Tu te fous de moi?

– Non, on va faire péter le toutou!

– Par contre, respire pas trop fort, j'ai peur que tes nichons tentent la grande évasion.

– Connard!

Au moins il a retrouvé la parole et un peu d'humour et je me demande encore comment j'ai réussi à perdre toute retenue verbale face à lui. Pendant que je prépare mon caniche, qui est un cocktail plutôt simple à faire à base de vodka, je repense à ce que Mads m'a dit quand il est venu me chercher avec sa Batmobile. Je dois reconnaître qu'il a raison. Pourquoi est-ce si facile de parler avec lui alors que je me laisse écraser par Rose? Pourquoi face à elle ou face à mes parents, cette repartie semble disparaître comme par magie, me laissant totalement démunie? Ce n'est pas face à mes boss et surtout pas face à Mads que je dois m'affirmer, mais face à ma famille. Seulement, quand j'y pense, j'en ai froid dans le dos. Je me sens fébrile et prête à me cacher dans un trou de souris.

C'est n'importe quoi, mais ça a le mérite de devoir être creusé un peu si je veux un jour pouvoir m'affirmer et envoyer valser la pauvre petite Valentine prête à s'aplatir pour éviter d'être trop malmenée par ceux qui devraient normalement la soutenir et l'aimer.

– T'as fini ?

– Hein ?

– Ce serait bien que tu sois à ce que tu fais, bordel. On joue l'avenir du club au cas où tu ne l'aurais pas compris. Donc je te veux à mille pour cent.

Je pose le caniche rose devant lui avec mon plus beau sourire et vais m'occuper des autres clients qui seront peut-être un peu plus aimables que ce crétin.

Mon moment de tranquillité est de courte durée. Il y a du monde, mais je ne me sens pas aussi stressée que quand je le sens à côté de moi. Il est revenu pour un deuxième cocktail. La copine du V.I.P. n'a rien dit. Elle a avalé son verre sans émettre aucun avis. Mais comme ils sont toujours là et qu'elle se déhanche sur la piste réservée au carré V.I.P., c'est qu'elle a dû aimer.

– C'est parti pour une dame rose !

Mads reste accoudé au bar à discuter avec deux clientes papillonnantes et pendues à ses lèvres pendant que je m'active. Je le regarde œuvrer. Ce type est un véritable séducteur. Il affiche une nonchalance calculée, un demi-sourire à faire fondre les strings, un regard qui peut vous faire croire que vous êtes la seule, même au milieu d'un troupeau de vos semblables. Je dois reconnaître qu'il est fort. Elles sont sous le charme et moi ça m'agace prodigieusement. Je m'évertue à répondre à ses moindres demandes et lui, il batifole. Il m'envoie à la tête qu'il faut s'occuper de son influenceur à la noix alors qu'il semble l'avoir totalement oublié face à deux paires de jambes et de nichons.

– Oh, joli cœur ! La dame rose va pas monter à l'étage toute seule.

– Jalouse ? se marre-t-il.

– De quoi ?

– Laisse tomber. T'as déjà pensé au suivant ? me demande-t-il.

– Occupe-toi déjà de celui-là.

Je sais exactement ce que j'ai à faire. Je finirai par le Singapore slink mais je prépare déjà les ingrédients pour le suivant. Je sais que je ne vais pas être très originale parce qu'on a déjà dû le lui faire des dizaines de fois, mais je vais lui envoyer un Barbie drink à base de rhum et on verra.

Je vois Mads arriver une petite heure plus tard. Je commence à être sur les rotules. Il y a vraiment beaucoup d'affluence et je me demande si la présence de notre invité de marque n'y est pas pour quelque chose.

– Ça se passe comment?

– Ils sont toujours là.

– Waouh! m'exclamé-je, serrant les mains devant moi comme s'il venait de m'apprendre la meilleure nouvelle de l'année.

– Arrête ton char, la miss. En route pour le suivant.

Il ne me faut que cinq minutes pour le préparer et je le pose devant lui.

– Un Barbie drink pour la demoiselle.

– Tu déconnes?

– Absolument pas. C'est son nom. Bon, on a déjà dû lui servir des centaines de cette substance rose, mais on ne risque rien à tenter le coup.

– T'es une killeuse! s'écrie-t-il, enthousiaste, un sourire lumineux accroché à ses belles lèvres.

Ouais, n'exagérons rien, mais je me débrouille pas trop mal. En attendant, un compliment venant de celui qui ne voulait pas de moi au départ… C'est… Je souris… C'est super déstabilisant… D'ailleurs, ma réaction est un peu disproportionnée… C'est normal que mon cœur batte comme un malade, que j'aie chaud et que j'aie envie de sautiller partout?

14

Mads

Je me pointe dans l'espace V.I.P. alors que mon invité et sa moitié sont en train de se rouler une pelle monumentale. Maurizio a vraiment le style méditerranéen. Grand, brun, un regard noir perçant et fiévreux, un costard blanc ouvert sur un torse bronzé et musclé. Sa bimbo blonde est petite, menue, super bien gaulée et vêtue d'une robe qui laisse très peu de place à l'imagination. Je ne m'avancerais pas mais je peux tout de même affirmer que la demoiselle ne semble pas farouche, surtout quand elle me lorgne alors que son amant a encore sa langue dans sa bouche à elle. Mademoiselle serait-elle avec ce type parce qu'il est connu et bourré de fric ? Je dis ça, je dis rien.

En attendant, c'est elle qui met fin au baiser non sans lancer un regard langoureux et plein de promesses à son amant. Puis elle se tourne vers moi et tend déjà la main pour s'emparer du nouveau cocktail que je lui apporte.

– Il s'appelle comment celui-là ? demande-t-elle d'une voix aiguë et geignarde, très désagréable.

– C'est un Barbie drink.

J'attends que l'information gagne son cerveau puis ça fait tilt.

– Mais il porte mon prénom !

Bingo !

– Chéri, tu te rends compte ?

– Oui, ma douce.

– Je n'en ai jamais bu. Pourquoi est-ce qu'on ne m'en a jamais proposé avant ?

Je vais augmenter Valentine, tout ça, c'est grâce à elle ! Enfin, ce sera après que Barbie a goûté son breuvage. Ce qu'elle fait sans attendre avant de s'extasier et de vider son verre en quelques trop courtes minutes.

– J'en veux un autre. À partir d'aujourd'hui, je ne veux plus boire que des Barbie drink.

– Tu auras ce que tu veux, ma beauté.

– Oh, mon doudou.

L'influenceur me fixe puis il me fait un clin d'œil complice. En gros, grâce à un cocktail rose au doux nom de Barbie, je viens de gagner l'entrée du club au paradis de la nuit. Les milliers d'abonnés de l'Italien vont entendre parler du Serial et comme Maurizio leur dira que c'est un super endroit, ils voudront vérifier par eux-mêmes et notre renommée aura gagné un méga coup de pouce qui nous hissera, je l'espère, dans le top des clubs parisiens.

J'ai juste envie de hurler de joie et de partager la nouvelle avec mes potes. Je les cherche à leur poste habituel mais je ne les trouve pas. J'ai la surprise de les découvrir au bar, un verre rose à la main. J'ai aussi une autre surprise puisqu'un des types qui accompagne mon gros client est assis face à Valentine et semble faire profiter son auditoire de son charme latin. Ils se bidonnent tous puis le Rital s'adresse à notre barmaid en prenant les autres à témoin.

– Valentine, vous êtes un génie. Si vous aviez vu la tête de Barbie quand Mads lui a tendu le verre en lui révélant le nom du cocktail.

Putain, mais c'était à moi de lui apprendre la nouvelle… Enfin, de leur apprendre la nouvelle. C'est qui ce mec à la fin ? Et Valentine de lui sourire béatement en apprenant la réaction de Barbie qui n'en revient toujours pas d'avoir bu un cocktail à son nom.

– Je suis heureuse que ça lui ait plu.

– Ce truc est une tuerie, reprend Antonia qui déguste la boisson en gémissant à chaque lampée.

– C'est clair… Valentine, tu es augmentée, se marre Danilo.

OK, autant dire que ma surprise n'en est plus une et ça me gonfle. Et c'est quoi ce regard pervers que le Rital coule du visage aux nichons de mon employée ? Il va se calmer le don Juan de mes deux.

– Je dois y aller, *bella ragazza*, mais je reviendrai bientôt, déclare l'intrus à Valentine qui… rougit.

– Valentine, il me faut un autre Barbie.

Je suis un peu brusque, mais le type me gonfle. Valentine me lance un regard ulcéré, mais c'était à moi d'annoncer notre réussite et le lancement du club sur l'orbite de la gloire.

– Je vais l'apporter à sa destinataire, propose le gars avant de disparaître enfin avec la consommation.

Ouais, fabuleuse idée, crétin !

– C'est qui ce mec ? me renseigné-je auprès de Danilo.

– Tu l'as pas vu là-haut ?

– Non.

– C'est Angelo, le meilleur pote de ton V.I.P., affirme-t-il.

– Celui qui est venu avec la rouquine ? demandé-je, connaissant déjà la réponse.

– Qui n'est que sa cousine, conclut Antonia en riant.

– Ouais, et moi je suis le grand-oncle, ironisé-je.

Ils croient quoi ? Que je vais croire que ce type sort avec un membre de sa famille ! À d'autres !

– Et toi, un compliment et tu t'embrases, lancé-je à Valentine en la fusillant du regard.

– Disons que c'est mieux que de se faire gueuler dessus par un boss irascible, tu ne crois pas ? réplique-t-elle sans se démonter en m'adressant un sourire plein de défi.

– Vous avez pas fini, tous les deux ? râlent en chœur Antonia et Danilo.

Valentine retourne à ses clients et je raconte, à ma sauce, ce que le crétin d'Angelo a déjà balancé. Je confirme que c'est une vraie réussite et que le club va bénéficier d'une nouvelle notoriété.

– Je te signale que c'est grâce à notre barmaid, reprend Danilo. Il serait peut-être bien que tu la remercies au lieu de l'asticoter.

– La remercier de quoi ? Elle a fait son boulot. C'est bien pour ça qu'on l'a embauchée, non ? râlé-je en essayant de cacher le mieux possible qu'il a raison et qu'on lui doit une fière chandelle.

OK, je garde l'idée de l'augmenter. Quand elle arrêtera de rougir face au premier crétin venu, j'y repenserai.

– Tu peux la ramener, ce soir ? s'enquiert Antonia, la bouche en cœur et le regard limite larmoyant.

– Ah non, désolé, j'ai un rendez-vous qui m'attend. Je dirais même un double rendez-vous, et je crois que Valentine n'aime pas ma voiture, lancé-je alors que l'intéressée vient de nous rejoindre. Tu n'auras qu'à lui payer un taxi.

– Je te jure, des fois, tu es à baffer.

– Oui, peut-être. En attendant, c'est un peu grâce à moi que nous allons nous faire un blé monstre.

– Non, c'est grâce à Valentine, objecte Antonia.

– C'est mon boulot, Antonia. J'ai juste visé juste et c'est super pour le Serial Killer. Ce mec va parler de vous et va vous faire une méga pub gratos, c'est cool.

Je les laisse avant d'avoir la larmichette à l'œil.

– Maurizio, je suis véritablement enchanté de ta visite. J'espère te revoir bientôt, salué-je mon V.I.P.

Nous nous serrons la main puis j'ai droit à une rapide étreinte.

– Absolument. Je crois que cet endroit et vos cocktails vont devenir indispensables à Barbie.

Je souris.

– Mads, très heureux d'être venu.

C'est au tour d'Angelo et bizarrement j'apprécie beaucoup moins son enthousiasme.

– Je crois que je reviendrai aussi, et rapidement. Votre barmaid est une perle. Elle est talentueuse, super bien foutue et j'aimerais bien la connaître davantage, si ça ne te gêne pas bien sûr.

– Tu fais ce que tu veux, Angelo.

Pourquoi voudrait-il que ça me gêne ? Pauvre con. Comme si le fait que Valentine sorte avec un mec pouvait me faire quelque chose. Seule restriction, que ça ne trouble pas son service. À part ça ? Non, vraiment, je ne vois pas.

15

Valentine

Je termine mon service aux anges, abondamment remerciée et encensée par Dani et Antonia. D'après eux, je suis l'unique responsable de leur réussite. Je ne suis pas totalement d'accord, étant donné que Mads s'est donné beaucoup de mal pour attirer l'influenceur dans la boîte, mais je dois dire que ça regonfle mon ego qui en a un peu besoin ces temps-ci.

– Tu penses quoi d'Angelo?

Je regarde Antonia qui attend, avec moi, le taxi qu'elle nous a commandé.

– Il est canon.

Et pour être canon, il l'est. Il est bien foutu, musclé, mais tout en finesse. Il a de la classe et un visage d'ange aux yeux noirs tout à fait envoûtants.

– Valentine! s'écrie-t-elle d'une voix où perce une pointe d'exaspération.

– Ben quoi?

– T'as tout de même remarqué que tu semblais beaucoup l'intéresser.

– Si tu veux dire par là qu'il ne s'est pas privé pour reluquer ma poitrine, j'ai bien vu.

Elle éclate de rire avant de reprendre:

– Il faut qu'on poursuive ton relooking. Après l'uniforme, il est temps de s'occuper de tes cheveux, de ton maquillage et de tes lunettes. Il faut que tu sois fin prête pour le jour où il reviendra pour s'occuper de ton cas.

– Il ne reviendra pas, ce type peut avoir toutes les meufs qu'il veut. Tu crois vraiment qu'il va s'occuper d'une barmaid qu'il n'a vue qu'une fois et qui est à mille lieues de celles qu'il doit avoir à son bras en temps normal.

Ma voisine me fixe, éberluée, puis elle affiche une colère qui me tombe dessus sans que je la voie venir.

– Non mais tu t'entends?

– Quoi? Et arrête de me regarder comme si tu avais envie de me bouffer ou de m'en mettre une. Je n'ai jamais eu de véritable petit ami. En tout cas, aucun du calibre d'Angelo. Et puis il y a Jonas.

– Tu penses encore à ce crétin?

– J'en sais rien… Non!

– Je te rappelle qu'il se tape ta sœur.

– Ce n'est pas la peine de me le cracher au visage, j'avais remarqué, figure-toi!

– Alors laisse ce connard de côté. Il y a un bel Italien plein de tunes qui ne demande qu'à mieux te connaître. Alors tu vas me faire le plaisir de te laisser faire et de profiter. Tu es une nana magnifique, il est temps que tu le découvres.

Notre échange se conclut avec l'arrivée de notre taxi. Nous restons silencieuses. Je crois qu'Antonia aurait aimé que l'on poursuive. Pas moi, ça suffit pour aujourd'hui. Je dois faire mon deuil d'une relation avec Jonas. Je crois que je n'y ai jamais cru en réalité. Par contre, une histoire avec Angelo serait peut-être de l'ordre du possible même si je n'ai pas forcément envie d'y penser maintenant. Antonia respecte mon silence jusqu'à ce que la voiture s'arrête devant son immeuble.

– Rendez-vous demain en fin de matinée. Je passe te chercher.

Je n'ai même pas le temps d'objecter qu'elle a déjà refermé la portière et s'est engouffrée dans son bâtiment. Cette nana est têtue et pourtant je la laisse s'immiscer dans ma vie. Je lui permets d'entrer dans mon espace. Celui que je garde jalousement. Celui où seuls mes deux meilleurs amis peuvent s'aventurer. Et encore, parfois je leur ferme la porte au nez, mais ils me connaissent et savent que ce n'est jamais pour très longtemps.

Je n'arrive pas à expliquer à Antonia que mon existence est un vrai champ de bataille depuis quelques jours parce que plus rien n'est à sa place. Je bosse dans un club sélect qui m'ouvre le monde de la nuit. Je commence à entrevoir ma vie d'une autre façon avec un nouveau look et une timide confiance en moi. J'ai rencontré Mads qui remue suffisamment de choses en moi alors qu'il est mon boss et donc intouchable et puis il y a Rose et ce que je ressens encore quand je suis face à elle. Et ce n'est pas la soirée que je viens de passer qui va arranger les choses.

J'ai l'impression de végéter depuis toujours et puis voilà qu'une main saupoudre un peu d'engrais sur ma petite personne. J'ai la sensation de grandir, de mûrir d'un coup. Le problème, c'est que je déborde du pot dans lequel j'aurais fini par m'étioler. Je suis entrée dans un monde que je n'avais jamais fréquenté. Celui de la nuit, des clubs sélects dans lesquels tout semble possible. C'est la première fois que je peux faire étalage de tout mon savoir-faire. C'est la première fois qu'on me prend réellement au sérieux, qu'on me pousse à me dépasser, qu'on force la vilaine petite chenille à devenir un papillon.

C'est surtout ça qui me pose le plus de problèmes.

Je peux évoluer dans le monde professionnel. Je suis toute prête à grimper les échelons, à apprendre, à m'améliorer, à changer ma façon de travailler, si c'est au service de mon art.

Par contre, dans ma vie privée, c'est une autre paire de manches. Je ne me sens pas prête. Mais alors pas prête du tout. Comment est-ce que je pourrais tirer un trait sur le désert qu'a été ma vie amoureuse? J'ai eu quelques amants pas vraiment satisfaisants, un petit ami avec qui rien n'a jamais été sérieux et qui a fini par me préférer ma sœur, un seul type que j'ai vraiment aimé et qui, lui aussi, a fini avec ma sœur. Un bilan plus que pathétique que je ne pourrai jamais effacer, que ce soit avec un uniforme sexy ou une nouvelle coupe de cheveux. Comment dire à Antonia qu'Angelo est un mirage qui s'évaporera dès qu'il me connaîtra mieux? Dès qu'il découvrira que je suis à mille lieues de celle que je laisse voir quand je suis derrière mon bar? Je ne suis qu'une illusion. Une illusion qui le fera fuir, comme les autres… Comme Jonas.

Le reste de ma nuit a été très perturbé. Je devrais sûrement appeler Pénélope ou Elmer, mais ils sont pris par leur boulot, leurs propres problèmes et je sais déjà ce qu'ils me diraient. « Fonce et change-moi tout ça ! » Je suis en boucle sur ce qui m'attend aujourd'hui. C'est-à-dire aller chez le coiffeur et tenter de remplacer mes lunettes par des lentilles ou par des montures plus tendance.

Antonia arrive vers onze heures et elle se met automatiquement en mode commando. Elle me fait grimper dans le taxi non sans avoir jeté un regard réprobateur à ma tenue qu'elle ne doit pas juger assez féminine. Oui, eh bien, après la nuit que je viens de passer, je n'étais pas forcément très enthousiaste et ma tenue s'en ressent. Mon jean informe et le pull bouloché, d'une couleur indéterminée, le prouvent.

Direction l'opticien qui juge que des lentilles conviendront très bien. Il m'explique qu'il va me les commander et qu'elles seront disponibles dans quelques jours. Antonia tient quand même à ce que je regarde les lunettes, malheureusement nous n'avons absolument pas les mêmes goûts. Elle me présente des montures que je juge hideuses alors que mes choix sont jugés démodés, passe-partout, absolument pas sexy.

Du coup, elle conclut que la paire que j'ai sur le nez conviendra pour le moment.

Le coiffeur nous attend donc. Il défait mes cheveux qui sont, encore une fois, attachés en queue-de-cheval et les étale sur mes épaules. Ils n'ont rien de sensationnel. Ils sont blonds, assez longs et raides. Le coiffeur regarde Antonia d'un air blasé et hausse les épaules l'air de dire « qu'est-ce que tu veux que je fasse avec ça ? ».

– Tu coupes tout ! s'exclame ma patronne.

– Hein ! Mais vous êtes malades, riposté-je aussitôt en les dévisageant l'un après l'autre.

Je suis à deux doigts de prendre la poudre d'escampette. Je ne suis pas prête. J'en ai des sueurs froides.

– Tes cheveux sont très abîmés, la couleur est terne et à part faire une permanente, ils n'auront jamais la souplesse qu'on pourrait attendre d'une telle chevelure, tente de se justifier le professionnel qui soulève mes mèches d'un air désolé.

– Oui, mais on n'est pas obligé de tout couper quand même, me récrié-je encore.

– Un carré plongeant. Avec ses cheveux, ça le ferait, non? propose Antonia, tout excitée.

Le coiffeur me regarde de face, de profil. Il prend mes cheveux dans ses mains, les remonte sur le dessus de mon crâne. Il tergiverse, réfléchit puis affiche un grand sourire.

– Antonia, tu as le chic, ma chérie. Mais avant, couleur!

Il faut trois heures pour que je découvre le résultat final dans la glace. Il a effectivement tout coupé. C'est court derrière, long devant. Mes cheveux sont toujours blonds, mais méchés de teintes plus claires ou plus soutenues. Je dois reconnaître une chose à ce type: il ne deviendra jamais mon meilleur pote, mais il sait y faire. Je me serais croisée dans la rue, je ne me serais pas reconnue tant cette coupe transforme mon visage.

– Alors?

– D'accord, ça me va plutôt très bien.

– Nickel. Et si on s'occupait du reste, s'enthousiasme Antonia.

– Comment ça, du reste? m'inquiété-je.

– De ta garde-robe, pardi! Tu ne dois pas être sexy qu'au boulot. Imagine qu'Angelo t'invite à sortir un soir. Tu vas lui proposer quoi? Ce que tu portes sur le dos aujourd'hui? À moins que tu aies quelque chose de plus seyant et de moins mémère.

Non, je n'ai aucun truc qui fasse fille sexy bien dans sa peau dans mon armoire. Je contemple mon nouveau reflet dans le grand miroir du salon de coiffure et je tente d'y retrouver celle que j'étais ce matin en quittant mon domicile. Je ne la retrouve pas et, tout à coup, je flippe vraiment. J'ai peur d'enfiler un costume qui ne me va pas et de m'y perdre.

– C'est suffisant pour aujourd'hui, Antonia.

– Mais on a encore le temps!

– Pas aujourd'hui.

Elle me regarde comme si elle plongeait en moi. Je ne sais pas ce qu'elle découvre, mais cela semble la convaincre. Elle me sourit, remet une mèche de ma nouvelle coiffure en place.

– Alors on ira faire les boutiques un autre jour, m'assure-t-elle doucement, comme si elle ne voulait pas me braquer.

– Je ne sais pas, Antonia. Laisse-moi un peu de temps, d'accord?

Elle m'offre un petit sourire *contrit,* mais elle hoche la tête et m'accorde ce que je lui demande. C'est-à-dire un peu de temps. Je ne reviens pas sur le fait que la coupe est jolie et me va bien. Que l'uniforme est top et qu'évoluer sans lunettes sera une grande première. Mais j'ai besoin de respirer un peu. De m'habituer à tout ça.

16

Mads

J'ai réussi à m'y faire.

À quoi ?

Au fait de découvrir que derrière une barmaid absolument quelconque pouvait se cacher une nana tout à fait baisable.

Mais ?

Malgré l'envie qui est la mienne de la titiller un peu pour voir ce qu'elle a dans le ventre, je m'abstiens. On n'est absolument pas censé s'intéresser aux membres de notre personnel.

Pourquoi ?

Parce que ça peut vite devenir une grosse source d'emmerdes.

De plus, Valentine, malgré son changement d'apparence, reste hermétique à toutes les tentatives de rentre-dedans. Elles ne viennent pas de moi, mais elles ne manquent pas. Les clients découvrent, comme moi, que cette nana est canon est donc ils tentent leur chance… Sans aucun succès. Valentine se plonge dans le boulot, sert des cocktails à foison, fait les comptes, passe les commandes, assure un service de qualité et gère son équipe sans aucun problème. Une fois que tout est rangé et nettoyé, elle se barre et rentre chez elle, même si Antonia l'incite souvent à finir la soirée avec elle, à aller prendre un petit déjeuner. Elle ne veut rien entendre et rentre seule.

Cette meuf est bizarre. Si elle est devenue vraiment jolie, elle reste, malgré tout, une gonzesse qui n'a absolument pas confiance en elle et qui n'assume pas du tout ce qu'elle montre d'elle… L'image d'une fille qu'on a envie de retrouver entre ses draps.

La soirée s'étire sans que rien d'excitant ne vienne troubler le train-train ambiant. Il y a beaucoup de monde, de l'ambiance, de belles meufs, mais rien de transcendant. Je me ferais presque chier. Du coup, je vais rejoindre Antonia et Valentine au bar. Il y a un peu d'affluence et Ed et les serveuses se démènent en salle.

– Vous vous en sortez les filles?

– Prépare les bières pour Audrey. Son plateau est là, m'ordonne Valentine avant de retourner à ses mixtures.

Je me tourne vers la grande rousse et lui demande ce qu'il lui faut exactement. Une fois qu'elle m'a livré la commande, je remplis son plateau et attends qu'elle reparte pour me tourner vers mes deux collègues. C'est au moment où je m'oriente vers la salle que je remarque Angelo. Il approche d'un pas assuré et s'installe sur le tabouret qui fait face à Valentine. Putain de sourire Ultrabrite! Le Rital est de retour!

Je ne suis pas vraiment sensible à la beauté masculine, préférant largement un petit cul et une belle paire de seins, mais je dois quand même reconnaître que ce type est un canon sur pattes. Un canon très sûr de lui et de son charme, emballé dans une tenue décontractée, mais classe et signée d'un grand styliste parisien.

– Valentine, vous êtes de plus en plus belle, lance Angelo. Cette nouvelle coiffure vous va à ravir.

La barmaid le remercie d'un petit signe de tête et d'une mine réjouie et lui demande ce qu'il veut boire.

– Vous êtes venu tout seul? lui demande Antonia pendant qu'on lui prépare son verre.

– Cette fois-ci, oui, répond-il sans quitter Valentine des yeux.

Va falloir qu'il arrête son manège, le Rital, ou je lui fais ravaler son putain de sourire.

– Je dois avoir peur pour mon employée? fait mine de s'inquiéter Antonia qui devrait réellement la fermer.

Je sais que mon amie veut que Valentine retrouve un peu de confiance en elle. Je sais que son relooking est son œuvre, mais si elle pouvait éviter de jouer le jeu de l'Italien, ça m'arrangerait.

– Je ne lui ferai aucun mal si c'est cela qui vous inquiète. Mais je peux lui faire beaucoup de bien si elle le souhaite, ce qui m'enchanterait vraiment.

Nom de Dieu… Est-ce que je suis aussi lourd que ça quand je drague une nana? Parce que si c'est le cas, va falloir que je revoie mes techniques d'approche. Non mais franchement. Je continue à m'occuper des clients alors que joli cœur multiplie les petits mots sympas à l'attention de Valentine. Ce qui m'étonne, c'est que si les avances des autres clients semblent ne lui faire ni chaud ni froid, celles d'Angelo trouvent un certain écho en elle et ça me gonfle.

J'aimerais bien qu'il foute la paix à mon employée qui est ici pour bosser et pas pour se faire draguer par le premier connard venu. On est en pleine bourre et elle doit être à cent pour cent à ce qu'elle fait alors s'il pouvait déguerpir.

– Eh, le beau gosse!

Il ne manquait plus qu'elle. Qu'est-ce que je disais tout à l'heure? Que la soirée était chiante, barbante, qu'il ne se passait rien? Mon cul! Réunissez autour du bar un Italien bourré de tune et de testostérone, une barmaid mal dans sa peau, mais suffisamment réceptive et sa bombasse de frangine qui serait prête à lui passer dessus pour la rabaisser et vous pouvez être certain qu'il va y avoir un peu d'animation.

C'est comme être au théâtre.

Valentine voit sa frangine prendre place sur un tabouret. Elle la mate quelques minutes et…

Bingo!

– La vache! T'as une marraine la bonne fée qui a su te faire passer du stade de Cendrillon à celui de princesse? Ça te va bien… Enfin, aussi bien que possible.

Nom de Dieu, la pétasse! Une chose est certaine, Rose a le chic pour tourner un compliment en une petite remarque acide et tout à fait désagréable. Je crois que Valentine, quoi qu'elle fasse, ne trouvera jamais grâce à ses yeux.

– Salut !

Tiens, Blondie vient de repérer le Rital plein de tune. Je crois que ce style de nana a un radar qui lui signale qui est digne de son attention ou qui ne l'est pas. Et, clairement, Angelo l'est. Il pue la réussite et le fric à cent mètres. Rose l'a flairé et s'apprête à attaquer.

– Rose Matthys. Très heureuse de faire votre connaissance.

– Angelo di Meglio.

– Valentine, un Manhattan ! lance Rose sans même regarder sa sœur et en oubliant la plus élémentaire des politesses.

J'hallucine et vu la tête que tire Antonia, elle aussi.

– C'est qui, cette meuf ? me glisse-t-elle à l'oreille.

– Rose, la sœur aînée de Valentine.

– Alors c'est elle ? Tu pourrais pas l'occuper ? continue Antonia.

– Pourquoi moi ? Je n'ai aucune envie de l'approcher, elle me fait penser à une mante religieuse.

– Mais comme tu n'auras pas à la baiser, elle ne risque pas de t'arracher la tête, crétin.

– Je crois que c'est un peu tard, elle vient de se mettre en mode glu et compte bien s'agripper à Angelo.

Ce que je ne dis pas, c'est que ça m'arrange étant donné que Valentine doit être à ce qu'elle fait. Quoi ? Je me soucie de mes employés et du fait que je dois tirer le meilleur de leur potentiel, rien d'autre…

17

Valentine

Je me concentre sur les cocktails que je prépare pour les clients qui commencent à s'agglutiner au bar. On dirait qu'ils se sont donné le mot. Ce qui m'arrange, dans un sens, puisque cela me permet de ne pas penser à la scène qui est en train de se jouer devant moi. Cela me permet aussi d'oublier qu'Antonia est un témoin privilégié du comportement de mon aînée puisque Mads, heureusement, a été appelé par Danilo pour un problème technique.

– Valentine, ce serait bien que tu réagisses, me glisse ma patronne.

– Et qu'est-ce que tu veux que je fasse ?

Vas-y, ma grande, continue sur ta lancée, garde la tête enfoncée dans le sable pour ne pas voir ce qu'essaie de faire ta très chère sœur. C'est-à-dire mettre un nouvel homme dans son lit et pas n'importe lequel puisque c'est celui qui était, au début, venu pour toi. Je bous, c'est clair, mais je suis au boulot et il serait sûrement malvenu de faire un esclandre. Ce que je glisse à Antonia.

– Vous n'êtes pas avec Jonas ? réagit donc celle-ci, prenant le relais.

– On se connaît ? lui rétorque Rose, peu amène.

– Vous êtes dans mon club, continue ma boss sans se démonter.

– Oh, vous êtes l'associée de Mads et la patronne de ma petite sœur, alors ?

– C'est ça.

Rose lance un regard vers Angelo qui la dévisage sans que je sache réellement ce qu'il pense d'elle. Est-ce qu'il la trouve à son goût ?

Ou pas ? Est-ce qu'il a décidé que je ne tenais pas la route face à ma frangine ? Ou pas ? Je n'en sais fichtre rien, mais il semble tout de même très intéressé par ce qu'elle a à répondre.

– Je ne suis plus avec Jonas, crache ma sœur sans montrer aucun remords. Il ne correspondait pas vraiment à ce que j'attends d'une relation, se justifie-t-elle.

Pourquoi est-ce que ça ne m'étonne pas ?

Pauvre Jonas qui, comme les autres, s'est laissé prendre dans les filets de Rose qui l'a jeté après s'être amusée de lui. Ma sœur est comme toutes ces petites filles gâtées qui s'intéressent à un jouet justement parce qu'une autre s'y intéresse puis qui se lassent très vite une fois qu'elles ont réussi à obtenir ce qu'elles convoitent.

Je jette un nouveau coup d'œil à Angelo. Je suis surprise de découvrir que, cette fois-ci, son regard est braqué sur moi et qu'il me sourit. Je lui rends son sourire, heureuse. Je crois que j'ai une partie de la réponse à ma question. Je n'ai pas l'impression qu'il soit subjugué par sa si jolie voisine, c'est un bon point pour lui. Enfin, jusqu'à ce que ma sœur se rapproche de lui et entreprenne une nouvelle discussion.

– Tu ne vas quand même pas la laisser lui sauter dessus, m'admoneste Antonia. Elle t'a déjà fait le coup avec Jonas, c'est bon. Angelo est venu pour toi, bon sang.

Je me sens prise au piège. Je ne sais pas jouer au jeu de la séduction. Je n'en connais pas les règles. Enfin, pas celles qu'utilisent Rose et sûrement une nana aussi sûre d'elle qu'Antonia. Je les observe par-dessus mon épaule et une chose est certaine, Angelo ne me regarde plus. Il est focalisé sur ma sœur qui s'est encore rapprochée de lui. Elle va bientôt finir sur ses genoux si elle continue. Ce n'est pas que je me sente très proche d'Angelo, même s'il est venu pour me voir, mais je dois reconnaître que je suis plus en colère que je ne le pensais. J'ai beaucoup de mal à accepter que Rose tente, encore une fois, de me couper l'herbe sous le pied.

– Valentine, bouge !

– Mais je ne vais pas contourner le bar pour aller me coller entre ma sœur et lui ?

– Ce serait un bon début pourtant.

– Oui, mais je ne pourrai jamais faire un truc pareil.

– Alors sers-lui un verre, le sien est vide, me conseille-t-elle.

Je regarde devant Angelo et je découvre qu'effectivement, il a terminé le whisky que je lui ai servi un peu plus tôt. J'en prépare un nouveau et le pose à la place de l'autre. Il quitte ma sœur des yeux pour les tourner vers moi.

– Merci Valentine. Vous lisez dans mes pensées.

– Je ne crois pas, non, réponds-je.

Ce que je ne lui dis pas, c'est qu'heureusement que je n'ai pas ce pouvoir, car je détesterais découvrir qu'il trouve ma sœur irrésistible et qu'il s'imagine déjà finir la soirée en sa compagnie.

– Vous avez pourtant deviné ce que je désirais.

– Je suis barmaid, Angelo.

– Vous oubliez aussi pourquoi je suis venu ici.

– Pour trouver de la distraction, ne puis-je m'empêcher de rétorquer en jetant un vif coup d'œil à sa voisine accaparée par Antonia.

– Elle ne m'intéresse pas, me glisse-t-il.

– Ce n'est pas vraiment mon impression.

– Jalouse ? demande-t-il, ne pouvant me dissimuler un petit air triomphant.

– Non, réaliste, rétorqué-je.

– Alors c'est que je ne me suis pas fait assez bien comprendre.

Sur ce, il se lève et dépose quelques billets à côté de son verre qu'il n'a même pas touché.

– Mais vous partez déjà ? s'écrie Rose, interpellée par le mouvement de son voisin.

– Je suis désolé, je pars tôt demain. Je dois m'absenter plusieurs semaines pour mes affaires. Rose, merci de ce petit intermède. Valentine, j'ai été très heureux de vous revoir. J'aurais aimé profiter un peu plus de votre présence, mais je vous recontacte, sans faute, dès mon retour.

J'hallucine. Le mec snobe carrément ma sœur, me lance un regard dans lequel je découvre du désir et du regret. Il m'envoie un baiser puis disparaît alors que mon aînée se demande encore ce qui vient de se passer. C'est certain que la situation doit lui échapper. Un mec vient de la laisser en plan, s'intéressant plus à sa si vilaine petite sœur qu'à elle. Oh, joie extrême! J'ai envie de hurler, mais finalement contempler l'air ahuri de ma sœur me suffit.

– Mais… Tu le connais?

– Oui.

– Valentine, tu devrais aller prendre ta pause, nous interrompt Antonia qui, décidément, aura été un super ange gardien ce soir.

Mon amie me lance un clin d'œil complice. Je lui souris et finis de servir les verres que j'étais en train de préparer avant de quitter mon poste pour notre salle de repos.

J'ai à peine fait quelques mètres que je suis poussée dans un recoin par Rose qui se campe devant moi. Si ses yeux pouvaient lancer des éclairs, je serais déjà foudroyée. Je la découvre en colère, la bouche plissée et les narines palpitantes.

– Tu crois réellement que ton changement de look va pouvoir retenir un mec comme lui? crache-t-elle, son visage à quelques centimètres du mien.

– De quoi parles-tu, Rose?

– Tu me fais pitié, ma pauvre petite Valentine. Tu es si insignifiante. Tu crois vraiment qu'un uniforme un peu moulant, une nouvelle coupe de cheveux et un peu de maquillage vont faire de toi une autre personne?

J'essaie de me dégager du coin où elle m'accule, mais elle n'en a pas terminé. On dirait une sorte de gorgone malfaisante qui m'invective, ses jolis traits affichant toute sa méchanceté.

– Tu sais pourquoi Jonas a fini dans mon lit? Parce qu'il a détesté t'embrasser. Parce que tu n'as rien pour satisfaire les hommes, insiste-t-elle.

Son sourire est démoniaque quand elle m'assène ce coup, sachant très bien qu'elle tape exactement là où ça fait mal.

– Imagine ce que pensera Angelo quand il découvrira qui tu es vraiment. Imagine ce qui se passera quand tu te retrouveras dans le même lit que lui et qu'il se rendra compte combien tu es sans expérience.

– Je ne suis pas sans expérience, tenté-je de me défendre, déstabilisée par tout ce qu'elle vient de me balancer avec autant de méchanceté.

Elle éclate de rire et laisse glisser son regard sur moi, de mon visage à mes pieds. Je ne sais pas comment elle y arrive, mais je me sens si nulle, si moche et si insignifiante… Malgré tout, je trouve la force de me rebeller et je la pousse suffisamment pour pouvoir m'extraire de ce piège. Je vais partir, mais elle me retient encore.

– Je n'ai pas terminé, petite sœur.

– Alors fais vite, je n'ai pas de temps à perdre, la défié-je.

– Tu peux faire la bravache, tu ne fais pas illusion. Surtout pas devant moi. Tu es comme ces colliers de strass. Tu brilles de mille feux, tu attires les regards puis on se rend compte que les belles pierres si parfaites ne sont que du simple verre sans aucune valeur. C'est comme quand nous étions enfants, les gens s'extasiaient devant la petite Valentine qui était la plus mignonne, la plus gentille, la plus douce, mais ils finissaient toujours par se rendre compte que tu ne valais rien. Et regarde, ils sont tous revenus vers moi et ne voient plus que moi.

Je me dégage de sa prise. J'en ai assez entendu mais, encore une fois, elle revient à l'attaque et se glisse entre moi et la porte de notre salle de pause. Je prends la mesure de sa rancœur et du fait qu'elle a très mal pris l'indifférence d'Angelo dont l'attention s'est focalisée sur moi.

– Laisse le haut de gamme à celles qui savent quoi en faire et contente-toi du reste, Valentine. Ne fais pas perdre leur temps à des hommes qui ne veulent que le meilleur. Est-ce que je dois vraiment te rappeler que les mecs avec qui tu es déjà sortie ont préféré finir dans mon lit? Pose-toi les bonnes questions, Cendrillon.

Elle conclut par un « pitoyable » qu'elle me crache et qui m'atteint de plein fouet. Elle passe à côté de moi sans un regard, la tête droite, l'air très satisfaite. Si elle a retrouvé toute sa superbe, ce n'est pas mon cas. J'ai fait front, mais maintenant qu'elle est partie, je suis à deux doigts de m'effondrer.

Assommée, perdue, je me précipite dans la salle de pause où, heureusement, il n'y a personne. Je me laisse tomber dans un des canapés et je reste là, les mots de ma sœur continuant de détruire le peu de confiance que j'avais réussi à amasser.

Pourquoi a-t-elle parlé de notre enfance ? Est-ce qu'elle aurait mieux accepté la naissance d'un garçon ? Est-ce qu'elle m'a vue comme une rivale ? Je n'en sais rien et j'ai beau le lui demander, elle ne dit rien.

Je ne ferai jamais le poids. J'aurai beau faire, elle sera toujours là pour tout détruire. Pour me détruire. Elle est trop forte et elle a raison : je dois rester à ma place et me contenter de ce que j'ai. Nous ne jouons pas dans la même catégorie et si je m'aventure dans la sienne, je finirai anéantie. Un peu plus que je ne le suis déjà.

18

Valentine

C'est ma journée de repos après une première semaine et un week-end plus que mouvementé. J'ai un nouveau boulot, j'ai changé de look, j'ai un prétendant et une sœur qui a réussi, en quelques mots, à atomiser tout ce qui vient de m'arriver de chouette depuis que je travaille au Serial Killer. C'est la première fois que j'ai réellement l'impression qu'enfin ma vie est en train de changer, que je pense à moi, que j'évolue doucement, mais sûrement et qu'un homme me préfère à ma sœur. Mais voilà, il y a Rose et elle a fait fort, cette fois-ci.

J'ai beau chercher, je ne sais pas ce que je lui ai fait. Je ne sais pas pourquoi elle m'en veut autant. Pourquoi elle cherche, sans arrêt, à me rabaisser au niveau du sol pour pouvoir mieux me piétiner. Elle me désarme. Elle est si assurée, si jolie et si garce à la fois. J'ai envie de me rebeller, de lui rentrer dans le lard, mais j'ai la terrible certitude que ça ne servirait à rien parce qu'elle arriverait encore à gagner. C'est le style à répliquer puissance mille. Jetez-lui un caillou, elle se vengera en vous balançant une bombe atomique.

Est-ce qu'elle me fait peur? Il faut croire que oui parce qu'elle est imprévisible.

Je n'ai fait aucun effort vestimentaire aujourd'hui. J'ai attaché mes cheveux et enlevé mon maquillage, sans même chercher à camoufler les ravages de la nuit où je n'ai cessé de pleurer, et j'ai revêtu ma panoplie de fille totalement désespérée. Un vieux sweat élimé, mais tout doux et un affreux legging un peu trop lâche.

Je suis couchée sur mon canapé et je me morfonds, incapable de mettre de côté les mots de Rose qui devraient, avec le temps, ne plus avoir autant d'impact sur moi. Je suis triste, mais je suis aussi en colère qu'elle arrive encore à me blesser.

Je pensais avoir réussi à changer un peu, mais je dois me rendre à l'évidence. Changer d'apparence ne fait pas de nous quelqu'un d'autre même si ça devrait aider, non? Je croyais vraiment avoir acquis un peu plus de confiance en moi et je me rends compte que non. Face à Rose, je suis toujours cette pauvre nana prête à se faire traîner dans la boue.

Je suis tirée de mon apitoiement par la sonnette.

Je reste vautrée où je suis, n'ayant aucune envie d'aller ouvrir et d'exposer mon mal-être à qui que ce soit. Je me dis que celui ou celle qui s'acharne sur le bouton va se lasser et déguerpir. Mais l'espoir fait vivre… pas longtemps.

– Valentine… Ouvre cette porte!

Naaannnnn… Je croyais que Pénélope devait s'absenter pour son boulot. Elle m'avait dit qu'elle ne serait pas là pendant au moins un mois.

– Ouvre tout de suite. Ça fait une heure que j'essaie de te joindre au téléphone.

Si je ne réponds pas, elle se lassera, c'est certain.

– Je sais que tu es là. J'entends ta télé. Si tu n'ouvres pas, j'appelle les pompiers.

Elle est capable de le faire. Elle l'a déjà fait… Sauf qu'Elmer était celui qui ne voulait voir personne parce qu'il venait de se faire larguer par son dernier petit ami avant de voir sa porte voler en éclats devant des pompiers pensant le découvrir, au mieux, ayant fait un malaise, au pire, mort. Pénélope n'a éprouvé aucune gêne. Elle s'est excusée de les avoir fait venir pour rien, mais au moins la porte était ouverte. Elle avait eu ce qu'elle voulait.

Alors avant qu'elle ne fasse apparaître une brigade complète, je me lève et me traîne jusqu'à ma porte. Si seulement j'avais une baguette ou un nez magiques pour reprendre une apparence humaine en quelques secondes. Faut pas rêver. J'ai une tête à faire peur et qui affiche que rien ne va dans ma triste vie. Pénélope va me poser une tonne de questions. Elle va vouloir tout savoir de cette dernière semaine. Elle va déjà me reprocher de ne pas l'avoir appelée. Puis elle m'accusera de ne plus l'aimer et tout de suite après l'interrogatoire commencera.

Mais je ne dirai rien… Absolument rien.

***

Elle sait tout… Absolument tout.

Je n'ai rien pu lui cacher et j'attends qu'elle réagisse à tout ce que je viens de lui révéler.

– T'as rencontré Maurizio ?

– Qui ?

– L'influenceur qui déchire !

– Attends, c'est la seule chose que tu as retenue de tout ce que je viens de te balancer ?

– Ben quoi ? Ce mec, c'est La référence. Il s'affiche partout avec Barbie. Et toi tu leur as servi des verres. C'est un truc de malade.

J'y crois pas. Je lui balance que je bosse avec Mads, qui est un canon sur pattes et Antonia, qui est devenue ma Cristina Cordula personnelle. Je lui avoue, non sans mal, que j'ai tapé dans l'œil d'un mec canon qui a réussi l'exploit de snober ma sœur et que cette dernière, pour se venger, a fini par me laminer. Et elle ne retient qu'une chose… Maurizio !

– Tu crois que je pourrais le rencontrer ? Ça ferait une interview du tonnerre pour le mag.

– J'en sais rien. Peut-être qu'en demandant à Mads.

– C'est vrai ? Oh là là, ce serait trop génial !

OK, y en a au moins une qui est heureuse. C'est déjà pas si mal. Alors que Pénélope jubile, anticipant déjà les questions qu'elle pourrait poser au célèbre Maurizio, je continue à broyer du noir et à me dire que le fait de bosser au club est devenu beaucoup moins excitant. Je râlais quand j'étais dans mon ancien boulot mais, après tout, j'y étais tranquille. Je m'accommodais de la routine, je préparais les boissons pour les habitués, faisais face à une clientèle qui n'avait rien d'exceptionnel et basta ! Je rencontrais rarement des gens intéressants, je n'attirais pas l'attention et ma sœur m'oubliait. Autant dire que c'était mortellement ennuyeux mais, après tout, je m'y sentais plus à mon aise que je ne le suis maintenant.

Je ne sais pas ce que je veux.

– Tu ne vas quand même pas te laisser piétiner par cette garce !

Ah, ben elle se réveille !

– Elle te pourrit la vie depuis trop longtemps ! fulmine Pénélope.

– Tu as entendu tout ce qu'elle m'a balancé ?

– Oui, et ? Tu n'es pas plus conne qu'une autre et si ce mec s'intéresse réellement à toi, il passera outre et pourra même te montrer deux ou trois petites choses, assène-t-elle, pleine d'autorité.

– Et si vraiment Jonas avait détesté m'embrasser. Mais s'il y avait que ça. Je n'ai aucune expérience avec les mecs. Je ne te parle même pas de ce qui doit se passer au pieu. Et si réellement c'était à cause de ça qu'il avait décidé d'aller voir ailleurs, objecté-je encore, absolument pas rassurée par l'attitude confiante de mon amie.

– Tu racontes n'importe quoi. Je suis certaine que tu te débrouilles très bien.

– Ah oui ?

– Oui… Bon… Pas techniquement, mais tu es une fille passionnée donc… Forcément…

– Mouais, balancé-je, absolument pas convaincue.

– Il faut que tu trouves quelqu'un que tu pourrais embrasser et à qui tu pourrais demander des conseils ! s'écrie Pénélope, très satisfaite de son idée.

– Hein ? Mais pour quoi faire ?

– Gagner en expérience !

– Mais t'es dingue !

C'est clair, elle est cinglée. Et je suis tout aussi folle de prêter un minimum d'intérêt à ce qu'elle vient de proposer.

– Au moins tu sauras.

– T'es une grande malade !

– Quoi ? Tu m'as dit qu'Angelo ne serait pas de retour avant plusieurs semaines. Ça te laisse assez de temps pour t'entraîner.

– Oui et tu as déjà un candidat, bien sûr ? demandé-je, atterrée mais en même temps pleine d'un espoir timide.

– Ben, euh…

– C'est bien ce que je me disais, conclus-je, plus déçue que je ne le voudrais alors que, clairement, c'est vraiment une idée abominable.

– Ta boss ! Antonia !

– Quoi, Antonia ?

– Elle, elle doit avoir ça sous la main.

– T'es cinglée ! réitéré-je.

– Oui, mais moi au moins j'ai des idées… Je ne me morfonds pas sur mon canapé, m'assène-t-elle sans une once de pitié.

C'est pas faux, mais je ne le lui dis pas. Elle risquerait de me le rappeler encore et encore.

– Va t'habiller.

– Pourquoi ?

– Parce que j'ai faim et qu'Elmer nous attend pour aller dîner.

– Il a fallu que tu le préviennes.

– Deux avis valent mieux qu'un. En plus, il aura peut-être quelqu'un en vue pour l'opération « baiser de la mort et séduction ».

C'est n'importe quoi. Mais je me laisse gagner par l'enthousiasme de ma meilleure amie. Je finis même par glousser à l'évocation du nom qu'elle a donné à notre opération. Je ne suis pas certaine que nous fassions bonne route. Je ne suis pas plus certaine d'avoir envie d'en parler à Antonia. Je prie donc pour qu'Elmer puisse nous trouver un candidat, sans grand espoir car les mecs qu'ils fréquentent ne sont pas forcément des spécialistes des lèvres féminines, sans parler du reste.

19

Valentine

Rose est encore là, assise au bar. Je crois qu'elle a décidé de me pourrir la vie. Je l'ai prise à part, tout à l'heure. Je voulais savoir ce que je lui ai fait pour qu'elle s'acharne comme ça. Sa réponse a été lapidaire.

« Parce que tu existes, tout simplement. »

Depuis, je fais comme si elle n'était pas là, je ne veux plus avoir affaire à elle et je ne veux surtout pas la servir. J'ai demandé à Ed de s'en occuper. Il ne m'a posé aucune question et je l'en remercie. Heureusement que je ne me suis pas écoutée en tout cas. J'avais décidé de laisser de côté la nouvelle Valentine. Je voulais renfiler mon ancien uniforme, oublier le maquillage. J'ai failli me faire atomiser par Pénélope et Elmer qui ont argué que je ne devais pas la laisser gagner. Et sur ce coup-là, ils avaient raison. Je suis donc pomponnée, coiffée et habillée. Qui a dit que les meilleurs amis ne servaient à rien ?

Bon, j'ai beau laisser Rose de côté, je ne peux tout de même pas m'empêcher de lui jeter quelques regards pour savoir ce qu'elle fait. Elle est venue avec une amie. En gros, son sosie. Une nana tout aussi blonde, bien foutue et très apprêtée. Elles sont assises au bar et regardent la salle. Sûrement pour trouver une proie sur laquelle elles vont fondre tels deux rapaces.

C'est ce que la copine de Rose fait au bout de quelques verres alors que ma sœur reste à sa place, comme si elle attendait quelqu'un. D'ailleurs, il ne me faut pas longtemps pour découvrir qui. Mads vient s'installer à côté d'elle et je n'ai qu'une envie, aller vomir. Il semblerait qu'elle ait décidé de se taper tous les mecs qui m'entourent. Après Jonas, elle a essayé avec Angelo et maintenant c'est au tour de mon patron.

Je croyais qu'elle ne s'intéressait qu'aux mecs m'accordant un peu d'attention, mais même pas. Il suffit qu'ils fassent partie de mon univers et hop, elle les met dans sa poche. Enfin, je devrais plutôt dire dans son lit. Parce que je suis à peu près certaine que Mads va succomber et c'est une idée qui me rend malade. Je sais qu'il est le style de mec à avoir une fille différente tous les soirs, mais s'il pouvait oublier Rose. Peu de chance que ça arrive cependant puisque depuis que je bosse ici, les nanas défilent à son bras. Toutes plus jolies les unes que les autres. Antonia m'a confié que Mads ne s'attache pas, qu'il ne veut pas s'encombrer d'une petite amie, d'une famille parce qu'il est persuadé que ce n'est pas pour lui. Alors il papillonne et semble heureux comme ça. Je dis bien « semble » parce que je ne comprends pas vraiment qu'il puisse être satisfait de passer d'une conquête à une autre. Je trouve ça triste et je ne l'envie pas.

En même temps, il est vraiment très beau et très sexy. Je n'ai pas beaucoup d'expérience, mais je suis quand même capable de reconnaître quand un homme a du charme, et franchement il n'en manque pas. C'est même pire que ça. Alors que je n'ai aucun goût pour les types dans son genre, il me remue, me fait ressentir des choses que j'ai rarement ressenties, voire jamais. Je n'irais pas jusqu'à m'imaginer dans le même lit que lui, à fantasmer sur un rapprochement que j'imaginerais explosif, mais quand même. J'ai cette petite boule dans le ventre quand je le vois, cette crispation, cette sensation que ma peau me picote parce qu'elle devient plus sensible. Depuis la première fois, mon corps réagit beaucoup trop intensément à sa présence même si je m'en défends. Tout un ensemble de petites choses qui s'estompent rapidement quand je prends enfin conscience qu'il est mon patron et donc intouchable. Cette prise de conscience m'aide à rester sur terre, car le jour où un mec comme lui s'intéressera à une fille comme moi, Rose se sera rangée, aura un mari gentil et deux enfants, elle viendra m'embrasser en s'excusant de tout le mal qu'elle m'a fait. Autant dire que je rêve, que ça n'arrivera jamais et qu'il ne faut pas se faire des rêves au-delà de ce que l'on peut espérer.

Je suis soulagée de constater que Mads laisse ma sœur qui, dépitée, part rejoindre son amie sur la piste où je la perds de vue.

– Vale, les frigos commencent à se vider dangereusement.

– OK, je m'y colle.

D'habitude, Ed s'en charge, mais ce soir, ce sera mon tour. Bizarrement, les clients sont plus friands de bières que de cocktails. Il y a des soirs comme ça où je me sens un tantinet désœuvrée et où je me tape le sale boulot.

Je quitte le bar avec une caisse remplie de bouteilles vides et passe derrière pour me rendre à la réserve. Elle est bien située, car de plain-pied. Je n'ai pas besoin de descendre dans une cave humide et sombre par un escalier raide et dangereux, comme dans mon ancien boulot, pour remonter de quoi approvisionner les frigos. Je pousse une porte battante de l'épaule, une autre porte que je déverrouille et j'y suis.

Je pénètre dans le cœur de la boîte. Une pièce où s'entasse une multitude de caisses et où les murs sont couverts de rayonnages supportant un panel impressionnant d'alcools de toutes sortes et de toutes marques. Je fais un premier voyage avec une lourde caisse de bière que je ramène à Ed puis j'y retourne pour récupérer différentes bouteilles afin de remplacer celles qui seront bientôt vides sur mes étagères.

Munie de ma caisse, je sors de la réserve et pousse la porte battante pour rentrer dans la boîte. Le problème, c'est que je n'ai pas le temps de la franchir que la porte me revient dessus violemment, poussée par je ne sais quel crétin. Ma main droite tente de la retenir, mais rien n'y fait. Je me retrouve déséquilibrée et je vois la catastrophe arriver. J'ai lâché la caisse qui se retourne et libère son contenu qui va s'écraser par terre. Le choc a été si violent qu'à mon tour je perds l'équilibre et n'ayant rien à quoi me raccrocher, je me retrouve allongée sur le béton. Je n'ai même pas eu le temps de crier, mais je le fais quand je découvre l'état de ma main en sang, des morceaux de verre plantés dans ma chair.

– Valentine, je vais t'aider à port… Mais qu'est-ce qui t'arrive?

J'ai ma réponse. Le crétin qui n'a pas fait attention n'est autre que Mads qui entre de bon cœur dans le sas avant de s'arrêter net devant le tableau que j'offre à voir, la main repliée sur mon ventre, assise au milieu d'alcools divers sortant de bouteilles dont il ne reste presque rien.

– Putain, mais tu peux pas faire attention! lui hurlé-je alors que j'ai beaucoup de difficultés à retenir des larmes de douleur.

– Je voulais juste t'aider, merde!

– Bravo, c'est super réussi!

J'ai mal, je fulmine contre la terre entière et mon patron tout en commençant à ramasser les morceaux.

– Arrête et montre ta main.

– Non, c'est bon. Je crois que tu en as assez fait.

– Montre ta main, bon sang!

Il s'en saisit sans délicatesse alors que je tente de la lui retirer. Il n'a pas à me donner d'ordre, alors que tout est de sa faute. Il insiste, mais arrête son geste dès qu'il découvre qu'elle est recouverte de sang.

– Bordel de merde! Faut te soigner.

– Waouh! Super! Quelle perspicacité!

– C'est quoi ce merdier?

Mads et moi nous tournons vers la nouvelle arrivante qui contemple les dégâts avant de reporter son attention sur nous puis sur ma main que tient encore Mads. Un contact qui me remue plus que je ne le voudrais, sensation que je mets sur le compte de ce qui vient de se passer et sur la douleur qui irradie dans mon bras.

– Vous m'expliquez?

Je vais me lancer, mais Mads me coupe la parole, ce qui m'agace encore plus et m'incite à récupérer ma main meurtrie.

– C'est de la faute de Valentine.

Oh, le sale petit…

– Mais bien sûr! m'écrié-je. Qui a ouvert la porte comme une brute sans vérifier qu'il n'y avait personne derrière?

– Comment voulais-tu que je sache, bon sang, je suis pas devin.

– N'empêche que tu aurais pu y aller un peu plus doucement.

– Ça ne t'aurait pas empêchée de lâcher les bouteilles.

– Mais qu'est-ce que t'en sais? l'invectivé-je de ma main rescapée.

– T'es quand même d'une mauvaise foi phénoménale!

– Non mais tu t'es vu?

– Silence! hurle Antonia, ce qui nous fait nous taire immédiatement. On se croirait en maternelle! s'écrie-t-elle encore.

– N'empêche que tout est de sa faute, tenté-je encore de m'expliquer, devançant Mads qui s'apprête sûrement à en remettre une couche.

– Alors, toi, tu me nettoies tout ce bordel avant d'aller remplacer Valentine et moi, je m'occupe d'elle.

– C'est vraiment pas juste, s'agace Mads qui me lance un regard peu amène.

Ma patronne le laisse à sa tâche et me prend par le bras pour me faire quitter le sas. Elle me traîne jusqu'à l'étage et m'installe sur un des canapés de leur poste d'observation.

– Je regarde et si c'est trop grave, on file à l'hosto.

– Ça va aller.

– Tu te tais et tu obéis.

Antonia, qui ce soir a décidé d'enfiler son uniforme d'adjudant-chef, va chercher la trousse de premiers secours, sort tout ce dont elle a besoin et finit par rapprocher une lampe afin de mieux voir l'étendue des dégâts.

– Qu'est-ce que ta sœur fait encore là? me demande-t-elle tout en nettoyant le sang qui macule l'ensemble de ma main.

– Hein?

– Ta frangine! Si elle t'ennuie, je la fais virer et la classe dans la catégorie « persona non grata ».

– Tu peux faire ça? m'étonné-je.

– Je suis une des patronnes, donc oui je peux le faire. Alors?

Je n'ai encore rien dit à Antonia de la conversation que Pénélope et moi avons eue. Je ne lui ai pas encore demandé si elle connaissait un mec qui serait d'accord pour tenter une expérience afin de mener l'opération « baiser de la mort et séduction » à son terme.

Alors que je gémis en sentant chacun des bouts de verre qu'Antonia extrait de ma main, je pense à cette foutue opération et à ce qu'elle a d'incongru. J'en arrive à glousser comme une andouille et je me retrouve entre rire et larmes, assise sur un canapé avec ma patronne qui me contemple comme si j'étais une demeurée.

– Tu as bu?

– Non... Mais j'aurais dû.

– Ah! Tu m'expliques.

Du coup, j'arrête de rire et j'hésite. Elle va me prendre pour une folle et trouver notre idée complètement débile.

– Alors?

– Mon amie Pénélope et moi avons eu une idée, mais tu vas me prendre pour une pauvre fille désespérée.

– À ce point-là? se marre ma boss tout en continuant de me soigner.

– Je ne sais pas par quoi commencer, tergiversé-je.

– Ben peut-être par le début, c'est toujours plus facile.

– C'est à cause de Rose et de ce qu'elle m'a dit la dernière fois qu'elle est venue ici.

J'arrive à répéter mot pour mot ce que m'a balancé mon aînée devant une Antonia médusée puis dépitée.

– Je suis désolée, Valentine.

– Merci.

– Mais donc, cette idée?

– Ben, en fait...

– Oui?

– On a mis au point « l'opération baiser de la mort et séduction ». On doit trouver un volontaire qui me dira si oui ou non j'embrasse bien. Et si ce n'est pas le cas, qui m'expliquera comment faire et pourra me donner d'autres conseils, débité-je sans m'arrêter, ni respirer.

Je regarde Antonia et j'attends qu'elle éclate de rire et m'assène que c'est du grand n'importe quoi.

– Excuse-moi, c'est une idée débile. Oublie.

– Mais non ! C'est même plutôt une idée géniale. Je m'en occupe, s'écrie-t-elle tout sourire. Je crois même que j'ai le candidat idéal. Même si ta sœur est une garce et qu'elle ment comme un arracheur de dents. Je suis certaine que tu es très douée. Demain tu restes chez toi. De toute manière, tu ne nous seras d'aucune utilité avec ta main. Je te donnerai tous les détails par SMS.

Elle m'offre un taxi pour rentrer en m'assurant, une dernière fois, qu'elle s'occupe de tout. Je ne sais pas pourquoi, mais j'ai un doute affreux. D'un côté, je suis plutôt contente qu'elle se soit rangée de mon côté et trouve notre opération « fabuleuse » et d'un autre, j'ai peur parce que j'ai la terrible impression d'une catastrophe imminente.

Je regarde ma main blessée, je sens encore la chaleur et la pression de celle de Mads, mais je me dis aussi que cette catastrophe est peut-être déjà arrivée.

20

Mads

Antonia est démoniaque et encore, je suis en dessous de la réalité. Je devrais être au club et bosser. Surtout ce soir alors que Valentine a dû rester chez elle, blessée. Deux personnes en moins dans l'équipe, c'est n'importe quoi, quoi que mon associée en dise. S'il survient le moindre souci ou si un gros rush arrive, ils ne seront pas assez nombreux pour faire face.

Je me suis pourtant tourné vers Danilo, mais ce faux frère n'a même pas cherché à me soutenir. Il a affiché son air sérieux et sûr de lui et m'a assuré qu'ils n'auraient pas besoin de moi.

Pourquoi ont-ils tenu à ce que j'aie ma soirée? Tout simplement pour rendre service à Antonia. Je dois aider une de ses connaissances. Qui? Je ne sais pas. Pourquoi? Aucune idée. Comment? Alors là… La seule chose que je sais, c'est que c'est une femme qui a réellement besoin d'aide et que je suis exactement la personne qu'il lui faut.

J'aurais dû dire non. Me méfier, refiler le bébé à quelqu'un d'autre, mais Antonia a alors sorti son joker. Elle possède un numéro de téléphone que je désire vraiment et qu'elle n'a jamais voulu me donner et bizarrement, elle me sort la proposition qui tue. Si je lui rends ce petit service, elle me le file. Comme ça, sans tergiverser.

Comment aurais-je pu résister?

Impossible.

La propriétaire de ce numéro est blonde et absolument magnifique. Elle a des yeux à vous faire fondre, une bouche que j'imagine déjà joliment occupée et en plus je ne lui suis pas indifférent. Allez savoir pourquoi, Antonia n'a jamais voulu me donner son téléphone. Mais voilà. Je l'aurai demain. Je l'appellerai dans la foulée. Avec beaucoup de chance, elle sera dans mon lit après le boulot et je prendrai un pied d'enfer avec une diablesse prête à tout pour me satisfaire. Sigourney est américaine, mannequin, vit à Paris quand elle ne pose pas pour les magazines de lingerie. Elle a des mensurations fabuleuses, est l'objet de la convoitise des plus grands et la foutre dans mon pieu serait juste un panard infini. Un kif total que j'imagine déjà alors que je me gare pour aller à mon rendez-vous.

J'efface l'image de la belle Sigourney de ma tête et tente de chercher celle à qui je dois rendre un petit service. Antonia m'a dit qu'elle m'attendrait sur la terrasse du resto où nous devons dîner et que je saurais aussitôt qui c'est. Bon, ça me fait clairement chier d'être ici, mais je ne peux pas me départir d'une petite pointe de curiosité. Et je le répète, de l'espoir de bientôt me glisser entre les cuisses de la trop bandante Sigourney.

Je grimpe les quelques marches qui mènent à la terrasse. Antonia ne s'est pas foutue de nous. C'est elle qui rince et elle a choisi un établissement assez sélect, mais intime. Un maître d'hôtel se matérialise devant moi. Je lui donne mon nom et il me conduit à une table dressée dans un coin à laquelle est déjà assise une nana que je vois de dos.

Blonde, elle a l'air bien gaulée. J'espère qu'elle est jolie et je m'approche pour le vérifier.

Je reste scotché, totalement pétrifié alors que je découvre l'identité de celle que j'ai trouvée si bien foutue de dos. J'ai juste envie de me pincer pour vérifier que je ne rêve pas ou que c'est tout simplement un cauchemar.

Mais qu'est-ce qu'elle fout là ?

– Valentine ?

– Mads ?! s'exclame-t-elle, incrédule. Tu parles d'une coïncidence.

– Qu'est-ce que tu fais là ? demandé-je avec l'espoir qu'elle me réponde « j'attends une copine et toi ? ».

– J'attends quelqu'un.

– Une copine ?

– Non, répond-elle, l'air gêné.

– Un mec ?

– Oui. Enfin, je crois.

– Comment ça, tu crois ?

– Ben… En fait… C'est Antonia qui…

Bordel de merde !

Elle va me le payer. Très cher. Non seulement elle va me refiler le numéro de sa copine, mais je trouverai encore quelques trucs à lui demander. L'ardoise risque d'être salée.

Je dois tirer une gueule de cent pieds de long parce que le majordome se sent obligé de me demander si tout va bien. Je lui réponds que oui et je m'installe en face de Valentine qui semble, à son tour, totalement effarée.

– Elle a pas fait ça ? demande-t-elle sans réellement s'adresser à moi.

Je ne fais même pas l'effort de répliquer tant la réponse est évidente. Bien sûr qu'elle a osé et elle doit jubiler à l'heure qu'il est. Je n'ai pas le temps de me poser davantage de questions que Valentine se lève et fait mine de partir. Je suis surpris et me rends compte qu'elle s'est préparée pour son rencard et qu'en plus elle est pas mal. Pour une fois, elle a fait des efforts. Un pantalon noir droit qui souligne la longueur de ses jambes et une petite blouse qui laisse deviner la naissance de sa poitrine. Je rajoute à ça des sandales à talons et un peu de maquillage. Ouais, je peux affirmer que je suis agréablement surpris. C'est pas transcendant, mais toujours mieux que ce à quoi elle m'a habitué.

– Oh, tu vas où comme ça ? l'interpellé-je, la saisissant par le poignet.

– Lâche-moi et oublie. Tu peux rentrer chez toi.

– Et passer à côté d'un super dîner à la table d'un des meilleurs chefs de Paris ? Tu te moques de moi. Tu vas éviter de faire un esclandre en me laissant en plan alors que tout le monde nous regarde et te rasseoir.

– Si c'est pour déguster un bon repas, tu n'as pas besoin de moi, crache-t-elle.

– Oh, mais si ! En plus, il semblerait que tu aies fait quelques efforts vestimentaires. Ce serait dommage que tu te sois décarcassée pour rien.

– Je suppose qu'on t'a déjà dit que tu n'étais qu'un mufle.

– Laisse-moi réfléchir... Moui, c'est déjà arrivé et pourtant elles restent toutes en général.

– Il faut une exception à la règle.

– Mais tu es toujours là pourtant, m'amusé-je, assez content de l'agacer alors qu'elle doit être sur des charbons ardents.

Valentine grogne, mais effectivement, elle s'est réinstallée à la table. Bon, elle n'a pas l'air particulièrement heureuse d'être en ma compagnie, mais au moins elle ne semble plus vouloir se carapater.

– Mais revenons-en à la raison de notre présence ici. Je crois que si nous sommes assis à une des meilleures tables de la capitale, c'est que tu as besoin d'aide. Alors qu'est-ce que je peux faire pour toi ?

Valentine a l'air complètement perdue.

– Antonia ne t'a rien dit ? me demande-t-elle avec une pointe de panique dans la voix.

– Non. Simplement que je devais rendre service à une de ses connaissances.

Je crois que si elle pouvait disparaître d'une manière ou d'une autre, elle le ferait. Je ne l'ai jamais vue aussi gênée. Étrangement, je ressens une bouffée de pitié pour Valentine. Je suppose que rien ne se passe comme elle l'avait prévu. Elle s'attendait à voir arriver un étranger qu'Antonia aurait briefé. Manque de pot, c'est moi et c'est à elle de tout m'expliquer. Elle est devenue livide alors qu'elle prend, à l'instant, une jolie couleur de tomate mûre. Elle remet une mèche de ses cheveux derrière son oreille, sans succès. Elle est nerveuse, absolument pas sûre d'elle et, en moi, l'attendrissement remplace la pitié. J'étais de mauvaise foi, tout à l'heure. Valentine est vraiment jolie. Elle n'en fait pas des tonnes et si je trouve son look absolument pas transcendant, c'est parce qu'il ne correspond pas à ce que j'ai l'habitude de voir sur les autres meufs que je côtoie et qui ont souvent tendance à en montrer beaucoup trop.

Un serveur dépose deux menus devant nous et en profite pour nous demander si nous désirons un apéritif. Ma vengeance envers mon associée, pour m'avoir caché le nom de celle que je devais rencontrer et la teneur du service que je dois lui rendre, commence à cet instant. Je commande du champagne. Un millésime qui doit coûter une blinde et qui aidera la miss en face de moi à se détendre un peu et à me dire ce que je fous là.

– Alors, qu'est-ce que je peux faire pour toi?

J'ai tout mon temps et je me prends à vouloir découvrir ce que Valentine attend de moi. Quand le serveur fait sauter le bouchon et nous sert, ma voisine n'a encore rien dit. Elle s'empare de son verre et le descend d'une traite.

– Je croyais que tu ne buvais pas d'alcool.

Elle repose sa coupe puis se renfonce dans son siège, les mains sur les genoux. Ça doit être du lourd étant donné son embarras. De mon côté, je tente de deviner la nature de ce qu'elle va me demander, mais je ne vois pas. Elle veut peut-être que je lui prête la Batmobile? Ou que je lui arrange le coup avec Angelo même si je crois qu'elle n'aura pas besoin de moi pour arriver à conclure? Merde, mais pourquoi ce crétin s'invite-t-il ici ce soir? Bon sang, mais de quoi est-ce qu'elle peut avoir besoin? D'autant qu'elle ne devait pas me le demander à moi. Franchement, je sèche. Du pognon? Elle veut tuer un ex? Sa sœur? Elle veut peut-être se débarrasser de ce crétin de Jonas? C'est dingue, mais qu'est-ce qu'elle pourrait bien vouloir? J'ai beau me torturer les méninges, je suis incapable de découvrir ce que c'est.

– Valentine, on ne va pas passer tout le repas là-dessus. Balance tout pour qu'on puisse voir ce qu'on peut faire parce que je ne te cache pas que j'ai beau avoir beaucoup d'imagination, je ne vois absolument pas ce que je pourrais faire pour toi.

– Je ne peux pas. Je croyais qu'Antonia allait te mettre au courant.

– Mais au courant de quoi? m'agacé-je.

Elle tergiverse, joue avec sa serviette qu'elle entortille entre ses doigts. Elle va finir par la déchirer si elle continue alors je lui sers un nouveau verre et l'incite à boire. Elle porte la coupe à ses lèvres et je n'arrive pas à détacher mon regard de sa bouche. Pourquoi est-ce qu'elle me semble si délectable tout à coup? Si attirante au point que j'aimerais bien récupérer, de la pointe de ma langue, les quelques gouttes de champagne qui s'y attardent. Elle laisse le liquide doré et pétillant glisser dans sa gorge en fermant les yeux.

Elle a retiré ses lunettes qu'elle a posées à côté de son couvert. Je la contemple siroter l'alcool et je la trouve de plus en plus jolie. Je m'attarde sur un ensemble de détails que je pourrais trouver sans importance, mais qui tout à coup en ont beaucoup. S'il n'y avait que ses lèvres. Mais je redécouvre ses yeux d'un bleu incroyable, son nez retroussé, les quelques taches de rousseur qui parsèment sa peau crémeuse que je voudrais caresser pour vérifier qu'elle est aussi douce que je le crois. Je profite de cet instant rare où nous sommes face à face pour la détailler en sirotant mon verre. Je dois lui reconnaître une chose. La petite chenille gauche, complexée et un peu coincée a cédé sa place à un joli papillon. Elle n'a rien à voir avec le type de nana que j'apprécie. Elle est à mille lieues d'une Sigourney, par exemple, mais elle a son style. Celui d'une fille qui n'assume pas encore ce qu'elle devient mais qui, dès qu'elle y arrivera, pourra mettre à ses pieds un bon nombre de prétendants.

Pourrais-je en faire partie?

Non. C'est une employée. En plus, j'aime les filles qui n'ont pas froid aux yeux. Les cours d'éducation sexuelle, ce n'est pas pour moi. Je laisse d'autres s'en charger à ma place.

Elle repose sa coupe puis se redresse, aidée par l'alcool qui commence à effacer ses inhibitions. Je vais enfin savoir ce qu'il en est. Je règle le problème, déguste un bon repas et rentre me coucher ou je téléphone à une de mes nombreuses connaissances pour éviter de passer le reste de ma nuit seul. J'ai encore une poignée d'heures pour me décider.

21

Valentine

Pourquoi je ne me suis pas écoutée ? Je savais que parler à Antonia me mènerait droit à une catastrophe. Simplement, je n'aurais jamais imaginé que ce soit à ce point. Comment a-t-elle pu penser que je pourrais demander à Mads de m'aider dans ma mission « baiser de la mort et séduction » ? D'accord, il a toute l'expérience requise. Je dirais même qu'il est beaucoup trop qualifié pour m'aider. Et c'est mon boss, tout de même !

Je me sens tétanisée et reste désespérément muette. Je suis incapable de lui confier la teneur de mon problème. Comment est-ce que je vais pouvoir avouer à ce type, vraiment trop canon, qui n'a qu'à claquer des doigts pour avoir un tas de filles à ses pieds, prêtes à faire ses quatre volontés, que j'ai besoin qu'il vérifie la qualité de mes baisers ? Et qu'il m'apprenne, en plus, quelques trucs en rapport avec la séduction et le sexe le cas échéant ?

Non mais la honte intersidérale ! Tu parles d'une idée de merde !

Après ça, je n'aurai plus qu'à me retirer dans un couvent pour le restant de mes jours. Comment je pourrai le regarder en face ? Le côtoyer au boulot alors qu'il est mon supérieur et un de mes patrons. Mais surtout, qu'est-ce qu'il pensera de moi ? Il ne m'apprécie déjà pas beaucoup. Une fois qu'il saura, ce sera pire et il me prendra réellement pour une pauvre fille. Ce que je suis. Enfin, c'est vraiment ce que j'ai l'impression d'être ce soir.

Je repose ma coupe. C'est la deuxième et je l'ai bue d'une seule traite, comme la première. Je me sens un tout petit peu moins stressée. Mais ce n'est pas encore ça. Je suis bien trop consciente de sa présence, de son regard sur moi, de son charisme. J'ai l'impression qu'il me bouffe des yeux. Il savoure son verre, nonchalant, attendant que je lui dise enfin ce qu'il fait là.

C'est moi, cette fois-ci, qui me ressers. Je vais finir complètement bourrée et je n'aurai toujours rien dit. Il faut vraiment que je me décide, mais pour ça, j'ai besoin d'un tout petit peu plus d'alcool.

– Oh là là, Miss, m'interpelle Mads qui s'empare de ma coupe avant que je puisse m'en saisir. Écoute Valentine, que tu boives un verre ou deux pour trouver le courage de tout me balancer, c'est tout bon, mais que tu finisses bourrée avant d'y arriver, ça ne sert à rien. De plus, passer ma soirée avec une nana complètement soûle ne m'intéresse absolument pas.

Je maudis Antonia. Je croyais qu'elle s'occuperait de tout, pas qu'elle me laisserait me démerder toute seule. Bon sang, mais elle ne pouvait pas choisir quelqu'un d'autre. Elle a quand même d'autres potes que Mads dans son carnet d'adresses. Elle est patronne de boîte, ce ne sont pas les mecs qui doivent manquer dans son entourage !

– Bon, Valentine, faut te décider. Je te laisse cinq minutes, ensuite ce sera trop tard et tu trouveras un autre pigeon pour t'aider à régler ton problème.

J'ai plus de repartie que ça d'habitude. Surtout avec lui ! Mais c'est quand même pas la même chose, là, non ?

Et s'il refusait de m'aider ? Ou, au contraire, s'il décidait finalement de le faire ? Je vais m'évanouir. S'il posait ses lèvres sur les miennes. Et sa langue ? J'en ai envie… Non, c'est pas vrai, j'ai envie de me sauver. Je me répète qu'il est mon supérieur pour essayer d'effacer l'image d'un Mads collé contre moi, ses lèvres épousant les miennes. Et si finalement il trouvait que, réellement, je suis une calamité en matière de séduction. Ce serait pire encore, non ? Qu'est-ce que je dirais à Antonia ? « Coucou, merci d'avoir essayé mais même le mec le plus canon de la capitale ne peut rien faire pour moi. »

– Valentine… Les minutes défilent…

– Arrête de me mettre la pression, m'agacé-je en essayant de ne pas montrer que je panique carrément.

– J'attends… Ce n'est pas que je m'ennuie en ta compagnie, mais il va falloir te décider.

Je me mords la lèvre et je cherche comment amener le sujet sans passer pour une véritable gourde désespérée.

– Tic-tac, tic-tac, tic…

– Jonas s'est tourné vers ma sœur parce que mes baisers sont à chier et que je n'ai aucune expérience au pieu et si je veux qu'Angelo ne fuie pas en courant, j'ai besoin d'un peu d'aide ou de quelques conseils avant son retour dans quatre semaines.

Je peux plonger sous la table ? Ou partir me cacher derrière le buisson à quelques mètres de nous ? Ou mieux encore, partir dans l'Himalaya et revenir, genre, jamais ?

Moi qui voulais mettre les formes, c'est raté. Mais qu'est-ce qui m'a pris de lui balancer ça comme ça ? Y a qu'à voir la tête qu'il tire et le regard qu'il me lance. D'ailleurs, c'est quel regard, ce truc ? Un mélange de surprise, d'exaspération… De pitié ? Du coup, il boit ma coupe de champagne cul sec et il commande une autre bouteille en annonçant au serveur qu'il l'appellera dès que nous voudrons prendre notre commande. Il est directif. Il sait se faire obéir et j'en viens à me demander s'il est aussi comme ça dans l'intimité. Est-ce qu'il ordonne ? Suggère ? Est-ce qu'il est doux ? Brutal ? Égoïste ? Attentionné ?

Le serveur a posé le menu devant nous avant de partir chercher la bouteille commandée par mon patron. Je le saisis et je me cache derrière. Pitoyable.

En attendant, j'apprécierais qu'il dise quelque chose. Il pourrait même se foutre de moi. Ce serait mieux que le silence qui commence à me mettre franchement mal à l'aise et je n'ai absolument pas besoin d'une nouvelle couche à cet instant sinon je vais frôler l'overdose.

– Laisse tomber, oublie ce que je viens de dire. On va manger, on rentrera chacun chez soi et on se reverra demain au boulot.

Oui, voilà, c'est mieux… Beaucoup mieux. Mads se réinstalle dans son fauteuil, croise les jambes, les décroise. Il met trop de temps à répondre. Ses traits sont plus tendus que tout à l'heure. Je suis suspendue à ses lèvres, attendant qu'il se décide à dire quelque chose.

– Et je suis supposé t'aider en quoi ?

– Je t'ai demandé d'oublier, Mads. Je crois que je me suis suffisamment ridiculisée.

– Qui t'a persuadée que Jonas avait fini avec ta sœur parce que tu embrasses mal ?

– Personne. Laisse-moi regarder le menu. Waouh ! Tout a l'air super bon ! Euh, c'est normal qu'il n'y ait aucun prix ?

– Valentine, repose ce menu tout de suite et explique-moi, ordonne-t-il avec autorité.

– Non.

– Oh, si ! Et tu vas le faire tout de suite.

Je suis sauvée par le serveur qui vient de ramener la deuxième bouteille de champagne, qui la débouche et remplit nos verres.

Est-ce que c'est l'alcool qui me donne subitement envie de pleurer et de gémir que c'est vraiment injuste, que ma sœur est une garce et que personne ne m'aime ? Le champagne est en train de me transformer en Calimero et j'ai beau tout faire pour retenir mes larmes, il y en a au moins une qui arrive à s'échapper de mes paupières pourtant closes.

– Bordel, grogne Mads. Arrête, c'est pas la peine de te mettre dans cet état. Putain, mais qu'est-ce que j'ai fait au bon Dieu pour me retrouver dans cette galère ? Qui t'a mis cette idée débile en tête ?

– Rose, ânonné-je, essayant toujours d'endiguer les flots qui ne demandent qu'à se déverser à gros bouillons.

– Et tu l'as crue.

– Et pourquoi je ne l'aurais pas fait ? Il était bien avec elle, non ?

– Putain, mais ta frangine se tape tout ce qui bouge !

– Oui, mais Angelo…

– Qu'est-ce qu'il vient foutre ici, lui ?

– Il va vouloir m'embrasser et sûrement aller plus loin et il va découvrir que je suis une vraie calamité.

– J'hallucine! s'écrie-t-il, exaspéré. Je n'ai jamais entendu autant de conneries en aussi peu de temps. Et je suis censé faire quoi, moi, là, au milieu? Merde, Valentine, pourquoi tu embrasserais mal? Et si c'était ce mec qui était le problème?

– Qui? Jonas?

– Mais qui d'autre, bordel! Et ta sœur? On en parle?

Voilà, j'ai réussi à le mettre en colère, il va se barrer et j'aurai tout gagné.

– Valentine, accouche!

– Vérifier et m'aider.

– Mais vérifier quoi? insiste-t-il en levant les bras au ciel.

– Que mes baisers ne sont pas aussi nuls que ça et me donner quelques conseils en passant.

Il va se lever et partir. C'est sûr. Il me fixe comme si j'étais devenue folle.

– Parce que je dois t'embrasser, maintenant?! s'exclame-t-il, affichant toute sa surprise. Et tu veux des conseils sur quoi?

Il l'a dit assez fort pour que quelques clients se retournent et froncent les sourcils.

– Tu devrais le crier encore plus fort.

– Non mais c'est une blague! Antonia essaie de se venger de quelque chose et elle t'a demandé d'être sa complice? demande-t-il, suspicieux.

– Laisse tomber, c'est bon, rétorqué-je, vexée.

– Mais quoi?

– Dis simplement que tu ne veux pas m'aider et on en reste là. Ce n'est pas la peine d'être blessant.

– Mais blessant en quoi? s'enquiert-il en posant sa main sur mon bras.

– Je ne suis pas à ton goût, ça, je l'ai bien compris, lâché-je, repoussant sa main dont le contact me brûle et me déstabilise. Je suis si moche que ça pour que tu ne t'imagines même pas poser tes lèvres sur les miennes? C'est si peu ragoûtant que ça?

– Non mais je rêve ! Pincez-moi, je vais émerger, sortir de la quatrième dimension, se récrie-t-il en se frottant les yeux comme s'il voulait se réveiller, sûrement d'un mauvais rêve.

J'ai mon compte, je me tire. Je crois que je viens définitivement de tomber au fond du trou. Je me lève, esquive sa main qui tente de me retenir et je quitte le restaurant et mon patron. Je crois que j'ai atteint les limites du ridicule avec lui. Non seulement il ne veut pas m'aider, mais en plus, il n'a même pas réussi à cacher combien la seule idée de m'embrasser pouvait le dégoûter. C'est bon, la coupe est pleine.

22

Mads

Eh merde!

J'appelle le serveur, lui demande de mettre le champagne sur le compte d'Antonia et je dégage. Je profite de la distance qui me sépare de ma bagnole pour appeler mon associée qui ne perd rien pour attendre et qui m'a collé dans une sacrée merde.

– Mads!

– Tu peux m'expliquer? attaqué-je sans préavis.

– T'expliquer quoi? T'es où?

– Au resto.

– Et Valentine ne t'a rien dit?

– Elle vient de se barrer, figure-toi.

– Mais qu'est-ce que t'as foutu encore? m'engueule-t-elle.

– Ah, parce que ça va être de ma faute, peut-être? Non mais c'est quoi cette blague?

– C'est pas une blague, crétin.

– Et je dois faire quoi, moi?

– Elle te l'a pas dit?

– Si!

– Alors?

– Alors? Mais putain, tu me demandes de l'embrasser pour vérifier qu'elle sait le faire. Ben évidemment qu'elle sait le faire!

– Eh ben dis-le-lui. Valentine a juste besoin qu'on lui prouve que sa frangine n'est qu'une garce qui est prête à tout pour la rabaisser.

– Mais pourquoi moi ? Bon sang !

– Parce que tu la connais et que je ne me voyais pas lui envoyer un étranger. Je pensais qu'elle serait plus en confiance avec toi.

– Ouais, c'est clair qu'elle est tellement confiante qu'elle s'est tirée.

– Tu connais les femmes, Mads.

– Oui, celles que je drague et qui acceptent de passer un moment avec moi.

– Elles acceptent toutes, de toute façon.

J'hallucine. Je parcours la rue des yeux pour essayer d'apercevoir Valentine, mais elle n'est nulle part.

– Alors ? Ces conseils ?

– Je crois qu'elle panique au simple fait de savoir qu'elle pourrait se retrouver dans le même lit que lui.

– Nom de Dieu ! Mais qu'est-ce que je peux bien y faire ?

– Toutes les filles disent que t'es un amant hors pair !

– Attends ! Tu crois quand même pas que je vais coucher avec...

– Tu peux au moins lui donner des conseils ?

– J'imagine déjà la conversation !

– Mads, tu vas pas la laisser tomber, hein ?

Est-ce que je vais me réveiller ? Réaliser que c'est un cauchemar et que ma meilleure amie n'est pas en train de me demander d'embrasser notre employée et de jouer au Dr. Ruth[1] pour lui prouver que sa sœur est une connasse doublée d'une grosse menteuse ?

Est-ce que j'ai envie d'aider Valentine ? Franchement ? Je secoue la tête et je grogne. L'idée me tente plus qu'elle ne le devrait tout en sachant pertinemment que ce sera le début des emmerdes. On n'embrasse pas une employée, c'est une idée débile. Jouer les professeurs aussi. Surtout les professeurs ès séduction. Non mais sans blague !

– Mads, s'il te plaît.

---

1. Ruth Westheimer est une sexologue, auteure et productrice de télévision germano-américaine. Elle est également connue sous le nom de Dr. Ruth. Sa carrière médiatique commence en 1980 dans l'émission de radio *Sexually Speaking* où elle donne des conseils sur la sexualité. Puis elle est invitée à participer à des talk-shows dans le monde entier.

Je pousse un soupir à fendre l'âme. C'est clair, c'est complètement surréaliste et je crois à peine ce que je m'apprête à dire.

– Je te jure, Antonia, que ce que je vais faire vaudra beaucoup plus cher qu'un simple numéro de téléphone.

– Oh, faut pas exagérer non plus. Je te demande simplement de lui redonner confiance en elle.

– Et le baiser?

– Tu colles tes lèvres aux siennes, tu mets la langue et voilà!

Je grogne pour la forme parce que je sais que j'y suis jusqu'au cou et que je n'ai qu'une chance de m'en tirer, c'est d'aller jusqu'au bout. Je voudrais envoyer Antonia se faire voir ailleurs avec ses idées débiles, mais les lèvres de Valentine se rappellent à moi et je me demande aussitôt quelle sensation j'éprouverais, quelle texture elles auraient… Seraient-elles souples, douces? Est-ce que Valentine fermerait les yeux, gémirait-elle?

– Et si vraiment elle est nulle, demandé-je encore, sans y croire un seul instant.

– T'es sérieux?

– On sait jamais!

– Ben tu lui apprends. Tu sais comment on fait, au moins.

– Je te jure que tu me le paieras.

– Je t'aime aussi, mon mignon.

– Arrête de m'appeler comme ça, bordel.

Je lui raccroche au nez avant de m'engouffrer dans l'habitacle de mon bolide. Je n'arrive toujours pas à y croire. Comment Antonia a-t-elle pu me faire ça? À moi? Embrasser Valentine pour vérifier qu'elle n'est pas un boulet même à ce niveau-là. Non mais sans blague. Dès qu'il s'agit de cette nana, on atteint le grand n'importe quoi. Et pourtant je m'entête et j'accepte ce que je devrais refuser tout de go. Depuis le début, avec elle, tout devient improbable. Et, encore une fois, je le vérifie. Comme si j'avais l'étoffe d'un initiateur. Non mais vérifier son niveau en ce qui concerne les baisers, et je ne parle même pas du reste.

Putain de circulation. Il me faut une plombe pour arriver chez elle. Elle est déjà rentrée puisque j'aperçois de la lumière derrière ses fenêtres. Je me gare et respire un grand coup. Je sors et rejoins son immeuble avant de changer d'avis parce que je me demande encore ce que je fais là et si ce que je m'apprête à faire avec mon employée est une bonne idée. J'ai peut-être encore une chance qu'elle refuse de me laisser entrer maintenant qu'elle est retranchée dans son appartement.

Je grimpe jusqu'au cinquième et plutôt que d'appuyer sur sa sonnette, je tape à sa porte assez vivement. Aucune réaction. D'accord, tu veux jouer, pas de souci. Tu te lasseras avant moi. Je réitère mes coups sur le panneau de bois qui va finir par céder.

– Valentine, ouvre cette porte ou je la défonce, la menacé-je.

– Qu'est-ce que tu fais là? finit-elle tout de même par répondre, hostile.

– Tu t'es barrée, rétorqué-je.

– Oui, c'est peut-être que je n'avais plus envie de te voir et que donc tu n'as absolument rien à faire ici.

– Pourquoi tu es partie?

– On oublie.

– Non, explique.

Je m'oppose à un silence pesant et ça me gonfle.

– J'ai honte, voilà t'es content?

– Honte de quoi? Je croyais que je devais te rendre un service. C'est bien pour ça que je devais te retrouver au restaurant, non?

– Je n'ai plus besoin de toi.

– Tu ne veux plus que je vérifie le niveau de tes baisers? Tu préfères croire ta frangine? Et Angelo? C'est bien parce que tu comptes sortir avec lui que tu as besoin de mes conseils, poursuis-je assez fort quitte à réveiller tout l'immeuble.

– Arrête de brailler, tous mes voisins n'ont pas besoin de savoir ce que tu es venu faire chez moi.

– Je ne suis pas chez toi, je suis devant ta porte.

– J'expliquerai tout à Antonia si tu veux. Je lui dirai que c'était moi qui ne voulais plus.

– Ah, parce que tu crois vraiment qu'elle te croira ?

– De toute manière, tu n'en avais aucune envie, rétorque-t-elle, résignée.

– Je suis là, bordel ! m'agacé-je.

Une chose est certaine concernant Valentine, elle a du répondant et ça me plaît, quand d'autres nanas se contentent de minauder et de me faire les yeux doux.

– Pourquoi ça ne te dégoûte plus ? rétorque-t-elle, en colère.

Où est-ce qu'elle est allée pêcher que ça me dégoûtait ?

– T'es malade ! Pourquoi ça me dégoûterait ?

– T'as vu la tête que t'as tirée quand je t'ai expliqué ce qui m'amenait.

– Parce que tu crois que des filles ont souvent besoin de moi pour vérifier leurs aptitudes à embrasser ? J'étais surpris. Ça n'a rien à voir avec toi. Il faut que tu arrêtes de croire tout ce que te balance ta frangine.

– Oh, c'est pas bientôt fini ce bordel ! hurle une voix qui vient de l'étage inférieur.

L'interruption intempestive du voisin du dessous a au moins un avantage, celui de faire sortir la miss de son antre.

– Désolée, monsieur Marchand, s'excuse Valentine, assez fort pour que son voisin l'entende. T'es content de toi ?

– Tu n'as qu'à m'inviter à entrer.

– Non, tu pars… Je n'ai plus besoin de tes services, refuse-t-elle en me montrant l'escalier de la main.

Mais bien sûr. Ce qui m'agace au plus haut point, c'est que c'est moi qui en ai envie maintenant. Il est absolument hors de question que je la laisse et que je ne fasse pas ce pour quoi je suis là. C'est-à-dire l'embrasser et lui donner les conseils si précieux qui pourront l'aider dans son entreprise de séduction avec Angelo. Si elle arrivait seulement à faire la nique à sa frangine et à se taper l'Italien que Rose convoite, ça vaut le coup d'aller jusqu'au bout.

– Si tu me laisses sur le palier, je te jure que M. Marchand ne sera pas ton seul voisin réveillé. Demain, tu risques d'avoir plusieurs plaintes au cul pour tapage nocturne.

– Tu es un mec horripilant.

– Et toi une tête de mule. Alors? Je rentre ou je commence à réveiller tous les habitants de cet immeuble?

J'adore la voir s'énerver. Elle devient toute rouge, elle serre ses jolies lèvres et ses yeux ne sont plus que deux fentes. Si elle pouvait me sauter dessus pour me bouffer, elle le ferait. Elle tergiverse encore, mais finit quand même par s'effacer pour me laisser entrer. Je reste un peu scotché parce que la première pensée qui me traverse l'esprit, c'est que son appart est à peine plus grand que ma salle de bains.

– Même les sardines ont plus de place dans leur boîte, ne puis-je m'empêcher de balancer.

– Je fais avec ce que j'ai, figure-toi, rétorque-t-elle, l'agacement venant rejoindre la colère que je sens toujours affleurer à la surface.

– Désolé. Alors on procède comment?

– Comment quoi?

– Je t'embrasse et après je te file quelques tuyaux.

– On pourrait peut-être en parler avant, non?

– Tu veux parler de quoi? Je croyais que tu voulais avoir un avis sur ta manière d'embrasser. On peut commencer par ça. Je te roule une pelle, je te dis ce que j'en pense et on passe à la suite.

– C'est dit avec tellement d'enthousiasme que ça donne vraiment très envie, râle-t-elle.

– Pourquoi? Faut aussi que je te mette en condition? Tu veux pas que je te baise, aussi? proposé-je, sarcastique.

– Très mauvaise idée! grogne-t-elle. Je savais que ce serait une catastrophe. Je ne m'étais pas trompée. Il n'a aucune considération pour les femmes. Il les prend, les jette après les avoir baisées, bien sûr. Alors lui demander un simple baiser tout en y mettant un minimum de forme, c'est clair que c'est très au-dessus de ses capacités.

– Oh, tu sais que je suis toujours là et que j'entends tout.

Cette meuf est cinglée. On est pratiquement l'un à côté de l'autre et elle arrive à se parler comme si je n'existais pas.

S'il n'y avait pas la belle Sigourney, je me serais déjà tiré depuis longtemps mais voilà, elle est un lot de consolation immanquable, alors au boulot.

Valentine est au milieu de son salon, les bras ballants, l'air un peu perdue. Merde, j'ai vraiment l'impression de devoir tout apprendre à une pucelle.

– Tu l'as embrassé comment le Jonas ?

– Quoi, comment ?

– Comment tu t'y es prise ?

– Ben normalement quoi. Je me suis approchée de lui et j'ai collé mes lèvres sur les siennes.

– Mais encore ?

– Mais merde à la fin ! Il était un peu bourré. Moi aussi, sinon jamais j'aurais osé l'embrasser. Il était appuyé contre un mur, je me suis collée à lui. Je me suis accrochée à ses épaules pour me hisser jusqu'à lui parce que j'étais trop petite et je l'ai embrassé.

– Avec la langue ?

– Oui.

– Ses bras à lui, ils étaient où ?

– Il tenait une bière de la main droite et l'autre était collée sur ma taille.

– Il a eu l'air d'apprécier ?

– Mais j'en sais rien, moi. Comment veux-tu que je le sache ? Il n'a rien dit.

– Putain, mais t'as déjà roulé des pelles ! Tu sais quand même si c'est bien ou pas ?

Je crois que je l'ai perdue.

Elle me regarde, désemparée, et c'est super perturbant. C'est réellement comme si elle était novice.

– Rassure-moi, Jonas n'est pas le seul mec que tu as embrassé.

– Mais non !

– Et t'as déjà couché avec un mec ?

– Non, là, c'est bon !

– Non, quoi ? T'es encore vierge ?

– Non, j'en ai marre. T'as pas besoin de savoir tout ça pour me filer quelques tuyaux. T'es un mec, Mads. Tu dois bien savoir ce qui te plaît ou pas. Bon Dieu, c'est super embarrassant !

– D'accord, on passe directement aux travaux pratiques !

23

Valentine

C'est le truc le plus gênant que j'aie jamais eu à faire. Me livrer à Mads, qui me prend sûrement pour la pire des gourdes. Mais s'il n'y avait que ça. Oui, je me suis sauvée parce que j'avais honte de lui avoir avoué pourquoi j'avais besoin de lui. Si je l'ai fait, c'est aussi parce que j'en ai vraiment envie. J'ai envie que mon patron m'embrasse même si je sais que c'est la pire chose qui pourrait arriver, justement parce que je bosse pour lui.

Maintenant, il veut passer aux travaux pratiques. Je croyais vraiment qu'il allait profiter de ma fuite pour rentrer chez lui. Je ne pensais vraiment pas qu'il me suivrait jusqu'ici et qu'il voudrait vérifier si, oui ou non, je suis une calamité. Je repense aux questions qu'il m'a posées. Est-ce que Jonas a apprécié notre baiser ? J'ai beau fouiller dans ma mémoire, je suis incapable de le dire. Je n'ai rien perçu de particulier chez lui. On s'est embrassé, quoi ! Je ne sais pas lui, mais moi, j'ai aimé. J'aurais seulement voulu que ça dure plus longtemps et qu'il ose prendre un peu plus que ce que je lui donnais. J'aurais été d'accord. Enfin, je crois.

– Valentine, t'es avec moi ?

Je lève les yeux sur Mads qui est devant moi. Presque contre moi. Je ne l'ai même pas vu se rapprocher. Comme à chaque fois, mon corps réagit à sa proximité. C'est comme si chaque centimètre carré de mon épiderme était parcouru par un courant électrique.

– Pas besoin de parler de la technique, se marre-t-il.

Bel effort pour détendre l'atmosphère. Il aurait pu réussir si, dans le même temps, il n'avait pas posé sa main au creux de ma taille. Je suis chamboulée, il n'y a pas d'autre mot. J'appréhende ce qui va suivre, mais je le veux si fort aussi que c'en est douloureux. Je perçois sa chaleur à travers le fin tissu de mon top, la pression de ses doigts sur ma chair. Je vais m'enflammer, ou me liquéfier, je n'en sais rien, mais son contact me met dans un de ces états.

Oh, mon Dieu ! Je dois être beaucoup plus en manque que je ne le pensais. Mais pourquoi la main de Jonas au même endroit ne m'a pas fait cet effet-là ? J'étais bourrée et lui aussi. Oui, c'est ça. Il faut que ce soit ça parce que si c'est mon patron qui est à l'origine de cette sensation qui parcourt tout mon épiderme, je suis dans la merde.

Bon, je me concentre et je tente de faire abstraction de cette main qui m'électrise. J'y arrive, mais c'est sans compter sur la deuxième qui, elle, vient se loger sur ma nuque, juste en dessous de mes cheveux. Et cette fois-ci, il n'y a pas de tissu entre sa peau et la mienne, et je prends un méga coup de jus. Je ne peux pas m'empêcher de tressaillir.

– T'es prête ?

Non, absolument pas. Je devrais lui demander d'arrêter. Ce serait plus raisonnable parce que j'en ai trop envie, parce que je pressens que rien ne sera plus jamais pareil après et que je ne peux pas me le permettre parce qu'il est mon boss. Je devrais, mais je ne le fais pas. Je me tais.

– Tu me diras ce que notre baiser a provoqué en toi, balance-t-il.

– Et toi ?

– Quoi, moi ?

– Tu me le diras aussi? insisté-je.

– Oui, même si je ne vois pas à quoi ça sert tout ça.

Son manque d'enthousiasme me fait redescendre sur terre illico presto. Mais ça ne dure pas. Je décolle à nouveau dès que ses lèvres se posent sur les miennes. C'est un véritable électrochoc. Je suis surprise par leur douceur. Elles sont chaudes aussi, souples et expertes. Je tente de rester concentrée, de ne pas me laisser gagner par les sensations et l'émotion que je sens poindre, mais j'en suis incapable. Je ressens tout avec une acuité démentielle. Il picore ma bouche. Dépose de petits bisous tout doux qui me font chavirer. Je tente encore de résister, mais je n'y parviens plus du tout et je ne maîtrise plus rien au moment où sa langue entre en contact avec la mienne.

C'est comme si tous mes sens fonctionnaient à deux cents pour cent de leur capacité. Sa chaleur, son odeur, son goût. Tout concourt à me rendre dingue. Et ses doigts qui migrent sur mon corps, incapables de rester à leur place initiale. Je les sens effleurer mes épaules, ma taille, le renflement de mes seins alors qu'ils redessinent mon buste.

– Détends-toi, murmure-t-il contre mes lèvres.

Mais je le suis. Enfin, je crois. J'essaie seulement de revenir à des réactions plus mesurées alors que j'aurais envie de lui offrir tout ce que j'ai. J'y arrive presque, mais voilà qu'il se colle contre moi, que ma poitrine s'écrase contre son torse et que sa langue me fouille avidement. Je grogne. J'essaie vraiment de ne pas lui montrer combien son baiser me retourne parce qu'il est mon prof et c'est tout et que cette démonstration n'est, pour lui, qu'une simple leçon.

J'ai l'impression que ma raison fout le camp, à moins qu'elle ait déjà totalement disparu au moment où les lèvres de Mads se sont posées sur les miennes. Je voulais un peu de mesure. C'est clair que j'y arrive merveilleusement alors que mes mains qui étaient sagement posées sur sa poitrine semblent prises d'une vie propre. Mes doigts tracent les pleins et les déliés de ses muscles. Ses abdos, ses pectoraux, son dos. Puis voilà qu'elles atteignent le creux de ses reins et le haut de ses fesses.

Il faut que ça cesse ! Je dois vraiment mettre un terme à ces travaux pratiques. J'ai déjà trop débordé et après tout, si moi j'ai adoré, le but est surtout de découvrir si lui a aimé aussi. Je concentre toute ma volonté dans mes mains, mais Mads réagit avant moi. Il rompt notre baiser et me repousse vivement avant de se diriger vers l'évier de mon coin cuisine et de se verser un verre d'eau.

– Ça va ? demandé-je, surprise par son comportement.

– Ouais, nickel, rétorque-t-il sur un ton un peu trop sec qui tranche avec ce que nous venons de partager.

– Alors?

– Alors quoi?

– Ben c'était comment?

Il me jette un coup d'œil avant de boire une grande gorgée d'eau.

– Pas mal, déclare-t-il nonchalamment.

– Ah.

– Je crois qu'Angelo sera satisfait si c'est ce que tu veux savoir.

– C'est cool.

– Ouais.

Il repose le verre un peu trop vivement sur le plan de travail. Il a l'air crispé ou contrarié et ne répond que du bout des lèvres. Qu'est-ce qui lui prend?

– Dis-moi la vérité, Mads. C'était si nul que ça?

– Mais non! s'écrie-t-il, agacé. Tu veux quoi? Que je te passe de la pommade? Alors c'était bien, très bien. Tu as de très bonnes dispositions.

– Oh.

Il fouille dans sa poche et en ressort son téléphone dont il contemple l'écran un long moment.

Je fais le tour de mon bar pour le rejoindre, mais il me coupe dans mon élan.

– Je suis désolé, Valentine. Je dois partir. Je sais que tu voulais aussi me poser des questions, mais on peut remettre ça? propose-t-il, mal à l'aise.

– Pas de souci.

– OK. Alors salut la miss et à demain au club.

Je le regarde traverser mon appartement et sortir d'une manière que je pourrais juger précipitée. Il ne m'a même pas regardée, focalisé sur l'écran de son téléphone. Pourquoi ai-je la désagréable impression qu'il a fui et qu'il me cachait quelque chose?

Je suis certaine qu'il m'a jugée très nulle et qu'il n'a pas osé me le dire. Du coup, tout ce qui vient de se passer n'a servi à rien. Cela fait deux fois que je me trompe et que j'aime quelque chose que mes partenaires n'apprécient pas. Jonas, pour commencer, et puis Mads, qui a préféré me mentir au lieu de me dire la vérité. Si seulement il m'avait expliqué ce qui ne va pas et comment je pourrais y remédier.

Je m'effondre dans mon canapé et je maudis cette fichue situation. Demain je me retrouverai devant lui et je n'oserai pas le regarder dans les yeux. Parce que si lui a trouvé notre baiser au mieux quelconque, au pire complètement nul, moi j'ai adoré et je me sens encore excitée et chamboulée. J'avais raison de redouter ce baiser parce qu'il a allumé un feu en moi et que je ne vois personne d'autre que lui pour l'éteindre.

24

Mads

Betty me regarde comme si elle ne comprenait pas ce que je viens de lui dire. C'est pourtant clair. Je veux qu'elle parte. Qu'elle rentre chez elle. Je suis bon prince, je lui ai même appelé un taxi et je le lui paie.

– T'as vu quelle heure il est? s'énerve-t-elle.

– Oui, et alors?

Je me conduis comme une merde, mais je ne veux pas passer ma nuit avec elle. Je n'aurais même pas dû l'appeler pour qu'elle vienne me rejoindre quand je suis rentré de chez Valentine.

– Tu sais quoi? La prochaine fois, oublie-moi. D'ailleurs, efface mon numéro, je ne veux plus te voir.

Je ne l'ai pas volé. Je ne me reconnais pas. Je ne suis pas comme ça d'habitude. Je ne suis pas un salaud, enfin, presque pas. Je respecte les filles avec qui je couche. Je ne les jette pas l'affaire faite. Elles repartent au matin, satisfaites parce que le marché est clair entre nous. Il ne s'agit que de sexe. Du sexe sans sentiment. Mais coucher ensemble, même si ce n'est que pour un soir, n'empêche pas de bien se comporter et d'accorder à sa partenaire toute son attention.

Je suis un bon amant et certaines vont même jusqu'à affirmer que je me comporte comme un gentleman. Je crois que Betty n'est plus de cet avis et elle me le prouve en quittant mon appartement en claquant assez fort la porte, au point de faire trembler les murs.

Qu'est-ce qui m'arrive, bordel?

J'ai appelé une de mes maîtresses au moment où j'ai quitté le domicile de Valentine. Je me suis précipité chez moi, où Betty m'attendait déjà. Je l'ai baisée sans y être tout à fait puis je l'ai renvoyée chez elle après une étreinte à peine passable et absolument pas satisfaisante.

Pourquoi est-ce que j'ai fait ça? Qu'est-ce qui m'a pris?

Je pourrais passer de longues heures à analyser mon comportement, mais je ne préfère pas. Je me sers un verre, me vautre dans mon canapé et je zappe sur les nombreuses chaînes de sport. Je bois mon whisky puis je m'en ressers un autre. J'essaie de me concentrer sur le match, mais je n'y arrive pas. Mon esprit divague vers un appartement microscopique et son occupante. Ce n'est plus le goût du whisky que j'ai sur les papilles, mais son goût à elle. La texture de ses lèvres, la chaleur de son corps pressé contre le mien.

Je voulais juste qu'elle arrête de me soûler. De me répéter combien elle était nulle, à quel point elle ne savait pas y faire. J'ai voulu jouer, m'amuser, lui clouer le bec, c'est le cas de le dire, et je me suis pris un uppercut en pleine gueule.

Valentine grogne là où d'autres gémissent et en font des tonnes. Comme Betty d'ailleurs. Elle grogne son plaisir et j'ai aimé ça.

Je bois un troisième verre et l'alcool me pousse à être honnête avec moi-même. J'ai aimé ce baiser avec une fille gauche, un peu maladroite, pas très sexy. J'ai apprécié son inexpérience là où tant d'autres se comportent comme des actrices pornos blasées. Valentine est vraie, fraîche, neuve et j'avais envie de plus... De beaucoup plus. Je me redresse et m'assois au bord de mon canapé. Je contemple mon loft dans lequel on pourrait caser au moins dix appartements comme celui de ma barmaid. Je détaille tout comme si je le découvrais. Les murs gris et blancs, les toiles sans couleurs, les meubles de bois foncé. Je me dis que tout ça manque de chaleur et j'en reviens à celle que j'ai quittée il y a quelques heures. Je voudrais pourtant l'oublier. Prendre conscience de tout ce que j'ai découvert en l'embrassant me déstabilise complètement.

Je me suis retrouvé à vouloir beaucoup plus qu'un simple baiser. J'ai tout arrêté parce que j'allais perdre le contrôle. J'allais la déshabiller pour découvrir ce qu'elle cache sous ses fringues. Mais surtout, j'allais la baiser après l'avoir goûtée pour l'entendre grogner davantage.

Pourquoi elle m'a fait cet effet-là ? Pourquoi elle ? Est-ce l'attrait de la nouveauté ? Le fait que je n'ai jamais eu ce type de meuf entre mes bras ? J'entends une nana à qui je pourrais tout apprendre. Le goût de l'interdit puisqu'elle est mon employée et que je sais pertinemment que ce n'est pas une fille pour moi ? Valentine cherche un amoureux et pas un amant et je suis incapable de jouer ce rôle.

Je récupère la bouteille pour me servir encore une fois.

Je vais finir complètement bourré, mais c'est ça ou je retourne chez elle pour finir ce que j'ai commencé.

Merde, je me suis tiré comme un voleur. J'aurais pu la rassurer davantage, lui dire combien c'était agréable de l'embrasser. J'ai fait au mieux et je sais que ce n'est pas terminé. Elle va vouloir me poser des questions. Elle veut être prête pour son rencard avec Angelo et cette fois-ci, c'est moi qui grogne. Une idée me traverse l'esprit. C'est lui qui va avoir la chance de la découvrir tout entière. J'espère seulement que ce crétin sera conscient du trésor qu'il aura entre les mains.

Je suis bourré, je crois. Ce n'est pas à moi d'aller le voir pour lui dire ce qu'il doit faire. S'il ne se rend pas compte tout seul du potentiel de Valentine, c'est que c'est un crétin qui ne la mérite pas.

***

Je me réveille sur mon canapé, la gueule enfarinée avec un mal de crâne carabiné. Le soleil qui filtre à travers les stores me fait mal et m'apprend qu'il doit être relativement tard. Je tâtonne sur la table basse et récupère mon portable. Merde, il est presque seize heures. J'ai besoin d'une bonne séance de sport et d'une douche pour me vider la tête encore engluée d'un tas de questions qui me font regretter amèrement tout ce qui s'est passé hier soir. Et je dis bien tout. Je n'aurais jamais dû écouter Antonia. Je n'aurais jamais dû embrasser Valentine et, pour finir, j'aurais dû laisser Betty où elle était. J'aime ce qui est simple, sans prise de tête alors que la situation dans laquelle je me suis fourré ressemble à un gros bordel dont je dois m'extraire de toute urgence.

Je pars courir. J'avale les kilomètres sans penser à quoi que ce soit puis je rentre et j'ai envie de hurler en découvrant celle qui est à l'origine de toute cette merde, appuyée à côté de ma porte.

– Café?

– Douche.

J'entre et sans m'occuper de mon associée, je fonce dans ma salle de bains. J'étais heureux que mon mal de tête soit passé. J'ai bien peur qu'il revienne après la discussion que je vais avoir avec elle. Je prends mon temps pour me sécher et m'habiller et je la rejoins. Nous nous connaissons depuis si longtemps qu'Antonia est comme chez elle. Elle s'est installée dans mon salon après avoir récupéré un paquet de gâteaux dans un de mes placards pour accompagner le thé qu'elle a amené avec elle.

– Ton café est froid.

– Qu'est-ce que tu fais là?

– Je viens aux nouvelles puisque tu ne m'en as pas donné.

Je vide le café froid dans l'évier et m'en fais couler un double.

– J'ai rangé ta bouteille de whisky dans le placard.

– Très drôle.

– Qu'est-ce qui t'a donné envie de boire? demande-t-elle avec malice.

– Qui t'a dit que j'ai bu?

– C'est bon, Mads! Je te connais et vu ta tête, je sais qu'il y a quelque chose qui ne tourne pas rond. C'est à cause de Valentine?

– Pourquoi ce serait à cause d'elle?

– Pas forcément à cause d'elle, mais peut-être à cause de ce qu'il s'est passé entre vous.

– Il ne s'est rien passé, rétorqué-je vivement.

Antonia hausse les sourcils et je peste intérieurement. Rien ne tourne rond, bon sang. Je ne tourne pas rond. Je sais mieux cacher mes sentiments ou mon humeur d'habitude, surtout face à une fouineuse comme l'est ma meilleure amie. Maintenant elle va vouloir savoir et pour ça, elle ne va rien lâcher et ça y est, je sens déjà poindre une nouvelle migraine.

– Raconte.

– Il n'y a rien à raconter. J'ai fait ce que tu m'as demandé et je suis rentré.

– Ouais et tu as eu envie de descendre une bouteille de whisky. Qu'est-ce que tu as cherché à oublier?

– Tu m'agaces.

– Je sais, mais tu finiras quand même par me répondre.

– Dans tes rêves, ma chérie.

– Je ne vois que deux choses, reprend-elle sans aucune pitié. Soit ce que tu as échangé avec Valentine était nul, mais je ne crois pas que tu aurais cherché à l'oublier en te soûlant. Soit, au contraire, c'était extraordinaire et surprenant. Tellement que tu as fui son domicile pour venir te réfugier ici. J'ai tout juste?

Je suis incapable de répondre. Elle me connaît vraiment trop bien et puis si je confirme ce qu'elle vient de dire, je donne à tout ce que je ressens une existence que je préfère encore ignorer.

25

Valentine

J'appréhende mon retour au club. En fait, c'est surtout l'attitude de Mads que j'appréhende. Pourtant c'est la première personne que je rencontre.

– Salut, bien dormi ?

– Ben, euh…

Clairement, Valentine, tu as de la repartie. Mais c'est quoi cette question ?

– Et toi ?

– Nickel.

On ne dirait pas vu les poches qu'il a sous les yeux. Il m'adresse un sourire que j'essaie d'analyser, mais comme il ressemble à tous ceux qu'il m'a déjà adressés, il ne m'apprend rien de plus sur son humeur.

Mon boss ! Et dire que je l'ai embrassé et que j'ai adoré ça. Ce qui n'a pas été son cas, que je me le rappelle une bonne fois pour toutes.

Mads vaque à ses occupations une bonne partie de la soirée. Je le vois se diriger vers le bar pile-poil à l'instant où ma sœur et une copine se pointent pour occuper les deux tabourets qui me font face. Est-ce que j'ai déjà dit qu'elle le faisait exprès ? Je crois. Mais le fait est là, elle ne manque pas une occasion de venir me narguer. Je ne sais toujours pas ce qu'elle cherche à me montrer. La variété de sa garde-robe ? Ses chaussures ? Sa popularité envers la gent masculine qui la dévore des yeux ? Le nombre incroyable de prétendants parmi lesquels elle pêche celui qui finira la nuit à son côté ?

Si elle ne m'adresse pas la parole, j'arrive à oublier qu'elle est là. L'accord que j'ai avec Ed fonctionne à merveille. Il s'en occupe. Il est son barman attitré afin que je la côtoie le moins possible. J'ai autre chose à faire.

Malheureusement, ce soir, elle refuse de se faire servir par mon acolyte et s'adresse directement à moi. Je crois que c'est la présence de Mads qui l'aiguillonne. Elle adore avoir du public et encore une fois, mon boss sera le témoin privilégié de ce qu'elle va me balancer. C'est-à-dire à quel point je ne suis rien alors qu'elle est très supérieure à moi et cela dans tous les domaines.

– Je t'ai déjà parlé de ma sœur, Tyffaine?

– Je crois, oui, répond cette dernière.

– Eh bien, tu l'as sous les yeux. Tyffaine, je te présente Valentine.

– Je vois, répond Tyffaine de façon critique.

Elle voit quoi? Vu la tête que fait l'amie de Rose, je ne suis pas certaine qu'on lui ait dressé un portrait très élogieux de ma petite personne.

– Ma sœur a une bonne marraine. Il semblerait qu'une bonne fée ait eu pitié et qu'elle ait réussi à lui donner l'apparence d'une fille à peu près potable.

La dénommée Tyffaine se marre en me toisant puis se tourne à nouveau vers ma sœur pour écouter la suite qui ne tarde pas à venir.

– Nouvelles fringues, nouvelle coupe de cheveux. Le problème, c'est qu'elle a oublié le plus important. Elle a omis de lui donner de la personnalité. Ma sœur est une petite chose fadasse, transparente et, quoi qu'elle fasse, elle le restera. J'ai pourtant essayé de le lui expliquer, mais je crois qu'elle ne comprend pas tout ce qu'on lui dit.

Tyffaine éclate de rire, suivie de près par Rose, très contente de m'avoir clouée au pilori une nouvelle fois.

Je jette un œil vers Mads. Il m'a rejointe derrière le bar et n'a pas perdu une miette de ce qui vient de se dire tout en servant les clients. Je sais qu'il va réagir. Je suis peut-être la pire des filles qu'il a tenue dans ses bras, mais je suis son employée et une chose est certaine, il défend toujours les gens qui bossent pour lui. Le problème, c'est que je n'ai jamais pu compter sur quelqu'un face à elle. Rose a toujours été bien trop en vue pour qu'on ose la critiquer ouvertement. Elle a toujours été celle qu'il fallait courtiser. Un modèle qu'il était hors de question d'égratigner. Et puis, pour la première fois, j'ai peut-être envie de lui montrer qu'elle a tort, que je comprends très bien tout ce qu'elle me balance, mais que je peux répliquer toute seule sans l'aide d'un tiers, et surtout pas de Mads. Même si je le sens bien présent à côté de moi, me donnant sa force d'une manière ou d'une autre.

Je ne réfléchis pas une seconde. Je décide de faire ce que je n'ai jamais fait. Je jette un dernier regard à mon boss qui me sourit et m'adresse un clin d'œil discret, une façon de me donner l'élan qui me manque encore pour rentrer dans le lard de mon aînée.

Rose est entourée d'une cour de mâles tous plus mignons les uns que les autres. Sa voisine, ou devrais-je dire son clone, boit ses paroles. Je m'approche d'elle avec un grand sourire.

– Et si tu allais cracher ton venin ailleurs, commencé-je, mon regard bien ancré dans le sien. Antonia n'est pas la seule à pouvoir t'interdire l'entrée du club, Rose. Tout employé a le droit de le faire s'il pense qu'un client n'est pas digne d'en faire partie.

– Parce que tu crois que tu peux m'interdire de venir ici? objecte-t-elle avec dédain.

– Et pourquoi pas? Tu manques de respect au personnel de notre établissement.

– Tu es ma sœur, se défend-elle encore. Je crois que j'ai encore le droit de dire ce qui me passe par la tête à un membre de ma famille.

– Tu te trompes. Je suis le barman en chef du Serial Killer et de ce fait, je vais appliquer la règle que ma direction nous rappelle assez régulièrement. Antonia t'avait prévenue, mais tu n'as pas voulu l'écouter. Après tout, c'est peut-être toi qui n'es pas capable de comprendre ce qu'on te dit. Alors regarde-moi bien et écoute bien mes paroles. Je vais essayer d'utiliser des mots simples si tu préfères. Ta copine et toi, vous finissez vos verres, vous ramassez vos sacs, vous passez au vestiaire récupérer le reste de vos affaires et vous quittez les lieux.

– Parce que tu penses qu'une simple employée peut virer les gens comme ça ? Ne te donne pas plus d'importance que tu n'en as, Valentine.

Mads, resté en retrait, s'approche et se positionne derrière le binôme. Il croise les bras et je crois que je n'ai jamais vu son visage aussi fermé, aussi dur, comme s'il se retenait à grand-peine d'exploser. Je me sens forte, fière et secrètement heureuse qu'il fasse ça pour moi.

Il commence, d'un simple geste de la main, par indiquer aux différents mecs de s'écarter, ce qu'ils font sans faire d'histoire. Puis il lance cette petite phrase qui scelle le destin de ma frangine et de son sosie :

– Elle vous dit pourtant la vérité, assène-t-il sèchement.

Je contemple ma sœur et je me délecte de son air outragé et de son teint qui a perdu toute couleur avant de devenir bien trop rouge.

– Vous ne voudriez pas que je vous fasse mauvaise presse, le menace-t-elle. Croyez-moi, j'ai beaucoup de connaissances et vous risquez de perdre gros.

– Valentine est davantage une collaboratrice qu'une employée, Mademoiselle, commence-t-il en faisant face à ma sœur, la dominant de toute sa taille. Elle est effectivement le barman en chef et son avis compte autant que le mien ou que celui de mes deux associés. Si elle juge que la présence d'un client est inappropriée, je la crois, et si elle me demande de blacklister ce même client, je le fais sans poser aucune question. Elle a toute ma confiance. Alors je vais être beaucoup moins gentil qu'elle. Vous allez quitter mon établissement sur-le-champ. Je vais demander à un de mes vigiles de vous escorter jusqu'à la sortie. Je ne veux plus vous voir ici. On s'est bien compris.

J'essuie un verre, essayant de cacher, du mieux que je peux, le plaisir infini que me procure cette situation. J'ai tenu tête à ma sœur et Mads m'a soutenue. Putain de sensation extrême !

Je le regarde faire signe à Diego, un de nos vigiles, et lui montrer Rose et sa copine. D'un geste, notre videur les invite à le précéder. Mais il ne sera pas dit que Rose se fasse éjecter sans réagir. Telle une reine offensée, elle se dresse face à moi et pointe un doigt vengeur dans ma direction.

– Tu veux jouer, Valentine ? Alors on va jouer. Le problème, c'est que tu ne connais pas toutes les règles. Mais ce n'est pas grave, te voir perdre restera tout de même un pur plaisir. Je te rappelle une chose : tous les coups sont permis. Tu viens de gagner une manche, mais la victoire finale restera à moi, sois-en certaine.

– Diego, fais-la sortir ! lance Mads dont les traits affichent clairement qu'il est à bout de patience.

– Il te baise ? lance-t-elle encore alors qu'elle rejoint Diego. Non… Il a meilleur goût que ça. Et puis toutes les deux, on le sait, n'est-ce pas ? Nous savons que les mecs qui t'approchent finissent toujours par se tourner vers moi.

– Diego !

Je la regarde partir, les poings serrés. J'ai envie de lui sauter dessus et d'effacer le petit sourire machiavélique qui s'affiche sur son visage. J'ai failli gagner, mais elle avait encore quelques gouttes de venin à me lancer à la figure. Mais quand arrêtera-t-elle de s'en prendre à moi ? J'étais si contente de lui avoir rivé son clou.

– Ça va ?

Je relève la tête vers celui qui est accoudé au bar, en face de moi. Je hausse les épaules, en faisant la moue. Non, ça ne va pas.

– Tu as été géniale, m'assure-t-il en me souriant.

Je m'esclaffe, mais le cœur n'y est pas.

– Merci de m'avoir soutenue.

– C'est normal. On aurait même dû le faire depuis longtemps.

– Je dois aller à la réserve. Excuse-moi.

Cette fois-ci, c'est moi qui fuis. Je ne veux pas de sa sollicitude. J'ai cru, pendant quelques minutes, que j'avais été plus forte que Rose, mais c'est faux. Elle aura toujours cet ascendant sur moi. Pourquoi est-ce que je suis incapable de la toucher ? Je suis plus forte que ça, bon sang ! Je saisis une caisse vide et sors de derrière le comptoir. Je file à la réserve et une fois arrivée au milieu des caisses de bouteilles, je laisse mes larmes couler. J'ai besoin de ce petit moment de décompression. J'ai besoin de retrouver cette petite part de confiance que ma sœur s'évertue à malmener.

– Elle n'en vaut pas la peine, Valentine. Tu n'as rien à lui envier.

– On ne peut jamais être tranquille, râlé-je en m'essuyant les yeux et en remplissant la caisse que j'ai amenée pour me donner une contenance.

Il ne manquait plus que ça. Qu'il me voie m'apitoyer sur mon sort.

– Tu m'as suivie? lui demandé-je en lui faisant face, priant que mes yeux restent secs.

– Ça se pourrait.

– Laisse-moi bosser, lui intimé-je en attrapant une nouvelle bouteille.

– Regarde-moi, m'intime-t-il.

– J'ai du boulot, Mads.

– Arrête, bon sang, et regarde-moi!

Il me retire la bouteille des mains et me force à me tourner face à lui.

– Mais quoi? m'énervé-je. J'ai juste besoin de relâcher la pression.

– Je croyais que j'avais été clair hier soir.

– Ah oui, ça pour être clair, tu l'as été.

– Qu'est-ce que tu essaies de me dire, là?

– Tu as fui!

– Absolument pas.

– Ah non? Si j'ai aimé notre baiser, ce n'était pas ton cas, mais au lieu de te barrer après m'avoir menti, tu pouvais tout aussi bien être honnête.

– Non mais tu t'entends! Je ne me suis pas barré! Et je ne t'ai pas menti! crie-t-il. J'ai aimé notre baiser, Valentine. Tu es pleine de passion, mais tu es tellement persuadée d'être nulle que tu te brides. Tu as peur. Le jour où les mots de ta sœur ne te toucheront plus comme ils le font, tout ira beaucoup mieux, crois-moi.

L'amusement remplace la colère sur son beau visage. Il me tient par les épaules et je retrouve la sensation électrisante d'hier soir. Je frémis et j'ai les plus grandes difficultés à ne pas me serrer contre lui pour retrouver son corps qui m'enivre tant. Il me domine de toute sa taille. Je regarde sa bouche puis je baisse les yeux.

– J'avais un rendez-vous, me susurre-t-il à l'oreille.

Je sens son souffle chaud sur ma peau et je m'écarte parce que je n'arrive plus à réfléchir.

– Hein ? lui demandé-je de répéter.

– Hier soir, je suis parti parce qu'une fille m'attendait.

– Oh !

– Sinon je serais resté et j'aurais même pu te donner un autre baiser.

– Ah !

– J'adore ton vocabulaire, ma belle.

Je suis sidérée. Un autre baiser ? Me yeux se focalisent à nouveau sur sa bouche mais, encore une fois, c'est lui qui rompt le contact. Il ramasse la caisse que j'ai remplie et sort de la réserve en coup de vent, me laissant seule et assommée. Il est vraiment… sexy… attirant… horripilant, mais il a aimé m'embrasser. En quelques mots, il vient d'effacer ceux de Rose et de redonner un peu d'épaisseur à mon amour-propre tout ratatiné. Il a aimé notre baiser… Il pourrait même m'en donner un autre. Putain de bonne nouvelle !

26

Mads

J'aurais dû la fermer. Pourquoi je lui ai balancé que j'aurais pu lui donner un autre baiser? Et si j'arrêtais de réfléchir avec ma queue pour une fois et que je me servais de mon cerveau. Que je résume. Valentine veut un petit ami, ce que je ne suis pas. Et en plus je suis son boss, bordel. En attendant, j'ai passé une deuxième nuit de merde. Elle occupe mon esprit bien trop souvent et ça commence réellement à m'agacer.

J'arrive au club en fin d'après-midi. Je suis passé voir Tommy, un de mes meilleurs potes, à son boulot. Le seul endroit où il ne joue pas l'amoureux transi devant sa petite femme enceinte et bientôt à terme. Je pourrais revenir sur son désir tout récent de se caser, mais passons. En sa compagnie, j'ai réussi à me vider la tête, mais je ne me fais pas trop d'illusions. Ça ne durera qu'un temps.

Je file directement à mon bureau dans lequel m'attend une surprise.

– Mais qu'est-ce que tu fais là?

Ma sœur pose son téléphone et se lève du canapé dans lequel elle était installée pour me rejoindre et se couler entre mes bras pour un gros câlin.

– Pourquoi tu ne m'as pas prévenu, je serais venu te chercher à l'aéroport, lui reproché-je.

– Je ne suis pas venue en avion.

Ma curiosité attendra quelques minutes. Nous nous serrons l'un contre l'autre. Alma est mon aînée et nous ne nous voyons pas suffisamment. Elle est un peu plus petite que moi. Elle ressemble davantage à notre mère alors que j'ai les traits de notre père. J'aime son visage doux, ses yeux gris, sa tignasse chocolat qu'elle a toujours du mal à discipliner. Ma frangine est une belle femme, mais elle l'oublie souvent. Son ex lui a fait perdre la confiance qu'elle avait en elle. Il l'a blessée si profondément qu'elle a oublié qu'elle n'était pas qu'une mère, mais j'ai beau le lui répéter, ça ne change rien.

– Alors, qu'est-ce que tu es venue faire dans la capitale et comment est-ce que tu es venue ? Sur ton balai de sorcière ?

– Petit con, va ! se marre-t-elle.

– Alors ? demandé-je encore en l'invitant à se rasseoir.

– J'ai un rendez-vous professionnel demain, toute la journée. Un gros client qui ne pouvait pas se déplacer. Je devais effectivement venir en avion, mais j'ai dû annuler parce que ton ex-beau-frère m'a encore joué un tour de merde.

– Qu'est-ce qu'il a encore fait, cet abruti ? m'énervé-je à la seule évocation de ce mec à qui je réglerais bien son compte.

– Il devait prendre tes neveux cette semaine et il a annulé au dernier moment parce que, m'a-t-il dit, il n'était pas disponible.

– Ben ils sont où alors ?

– Avec Antonia, elle les a emmenés boire un coup et grignoter quelque chose au bar.

– T'avais personne pour les garder ?

– Si, mais pas au pied levé.

– Et maman ?

– Elle est en voyage.

– Et donc ?

– Il faudrait que tu me les gardes demain pendant mon rendez-vous.

– Dis, si tu n'avais pas eu ce contretemps, tu serais venue me rendre une petite visite quand même ?

– Tu me prends pour qui ?

Elle n'a jamais su mentir. Elle vient de relever son sourcil droit, ce qui veut dire qu'elle se fout de moi. Je ne sais pas pourquoi, mais j'ai l'impression que ma grande sœur est en train de me raconter une fable.

Je ne suis pas certain que son gros client existe vraiment, mais que son abruti d'ex-mari la fasse chier, ça, c'est super plausible. Malgré tout, je ne dis rien. Elle a sa vie et elle en a assez bavé. Elle est grande et si elle a besoin que je m'occupe de ses enfants, je le fais, point barre !

– Et si on allait retrouver mes neveux.

– Tu veux bien alors ?

– Pourquoi ? Tu en doutais ?

– Disons que tu aurais pu avoir des rendez-vous très importants, suggère-t-elle, taquine.

– Je bosse et je baise la nuit, ma grande, lui réponds-je avec malice.

Je lui tends la main pour qu'elle me suive, ce qu'elle fait en secouant la tête et en souriant. Je crois qu'elle ne comprend pas mon mode de vie. Je ne comprends pas le sien, donc un partout la balle au centre.

Par contre, une chose sur laquelle nous sommes raccord, mes neveux. Je les adore. J'étais là à leur naissance, je m'en occupais quand j'étais plus jeune et j'adorais ça. Ne plus les voir autant qu'avant est un de mes regrets depuis que je me suis installé en France.

Ils sont assis au bar avec Antonia, face à Valentine. Ils se marrent tous les quatre. Notre barmaid est en train de se démener, imitant un escrimeur, tenant dans sa main ce qui semble être un goupillon. Mais qu'est-ce qu'elle fout, bordel ? Et pourquoi est-ce que je me sens exclu du fait qu'elle ne rit pas ainsi avec moi ?

– Tonton ! hurlent les terreurs en chœur en me voyant arriver, ne me laissant pas m'appesantir sur la gaieté surprenante de mon employée.

Ils dégringolent de leur tabouret et se précipitent vers moi pour me sauter au cou et m'étouffer de baisers sucrés et collants. Je n'ai même pas le temps de leur demander comment ils vont. Ils me parlent tous les deux en même temps de toutes sortes de choses, comme s'ils voulaient rattraper tous ces mois où nous ne nous sommes pas vus. Puis ils me montrent un truc que je mets quelques secondes à identifier.

– T'as vu, m'interpelle Dany, mon neveu de 13 ans, mamie nous a acheté des sabres lasers comme les Jedi et Valentine, elle nous a dit qu'on pourrait venir la voir faire de l'escrime et même qu'on pourra en faire aussi si on veut. Dis, tu veux bien, hein ? Allez, tonton ! Tu vas nous emmener faire du sabre laser. Moi, je veux être comme Luke Skywalker.

– Non, c'est moi Luke Skycœur, se révolte Helena, sa cadette de 7 ans.

– Tu racontes n'importe quoi ! Toi, t'es une fille alors tu seras la princesse Leia.

– Oui, mais moi ze veux être un sevalier Zedei, zozote-t-elle, ce qui me fait sourire.

– Tonton ? m'interpellent-ils, les yeux brillants d'enthousiasme.

Je relève les yeux et je tombe sur Valentine qui sourit, attendrie. Son regard me remue les tripes. Je devrais dire non. Pourquoi ? Parce qu'il va falloir que je la côtoie encore, que j'entre dans son univers, dans sa vie privée. Je l'ai déjà embrassée. Mes lèvres se souviennent de tout ce qu'elle est, elles en redemandent et elle est déjà trop présente dans mon esprit.

Mes neveux attendent ma décision et devant leur bouille pleine d'espoir et leur regard brillant, je suis incapable de dire non. Ils hurlent de joie et se précipitent vers le bar pour reprendre leur place et assurer à Valentine que je les emmènerai la voir demain. Du coup, c'est son expression qui change. Peut-être pensait-elle que j'allais dire non.

Ma sœur repart avec ses terreurs. Elle les déposera chez moi demain en milieu de matinée. Nous irons manger puis nous irons voir Valentine pour jouer aux Jedi. J'y pense une bonne partie de la soirée alors que je bosse. J'évite le bar, je ne vais pas parler à Valentine, je ne la remercie pas de son invitation. Ça devient compliqué, trop difficile à gérer alors si ce n'est pas vraiment nécessaire, autant ne plus l'approcher.

***

Rien de tel qu'un McDo pour combler mes neveux. Leur mère le leur interdit, mais comme je suis le tonton et que je ne les vois pas assez souvent, j'ai le droit. Ils sont ravis et n'arrêtent pas de me seriner avec les sabres lasers, les Jedi, Valentine, les épées et j'en passe. J'aimerais leur dire de la fermer, mais je ne peux pas alors j'écoute leur babillage et souris de les découvrir si enthousiastes. C'est clair que je le suis beaucoup moins. Je pense même pouvoir esquiver. Peut-être que Valentine accepterait de prendre mes neveux en charge sans que je sois présent.

Mauvaise idée… Je me plains de ne pas les voir assez, ce n'est pas pour les abandonner à la première occasion.

Nous arrivons au club en début d'après-midi. Il y a encore peu de monde. Je demande à la nana de l'accueil où se trouve Valentine et elle m'indique la salle principale où se déroulent différents duels.

Nous restons dans un coin pour ne pas gêner les bretteurs. J'essaie de deviner derrière quel masque se cache ma barmaid, mais c'est difficile de l'identifier. Nous patientons quelques minutes et enfin, un des assauts prend fin. Les deux escrimeurs retirent leur masque et je découvre Valentine, les joues rougies par l'effort, les yeux brillants. Elle pose son épée et ouvre son haut, sûrement pour respirer parce qu'il doit faire très chaud sous sa combinaison.

Mes neveux ont du mal à tenir en place alors que je suis focalisé sur elle. Sur son corps mis en valeur par cette tenue écrue qui la moule et par son débardeur qui ne cache pas grand-chose de ses épaules, de ses bras et qui souligne sa poitrine qui se soulève au rythme de sa respiration.

J'en viens à l'imaginer couchée sous moi, les joues colorées par le désir et l'orgasme que je viendrais de lui donner, la respiration erratique, le corps amolli, les lèvres brillantes et gonflées de mes baisers.

– Tonton, on peut y aller? On peut aller voir Valentine?

Non, on ne peut pas. On ne devrait pas… Je ne devrais pas et pourtant je les suis. Ils sautillent jusqu'à elle et elle les accueille avec chaleur. Chaleur qu'elle leur réserve, m'offrant un salut plus formel et plus froid.

– Venez avec moi, nous intime-t-elle.

Nous la suivons jusqu'à une salle plus petite où différents enfants sont assis en cercle autour d'un jeune type habillé en noir. Valentine l'interpelle et fait entrer mes neveux qu'elle invite à aller s'asseoir.

Nous prenons place sur un banc et nous attendons. Le mec, qui s'appelle Louis, explique aux gamins les bases du combat puis il leur donne un casque à chacun, des sabres et les met deux par deux. C'est brouillon, plein d'excitation, de cris…

– Merci de les avoir invités.

– Il n'y a pas de quoi, répond Valentine en se tournant vers moi. Ça m'a permis de revenir au club. Je ne le fréquente plus assez souvent et ça me manque.

– Tu pratiques ce sport depuis longtemps?

– J'ai commencé à l'âge de Dany et je n'ai pas arrêté depuis, même si je ne viens plus assez.

– Tonton! crie Helena. Tu veux zouer au zedi?

– Alors tonton? On va oser se mesurer à la princesse Leia, me nargue ma voisine.

– Et toi, tu vas oser affronter le redoutable Luke? la défié-je alors que Dany nous a rejoints, plein d'espoir.

Voilà comment deux grands couillons se retrouvent à se battre contre deux Jedi miniatures. Je me prends au jeu et très vite les petits rejoignent leurs camarades, nous laissant, Valentine et moi, face à face.

– On fait moins le malin, là! se marre-t-elle.

Effectivement, son assaut est féroce, expert et efficace. J'en perds mon arme et me retrouve vite acculé dans un coin, la pointe de son sabre contre mon torse.

– Valentine, t'es trop forte, hurle Helena qui saute dans mes bras.

– T'as besoin de ta nièce pour te défendre contre moi, me titille ma barmaid.

– Il semblerait, oui, concédé-je, contrit.

Et effectivement, la présence de mes neveux est la bienvenue. Je ne regrette pas d'être venu pour eux, mais j'ai encore fait un pas en direction de Valentine et je ne sais pas si je pourrai m'arrêter.

27

Valentine

Angelo m'a appelée alors que je venais de sortir de la douche pour m'annoncer, tout de go, qu'il avait envie de me revoir et qu'il ferait le maximum pour rentrer plus tôt. Il a été charmant, attentif, amusant ; malgré tout j'ai senti la panique m'envahir et depuis elle ne me quitte plus.

Je me pose sûrement trop de questions sur moi, sur le bel Italien, sur ce qu'il veut réellement. Et depuis peu sur Mads, son baiser et le fait qu'il m'en aurait bien donné un autre. Sur sa visite à la salle d'escrime que j'ai trouvée beaucoup trop agréable. Je l'ai découvert avec ses neveux et j'aime l'homme qu'il est avec eux. J'ai aussi apprécié notre duel et le fait qu'il soit à ma merci, même si ça n'a pas duré très longtemps. Il y avait quelque chose dans le regard qu'il a porté sur moi. Un petit truc que je n'ai pas réussi à identifier et qui me perturbe depuis.

J'ai la terrible impression d'être comme les girouettes et de ne pas savoir de quel côté je dois me tourner.

J'apprécie beaucoup Angelo. Ce mec a tout ce dont une fille peut rêver, mais je ne comprends toujours pas pourquoi c'est sur moi qu'il a jeté son dévolu. Il côtoie les plus belles filles de la planète, il est très sympa, a de l'argent, il a même rencontré Rose. Et pourtant, c'est moi qu'il appelle en m'assurant qu'il est impatient de me revoir et de passer la soirée avec moi.

Et s'il voulait simplement s'amuser ? Et s'il était comme Mads, passant d'une fille à une autre sans jamais s'attacher ? Et qu'est-ce que je veux vraiment, moi ? Tant que je n'avais aucun mec en vue, la question ne se posait pas. Je ne me suis d'ailleurs jamais réellement demandé ce que j'attendais d'une relation puisque je n'en avais pas et ne comptais pas vraiment en avoir de sitôt. Mais maintenant qu'il y a Angelo.

Je n'en suis pas au point de faire des conjectures, de m'imaginer avoir trouvé l'homme de ma vie avec qui je me marierai et aurai des enfants, mais je ne suis pas non plus du genre à me dire que je peux passer une nuit avec lui et puis plus rien. Je ne suis pas ce genre de fille. Enfin, je ne crois pas… Non, c'est certain.

Je ferais mieux d'arrêter de penser à tout ça parce que les mots de Rose me reviennent en tête et je sens la panique gagner un degré jamais atteint. À tel point que je dois m'asseoir tant mes jambes flageolent.

J'essaie de joindre Pénélope pour lui faire part des derniers rebondissements et de mes questions, mais elle ne répond pas. Je lui laisse un message et j'espère qu'elle l'aura et me rappellera avant que je parte bosser. Je raccroche alors que mon portable se met à sonner et je décroche, persuadée que c'est mon amie qui me rappelle.

– Tu as rendez-vous dans une boutique dans une heure chrono.

– Hein ?

Antonia dans toute sa splendeur. Madame a, une nouvelle fois, enfilé son uniforme d'adjudant-chef et entre dans le vif du sujet sans aucun préambule.

– Je ne suis pas…

– On s'en fout. N'essaie même pas de te trouver de fausses excuses pour te débiner. Une amie t'attend dans sa boutique pour que tu puisses essayer des robes pour ta soirée avec Angelo.

– Mais on a même pas encore convenu d'un rendez-vous. Il est encore en voyage d'affaires.

– Je le sais, mais Amina n'est disponible qu'aujourd'hui. Elle t'attend. Alors tu vas aller essayer les tenues qu'elle a sélectionnées. Tu choisis celles qui te plaisent le plus et tu te radines au club pour que je t'aide à choisir. Pigé ?

– …

– Valentine ?

– Oui, c'est bon, acquiescé-je sans grand enthousiasme.

– Nickel. À tout à l'heure… Ah, j'allais oublier… Tu laisses de côté les tenues mémérisantes. Je veux du sexy !

Elle me soûle, mais je souris quand même parce qu'elle n'est pas obligée de faire tout ça pour moi. Je sais qu'elle y prend plaisir alors j'attends patiemment qu'elle m'envoie l'adresse de la boutique qui, bien évidemment, est à l'autre bout de Paris. C'est si loin que je ne pourrai pas revenir chez moi avant d'aller bosser, mais j'accepte quand même, pour ne pas la décevoir.

Je prends donc une douche, me coiffe et appelle un taxi qui passe me prendre au pied de mon immeuble et me dépose à l'adresse que m'a indiquée ma patronne.

J'entre avec appréhension dans la boutique et suis tout de suite accueillie par la patronne. Amina est comme sa boutique, chaleureuse. Elle est haute en couleur, parle fort, et elle me détaille des pieds à la tête sans vergogne, se pinçant les lèvres de ses doigts d'un air penseur. Je n'ai même pas le temps de faire le tour des différents portants qu'elle me colle dans une cabine et m'amène une sélection de tenues qu'elle veut que j'essaie. Elle est efficace, mais sa manière de faire m'agace un peu.

– Je suis désolée d'être si brusque, s'excuse-t-elle alors que je me déshabille de l'autre côté du rideau, mais Antonia m'a dit de ne pas te laisser choisir.

Elle attend derrière le rideau, faisant l'article de chacune des tenues qu'elle m'a laissées.

– Je crois que ce que j'ai trouvé conviendra très bien pour un premier rendez-vous, m'assure-t-elle avec chaleur. C'est sexy, mais pas trop. En plus, tu es très bien foutue donc il faut mettre ton corps en valeur. Oh, attends, je reviens.

Comme si j'allais m'enfuir en petite tenue hors de son magasin. Elle revient et dépose une nouvelle robe sur la pile de celle que je dois essayer.

– Celle-là, tu ne peux que la choisir. D'ailleurs, je la reprends et je te l'emballe d'office. Le type avec qui tu vas sortir va tomber raide dingue. Il paraît qu'il est canon. Bon, il ne peut pas l'être autant que Mads qui est hors catégorie.

Je l'entends soupirer et ça m'agace qu'elle se mette dans un état pareil en pensant à mon boss.

– Ce type pourrait me faire mouiller ma petite culotte.

Mais bien sûr.

– Il est chaud bouillant. J'aimerais seulement qu'il m'embrasse une fois.

Et elle insiste.

– Si je n'étais pas mariée, je crois que je me serais déjà mise sur les rangs pour une seule nuit dans son lit. Oh, mon Dieu, j'en ai des vapeurs.

Moi aussi je pourrais me mettre sur les rangs pour une seule nuit avec lui.

Oh, merde! Il faut que j'arrête de penser à mon patron comme à un type avec qui j'aimerais faire des galipettes. Mais Amina parle trop, beaucoup trop. J'aurais vraiment aimé qu'elle n'évoque pas Mads alors que je suis en train d'enfiler une tenue pour sortir avec Angelo. J'aurais également apprécié qu'elle ne me rappelle pas que, moi, j'ai embrassé Mads et qu'effectivement, c'était chaud bouillant. Chemin faisant, penser à mon boss me rappelle qu'il m'a demandé de faire une liste de ce que j'avais à lui demander. Bon sang, j'en rougis déjà.

Merde! Mais c'est quoi cette robe? Je me contemple dans le miroir et découvre que la première tenue choisie par Amina ne cache pas grand-chose de mon anatomie.

Si tout ce qu'elle a sélectionné ressemble à ce que j'ai sous les yeux, je risque d'annuler mon rencard parce que je n'oserai jamais porter un truc pareil. En gros, je passe de fringues qui en cachaient trop à un petit bout de tissu qui n'en cache décidément pas assez.

– Alors, comment elle est? Tu as enfilé la première tenue? Je peux voir? demande-t-elle en ouvrant le rideau sans que je lui aie donné mon autorisation.

– Amina, je n'ai pas fin…

– Oh, mon Dieu ! Mais tu es divine ! Cette robe est vraiment magnifique sur toi. Attends.

Elle part en courant. Elle est un peu speed, non ? Ou alors c'est d'avoir pensé à Mads qui l'a mise dans cet état d'excitation extrême.

– Enfile ça.

Elle pose des escarpins devant moi. Des trucs si hauts que j'ai peur de toucher le plafond du magasin si je les glisse à mes pieds.

– C'est-à-dire que je n'ai pas vraiment l'habitude de marcher avec ce genre de chose. J'aurais préféré des ballerines ou un truc dans le même style.

– Et pourquoi pas des baskets ?

Est-ce que ce ne serait pas de l'ironie ? Parce que les baskets m'iraient parfaitement. Je glisse quand même mes pieds dans les chaussures et je me laisse guider hors de la cabine devant un miroir gigantesque qui renvoie mon reflet en trois exemplaires.

– Alors ?

– Euh ! C'est pas un peu court ?

– Absolument pas !

– Trop décolleté ?

– C'est parfait !

– Le tissu n'est pas un peu trop collant ?

– Il souligne tes superbes courbes.

– C'est peut-être la couleur ?

– Oh, Valentine ! La petite robe noire est une pièce que chaque femme devrait avoir dans sa garde-robe. C'est classique et c'est une tenue qui convient pour toutes sortes d'occasions. Il suffit de varier les accessoires et le tour est joué.

Oui, peut-être, mais non. Cette robe est trop tout. Trop brillante, trop collante. On dirait que j'ai enfilé une chaussette. En plus, il n'y a même pas une bretelle et mes seins risquent de se tirer si je ne fais pas attention.

– Je pourrais aller en passer une autre ?

– Oui, bien sûr !

Cinq robes qui s'arrêtent à mi-cuisse, qui exposent un peu trop ma poitrine et qui moulent plus ou moins mon corps. Trois noires, une rose et une bleue. Autant dire que je suis incapable de dire laquelle me va le mieux. Je suis surtout incapable de décider celle dans laquelle je me sens le mieux puisque j'ai l'impression de ne pas être moi-même dans chacune d'entre elles.

Je quitte la boutique au bout d'une heure avec les différentes tenues assorties de leurs chaussures et je me rends directement au boulot. Il n'y a encore personne et je file directement dans le bureau d'Antonia en espérant que la comptable a vidé les lieux. Ma patronne se lève dès que j'entre et se précipite vers moi. Son bureau est une petite pièce. Une sorte de boudoir encombré qu'un adepte des couleurs chaudes et des meubles de bois foncé aurait décoré. La pièce jouxte une salle de bains dans laquelle ma boss peut se refaire une beauté ou se rafraîchir quand elle en a besoin. Elle me prend les housses des mains et les dépose sur son canapé deux places avant d'en sortir les robes que j'étale pour qu'elle les voie. Une fois fait, Antonia frappe dans ses mains d'excitation en découvrant ce que j'ai ramené, anticipant déjà la suite de mon relooking.

– Laquelle te plaît le plus? s'enquiert-elle en les détaillant les unes après les autres sans oublier de s'extasier sur une coupe, une matière, la forme du décolleté, la jupe et j'en passe.

– Très bonne question.

– Quoi? s'étonne-t-elle.

Elle se tourne vers moi pour découvrir que je tire une tête pas possible à l'idée d'être obligée de choisir entre une robe que je n'aime pas et la suivante que j'aime à peine plus.

– Alors? insiste-t-elle.

– J'ai le droit de dire aucune? murmuré-je le plus bas possible.

– Quoi? Tu préfères y aller en jean ou encore avec une de ces horreurs que tu as dans ton dressing. T'es sûre que tu as envie d'aller à ton rendez-vous et de séduire Angelo?

– Je te hais! lui balancé-je avec ironie.

– Oui, moi aussi, me renvoie-t-elle avant de m'envoyer un baiser du bout des doigts.

Je ne sais pas si j'ai envie d'honorer mon rencard, et en ce qui concerne le fait de séduire Angelo, je réfléchis encore, les mots de Mads et son baiser ancrés bien profondément dans mon cerveau.

– Enfile celle-là.

Bon, je reviens sur ce que j'ai dit d'Antonia. Elle choisit celle qui me conviendrait le mieux. La robe bleu pétrole. Elle est assez moulante, avec un décolleté de forme carrée, des manches trois-quarts et se porte avec une ceinture argent assez spectaculaire. Je l'aime bien. Elle est courte, mais seyante, pourtant elle ne semble pas convaincre mon amie qui me demande de tourner sur moi-même.

– Je sais pas en fait, hésite-t-elle.

– Quoi, elle est jolie.

– Oui, mais… bof. Ce serait bien que tu passes celle-là, propose-t-elle en me tendant une des trois robes noires.

Je suis en train de me contorsionner pour retirer la robe qui semble coincée au niveau des épaules quand j'entends la porte s'ouvrir.

– Anton…

Oh, non ! Je sais à qui appartient cette voix et je suis en train de lui montrer ma petite culotte puisque mes bras levés sont pris au piège d'une robe infernale. Je trouvais déjà que l'accueillir en tenue d'escrime était un peu trop déshabillé étant donné que c'est quand même mon patron, mais alors là !

– Mads, tu peux pas frapper avant d'entrer, bon sang ! lui crie Antonia, excédée.

– Désolé… Je repasserai, grogne-t-il.

– Non, en fin de compte, tu restes…

Mais elle est dingue ! Il est hors de question que Mads assiste à ces essayages. Et puis quoi encore ? Si seulement je n'étais pas emberlificotée dans cette foutue robe !

– J'ai besoin d'un avis masculin. On choisit la robe que Valentine portera pour son dîner avec Angelo et tu es exactement celui qu'il nous faut.

J'entends Mads grogner puis plus rien. J'ai beau me tortiller, tirer dans tous les sens, je suis incapable de me débarrasser de ce qui me retient prisonnière.

– Oui, tu peux la toucher, affirme Antonia.

– Mais toucher qui ? couiné-je.

– Approche doucement et caresse-la.

– Mais caresser qui ? demandé-je encore, prise de panique.

– Sur le ventre, elle adore ça.

Mais elle est bonne à enfermer !

– Aidez-moi, bon sang ! crié-je.

– Mads ! Arrête de te marrer et aide-la, ordonne Antonia.

– Pas de caresses sur le ventre, hein ! préviens-je.

– Mais qu'est-ce qu'elle raconte ? Mads, arrête de rire et aide-la à enlever cette putain de robe.

– Tu crois que je fais quoi ?

Je sens une tension sur mes bras. J'ai l'impression que mes épaules vont se déboîter. J'ai beau gémir, demander à mon sauveur d'y aller plus doucement, rien n'y fait. Au bout de longues minutes, le bruit d'une déchirure se fait entendre et, libérée, je me sens partir en arrière jusqu'à ce qu'un bras s'enroule autour de moi pour me retenir.

– Mads, t'es une vraie brute, se plaint Antonia qui stoppe sa communication téléphonique pour ramasser ce qui était une robe il y a encore quelques minutes.

– Ta chienne va bien ? lui demande Mads sans me quitter des yeux, un sourire affiché sur ses belles lèvres.

Sa chienne ? Mais…

– Tu ne crois tout de même pas qu'elle parlait de toi ? s'amuse Mads.

– Ce crétin de Danilo flippe. Il n'ose pas approcher Poppy alors qu'elle est gentille comme tout. Il suffit de lui grattouiller le ventre et tu peux en faire ce que tu veux.

Je crois que je devrais me cacher sous terre pour échapper au sourire moqueur de mon boss qui fait de gros efforts pour ne pas éclater de rire.

– Tu fais moins la maligne quand tu n'as pas un sabre en main. Tu sais que ce n'est pas le ventre que je t'aurais caressé, murmure-t-il à mon oreille.

Je vais prendre feu. C'est comme si mon corps reconnaissait le sien. Comme si un truc nous reliait, un truc qui ne s'activerait que lorsque nous sommes assez proches, comme à cet instant où je suis collée contre lui puisque son bras est toujours enroulé autour de ma taille. C'est clair, je vais finir en cendres dans très peu de temps. Son contact me consume et provoque en moi un manque assez douloureux que je vais devoir apprendre à combler sans lui puisqu'il m'est inaccessible.

28

Mads

J'ai lâché Valentine qui est partie se cacher dans la petite salle de bains attenante au bureau d'Antonia. Je me suis assis face à mon associée. C'était le meilleur moyen de cacher la gaule que le petit corps, à moitié nu, de notre barmaid a provoquée sur moi. J'ai testé le débardeur et la tenue d'escrime, mais les dessous, c'était inédit, surtout sur ses courbes à elle. Plus je découvre cette fille, plus je me rends compte qu'elle est à mille lieues de celle qui est venue faire les essais, il y a quelques semaines, pour obtenir le poste que nous proposions.

Valentine est un condensé d'éléments complémentaires et discordants qui me font beaucoup trop d'effet. Elle est timide et pourtant elle n'hésite pas à me rentrer dedans et à me remettre à ma place. Elle est capable de ressembler à une institutrice coincée un jour et de devenir une vraie bombe le lendemain. Et il semblerait que je ne lui plaise pas puisqu'elle a décidé de sortir avec ce crétin d'Angelo.

Et je me retrouve là à devoir donner mon avis sur la robe qu'elle portera justement le soir de son rencard avec l'Italien. C'est vraiment une situation surréaliste. J'ai envie d'une nana qui n'a rien à voir avec celles qui me plaisent en temps normal et qui va se donner à un autre. J'enrage alors que je n'en ai pas le droit. Antonia est encore au téléphone avec Danilo qui, décidément, ne s'en sort pas avec Poppy. De mon côté, j'essaie de me vider l'esprit, mais je suis incapable d'oublier les courbes de Valentine alors qu'elle se débattait avec sa robe pour la retirer. Comment est-ce que j'aurais pu deviner que sous ses fringues de bonne sœur, elle cachait un tel corps? J'en ai eu une petite idée en la découvrant en justaucorps d'escrimeuse, mais ce n'est rien comparé à ce que j'ai découvert il y a quelques minutes. En réalité, elle est très belle et super bien foutue. Elle a de longues jambes, un joli cul et une belle poitrine. Des courbes plus qu'affriolantes qui ne font rien pour calmer l'érection qui me fait un mal de chien.

Je me tortille pour réduire la pression de mon jean sur ma queue, mais c'est sans succès.

– Valentine! Tu peux sortir de ma salle de bains, on n'a pas tout l'après-midi. Si je ne rentre pas très vite à la maison, j'ai bien peur que le pauvre Danilo nous fasse une attaque.

– Je ne suis pas encore prête, crie notre employée de l'autre côté de la porte close.

– Tu veux que je vienne t'aider?

– Non!

Antonia me lance le regard de la meuf excédée.

– T'avais vraiment besoin de déchirer cette robe. Tu sais combien elle vaut?

– Il ne fallait pas me demander de rester et de l'aider, lui réponds-je, énervé.

Je n'arrête pas de penser à celle qui se trouve derrière la porte et qui est en train d'enfiler une nouvelle robe sur ses courbes qui me tentent tant et qui, malheureusement, ne sont pas pour moi.

– Au fait, tu n'as toujours pas appelé Sigourney. Je croyais qu'il te tardait de l'avoir dans ton pieu.

– Elle est à l'étranger.

– Et alors, je crois qu'elle attend avec impatience que tu la contactes.

– T'as pas pu la fermer.

– Il fallait bien que je lui demande l'autorisation, non?

Si je balance à mon associée et meilleure amie qu'elle s'occupe de ses fesses, je ne suis pas certain qu'elle appréciera. Je sais que je peux joindre Sigourney mais, aussi étrange que cela puisse paraître, je n'ai pas eu envie de l'appeler. Je ne préfère même pas me demander pourquoi je n'ai pas encore composé son numéro. J'ai peut-être trop peur que l'image d'une certaine barmaid n'apparaisse dans ma tête pour y foutre le bordel.

Une nana qui n'est pas pour moi et qui ne le sera jamais. Alors je prends une décision sur-le-champ. Dès que je sors de ce bureau, je saute sur mon téléphone et je file un rencard au top model. Que mon excitation croissante serve au moins à quelque chose. Si je ne me retenais pas, j'afficherais la mine d'un chat qui a flairé une souris et qui sait qu'elle ne lui échappera pas. Enfin, ça, c'était avant. Avant que Valentine sorte de la salle de bains.

– Nom de Dieu ! ne puis-je m'empêcher de balancer.

Elle n'est pas canon. Elle est magnifique. Elle a revêtu une robe noire faite d'une étoffe fluide. Une coupe près du corps qui s'arrête à mi-cuisse et dont le décolleté en V plonge sans en montrer trop. Rajouter à la tenue une paire d'escarpins de la même couleur et… Putain, mais cette fille est une arme de destruction massive. Elle réussit l'exploit d'être sexy et classe. De montrer son corps sans rien dévoiler. N'importe quel mâle normalement constitué, dont je fais indéniablement partie, rêverait de lui retirer cette robe pour voir ce qu'elle dissimule.

J'ai l'impression de devenir dingue. J'ai surtout l'impression que ma queue va exploser si je ne fais rien.

Je me lève et je me dirige vers la sortie du bureau. Je jette un dernier coup d'œil à Valentine et me tourne vers Antonia.

– Cette robe est parfaite, lâché-je, essayant de cacher mon amertume.

– C'est tout ?

– Qu'est-ce que tu veux que je te dise d'autre ?

– Tu veux qu'elle essaie un autre modèle ?

– Non. C'est celle-là qu'elle doit porter. Angelo va adorer.

Il faut surtout que je sorte de ce bureau. Imaginer que ce type, que je ne sens pas du tout, va avoir l'occasion de la lui retirer est au-dessus de ce que je peux supporter. Je dois juste oublier et passer à autre chose. Dès que je suis dans le couloir, je sors mon portable et compose le numéro de la belle Sigourney. Elle me répond au bout de trois sonneries et me fait clairement comprendre qu'elle est enchantée que je l'appelle et qu'il lui tarde de rentrer sur Paris pour qu'on puisse se rencontrer et passer un agréable moment ensemble. J'en suis à me dire que j'aurais préféré qu'elle soit déjà en France pour aller la retrouver et oublier entre ses cuisses la vision beaucoup trop perturbante d'une bonne sœur transformée en bombe sexuelle.

Je ne m'attarde pas et je rentre chez moi pour prendre une douche et me changer. Dès que je suis sous le jet d'eau, je relâche la pression et je me branle. Malheureusement pour moi, ce ne sont pas les images de Sigourney qui m'aident à atteindre l'orgasme libérateur. Non, encore une fois, et même si je fais tout pour les repousser, ce sont les images du corps de Valentine qui me guident. Ses courbes et son visage. Mais surtout, et c'est très surprenant, l'unique baiser que nous avons partagé et ses grognements de plaisir.

Il ne me faut que très peu de temps pour jouir. Je me retrouve, comme un con, essoufflé à cause d'un simple baiser et d'images trop chastes puisque je n'ai fait qu'apercevoir son corps.

On n'aurait jamais dû embaucher cette fille, putain ! Si l'orgasme violent qui m'a secoué est libérateur, il est aussi source de colère. Je me fais une promesse. Je ne côtoierai Valentine que pour le boulot. Pour le reste, je l'oublie et je fais comme si elle n'existait pas. Mais il faut croire que mon karma est merdique, ce qui se confirme dès que je mets un pied au boulot.

– Ed est malade, me balance Danilo dès qu'il m'aperçoit sur le parking. Il a prévenu Antonia il y a une demi-heure. Tu peux t'occuper du bar avec Valentine ?

Je regarde mon pote et je me demande si c'est vraiment une bonne idée tout en sachant que ça ne l'est pas du tout. Comment cela se fait-il que je me retrouve toujours collé à cette meuf alors que je fais tout pour essayer de m'en éloigner le plus possible ?

– Y a pas moyen que tu t'en occupes ?

– J'aurais bien voulu, mon pote, mais ce soir c'est absolument impossible.

– Et Antonia ?

– Non plus. Il n'y a que toi. Désolé, mec.

Je vais péter un plomb. Une soirée à côté de Valentine alors que je veux oublier ce que j'ai vu cet après-midi. Mon Dieu, ayez pitié ! D'habitude je cours après les filles, bon sang. Je ne fais pas tout ce que je peux pour les fuir.

29

Valentine

– Je peux savoir pourquoi tu fais la gueule?

Je bosse avec Mads depuis le début de mon service et j'en ai marre de son air revêche. Qu'est-ce que j'y peux, moi, si Ed est malade et qu'il est obligé de le remplacer?

– Ça a un rapport avec cet après-midi? demandé-je encore.

– Qu'est-ce qu'il y a eu cet après-midi? se défend-il.

– L'essayage. Je suis désolée qu'Antonia ait sollicité ton avis.

– Tout ne tourne pas autour de ta petite personne, de ta robe et de ton rendez-vous avec Angelo, s'agace-t-il.

– Tu sais quoi, continue à faire la tronche. Tu me soûles.

Je le contemple alors qu'il sert un nouveau client. Je sais pourtant qu'il est canon, bien foutu, musclé et que ses fringues le mettent systématiquement en valeur, mais j'ai l'impression de le redécouvrir à chaque fois et mon corps réagit, mon cœur aussi d'ailleurs, et je ne parle pas de ma respiration. Tout se dérègle et je mets un certain temps à me calmer en essayant de rester la plus impassible possible, ce qui n'est pas si aisé que ça. Cette fois-ci pourtant, je suis surprise de cette méchanceté soudaine et inhabituelle. Qu'est-ce qu'il a? On dirait que dès qu'il s'agit de moi, ça l'énerve prodigieusement. Je sais que je vais sûrement le regretter, mais les mots sortent de ma bouche sans que je puisse les retenir.

– Et pour les questions que je devais te poser?

– Quelles questions? s'étonne-t-il.

J'aurais peut-être dû y réfléchir avant de me lancer. Mais pour être honnête, son comportement me fout en rogne et, du coup, sans réellement savoir pourquoi, j'ai envie de le titiller un peu. Je voulais arrêter l'expérience Mads après le baiser qu'il m'a donné, mais après tout, il a l'air si heureux d'être en ma présence qu'il faut que je profite de l'instant.

De plus, il se trompe du tout au tout quand il affirme que je n'accorde de l'importance qu'à ma robe et au rendez-vous que je vais avoir avec Angelo. Ce dernier n'arrête pas de m'envoyer des SMS pour me dire combien il lui tarde. Ses messages sont délicats, attentionnés, mais je trouve tout ça un peu insistant. Il faut dire que je n'ai pas l'habitude. Personne ne m'a jamais draguée comme Angelo le fait. Je pense à Mads, il m'attire mais je ne l'aurai jamais, alors à quoi bon ? Je ne suis absolument pas son genre de nana et il est mon patron alors la messe est dite. Angelo me montre tellement d'intérêt. Mais j'ai peur. J'appréhende. Je ne me sens pas prête. À moins que ce soit dans ma tête ou que ce que j'ai vécu avec Mads soit encore si présent dans mon esprit que j'ai du mal à me dire que les baisers d'Angelo seront meilleurs que le sien.

Cette situation bizarre me soûle. Un super mec me court après, a envie de sortir avec moi, m'a promis un dîner et plus si affinités et je tergiverse en me convainquant que je ne suis pas prête alors que je le suis. Mais je suis aussi une grosse trouillarde qui a peur de se planter et de passer pour la gourde qu'elle a toujours pensé être.

Voilà, c'est dit. Ma sœur a bien sapé les fondations de ma confiance en moi en me répétant, jusqu'à la nausée, combien je ne suis rien. Si Angelo me courtise, c'est qu'il me trouve jolie ou du moins assez attirante pour avoir envie de tenter quelque chose avec moi. Alors quoi? J'ai une robe fantastique. Je n'ai plus de soucis à me faire du côté de mes baisers. Je vais sortir avec un canon, riche et qui m'apprécie pour moi. Merde, quoi !

– Valentine, bordel !

Je secoue la tête pour sortir de mes intenses réflexions qui, de toute manière, ne mènent jamais à rien, et je me tourne vers mon voisin qui me contemple, irrité.

– Ça fait une plombe que je t'appelle, me reproche-t-il.

– Qu'est-ce qu'il y a ?

– D'après toi ? Tu es là pour faire quoi ? Oh ! Réveille-toi !

Je tourne la tête pour tomber sur une de nos serveuses qui me sourit et me balance une liste de quatre cocktails pour la salle. S'il croit s'en tirer parce que j'ai du taf, il se met le doigt dans l'œil. J'ai tout à coup un tas de questions qui me viennent à l'esprit et qui demandent des réponses. Alors mon coco, accroche-toi.

– Qu'est-ce que t'aimes le plus chez une fille ?

– Hein ?

J'adore le regard effaré qu'il me lance.

– C'est une de mes questions.

– Et t'as pas un autre moment pour la poser ? demande-t-il avec hargne.

– On bosse ensemble, ce soir, ce serait bête de ne pas en profiter. Alors ?

– Son cul, me lance-t-il aussi sec d'un air contrarié.

Je ferais mieux de m'abstenir, mais je n'y arrive pas et je m'entête.

– Ah… Et c'est tout ?

– C'est un tout, continue-t-il, affichant un petit sourire démoniaque. Il faut aussi qu'elle soit jolie, bien foutue… Et qu'elle soit entreprenante au lit, conclut-il, goguenard, en me fixant avec intensité pour profiter de l'effet que ses mots ont sur moi.

– Oh.

– Ouais, oh… Je déteste jouer les professeurs, précise-t-il avec une sorte de délectation. Il faut qu'elles aient de l'expérience et qu'elles n'aient pas froid aux yeux.

Il assène ses derniers mots avec force pour bien me faire comprendre que cette nana n'a rien en commun avec moi. C'est bon, j'ai bien compris. Pourquoi est-ce que j'écoute le diablotin perché sur mon épaule gauche et qui me souffle de continuer ? Je sais pourtant qu'à ce jeu-là, Mads va gagner, mais c'est plus fort que moi et je poursuis sans savoir où cela va me mener.

– Oui, mais tous les mecs ne sont pas comme toi ? Si ? hésité-je.

– Tu parles de qui, là? s'informe-t-il. Tu as peur que ton bel Italien te demande des trucs un peu chauds et que tu sois incapable de le satisfaire?

– Euh... Quand tu parles de trucs un peu chauds, tu penses à quoi en particulier? m'inquiété-je.

Bon sang, je ne suis pas prude, mais je ne suis pas une pro non plus. S'il pouvait être un peu plus clair ou si on pouvait me museler pour que je cesse cette conversation complètement débile.

– Je passerai sur les fellations. C'est la base. Mais il y a aussi tout le reste. Certaines positions inhabituelles, un peu de douleur, le bondage, les fessées... Tout un tas de petits jeux qui pimentent les ébats et les rendent un peu plus excitants.

– Parce que tu aimes attacher et fesser tes maîtresses?! m'écrié-je avec une naïveté que je n'arrive pas à lui cacher.

Il me sourit tout en accrochant mon regard comme s'il ne voulait rater aucune de mes réactions. Il doit être servi. D'ailleurs, son air railleur me le prouve.

– Pourquoi est-ce si important? Ce n'est pas avec moi que tu as un rencard, ma belle. Si Angelo te propose un truc que tu ne veux pas faire, tu n'auras qu'à le lui dire, c'est tout. S'il n'est pas trop con, il passera à autre chose.

– Oui, mais s'il insiste.

– Tu te tires.

Je n'aurais jamais dû laisser cette conversation glisser vers ces sujets qu'il domine beaucoup mieux que moi. Je voulais le titiller un peu et c'est moi qui me retrouve victime de mes propres questions. Mads est un expert en séduction. Ce qu'il veut d'une fille, il l'obtient et je le hais pour ça. Parce que ce n'est qu'un jeu pour lui alors que pour moi c'est très important. Jonas est parti vers ma sœur parce qu'il m'a trouvée nulle, je ne veux pas qu'Angelo découvre, à son tour, combien je suis nulle.

– T'as d'autres interrogations, peut-être? se moque-t-il.

Je secoue la tête, gênée, et je pose les boissons que je viens de préparer sur le plateau qui part en salle.

– Valentine ?

– Hein ?

– Ça n'a pas l'air d'aller, s'inquiète-t-il alors que son petit air moqueur a déserté son visage.

– Si… Si… C'est juste que…

Que quoi… Que je panique comme une malade. Que les réponses de Mads me font voir mon futur rendez-vous sous un jour nouveau. Que si Angelo est aussi exigeant que Mads, je vais avoir l'air d'une vraie débile. Que je vais être incapable de satisfaire le dixième de ses envies. Qu'il finira par me trouver frigide, inexpérimentée et complètement nullissime.

– Putain de bordel de merde ! rugit mon voisin.

– Quoi ?

– C'est vraiment ce que tu penses ?

– Mais quoi ?

– Qu'il va te trouver frigide, inexpérimentée et nullissime ?

Je regarde autour de nous avant de le dévisager, effarée.

– J'ai pas fait ça ?

– Quoi ? Parler tout haut ? Je confirme que si. Ce soir, je te raccompagne chez toi. Dès que ton service est fini, tu m'attends sur le parking.

– Mais je peux…

– Obéis !

Mais je peux pas la fermer ? Et je pouvais pas les oublier, ces satanées questions ? Et pourquoi il veut me ramener ?

Oh, merde…

30

Mads

À quoi je joue? Pourquoi je lui ai demandé de m'attendre sur le parking pour que je la ramène?

La ramener? Est-ce que je me marre tout de suite ou j'attends encore un peu? Je ferais mieux de me taper la tête contre un mur pour essayer d'en extraire l'idée débile que je m'apprête à mettre à exécution.

Non mais sans blague... J'avais dit juste un baiser.

Qu'est-ce que j'ai affirmé à Valentine? Que je n'étais pas du genre à jouer au professeur. Que je laissais aux autres les leçons et autres initiations en tout genre.

Ah ouais! Et je m'apprête à faire quoi, là?

Mais putain, c'est de sa faute aussi! Qu'est-ce qu'elle a à se dénigrer tout le temps? Elle est super jolie, elle a un corps magnifique. Quand elle embrasse, elle ne triche pas. Et en plus elle grogne et c'est le truc le plus sexy que j'aie jamais entendu.

J'essaie de l'éjecter de mon crâne, de penser à d'autres filles, à leur cul, à leur corps, aux expériences que j'ai déjà eues, mais rien n'y fait. Elle est là et elle s'accroche. Elle me trouble.

J'ai voulu la fuir, mais elle est toujours sur mon chemin. Alors quoi? Qu'est-ce que je peux y faire? J'ai beau me mentir, me répéter qu'elle est mon employée, une meuf banale, elle m'obsède et je n'aurai pas de cesse tant que je ne l'aurai pas eue. Ce qui est vraiment la pire idée de toute ma vie. Je devrais être indifférent, la laisser se démerder, mais je ne supporte pas qu'elle s'entête à se voir comme une nullité, frigide et incapable de satisfaire un mec. Je ne veux pas qu'elle se dénigre comme elle le fait parce que je suis certain qu'elle est beaucoup plus que tout ce qu'elle affirme avec tant de force et de désespoir.

Il faut faire quoi pour qu'elle oublie toutes les saloperies que sa frangine lui a collées dans le crâne ? Lui prouver que ce ne sont que des conneries, des mensonges balancés par une nana jalouse et aigrie ?

Alors d'accord, je fonce ! Je vais faire une bourde monumentale, mais soit ! Je vais lui démontrer qu'elle pourrait faire le bonheur de n'importe quel mec même si je sais pertinemment que tout va me péter à la gueule.

– Tu ramènes Valentine ?

Je me retourne et je tombe nez à nez avec Antonia qui semble aussi surprise que moi. C'est vraiment pas ma soirée ! J'espère seulement que la décision que je viens de prendre ne transparaît pas sur mon visage et que je lui apparais aussi normal que possible.

– J'ai un rencard à deux rues de chez elle, alors ouais, mens-je, essayant d'afficher le plus de détachement possible.

– Au fait, tu as pu lui apporter les éclaircissements qu'elle attendait ?

Je repense à la conversation que je viens d'avoir et j'espère qu'Antonia n'aura jamais vent des réponses à la con que j'ai balancées à notre barman et qui nous ont menés à ce moment où je m'apprête à faire une connerie monumentale.

– Ce n'est pas à moi qu'il faut le demander. Elle m'a posé des questions, je lui ai répondu. Après, je ne sais pas si c'est ce qu'elle voulait.

– Ah… T'as l'air bizarre.

– Putain, Antonia, occupe-toi de tes fesses pour une fois et arrête de dire des conneries…

– Si, je t'assure, on dirait qu'il y a quelque chose qui te perturbe, insiste-t-elle.

– Ouais… Ta copine Sigourney qui ne revient pas assez vite à mon goût, noyé-je le poisson avant de l'abandonner et de me diriger vers le parking.

Je ne dis rien. Je déverrouille ma voiture et m'engouffre dedans, attendant que Valentine monte à son tour. Elle sort du club, la tête basse.

On dirait qu'elle marche vers l'échafaud. Je suppose qu'elle se pose des questions, qu'elle tente de comprendre pourquoi je me comporte comme ça. Elle ouvre la porte et s'installe sans un mot et sans un regard vers moi. Elle est déjà montée dans ma caisse, mais bizarrement c'est très différent ce soir. J'ai l'impression que je viens chercher ma petite amie à la sortie de son boulot pour la ramener chez moi. Je ne l'ai jamais fait avec personne alors pourquoi je pense à ça? Je démarre et quitte le club avant qu'Antonia ait envie de me poser d'autres questions ou de me balancer d'autres vérités à la con.

Nous roulons un moment en silence. Je pèse le pour et le contre. Je tente de me dire que si je fais ça, ce n'est que pour lui rendre service, à elle. On y croit! Je suis un crétin parce que j'en crève d'envie.

– J'aimerais bien qu'on oublie la discussion de ce soir, commence ma voisine d'une petite voix.

– Laquelle? Celle sur les différentes pratiques sexuelles ou celle où tu affirmais que tu étais une nullité au pieu, une meuf frigide et totalement inexpérimentée?

– C'est pourtant ce que je...

– Rien du tout! m'énervé-je. Il n'y a qu'un moyen pour que tu comprennes que tout ce que t'a balancé Rose n'est qu'un ramassis de conneries.

– Mads.

– C'est trop tard pour te défiler, ma belle.

Je ne suis qu'un gros connard. Elle me contemple, cherchant à comprendre, à expliquer mon comportement et mes mots. Je ne crois pas qu'elle se doute de ce qui va lui tomber sur le coin du nez. La seule concession que je peux faire, c'est lui laisser le choix. C'est sa vie après tout, mais j'ai beau tenter de m'en convaincre, je n'y arrive pas. J'espère qu'elle se rendra à la raison et acceptera ce que je vais lui proposer. Je suis incapable de me dire que je vais la laisser devant chez elle et rentrer chez moi. Je me mens depuis notre baiser. Je suis incapable de penser à autre chose alors autant joindre l'utile à l'agréable. Oui, je vais l'aider, mais il faut que j'arrête de me raconter des craques. Je suis certain que dès que je l'aurai eue, elle cessera de me tourmenter. Ce sera une offre qui nous servira à tous les deux alors je me lance :

– Trois leçons, lui balancé-je abruptement.

– Comment ça, trois leçons ?

– …

– Trois leçons de quoi ? demande-t-elle encore.

– Rien ne vaut la pratique.

– Mais la pratique de quoi ? s'agace-t-elle.

– Du sexe, ma jolie, réponds-je en la regardant droit dans les yeux alors que nous sommes arrêtés à un feu à quelques rues de chez elle.

Elle est devenue un peu pâle puis je vois le rouge envahir ses joues alors qu'elle comprend ce que je viens de lui proposer. Sa bouche s'entrouvre, sa poitrine se soulève un peu plus vite. Elle est choquée, mais je suis à peu près sûr qu'au fond d'elle-même, elle est tentée. Enfin, son corps l'est sinon elle ne régirait pas ainsi.

– Tu veux qu'on couche ensem… Mais on peut pas faire ça ! Il en est absolument hors de question ! crie-t-elle en tentant de sortir de la voiture, paniquée.

– Valentine, bordel !

Bien joué, connard !

Une vraie anguille. J'arrive à garer ma bagnole en catastrophe. Mais pourquoi rien n'est jamais simple avec elle aussi ?

– Valentine !

Elle se met à courir sur le trottoir. En quelques enjambées, je la rattrape. Je me glisse à son côté et je la retiens avant qu'elle ne traverse la route au milieu de la circulation.

– Mais t'es cinglée !

– Ah parce que c'est moi qui suis cinglée ? se défend-elle. Tu veux qu'on couche ensemble pour me donner des leçons, Mads !

– Et alors ? C'est pas si différent du baiser qu'on a échangé !

– Ah bon ? Parce que se retrouver à poil dans un lit pour coucher ensemble et s'embrasser, c'est clair que c'est à un chouïa près la même chose.

– Alors, techniquement, c'est pas vraiment la peine d'être à poil, même si c'est parfois plus agréable, et pour le lit, c'est selon… Certains autres meubles vont très bien aussi.

– J'hallucine !

– Merde, c'est quand même toi qui es venue me voir pour me demander de te prouver que tu embrassais bien ?

– Mais c'était un simple baiser, bon sang !

– Oui, mais un super baiser, quand même ! affirmé-je, sentant encore ses lèvres collées aux miennes.

– T'es irrécupérable ! grogne-t-elle.

– Tu as beau grogner, tu as aimé notre baiser autant que moi. Ose me dire que ce n'est pas vrai.

Ce qu'elle ne fait pas.

– Le problème, c'est que tu crois tout ce que te balance ta sœur depuis bien trop longtemps. Tu veux vraiment savoir ce que tu vaux au pieu ? Tu veux acquérir un peu d'expérience, je suis là. Utilise-moi.

– Parce que tu ne vas pas en profiter, peut-être ?

– J'ai jamais dit ça, lui susurré-je.

– Tu m'as affirmé, pas plus tard que ce soir, que tu n'avais rien d'un professeur et que tu n'aimais que les filles expérimentées.

– Peut-être, mais je ferai une exception pour toi.

– C'est Antonia qui te l'a demandé ?

– Non ! Je ne veux même pas qu'elle le sache ! me récrié-je.

– Pourquoi ? Tu as honte ? s'offusque-t-elle.

– Putain, Valentine, arrête de tout compliquer.

C'est surréaliste… Depuis qu'elle est apparue dans ma vie, j'ai l'impression d'être dans la quatrième dimension où tout serait pareil, mais très différent à la fois.

– Alors ?

– C'est complètement dingue.

– Oui, mais carrément tentant, non ?

Elle se mord la lèvre inférieure, rougit furieusement.

– J'ai besoin d'une réponse, la miss.

– Est-ce qu'une fille t'a déjà refusé quoi que ce soit?

– Oui, toi. Mais pas ça, hein?

– Non, effectivement… Pas ça! affirme-t-elle d'une voix claire et assurée.

Je vais coucher avec Valentine.

Je vais lui donner un cours de sexe.

Un cours de sexe pour qu'elle puisse ensuite l'appliquer avec Angelo.

Nous regagnons la voiture. Valentine me jette quelques coups d'œil inquiets. Je lui souris pour la rassurer. Je sais que ça ne doit pas être très facile pour elle. Je suis conscient que c'est n'importe quoi. Je me dis aussi, alors qu'elle me rend mon sourire, que même si c'est une des idées les plus lumineuses que j'aie jamais eues, c'est vraiment la plus merdique et la plus catastrophique aussi.

31

Valentine

Je vais coucher avec un des plus beaux mecs que j'aie jamais connus et je n'ai qu'une envie : prendre mes jambes à mon cou et me tirer à toute vitesse.

Comment est-ce que j'ai pu en arriver là ? Comment la discussion que nous avons eue au club a pu dégénérer au point qu'il me propose de me donner des cours de sexe ? Non mais sans blague !

– Tu pouvais pas choisir un immeuble avec un ascenseur, se plaint Mads.

– On arrivera toujours assez vite, grommelé-je.

Gênée, mais secrètement contente. Je sais que ce que je vais vivre avec lui n'est qu'une expérience à durée limitée, mais c'est… Je n'ai pas de mots pour exprimer ce que je ressens alors que je grimpe vers mon appartement.

– Qu'est-ce que tu dis ?

– Rien d'important.

Simplement que je ne sais absolument pas comment me comporter. J'ai l'impression d'être une vraie gourde. Je ne suis pas une des filles qu'il a l'habitude de ramener chez lui. Des filles sûres d'elles, de leur charme, qui savent donner du plaisir et en recevoir sans arrière-pensée.

J'ouvre ma porte et je le laisse passer. La dernière fois qu'il est venu, c'est le soir où il m'a embrassée.

– T'as du whisky ? demande-t-il.

– Pourquoi ? Tu regrettes déjà et tu veux te donner du courage ?

Mads fait le tour de mon salon en contemplant les quelques cadres qui sont accrochés aux murs. Il se retourne et éclate de rire. Il se rapproche de moi et me saisit par le poignet pour me guider vers le canapé.

– Non, ce serait surtout pour toi. Tu me parais un peu pâlichonne.

– Je voudrais bien t'y voir, toi ! grogné-je, agacée par sa décontraction alors que j'ai l'impression de bouillonner intérieurement d'un étrange mélange de désir et de gêne.

– Mais je suis dans le même bateau que toi, ma jolie. Je crois qu'il faut être deux pour ce que j'ai en tête.

Est-ce que j'ai le droit de tomber dans les pommes? Un petit évanouissement m'éviterait peut-être d'avoir à faire face à ce que je suis vraiment; une pauvre fille que Mads fuira dès qu'il se sera rendu compte à quel point je suis nulle. Pourtant, je le désire tellement et j'ai tellement envie de cette leçon.

– Tu penses à quoi?

– À rien.

Il me contemple, les sourcils froncés, dubitatif et pensif et, encore une fois, je suis tenaillée par le désir de lui et la peur de mal faire.

– En fait, je crois que je peux répondre à ta place. Je parie que tu es en train de te dire que je vais me sauver parce que tu n'es pas le style de nana que j'ai dans mes bras en temps normal.

Je suis mortifiée parce qu'il lit en moi avec tant de facilité que c'en est effrayant. Je ne sais plus où me mettre et surtout quoi faire donc je fuis.

– Je vais prendre une douche.

– Super idée, je crois que j'en ai besoin aussi.

– Mais non !

– Allez hop !

Je me précipite dans ma salle de bains. Je n'arrive plus à contenir tout ce que je ressens. Mon corps appelle le sien. Ma peau me brûle, mon sexe se crispe. Je n'ai jamais eu autant envie d'un homme et ça me fait terriblement peur. J'essaie de refermer la porte avant qu'il s'y engouffre à son tour. Raté !

– Déshabille-toi, m'ordonne-t-il.

– Mais je ne peux pas faire ça, Mads ! objecté-je, incapable de faire face à tout ce que je ressens. C'est complètement dingue ! On ne peut pas coucher ensemble dans ces conditions.

– Je ne te plais pas ? se met-il à ronronner.

– Bien sûr que si. Je ne suis pas aveugle, figure-toi.

– Alors ? Je te rappelle que je t'ai déjà vue à moitié nue et que nous nous sommes déjà embrassés.

– Je peux pas faire l'amour avec toi sur commande.

– Alors faire l'amour supposerait qu'on ait des sentiments l'un pour l'autre, ma petite chérie. Là, nous allons baiser, nous amuser et tester tout un tas de choses tout à fait amusantes et hautement jouissives.

Ça va pas le faire. Coucher pour coucher, ce n'est pas moi, même si ce type est une tentation sur pattes.

– Viens là.

Il m'attrape par le bras et me ramène vers lui.

– Ferme les yeux.

– Je ne suis pas comme ces nanas qui s'offrent pour un soir, Mads. J'ai besoin d'un peu plus pour pouvoir coucher avec un mec.

– Alors, techniquement, ce ne sera pas pour un soir, mais au moins pour trois. En plus on se connaît. Même si on se dispute, je peux affirmer qu'on s'apprécie un minimum. Je te plais et tu me plais beaucoup. Quoi de plus ? Ferme les yeux et fais-moi confiance.

Il a le chic pour parler aux filles ou comment passer de la pommade pour qu'elles tombent dans ses bras. En ça, je ne suis pas différente des autres. Mais je lui plais… Il me trouve à son goût. Il avait même envie de m'embrasser encore.

Malgré tout, je me sens démunie. Je ne suis même pas certaine d'assumer ce qu'il va se passer. Et demain ? Comment est-ce que je pourrai lui faire face ? Et au boulot ?

Oh, merde ! Je suis prise d'une nouvelle crise de panique et je le repousse.

– Je peux pas, Mads. J'entends bien tout ce que tu me dis, je comprends, j'en ai vraiment envie, mais j'y arrive pas.

Il ne cherche même plus à argumenter et passe à la vitesse supérieure. Sans que je puisse faire quoi que ce soit, sa bouche se retrouve sur la mienne et je ne sais plus ni où j'habite ni comment je m'appelle, s'il est mon patron ou pas. Je m'abandonne littéralement sous son assaut. Sa bouche est magique. Cet homme me rend complètement dingue et mon corps l'accueille parce qu'il le reconnaît. Il sait, lui, qu'il est exactement ce dont il a besoin.

Sa langue passe le barrage de mes lèvres entrouvertes et je retrouve toutes les sensations qu'il a fait naître en moi la première fois. Mon cœur s'emballe, ma peau est parcourue d'un courant électrique qui me grise. Mes seins sont douloureux, mon ventre se tord, ma poitrine va exploser, l'air me manque. Ça devrait être très désagréable, mais c'est tout le contraire. Je me délecte de chacune de ces sensations et je les accueille avec un bonheur infini. Bon sang, c'est encore meilleur que la première fois. J'ai l'impression que je vais exploser. J'en suis à un point où je dois m'accrocher à lui pour ne pas m'écrouler, mes jambes ayant beaucoup de mal à me porter.

Si Mads est resté sage lors de notre premier baiser, ce n'est absolument plus le cas. Son ordre sort des brumes torrides qu'il fait naître en moi. Il m'avait demandé de me déshabiller et comme il semblerait que je ne m'exécute pas assez vite, il a commencé sans moi.

– Mads.

– Tu portes beaucoup trop de fringues sur toi, Valentine.

– Je…

Oh, sa bouche… Ce ne sont pourtant que des lèvres comme il en existe des milliards d'autres. Qu'est-ce qu'elles ont de plus ? Elles sont ensorcelées ?

Oh, oui ! Définitivement. Je les sens glisser de ma bouche à ma joue puis à mon cou. Mads me dévore. Je sens sa langue me goûter et je grogne de plaisir.

– J'ai envie que tu me manges.

Je ne sais pas d'où je sors cette phrase à la noix, mais je le sens rire contre mon épiderme et je le repousse encore.

– J'ai pas dit ça? Rassure-moi.

– Oh, si! se marre-t-il encore et je suis tout à fait prêt à t'obéir, mais d'abord, on se désape, on prend une douche et ensuite je te bouffe toute crue.

Plus aucune volonté. Je sais pourtant ce qui va arriver entre nous. Je sais que je vais devenir un des noms de sa longue liste de partenaires, mais mon cerveau s'est mis en stand-by. Il s'est déconnecté pour me laisser ressentir et vivre le moment aussi intensément que possible. Je le veux, un point c'est tout. Je suis de toute manière incapable de lutter. J'ai trop envie de lui.

Il me retire mon gilet, défait les boutons de ma chemise un à un puis s'attaque à mon pantalon que je sens vite glisser le long de mes cuisses. Bon sang, voir Mads à genoux devant moi pour me retirer mes chaussures afin de faire disparaître le bas de mon uniforme, c'est le truc le plus érotique de ma courte vie sexuelle. Je crois que j'aime qu'il soit à mes pieds et qu'il découvre mon corps par lui-même sans que je m'en mêle. Je devrais sûrement l'aider, mais je n'y arrive pas.

Une fois que c'est fait, il se redresse, passe les mains sous les pans de ma chemise pour l'enlever à son tour. Le contact de ses paumes sur ma peau est si vif que je suis prise d'un long frisson qui le fait sourire.

– Je crois qu'on va être très compatible, susurre-t-il, séducteur, son regard brûlant accroché au mien.

Ça, c'est certain. Trop, peut-être. Si sa bouche et ses mains me font déjà cet effet-là alors qu'il m'a à peine touchée, on risque d'atteindre des hauteurs dont je n'arriverai jamais à redescendre.

– Putain, mais c'est quoi ces horreurs!?

Ah si, en fin de compte je redescends et c'est si rapide que je me crashe au sol.

Aïe! Ça fait super mal.

32

Mads

Il faut que je calme le jeu. Pas seulement pour Valentine, mais surtout pour moi. Bon sang, je suis à deux doigts de la prendre, là, contre le mur, pour me perdre en elle et faire durer les sensations qu'un simple baiser m'a procurées.

Prétexte tout trouvé alors que j'écarte les pans de sa chemise. Je ne me focalise pas sur sa chair crémeuse et sa peau qui se couvre de frissons. Je reste scotché sur ses dessous qui ne cadrent absolument pas avec la sensualité du moment.

– Putain, mais c'est quoi ces horreurs !?

J'ai devant les yeux un ensemble absolument pas coordonné. Je n'ai même pas envie d'utiliser le mot lingerie tant c'est moche.

– Merde, Valentine, t'as hérité des soutifs et des culottes de mamie Matthys ?

– Hein ?

Valentine semble un peu perdue. Je sais que je la fais redescendre un peu vite. Je crois qu'on a tous les deux atteint une hauteur un peu dangereuse à cet instant de la leçon et il faut absolument qu'on retrouve la terre ferme et qu'on se calme. Ma compagne baisse les yeux sur ses dessous et referme aussitôt les pans de sa chemise pour cacher le désastre. Parce qu'il n'y a pas à dire, c'en est un.

– Tu sais que même la culotte ventre plat de Bridget Jones était plus sexy que ça. Tu penses vraiment retenir un mec comme Angelo avec ces trucs hideux ? l'interrogé-je, goguenard.

– C'est bon, Mads. De toute manière, c'est fait pour être enlevé, répond-elle, visiblement vexée.

– Tout à fait d'accord, mais avant de les enlever, il va les avoir sous les yeux et c'est clair, il n'aura qu'une envie... Fuir.

Et en plus elle est susceptible. Valentine tente de sortir de la salle de bains, mais je la retiens. Bon sang, Mads, si tu pouvais faire preuve d'un peu plus de tact. Heureusement que je ne suis pas véritablement prof, les pauvres élèves, franchement!

– Reviens ici, la prié-je avec le plus de douceur possible.

– Non! Tu vas encore m'en mettre plein la figure.

– C'est pour toi alors je vais te donner un devoir. Notre deuxième leçon aura lieu dans deux jours. D'ici là, tu vas te trouver un ensemble de lingerie si sexy qu'il faudra prévoir un extincteur au cas où je prendrais feu.

Bon, elle est susceptible, mais elle sourit et je crois qu'il est grandement temps de reprendre là où je me suis arrêté.

– Enlève ta chemise. Pour épargner ta pudeur, tu as le droit d'aller sous la douche en gardant ces choses horribles, mais elles ne survivront pas à ce que je leur réserve.

Valentine ne rétorque pas. Elle attend d'être dans sa douche pour retirer sa chemise que je réceptionne au passage. Une vitre la sépare du reste de la petite pièce et je peux l'apercevoir à travers. Elle ouvre l'eau et se tient sous le jet, ses bras tentant de dissimuler sa poitrine et la partie la plus intime de son anatomie encore cachée par ses sous-vêtements. Elle est désarmante, mais je ne veux pas la traiter comme une pauvre petite chose fragile.

Je commence à enlever mes fringues et c'est nu que je la rejoins. Valentine me tourne le dos. Elle est réellement délicieuse même avec des dessous qui ne ressemblent à rien. Je l'ai enquiquinée avec ça, mais cet ensemble improbable reflète beaucoup trop ce qu'elle pense d'elle et je ne le supporte pas. Elle est si belle. Son cou, ses épaules rondes, son dos musclé, sa taille fine, ses fesses rebondies tels deux globes que j'ai envie d'empaumer. J'aime l'eau qui constelle sa peau d'une multitude de gouttelettes qui ressemblent à des diamants. Je pose un baiser sur son épaule et je dégrafe son soutien-gorge. Je fais délicatement glisser les bretelles sur ses bras. Mes doigts suivent le mouvement du tissu et je la sens frissonner, signe qu'elle apprécie mon contact, ce qui me rend secrètement heureux. Je le lui retire avant de passer mes pouces sous l'élastique de sa culotte pour la lui enlever. Elle est divine et je bande comme un malade alors que je l'ai à peine touchée.

J'attrape l'éponge qui est suspendue à un crochet, j'y verse du gel douche et je commence à lui frotter le dos. Je prends mon temps pour la laver, pour étaler la mousse de ses épaules à ses fesses.

– Retourne-toi.

Valentine s'exécute, essayant encore de se dissimuler à ma vue. Si elle m'empêche de découvrir ses seins et son sexe, elle ne se prive pas de laisser son regard vagabonder sur mon corps et sur une partie de mon anatomie qui semble beaucoup l'intéresser.

– Tu es une petite curieuse, la titillé-je.

– Mais non, se défend-elle.

– Alors laisse-moi voir ce que tu me caches.

Elle s'exécute, écartant les bras. Je lui attrape les mains doucement pour qu'elle n'ait pas l'idée de se cacher à nouveau et je sens le désir grandir en moi.

– On dirait une jolie tomate.

– Je te signale que tu as plus l'habitude que moi.

– C'est vrai, mais tu n'as absolument pas à rougir. Tout ce que je vois est délectable et très attirant.

– Ah.

– Tu ne me crois pas ?

– Euh, si ton attrait est proportionnel à la taille de ton…

– De mon ?

– Oh, bon sang ! bredouille-t-elle.

– Tu peux conclure que je suis très attiré. Laisse-moi finir de te laver et ensuite ce sera ton tour.

Valentine est tantôt rebelle, tantôt obéissante, suivant à la lettre ce que je lui demande. Elle se laisse faire pendant que je passe l'éponge sur ses courbes. Ses seins ne sont pas très gros, mais ils sont beaux, fermes. De jolies pommes sur lesquelles je me penche pour poser mes lèvres. Je les goûte et je sens ma queue frémir d'envie. Je n'ai jamais été aussi pressé. J'anticipe déjà ce que seront nos ébats. Je crois que même si je suis impatient, je flippe parce que je devine combien ils seront bons, même plus que ça.

En attendant, j'ai une leçon à lui donner. Je m'amuse avec les pointes qui durcissent sous ma langue. Mes dents les griffent, mes lèvres les pincent, mes doigts les caressent, les englobent et Valentine grogne et putain, j'adore ça.

– Tu grognes, ma jolie.

– Et c'est pas bien ? ahane-t-elle.

– C'est super sexy, j'adore ça.

– J'aime beaucoup ce que tu me fais.

– Hmmm, alors je continue. On va passer aux choses sérieuses, mais on sera mieux dans ton lit.

– Mais je… Il faut que…

Je lui souris et lui pose l'éponge dans la main, enthousiaste à l'idée qu'elle découvre mon corps. J'ai envie de sentir ses mains sur moi, sa bouche peut-être, sa langue…

– Je suis tout à toi.

– Non mais sérieusement, t'as le chic pour me mettre dans l'embarras.

– Ma chérie, tu es nue avec moi dans la douche. Je crois que tu n'as plus à être embarrassée.

Elle me rend mon sourire et se met à me laver. Si je me suis attardé sur les parties les plus exquises de son corps, ce n'est pas son cas. Je suis lavé en moins de temps qu'il ne faut pour le dire et je me sens frustré.

Bon sang, je savais que ça n'allait pas être facile de lui faire lâcher prise, mais je ne savais pas à quel point. Nous sortons de la douche puis nous nous séchons.

Ensuite, Valentine s'enfuit de la salle de bains pour aller se réfugier dans son lit, sous les couvertures. Je me marre, je la suis et retire d'un coup ses maigres protections, la laissant totalement offerte.

– Tu voulais quoi tout à l'heure déjà? Que je te mange?

33

Valentine

Cet homme est un monstre qui se nourrit de mon embarras et me donne un plaisir infini. Je ne suis même pas certaine qu'il sache à quel point. En même temps, quand on est aussi beau, on peut tout se permettre, non? Et pour être beau, il l'est. Son corps ne laisse apparaître aucun défaut. Il est musclé. Ses épaules sont larges, ses pectoraux et ses abdominaux bien dessinés, ses cuisses puissantes et pour ce qui est de ses attributs… Ils sont époustouflants, à tel point que je me demande s'ils ne le sont pas un peu trop.

Je suis nue dans mon lit avec un dieu du sexe qui se bidonne en jetant mes couvertures de l'autre côté de la chambre.

– Hors de question que tu te caches, tu es bien trop belle pour ça.

– C'est toi qui es beau, ne puis-je m'empêcher de corriger.

– Tu dois me répondre: oui, Monsieur, vous avez raison, Monsieur.

– Dans vos rêves, Monsieur, m'amusé-je.

Je lui souris.

– J'aime quand tu es audacieuse.

– T'es sûr? demandé-je, de peur d'en faire trop.

– J'aimerais que tu te lâches parce que je vais adorer t'apprendre combien tu es à mon goût et à quel point ton corps va délicieusement se mêler au mien.

Je devrais l'envoyer balader, lui demander de se rhabiller, mais j'en suis incapable. Je crois que je commence à apprécier quand il joue au professeur. Un professeur qui se hisse au-dessus de moi, en appui sur ses coudes pour ne pas m'écraser.

– Alors on a déjà conclu que tes baisers étaient plus que satisfaisants, commence-t-il en me dévorant des yeux et en laissant ses doigts tracer un chemin de feu sur mes courbes très réceptives. Ta peau est nacrée et sent divinement bon. Tes seins sont certes moyens, mais ils appellent à la gourmandise. Leurs pointes ressemblent à deux petits fruits rouges qu'on a envie de croquer.

Il s'exécute et je me trémousse sous lui tant sa langue me fait du bien, sans parler de ses dents qui me torturent si adroitement.

– J'adore ton ventre plat, tes hanches rondes, tes cuisses galbées. J'apprécie beaucoup le fait que tu entretiennes ce petit triangle juste là et que le reste soit lisse et déjà brillant de désir.

Merde, mais où est-ce qu'il va chercher tout ça?

– Tu veux que je te parle de tes épaules, de tes bras, de tes petites mains qui vont sûrement me faire chavirer quand elles se poseront sur moi?

– Mads, bon sang.

– Quoi?

– Fais pas l'innocent.

– Mais comment?

Je n'en peux plus. Je suis en ébullition. S'il voulait finir de m'exciter, c'est gagné. J'ai envie... De quoi? Je n'en sais rien... De ses mains sur moi, de ses doigts, de ses lèvres, de son sexe. Il faut qu'il se décide, mais vite parce que je suis à deux doigts d'exploser. Il est totalement conscient de l'état dans lequel il me plonge. Il sait à quel point j'ai envie de plus et s'en amuse, mais sans moquerie. C'est un homme intense et j'en viens à avoir peur de ce qui va suivre.

Je m'attends à ce qu'il me prenne, mais je me trompe totalement quand je le vois glisser vers le bas.

– Oh, non! couiné-je.

– Quoi?

– Ben on m'a jamais...

– Non? Alors je vais être le premier?

– C'est une leçon? grogné-je.

– Absolument, alors sois très attentive. Tu dois te laisser aller et ressentir. Tu vas devenir folle de plaisir, mais ce n'est pas grave, c'est même tout le contraire. Je veux entendre à quel point tu trouves ça bon, d'accord?

Je hoche la tête et je le regarde descendre vers mon sexe et poser ses lèvres dessus. Son regard ne quitte pas le mien et il est brûlant.

On dirait un mort de faim quand il plonge sur mon intimité. Sa langue me fouille, me lape et moi je tente, comme je peux, de me raccrocher à lui, aux draps pour ne pas m'envoler, pour être bien certaine de ne pas voler en éclats. Ce qu'il me fait ressentir est totalement inédit et c'est si violent que ça me fait peur. Mon corps ne m'appartient plus, il en a pris le contrôle et s'amuse avec. Voilà qu'il agace mon clitoris, joue avec en virtuose à tel point que je sens un premier orgasme arriver sur moi comme un raz de marée pour tout balayer. J'ai peur que cette première fois avec Mads soit si forte qu'il sera difficile de passer à autre chose. Le fait que ce ne soit qu'une simple leçon reste à l'orée de ma conscience parce que je refuse que ce que je vis n'ait pas de suite. Encore quelques coups de langue, ses doigts qui entrent en moi pour me fouiller et j'explose comme une bombe sans crier gare. Je gémis et j'aimerais bien reprendre ma respiration, mais il ne m'en laisse pas l'occasion.

– Je n'ai pas de préservatif, arrivé-je à ânonner, encore perdue dans les limbes de la jouissance.

– Oui, mais moi si, objecte-t-il.

Il se lève, récupère son jean et en tire un étui métallique qu'il déchire pour en extraire la protection de caoutchouc. Je devrais sûrement me sentir gênée ou quelque chose dans le genre. Je suis étendue sur le lit, offerte, les jambes écartées, attendant qu'il me rejoigne. Ce qu'il fait en me souriant. Il se glisse jusqu'à ma bouche pour me donner un baiser profond puis se positionne sur moi, son sexe effleurant le mien.

– Tu es prête?

– Je n'en sais rien, ânonné-je, encore perdue dans les brumes de mon précédent orgasme.

– Tu es belle quand tu as du plaisir et ce n'est pas fini. Autre leçon, savoir dompter la jouissance, la faire reculer pour qu'elle revienne plus forte et plus dévastatrice. Tu t'es laissé submerger. Cette fois-ci, j'aimerais que tu essaies de garder le contrôle.

– T'en as de bonnes, toi ! J'ai été surprise et c'était trop bon.

– Je sais, je suis génial !

Je rigole avant qu'il m'embrasse encore. Il en profite pour me pénétrer délicatement avant de s'immobiliser.

Je viens à peine de reprendre mes esprits et je plonge à nouveau. L'avoir en moi serait presque jouissif tant il me remplit à la perfection. Et quand il se met à bouger, c'est… Mais je repense à ce qu'il m'a dit et j'essaie de me concentrer sur ce que je ressens.

– Et si tu te servais de tes jolies mains.

– Je peux le faire.

– Je sais, s'amuse-t-il.

– Tu fais la grimace, là ?

– Je me concentre.

– Pour quoi ?

– Pour ne pas jouir comme un puceau avec sa première petite chatte. Tu es étroite et tu m'enserres si fort que c'est une torture.

– Si ça te fait mal, on arrête.

– Putain, Valentine !

– Je croyais qu'il fallait dominer le plaisir, répété-je.

– Tu en as de bonnes, la miss !

Je me rends compte, très vite, à quel point la torture que je lui inflige n'a rien de douloureux quand il se met à aller et venir en moi de plus en plus fort et de plus en plus rapidement. Je ne veux pas être passive alors qu'il me prend. Je veux le découvrir aussi, le sentir frémir, bouger. Timidement, d'abord, je glisse mes mains dans ses cheveux puis je m'accroche à son cou pour suivre son rythme et son mouvement. Je m'enhardis en lui caressant les épaules avant de finir sur son cul musclé qui se contracte à chaque poussée et que j'empaume pour mieux sentir toute la puissance qui émane de cet homme. Chacun de ses va-et-vient lamine le peu de contrôle que j'ai réussi à garder. Il veut que je domine ma jouissance, mais c'est impossible. Pas avec ce que je ressens en moi.

– Ne me dis jamais plus que tu n'as rien à offrir, siffle-t-il.

Il continue à me le prouver et je le crois. Je grogne et je sais que si le premier orgasme a été destructeur, le deuxième anéantira tout sur son passage.

Je tente de suivre le rythme qu'il m'impose, mais je suis vite dépassée. Je me laisse porter. Il m'impose ses coups de reins qui savent si bien amorcer ce que je sens poindre. Comme dans un roman, nous jouissons ensemble, moi gémissant, lui prononçant mon prénom avant de m'embrasser violemment pour boire mes derniers gémissements.

Je ne cherche même plus à comprendre ce qu'elles lui trouvent toutes. Ce mec est un serial baiseur. Un méga super bon coup et un excellent professeur.

Seulement voilà. Tout va se passer comme la première fois. Il va se lever, se rhabiller et fuir. Je m'attends à ça et je suis surprise quand il me prend dans ses bras, une fois revenu sur le dos.

– Je dirais que vous avez de très bonnes dispositions, Mademoiselle Matthys.

– J'ai un bon professeur.

– C'est certain.

– Vantard.

– Un vantard qui t'a donné plusieurs orgasmes prodigieux.

– Tu te glorifies toujours auprès de tes maîtresses?

– Non, pas la peine, elles savent à qui elles ont affaire.

– J'y crois pas.

Et il se marre. Je suis super fatiguée. À tel point que je peine à garder les yeux ouverts. J'aimerais pourtant prolonger cet instant, mais ces orgasmes prodigieux ont eu raison de moi et de ma faible expérience.

– Je vais te laisser dormir, ma belle. Tu as été une partenaire très surprenante et très réceptive. N'oublie pas tu as des devoirs pour la prochaine fois. Noir et sexy? Tu y penseras?

– Ce sera à moi de te surprendre la prochaine fois, lui assuré-je.

– J'espère bien.
– Merci.
– Merci à toi.
– J'adore tes leçons.
– Je suis tout à fait d'accord avec toi.

Je lutte pour le regarder se rhabiller. Il va partir et je vais m'endormir seule. Je le regrette. Une petite réminiscence de romantisme me fait penser que j'aimerais qu'il reste et qu'il me prenne dans ses bras. Puis je me souviens que ce n'est qu'une leçon pour me rendre service et qu'en plus il est mon boss. Je n'ai pas le temps d'aller plus loin et je sombre, assommée par tout ce qu'il s'est passé ce soir.

34

Mads

Je viens de finir de me fringuer, mais je suis incapable de quitter son appartement. Je m'assois sur son lit et la regarde. Elle dort sur le ventre, le visage tourné vers moi. Ses cheveux blonds sont ébouriffés, ses longs cils reposent sur ses joues lisses et colorées de rose. Sa bouche entrouverte laisse passer son souffle régulier. Elle dort profondément. Je passe le dos de ma main sur la peau de son épaule et des images de nos ébats s'impriment dans mon cerveau, me donnant affreusement envie de la réveiller pour la prendre encore et l'entendre grogner.

J'espère seulement qu'après ces trois soirées, elle oubliera, une bonne fois pour toutes, ce que sa sœur lui inflige depuis des années. Je n'aimerais pas que ce qui se passe entre nous ne serve à rien. Il n'y aura sûrement pas de miracle, mais si Valentine peut se libérer un peu, gagner une once de confiance, ce sera un super résultat. Je secoue la tête. Est-ce vraiment la seule chose que je souhaite? Bien sûr que non! J'entrevois une autre chose. Une autre vérité. Celle où Valentine ne serait qu'à moi alors que c'est ce connard d'Angelo qui va profiter de son corps magnifique et de ses aptitudes à rendre heureux un homme. J'espère seulement qu'il la traitera comme elle le mérite, c'est-à-dire comme une reine. Ma jolie barmaid pourra enfin devenir celle qu'elle a toujours été: une fille fantastique et superbe, sympa, drôle, vive, pleine de surprises et très douée pour s'attacher un mec.

C'est d'ailleurs pour ça qu'il faut que je me bouge sinon je me désape et je la rejoins pour dormir à ses côtés, veiller sur son sommeil et profiter de la chaleur de son corps contre le mien.

Parfois, je me dis que j'ai choisi la mauvaise route. J'ai décidé, il y a quelques années, de renoncer à ne me contenter que d'une seule femme. Je ne suis pas ce genre de mec alors je multiplie les conquêtes. J'essaie, malgré tout, de rester honnête. Je ne leur mens pas, je ne promets rien, je profite d'un bon moment puis j'oublie et je passe à la suivante, sans jamais revenir en arrière. J'ai vu trop de mecs promettre pour finir par mentir de manière éhontée. J'ai vu les ravages que les tromperies peuvent provoquer quand l'amour est bafoué et il est hors de question que j'inflige ça à quelqu'un, surtout pas à Valentine.

Elle va finir par trouver celui qui lui offrira la vie qu'elle mérite et moi je retournerai à mes maîtresses d'un soir et ce sera parfait ainsi.

Je finis quand même par dégager et rentrer chez moi. Je passe une plombe sous la douche, à laisser l'eau couler sur mon corps comme si elle pouvait emporter avec elle toutes les traces de ce que je viens de vivre avec Valentine. Comme si elle pouvait me faire oublier en sachant que je lui ai donné un nouveau rendez-vous après-demain.

Je me sens perdu et plus très apte à réfléchir à toutes les conséquences de ce que je suis en train de vivre. Alors autant tout remiser et ne plus y penser. J'irai jusqu'au bout et ensuite j'oublierai. Je retournerai à mes bonnes vieilles habitudes et je me consacrerai à Sigourney qui saura me faire oublier une élève un peu trop douée.

Je dors d'un mauvais sommeil puis il est l'heure d'aller bosser. J'ai rêvé d'elle. Elle était avec un homme, heureuse, épanouie, mais cet homme, ce n'était pas moi.

Je m'habille puis rejoins le club. Heureusement, le boulot m'aide à tenir mes bonnes résolutions. Le Serial est bondé et je n'ai pas une minute à moi. Danilo s'occupe des V.I.P. avec Antonia. D'après mon associée, il s'agit de pontes du tourisme qui pourraient mettre notre club à leur programme de réjouissance. Malheureusement, je n'ai pas le temps de m'y intéresser davantage parce que je suis vite accaparé par l'équipe de maintenance qui semble un peu dépassée. Il y a des soirs comme celui-ci où tout va de travers. Je passe donc mon temps à courir d'un problème à un autre avec la désagréable impression qu'un esprit retors s'acharne pour nous rendre dingues.

Je finis la soirée complètement lessivé. J'ai trop peu dormi la nuit dernière et il ne me tarde qu'une chose : rentrer chez moi et m'effondrer.

Valentine est en train de finir de ranger le bar quand je traverse la grande salle pour gagner la sortie. Je ne l'ai pas croisée de la soirée. Il fallait que je l'évite, qu'elle arrête de se rappeler à moi, mais dès que je l'aperçois, elle m'attire comme un aimant. Un simple coup d'œil m'apprend qu'elle n'a pas l'air en meilleure forme que moi.

– T'en chies ? lui balancé-je en arrivant à sa hauteur.

– À qui la faute ? rétorque-t-elle, en rogne.

J'éclate de rire et mes bonnes résolutions se font la malle sans que je puisse les retenir. En même temps, je me rends compte que je n'en ai aucune envie. J'ai décidé de m'occuper de Valentine alors, après tout, pourquoi pas ? Pour le reste, j'aurai tout le temps de voir après.

– Je te ramène ?

– Pas la peine ! objecte-t-elle un peu vivement. T'as sûrement autre chose à faire.

Mademoiselle semble de mauvaise humeur, mais je mets ça sur le compte de la fatigue et je continue à l'asticoter.

– Laisse-moi réfléchir…

Je fais mine de chercher quelques minutes alors qu'elle lève les yeux au ciel.

– Hmmm, non… Je ne crois pas. T'as l'air claquée alors profite de la Batmobile. Je t'attends sur le parking.

– T'es pas obligé de faire ça, insiste-t-elle, toujours aussi grognon.

– Je ne me sens pas obligé et je dirais même, pour être plus précis, que je me rends service.

– C'est nouveau, ça !

– Absolument pas. Si je te ramène pas, tu seras encore plus crevée. Étant donné que je dois te donner ta deuxième leçon, j'ai plutôt intérêt à ce que tu sois en super forme alors je vais t'épargner de la fatigue supplémentaire en te déposant chez toi.

Elle rougit sans que je sache si elle est gênée ou en colère.

– Quoi? lancé-je, agacé par son comportement tout en retrait.

– Rien!

– Prends-moi pour un idiot. Pourquoi est-ce que t'es en colère?

– Je croyais que…

– Que quoi?

– Je ne t'ai pas vu de la soirée. J'ai pensé que tu m'évitais suite à ce qui s'est passé entre nous.

D'accord, elle m'a bien cerné. Mais pas pour la bonne raison. Je ne l'ai pas évitée parce que nous avons couché ensemble, je l'ai évitée parce que je n'arrête pas d'y repenser et je n'ai qu'une envie, remettre ça encore et encore, ce qui n'est absolument pas prévu.

– Nom de Dieu, Valentine! Comment est-ce que tu te débrouilles pour te faire autant de films en aussi peu de temps? objecté-je, d'une totale mauvaise foi. Je ne crois pas t'avoir donné une seule raison de croire que je regrettais ce qui s'est passé dans le sens où c'est moi qui te l'ai proposé. Alors arrête de raconter des conneries. J'ai eu une soirée de merde, figure-toi. Je n'ai pas eu une minute à moi. Maintenant, je suis cuit alors si on pouvait y aller, ça m'arrangerait.

– Je dois récupérer mes affaires, me lance-t-elle.

Elle semble rassurée et file vers les vestiaires aussi vite que sa fatigue le lui permet.

– Magne-toi.

– Oui, Monsieur!

Oh, la petite peste! grogné-je intérieurement alors que je fais un effort surhumain pour que ma queue ne se mette pas au garde-à-vous.

Je sors et me dirige vers ma bagnole. Je m'y installe quand je vois Valentine arriver d'un pas traînant. Elle bosse comme une damnée et je la prive du peu de sommeil dont elle dispose pour lui donner ses leçons.

Elle est vraiment jolie. Elle n'a plus rien à voir avec la Valentine d'avant. Ou c'est peut-être mon regard sur elle qui a changé? Elle s'installe à côté de moi alors que je tergiverse encore. Je suis tenté de la ramener à l'appart et de lui donner sa deuxième leçon sans avoir à attendre encore une journée.

– Pourquoi tu ne démarres pas? s'inquiète-t-elle.

– On va chez moi?

Elle se tourne vers moi en haussant les sourcils.

– Pourquoi on ferait ça? s'étonne-t-elle.

Bon sang. N'importe quelle autre meuf sauterait sur l'occasion. Ou je suis un piètre amant – non, c'est clair, j'y crois pas –, ou alors je ne suis vraiment pas son type et elle fait vraiment tout ça pour plaire au Rital.

– Oublie. On y va.

– Mads?

– Je pensais seulement qu'on pourrait passer directement à la deuxième leçon sans avoir à attendre.

Je crois que je l'ai perdue. Est-ce que ma proposition n'est pas assez claire? Bordel, j'ai envie d'elle. Je pourrais même la prendre, là, dans la Batmobile. Ma queue me fait mal et j'ai ces putains de sensations qui me hantent. Je n'ai qu'à penser à la manière dont son fourreau chaud enserre ma bite si étroitement. Je n'oublie pas sa langue et ses petites mains qui arrivent à me filer des frissons comme si c'était la première fois qu'on me touchait.

Je suis normalement celui qui doit lui donner des leçons et pas l'inverse, bon sang!

– Je suis trop fatiguée, s'excuse-t-elle, et je te rappelle que tu m'as donné des devoirs.

Je la fixe, espérant qu'elle me charrie et qu'elle va céder, mais non. Elle a l'air sérieuse et je vois ma séance baise se volatiliser.

– Ouais, t'as raison. Allez hop, au pieu! Enfin, allons nous coucher… Oh, et puis merde!

35

Valentine

Je n'ai pas fermé l'œil. Je me suis retournée toute la nuit dans mon lit tout en me traitant de folle d'avoir refusé d'aller chez lui. Qui est-ce qui refuse une nuit avec le plus beau mec et le meilleur coup de la terre ? Moi, bien sûr, l'andouille de service.

Est-ce que flipper est une excuse ? Pas d'avoir peur de me retrouver dans un lit avec lui. Non, ça c'est bon, je gère. J'ai seulement peur que cette deuxième fois soit celle de trop. Mads est addictif ; son corps, ses lèvres, ses mains, son sexe en moi. Il sait me procurer des sensations totalement inédites qui me transportent dans un autre monde. Avec lui, je me sens belle, sûre de moi et ça, ça n'a pas de prix.

Enfin, si. Un prix exorbitant. Quelque chose que je ne peux pas lui donner parce qu'il l'abîmera. Mads ne sera jamais l'homme d'une seule femme. Je ne suis qu'un jeu pour lui, une sorte de défi à relever et dès qu'il aura réussi, qu'il aura eu ce qu'il veut, il passera à autre chose. Et en plus, il reste mon patron.

Je prends mon portable pour lui envoyer un SMS. Je vais lui dire qu'on arrête tout, que je n'ai pas besoin de cette deuxième leçon qu'il était prêt à me donner en avance. Je commence à taper mon message puis je le relis et finis par l'effacer. Je n'y arrive pas. Je veux tout ce qu'il a à me donner même si ce n'est que pour quelques heures. Après tout, pourquoi est-ce que je me priverais de ces moments avec lui ?

Je secoue la tête parce que je ne sais pas ce que je veux. J'ai vraiment envie de mettre un terme à tout ça. Je sais que c'est une idée tout ce qu'il y a de plus dingue, absurde, dangereuse, mais voilà, c'est Mads.

Je n'ai donc qu'une chose à faire. Je vais aller acheter l'ensemble sexy, mais je ne le ferai pas que pour lui. Je le ferai pour moi aussi, pour me sentir belle et pour continuer à avancer vers celle que j'ai décidé de devenir.

C'est la sonnette de ma porte qui me tire de mes pensées. J'essaie encore, malgré moi, d'imaginer la meilleure manière de lui dire que tout doit s'arrêter. Mais c'est une tâche compliquée d'autant que des images de nos ébats me reviennent par vagues et me persuadent de repousser cette décision qui, de toute manière, me fuit. Je dois être écarlate et c'est exactement ce que me dit Pénélope alors que je la laisse entrer chez moi.

– Tu m'expliques?

– J'ai couché avec mon patron.

J'y suis peut-être allée un peu fort parce que Pénélope se sent obligée de se coller la main sur le cœur avant d'aller s'écrouler sur mon canapé.

– Rose, sors de ce corps, tente-t-elle en faisant un signe de croix.

Peut-être essaie-t-elle de m'exorciser.

– T'as couché avec Mads? Mais quand? Comment? Où ça? C'était bien? Vous sortez ensemble? C'est ton petit ami? Ta frangine va juste être verte de jalousie.

– Il me donne des cours.

– Hein?

Ou comment doucher son enthousiasme.

– Il faut que tu m'expliques parce que je ne suis pas certaine de comprendre le concept. Comment ça, te donner des cours?

– Ben, il est mon professeur de sexe… Tu sais bien, la mission « baiser de la mort et séduction ».

Je crois que je viens de la perdre. Une Pénélope muette, c'est une première et je n'aime pas ça.

– Tu te rends compte de ce que tu fais? me met-elle en garde.

– Je te signale que c'était ton idée.

– Mais un baiser et des conseils… Je ne t'ai jamais demandé de coucher avec ton boss pour t'entraîner. C'est hallucinant!

Après être restée prostrée quelques minutes, elle s'est mise debout et tourne en rond devant moi au risque de me filer le tournis. Je comprends son inquiétude parce que je ressens à peu près la même chose. Il ne faudrait pas qu'avec mon corps, je donne mon cœur à Mads, parce qu'il le piétinerait sans aucune hésitation.

– Tu sais ce que tu risques, bon sang! Il t'apprécie peut-être, mais jamais il ne s'engagera.

– Mais je ne le lui demande pas. Angelo...

– Parce qu'il est encore question de ce type?

– Merde, Pénélope! C'est pour lui que je...

– Non! C'est de la démence! Tu couches avec Mads pour mieux coucher avec Angelo?

– Oui.

– Nom de Dieu! Je crois que tu m'auras tout fait. Je comprends le concept, mais c'est quand même vachement tordu! On doit en parler à Elmer.

– Non!

– Pourquoi?

– Parce qu'il va m'en remettre une deuxième couche et je n'ai absolument pas besoin de ça.

– J'ai simplement pas envie que tu souffres.

– Je sais, mais ça n'arrivera pas. Les choses sont très claires entre nous, affirmé-je.

Pénélope ne semble pas tout à fait convaincue, mais après tout, pour une fois qu'il m'arrive quelque chose d'un peu surprenant.

– Et je suppose qu'il est super doué au pieu, lance-t-elle, pince-sans-rire.

– Absolument et super bien mont...

– Je ne veux rien entendre. Je suis déjà assez jalouse comme ça.

La tension retombe et nous finissons pas rire et partageons un café. Elmer est parti dans sa famille pour quelques semaines et Pénélope m'apprend qu'elle doit, elle aussi, partir pour son boulot et qu'elle sera absente plus de quinze jours.

Je prends mon courage à deux mains et je lui demande de m'aider à faire mes devoirs. Elle secoue la tête en se marrant et finit par me dire qu'elle connaît exactement la boutique qu'il me faut.

***

Je n'ai pas essayé des centaines de modèles. J'ai demandé un ensemble coordonné, sage et sexy à la fois, parce que je me sens totalement incapable de ressembler à celle que je ne suis pas. J'ai même opté pour un deuxième modèle pour ma première soirée avec le bel Italien qui m'a déjà prévenue qu'il serait là plus tôt que prévu.

Cette nouvelle m'a fait plus plaisir que prévu. Je sais que ce que je vis avec Mads n'aura aucune suite. Il est donc temps que je me consacre à Angelo, à qui je plais et qui me veut suffisamment pour m'offrir ce que mon boss ne me donnera jamais.

J'ai pesé le pour et le contre, mais le souvenir des heures passées dans ses bras a fait pencher la balance. La soirée file vite et heureusement parce que je me découvre impatiente. Je me plonge dans le boulot pour éviter de penser.

– Est-ce que tu as bien fait tes devoirs ?

– Eh merde ! râlé-je tout en me tournant vers celui que je n'ai pas vu de la soirée et qui me cueille par surprise.

– Quoi ? s'étonne-t-il, faussement contrit.

– J'ai raté mon cocktail, bon sang ! Tu pouvais pas attendre que j'aie fini ?

– Absolument pas. Est-ce que tu le portes déjà ?

– Non ! réponds-je alors que je sens mes joues chauffer.

– T'es sûre ?

– Absolument. Maintenant, laisse-moi bosser.

– Non, j'ai besoin de quelques détails pour m'aider à patienter. Tu ne trouves pas que cette soirée n'en finit pas ?

– Il est noir.

– Oui, comme je te l'avais demandé. Mais encore ?

– Sexy.

– Valentine, ronchonne-t-il.

– Tu verras bien, les clients attendent.

– Tu ne l'emporteras pas au paradis, la miss. Tu ne sais même pas ce qui t'attend.

J'aurais dû lui dire que je renonçais. Je ne sais pas lequel des deux aurait été le plus déçu.

Le dernier client parti, je me dépêche de faire le ménage. Je range le bar, lave les derniers verres, remets les bouteilles en place, réapprovisionne pour demain soir. Il me faut encore une bonne heure avant de rentrer chez moi pour me préparer et je trouve ce moment interminable.

Je prends une douche et enfile l'ensemble que j'ai acheté. J'ai bien cru que Pénélope allait faire une syncope en le découvrant. Elle l'a trouvé joli, m'a mise en garde une nouvelle fois. Je lui ai répété que je ferais attention, que j'étais totalement consciente des risques et qu'il n'y avait aucun danger puisque tout était très clair. Je ne sais pas si elle m'a crue. En même temps, c'est ma meilleure amie. Elle a insisté, mais j'ai refusé de l'écouter et de demander à Mads de tout stopper alors que je n'ai plus que deux leçons avec lui…

36

Mads

Quand tout s'acharne… Un portable déchargé, un chargeur défectueux et une fuite d'eau qu'il faut réparer immédiatement au risque de voir le club se transformer en piscine.

Il est cinq heures du matin quand je me gare devant chez Valentine. Je n'ai pas pu la prévenir et ça me soûle. La connaissant, elle a dû se faire des films et s'imaginer tout un tas de trucs débiles. Elle doit dormir et j'hésite à la réveiller même si j'en crève d'envie. Je tergiverse quelques minutes puis je sors de ma voiture pour grimper les étages qui me séparent de sa porte. Elle m'avait dit qu'elle laisserait ouvert alors je tente ma chance. Bingo ! Je pénètre dans son studio plongé dans le noir et je me dirige vers sa chambre. J'ai le cœur qui bat très fort. Je me sens impatient et excité comme rarement je l'ai été.

J'ai pensé à mon élève toute la journée. Je me suis demandé ce qu'elle avait acheté et je dois dire que je suis surpris. Elle s'est endormie avec la lumière. Elle est sur le côté, les jambes repliées. Une position qui me laisse voir la plus grande partie de son ensemble.

Je croyais qu'elle allait se laisser emporter, qu'elle allait oser le torride, l'ultra sexy, mais non. Elle me donne l'image d'une jeune femme sage et très délurée à la fois. J'adore son shorty transparent qui laisse entrevoir la partie la plus intime de son corps. J'aime aussi son soutien-gorge pigeonnant fait de dentelle qui souligne sa poitrine et gonfle ses seins à peine dissimulés par une petite bande de tissu diaphane.

Je ne peux pas résister davantage. Je m'approche et m'assois sur le lit. Je lui caresse l'épaule, suis la colonne de son cou de la pulpe de mes doigts avant de caresser ses lèvres qui frémissent à mon contact. Valentine gémit et entrouvre ses jolis yeux.

– T'es en retard, me reproche-t-elle.

– Je croyais que tu dormais.

– Tu es aussi discret qu'un troupeau d'éléphants, se moque-t-elle.

– Je te donne un vingt sur vingt.

– Tu es pardonné.

– Je vais prendre une douche. Tu es très attirante. J'aime beaucoup.

Je la laisse et je file à la salle de bains dans laquelle je ne m'attarde pas de peur qu'elle se lasse et préfère retourner au pays des rêves. Elle est divine et je me rends compte que je n'ai jamais été aussi excité de ma vie.

Elle est allongée sur le lit et semble tout à fait éveillée quand je la rejoins. Je ne m'étais pas trompé, son ensemble est suggestif, mais pas moins sexy que si elle avait décidé de prendre quelque chose de plus osé.

– Lève-toi que je vois mieux.

– Tu te pointes à cinq heures du mat', tu me réveilles et tu me donnes des ordres.

– Oui, et je pourrais même te donner une fessée.

– Parce que j'ai fait exactement ce que tu voulais?

– Non, pour voir ces jolies fesses rougir. Et puis un peu de douleur exacerbe le plaisir.

– Donc je peux te fesser aussi, rétorque-t-elle, joueuse.

– Absolument pas.

Je m'approche et la fais tourner sur elle-même pour apprécier davantage le petit ensemble qui lui va décidément à ravir. Je caresse ses fesses et laisse planer la menace d'une petite fessée.

– Est-ce que tu aimerais?

– Quoi?

– Que je te mette une fessée?

– T'y tiens vraiment? s'étonne-t-elle.

– Non, mais peut-être que tu apprécierais.

– Et si ce n'est pas le cas ?

– On essaiera autre chose.

– La fellation ?

– Ça te tente ?

– Je l'ai déjà fait ! s'écrie-t-elle. Je ne suis quand même pas totalement ignare dans ce domaine, se révolte-t-elle, ce qui me fait sourire. Tu veux que je te prouve ce que j'avance, peut-être.

– Et après je pourrai te mettre une fessée ? demandé-je, joueur.

– On verra, me défie-t-elle.

Valentine me surprend et devient une partenaire extrêmement réceptive et enthousiaste.

Je la laisse prendre l'initiative, ce qu'elle fait avec enthousiasme. Elle se met à genoux devant moi et je dois prendre sur moi pour ne pas passer illico presto à la case « je te pénètre tellement tu es sexy ».

Elle fixe mon sexe et passe sa langue sur ses lèvres, gourmande. Si elle savait seulement qu'elle n'a absolument pas besoin de cours, mais simplement qu'on la prenne comme elle est, naturelle, belle, vive.

Elle prend ma queue dans sa main et commence à me caresser doucement. Trop doucement à mon goût, mais je la laisse faire comme elle l'entend. Ce n'est plus la même chose quand sa langue vient agacer mon gland et descend le long de ma hampe. Je retiens un hoquet, je resserre mon contrôle parce que je risque de jouir beaucoup trop vite.

Putain, ce que c'est bon !

J'adore son innocence teintée de hardiesse. Je la regarde engloutir ma longueur, des étincelles plein les yeux. Elle me met à genoux et elle n'en est absolument pas consciente.

Je la laisse me sucer quelques minutes. Elle s'applique et me procure un plaisir infini, mais je ne peux pas la laisser me prodiguer ses caresses plus longtemps.

Je l'invite à se relever et l'embrasse.

– Je m'y suis mal prise ? s'inquiète-t-elle.

Elle me désarme.

– Absolument pas. Je dirais même que ta bouche et ta langue sont des armes de destruction massive. Elles sont bien trop efficaces.

– Cool. J'ai droit à ma fessée alors.

J'éclate de rire. Sa candeur est si rafraîchissante.

Je ne lui enlève pas sa parure pour en profiter encore un peu, mais ça ne m'empêche pas de la toucher, de la caresser, de pincer le bout de ses seins à travers la dentelle arachnéenne. Je passe mes doigts sur son sexe, je la sens frémir et très vite mollir entre mes bras.

– Toi aussi, tu es une arme de destruction massive.

– Oui, mais la cible est si tentante, si excitante. On continue ?

– Carrément.

Je la pousse vers le lit.

– J'aimerais que tu te mettes à genoux au bord du matelas pour m'offrir ton magnifique petit cul.

– Je ne pensais pas que…

– Que quoi ?

– Que je me ferais à ton langage que certains jugeraient un peu cru.

– J'appelle les choses par leur nom. Redresse-toi un peu maintenant.

Une main sur son ventre, je la colle contre moi. Aussitôt, sa tête se tourne et je m'empare de ses lèvres pendant que je glisse mes doigts sous l'élastique de son shorty. Elle se cambre à ma rencontre alors je lui fais plaisir et la caresse jusqu'à ce que la jouissance la fasse se cabrer. Mon sexe est collé à son joli cul et elle s'y frotte, attendant que je la comble, ce qui n'est pas encore au programme.

Je la garde contre moi et je m'amuse avec ses seins. Ses tétons déforment le tissu et se tendent vers mes doigts qui s'en emparent et les pincent durement. Valentine crie puis pousse un gémissement d'extase quand je les caresse plus doucement. Je lui retire son soutien-gorge pour libérer sa poitrine. Je joue avec, alternant rudesse et douceur.

– Mads, s'il te plaît…

– S'il te plaît quoi ?

– Prends-moi.

– Pas tout de suite, ma jolie. Je veux d'abord te fesser. J'aimerais t'attacher, lécher toutes les parties de ton corps, te faire découvrir toutes les facettes d'un jeu qui se joue à deux, mais nous n'aurons pas le temps. Alors commençons par les fessées.

– J'approuve, murmure-t-elle.

– Tu es certaine?

– Oui, tant que tu ne me demandes pas de t'appeler maître.

Je souris de ses audaces toutes nouvelles et lui retire son shorty qui découvre ses jolies fesses qui me font tellement envie.

– Reprends ta place au bord du matelas, appuie-toi sur les bras.

– T'es toujours aussi directif? s'amuse-t-elle.

– Pas toujours mais souvent, en fait. Ça te gêne?

– C'est bizarre mais pas dans un lit.

– À la bonne heure.

Elle n'est même pas consciente du tableau qu'elle offre à voir. Une image si belle, si érotique que je pourrais l'immortaliser.

Je m'approche et encore une fois, je caresse ses fesses rondes et charnues. Je ne suis pas un adepte des coups. Je n'utiliserai jamais de cravache, de ceinture ou autres jouets, mais je trouve la fessée hautement érotique. Ma main se lève et s'abat une première fois. Je ne lui ai pas fait mal, mais elle est surprise. Je recommence et, encore une fois, elle sursaute.

– Mon élève apprécie?

– Ça chauffe.

– Hmmm… Et ce n'est que le début. Combien de fessées penses-tu pouvoir supporter?

– Je n'en sais rien.

– Cinq? Dix? Tout aussi fortes que celles que je viens de te donner? Plus fortes?

– Je ne sais pas.

– Alors je te propose quatre fessées encore. De plus en plus fortes. Et ensuite je me glisserai en toi et je te ferai décoller. Tu es d'accord?

Elle hoche la tête et je lui donne la première sans qu'elle puisse s'y préparer. Elle crie mais se tend à nouveau vers moi. Une autre un peu plus forte. Sa peau rougit délicieusement.

– Comment te sens-tu ?

– J'aime bien, en fait.

– La douleur ?

– Continue, me prie-t-elle.

Je lui obéis. Je mets un peu plus de force la fois suivante et ce n'est plus un cri qui s'échappe de ses lèvres, mais un gémissement de douleur qui pourrait tout aussi bien être une expression de plaisir. La dernière est la plus puissante et elle est aussitôt suivie de caresses qui la font décoller. J'attends qu'elle redescende ? J'ai envie d'elle, mais il semblerait que mon élève ne soit pas raccord avec moi.

– J'aimerais te caresser.

– Hein ?

– À part la fellation, qu'est-ce qui fait plaisir aux hommes ?

– La fellation, me marré-je.

– Mads, me rabroue-t-elle.

Je me couche sur le lit et je la guide.

– Utilise tes doigts, tes lèvres, tes seins.

– Mes seins ?

– Oui, essaie.

Ce qu'elle fait après avoir exploré mon corps. J'adore sentir sa poitrine effleurer la mienne, mais je n'en peux plus. J'ai besoin d'être en elle.

– Valentine je te veux, là, maintenant !

Elle ouvre le tiroir de sa table de nuit, se saisit d'un préservatif et me le donne. Je le lui rends.

– Vas-y, à toi.

J'adore son petit bout de langue qui pointe alors qu'elle s'applique.

Le préservatif en place, je l'invite à me chevaucher. Elle comprend vite et se positionne, son sexe au-dessus du mien.

– Vas-y à ton rythme, lui suggéré-je.

Elle hésite puis dès que la pointe de ma queue commence à la pénétrer, elle se laisse glisser dessus pour la prendre au plus profond de son antre. Je retiens ma respiration et je la relâche quand je suis en elle. Je pose mes mains sur ses hanches et je l'invite à bouger.

– Elle est si…

– Grosse, suggéré-je.

– Non, habile, rectifie-t-elle avant de se laisser aller.

Elle monte et descend de plus en plus vite, et de plus en plus fort, prise par le plaisir. Je lui laisse les rênes puis je les reprends alors que moi aussi je sens le plaisir monter. L'orgasme nous terrasse brutalement. Valentine s'écroule sur moi, à bout de souffle. Je la réceptionne dans mes bras avant de la serrer contre moi.

Je nous laisse le temps de reprendre nos esprits puis je l'aide à s'installer plus confortablement avant de me glisser vers elle et de la couvrir.

– Comment te sens-tu ?

– J'en sais rien, s'étonne-t-elle. Je trouve la fessée un tantinet dégradante, sûrement parce qu'on l'assimile à une punition. Mais en même temps, c'est si jouissif. Je savais que tu pouvais me faire très mal tout en sachant que tu ne le ferais pas. Et tu as raison, la douleur donne à l'orgasme une couleur très différente.

– Tu ne regrettes pas alors ?

– Non.

– Tu es prête pour ta troisième leçon.

– Qu'est-ce que tu me réserves ?

– Je veux que tu me surprennes.

– Comment ça ?

– C'est à toi de mener la danse, ma jolie. Quand tu veux et comme tu veux.

– Ce soir ?

– Non, je crois que tu as besoin de reprendre quelques forces. Pas demain non plus parce que je serai absent, mais après-demain si tu en as envie.

– Qu'est-ce que je dois faire ?

– Ce n'est pas à moi de te le dire.

– Oh, la vache, c'est dur ton truc. Et si je me plante?

– Aucune chance.

Sans vraiment s'en rendre compte, elle s'est glissée contre moi et elle finit même par s'endormir, son bras en travers de ma poitrine et sa jambe repliée sur les miennes. Je la garde dans mes bras et je regrette déjà d'avoir accepté de passer voir un de nos concurrents demain pour parler d'une probable future collaboration qui pourrait donner un coup de boost à nos deux établissements. Il me tarde de savoir ce qu'elle me réserve alors que la petite voix dans ma tête me rappelle insidieusement que je n'ai pas à être aussi enthousiaste puisque ce sera la dernière fois que Valentine et moi jouerons ensemble.

37

Valentine

J'ai dormi une bonne partie de la journée dans les draps qui portaient encore son odeur. Un doux rappel de tout ce qui s'est passé entre nous. Mads est un initiateur hors pair qui sait habilement repousser mes limites et me montrer de quoi je suis capable. Je n'ai jamais exploré un corps d'homme comme je l'ai fait avec le sien. Je suis aussi consciente que Rose a bien mené son travail de sape parce que, après tout, je ne suis pas celle qu'elle dépeint. Cette pauvre nana que les hommes fuient pour aller la retrouver, elle. Je sais que je peux satisfaire un mec. Et si j'arrive à rendre Mads heureux et à le faire jouir, je crois que je suis capable de le faire avec les autres aussi.

Je suis éreintée, mais remontée à bloc en arrivant au club. Je suis prête à affronter cette nuit de boulot mais je reconnais aussi que je serai contente quand la soirée touchera à sa fin pour retrouver mon lit et de longues heures de repos sans galipettes effrénées.

Mon corps me fait payer mes ébats endiablés avec Mads. D'ailleurs, mon postérieur aussi. J'en viens encore à me demander comment d'une fille peu sûre d'elle avec les mecs, je suis devenue celle qui se fait fesser et qui, au final, adore ça? Et puis je réfléchis encore à ce qu'il désire pour notre troisième leçon. Je dois le surprendre et j'attends demain avec impatience pour mettre en application ce que j'ai en tête. J'aimerais le rendre complètement fou. En fait, je crois que j'aimerais l'attacher. Et je souris à cette idée. L'attacher pour qu'il ne puisse pas me toucher, mais qu'il en meure d'envie. Je pourrais me déshabiller doucement devant lui, le caresser tout mon soûl, le lécher, le sucer jusqu'à le rendre fou et puis je crois que je pourrais utiliser le petit cadeau rose à piles que m'a fait Pénélope il y a quelques mois. Je m'amuserais sans lui et ça, ça le rendrait complètement dingue alors qu'il resterait totalement impuissant. Je suis certaine que dès que je le libérerais, il se ruerait sur moi et j'en salive déjà. Je ne sais pas si j'y arriverai, mais j'ai l'impression qu'avec Mads, je suis capable de tout. Il me donne de l'assurance et après tout, si je n'essaie pas, je ne le saurai jamais.

Mads n'est pas là ce soir. Sans distraction de sa part, je me laisse emporter par le travail et par l'affluence pour essayer d'oublier une dernière chose. Le fait qu'après cette ultime leçon, chacun reprendra sa vie. Il n'y aura plus rien entre nous et c'est beaucoup plus difficile que prévu à envisager. À certains moments, je me dis ou j'essaie de me convaincre qu'il y a quelque chose de plus entre nous puis le passif de mon amant me saute à la figure et je sais qu'il n'y a rien et qu'il n'est qu'un initiateur qui, une fois son rôle terminé, passera à autre chose.

Il me rend service, rien de plus. Tout ça pour que je me sente plus à l'aise avec Angelo quand il reviendra et que j'aie une chance de vivre de jolies choses avec lui. Il va seulement falloir que j'oublie Mads et que je laisse un autre m'offrir ce que mon patron m'a déjà si magnifiquement donné.

Mon regard est attiré par une superbe blonde qui s'approche du bar en compagnie d'une brune tout aussi belle. Je souris en regardant Ed qui semble avoir perdu une partie de ses moyens, hypnotisé par la double apparition.

– Mesdames ? Qu'est-ce que vous désirez ? leur demande-t-il, très professionnel mais non moins séduit.

– Il faudrait que je voie Mads. Est-ce qu'il est là ? l'interroge la blonde.

– Je suis désolé, mais il est absent pour la soirée. Je peux lui transmettre un message ?

La blonde semble réellement déçue et tergiverse. Je suis curieuse de savoir pourquoi elle est là et surtout pourquoi elle veut voir Mads, même si je devine la raison de sa présence.

– Appelle-le, Sigourney, lui conseille sa copine.

– Oui, c'est ce que je vais faire, mais je voulais tellement lui faire une surprise.

– Je peux vous offrir un verre, propose Ed, compatissant. Au moins vous ne serez pas venues pour rien.

– Excellente idée ! s'exclame la brune qui commande aussitôt deux Cosmopolitan que je m'empresse de préparer.

Je laisse Ed leur apporter leur verre et je continue à travailler sans perdre une miette de la conversation puisque les deux filles se sont installées au bar à côté de mon poste de travail.

– Comment il a eu ton numéro au fait ?

– C'est Antonia qui le lui a donné. Il a appris qu'on se connaissait toutes les deux et il la harcelait depuis des semaines pour qu'elle le lui file. Tu sais comme Antonia peut être têtue quand elle s'y met. Elle l'a fait, mais ça n'a pas été gratuit. Une de ses amies avait besoin de Mads. Il lui rendait ce service, il avait mon numéro. T'imagines bien qu'il n'a pas pu refuser après ça.

– Tu me débectes, s'extasie l'autre.

– Mais quoi ? Je ne compte pas l'épouser. Je veux simplement passer du bon temps avec lui. Et peut-être qu'après tu pourrais tenter ta chance. Si vraiment c'est un mec à femmes, il n'y a pas de raison qu'il ne soit pas intéressé.

– J'en ai déjà l'eau à la bouche, se marre la brune en vidant son verre, vite imitée par son amie.

Je me fais peut-être des films mais je suis persuadée que le service pour lequel il a obtenu le numéro de la blonde, c'est notre baiser. Je suis certaine qu'Antonia a réussi à le convaincre de m'embrasser à ce prix-là. Autant dire que je me prends une grosse claque.

Qu'est-ce que je croyais ? Que j'étais tellement importante aux yeux de Mads, qu'il m'appréciait tellement qu'il avait offert de m'aider comme ça, sans contrepartie. Tu m'étonnes qu'il en a obtenu une, et elle est de taille. Mon cœur saigne. Je savais qu'en acceptant qu'il m'aide, je le paierais à un moment ou à un autre. Je savais que mon corps ne serait pas la seule chose qu'il obtiendrait de moi. Je hais ces sentiments qui se sont développés malgré moi parce qu'il m'a accordé deux nuits et toute son attention. Qu'est-ce que je dis? Deux nuits… Même pas, et pourtant…

Le pire dans tout ça, c'est que je n'ai pas le droit de me sentir trahie. Je n'ai pas davantage le droit d'être jalouse puisque j'étais prévenue depuis le début. Mads n'allait pas se transformer en petit ami prêt à devenir exclusif pour mes beaux yeux.

Je me sens sotte et je tire un trait sur ma troisième leçon. Qu'est-ce que j'imaginais? Pouvoir le rendre fou alors qu'il sort avec des filles du style de la blonde qui sont de vraies bombes atomiques? Pas la peine que je prolonge la torture pour y perdre davantage de plumes. Je vais faire comme avec un pansement. Je tire d'un coup sec et fort pour souffrir le moins possible. Je vais désormais me consacrer à Angelo et je vais laisser Mads passer de mes bras à ceux de la trop belle Sigourney puis dans ceux de sa copine.

Les deux amies à peine parties, elles sont remplacées par deux hommes qu'accompagne Danilo. Ils s'installent au bar et me saluent d'un sourire et d'un signe de tête.

– Valentine, je voulais te présenter M. Louis et son fils, Dominique. Ils sont les propriétaires d'un des plus grands palaces de la Côte d'Azur et sont en train de repenser complètement leur bar qu'ils font refaire du sol au plafond. Ils rencontrent différents barmans pour avoir l'avis de chacun. Ils ne veulent pas s'en remettre uniquement à des décorateurs, mais aimeraient avoir l'avis de professionnels. Tu veux bien leur accorder quelques minutes?

– Pas de souci si Ed veut bien prendre ma place quelques instants.

Les deux mecs sont extrêmement sympas et j'en ai bien besoin à cet instant. Ils se ressemblent beaucoup, ont de la prestance, un visage avenant et ils me questionnent comme si mon avis allait avoir un impact essentiel sur leur projet, ce qui est plutôt flatteur. Je laisse donc ma vie personnelle dans laquelle je me noie de côté et je me concentre sur le côté professionnel dans lequel je suis comme un poisson dans l'eau. Nous discutons un petit moment et nous échangeons des idées. J'aime leur approche et l'ambiance qu'ils ont envie d'installer dans leur établissement. Ils ne veulent pas d'un endroit trop guindé même s'il se trouve dans un des hôtels les plus chers et les plus courus de la place. Ils veulent une sorte de cocon ouvert sur la mer dans lequel il fera bon se retirer et j'adore le concept. Je me découvre enthousiaste et M. Louis finit même par me donner sa carte en me faisant promettre de les appeler le jour où j'en aurais assez du monde de la nuit. Je les remercie et les salue alors que Danilo réapparaît pour les emmener dans son bureau.

Je regarde la carte de visite qu'on vient de me donner et je la fourre dans ma poche avant de retourner au boulot.

Au moins cet intermède m'a permis d'oublier que Mads est bien le serial baiseur qu'on m'avait présenté au début. Je ne sais pas si je dois m'enorgueillir d'avoir fait partie de ses conquêtes, mais après tout, pourquoi pas ?

***

Je pensais avoir des difficultés à passer à autre chose, mais il semblerait que le destin soit parfois de notre côté puisque le lendemain, Angelo m'attend assis au bar du club et semble tout à fait ravi de me revoir.

Il est vraiment très beau. Il est vêtu d'un jean brut et d'une chemise blanche dont les manches sont roulées sur ses avant-bras musclés à la peau délicieusement dorée. Il est accompagné d'un ami qui nous laisse très vite pour aller se perdre parmi les danseurs.

– Tu es radieuse, Valentine, me susurre-t-il en déposant un baiser sur ma joue. J'espère que j'y suis un peu pour quelque chose.

Bizarrement, je repense à Mads et à ce que j'ai appris la veille et je confirme :

– Absolument. Je suis très heureuse que tu sois rentré plus tôt.

J'aime qu'il reste avec moi alors que je bosse. Qu'il me fasse rire avec des anecdotes sur son travail ou sur ses amis.

Puis il me demande si nous pouvons nous isoler un petit moment dans un coin un peu plus tranquille. Je sais qu'il va m'embrasser et qu'il va prendre une place laissée libre par celui qui s'est bien joué de moi. J'invite Angelo à me suivre. Sa main sur mes reins me picote agréablement. Son odeur me plaît, la chaleur qu'il fait doucement naître en moi aussi. Je ne résiste pas quand il m'enlace et m'embrasse. Je me laisse aller entre ses bras et savoure notre première étreinte.

38

Mads

J'aurais mieux fait de rester à Paris au lieu de courir après une collaboration qui n'en a que le nom. Tu parles d'une idée de merde. Le mec que je viens de rencontrer dans le Nord veut bosser avec nous. Il organise des sorties sur Paris et veut mettre notre boîte dans son catalogue. Le problème c'est que ses exigences sont démesurées. Et le pourcentage qu'il exige aussi. En gros, je vous livre un bus de clients, vous faites tout le boulot et je vous la mets bien profond. Qu'il aille en arnaquer d'autres. Il est absolument hors de question qu'on s'associe avec lui. Autant dire que j'ai perdu vingt-quatre heures. Je les aurais mieux employées à jouer les professeurs auprès d'une certaine élève…

D'autant que je n'arrête pas de penser à cette dernière leçon et aux sentiments que ce mot « dernière » me fait ressentir. Je n'ai pas vraiment envie que ça s'arrête et je me sens même prêt à lui proposer du soutien pour s'améliorer. Je n'arrive pas à me dire que je ne la prendrai plus, que nous ne jouerons plus ensemble, qu'elle ne se dévoilera plus devant moi pour me faire découvrir tous les trésors qu'elle cache encore. J'en suis même venu à renoncer à la belle Sigourney qui ne m'intéresse plus du tout.

Après mon compte rendu à Antonia et Danilo sur le projet foireux que nous laissons tomber d'un commun accord, je gagne mon poste d'observation. Je prends quelques minutes avant d'aller saluer l'équipe et surtout Valentine pour lui montrer que je suis de retour et que c'est quand elle veut pour notre troisième leçon. J'essaie d'imaginer ce qu'elle a en tête pour notre ultime rendez-vous. Est-ce qu'elle restera sage? Ou au contraire, est-ce qu'elle se lâchera complètement? Je suis rongé par la curiosité et je dois faire de gros efforts pour que ma queue n'anticipe pas trop ce qui va se passer. Je tente encore de deviner ce qu'elle me réserve quand je découvre qu'elle n'est pas seule au bar. Qu'est-ce que j'imaginais, bordel? J'ai la désagréable surprise de découvrir que la fin de nos cours a sonné prématurément puisque Angelo est revenu bien plus tôt que prévu.

Il est avec un pote qui file sur la piste de danse, les laissant seuls à faire la causette. Ce qui me fait clairement chier. Ce n'est pas tant la présence de ce crétin même si cela signifie que tout s'arrête entre elle et moi. Non, ce qui me soûle, c'est l'air radieux que Valentine affiche et le sourire qu'elle lui offre. Elle est vraiment trop jolie. Je le savais déjà, mais c'est si flagrant, alors qu'elle lui fait face, que ça me percute.

J'ai perdu une soirée et ça me met en colère. Elle semble déjà être passée à autre chose et ça me bouffe. Je n'avais aucune chance face à ce type. Oui, j'ai donné de multiples orgasmes à Valentine. Je lui ai rendu un peu de la confiance qu'elle avait perdue face à sa sœur. Mais lui est capable de lui offrir beaucoup plus que je n'en suis capable. Il sera sûrement un parfait petit ami qui ne se contentera pas de lui offrir quelques heures de félicité sans lendemain. Je déteste le regard qu'il porte sur elle. Je déteste les petits gestes à son attention. Je n'aime pas ses sourires.

– Tu m'as l'air d'une humeur massacrante, me susurre Danilo qui est venu me rejoindre à mon poste d'observation. Qu'est-ce que tu regardes? Ou plutôt qui es-tu en train de surveiller?

– Personne, je vérifie seulement que tout se passe bien.

– Je vois que Valentine a enfin été rejointe par son prince charmant. Elle est rayonnante, tu ne trouves pas?

– T'as décidé de finir de pourrir ma soirée?

– Houla! Qu'est-ce qui se passe? C'est le bel Angelo qui te met les nerfs?

– Il la veut.

– Oui, c'est ce qu'il semblerait, et je crois que Valentine aussi.

– Il va la bouffer toute crue.

– Ça m'en a tout l'air.

– Si c'est pour te foutre de moi, tu peux retourner d'où tu viens.

– Je ne me fous pas de toi, Mads. J'aimerais simplement te faire prendre conscience que tu es jaloux de ce type parce qu'il va l'avoir aussi.

– Comment ça aussi?

– Antonia est peut-être aveugle, mon pote, mais pas moi.

– N'importe quoi. Valentine n'est absolument pas mon genre de fille.

– J'aimerais simplement que vous fassiez attention, tous les deux.

– T'es pas ma mère.

– Peut-être, mais je ne veux pas qu'elle souffre et je ne veux pas que tu souffres toi aussi.

– Ça n'arrivera pas. Elle est avec lui maintenant, non? Je vais pouvoir reprendre ma vie là où je l'ai laissée.

– Si t'arrives à t'en convaincre, tant mieux pour toi.

Je déteste qu'il me parle comme il vient de le faire parce que ça ne lui arrive jamais en temps normal. Il me tape sur l'épaule avant de disparaître, me laissant en colère, frustré et prêt à exploser. Heureusement, je suis interpellé par Diego qui vient me faire part d'un début de bagarre que ses hommes sont en train de régler. Je lui demande de venir me chercher si ça dure puis je reprends ma position, les yeux rivés sur la partie bar.

Plus aucune trace de Valentine. Plus aucune trace d'Angelo non plus. Putain de merde! Je tourne le dos quelques secondes et ils en profitent pour se casser.

Je n'hésite pas longtemps et je ne me pose pas la question de savoir si ce que je fais a un sens ou pas.

Je n'ai pas besoin de demander à Ed où ils sont passés. Valentine a pris sa pause et je sais où elle se retire pour profiter de ce petit moment rien qu'à elle. Elle aime la petite cour où les employés ont l'habitude de se retirer pour s'isoler, prendre l'air ou fumer une clope.

Au moment où je passe devant le bar, j'entends le pote d'Angelo demander à Ed où est passé l'Italien. Je crois que je suis béni. J'intercepte le mec et lui propose de lui envoyer son ami. Il me remercie et précise qu'il l'attendra sur la piste parce qu'il a flairé une proie. Je lui souris et me dis que l'Italien doit être ce genre de type aussi. Un consommateur de nanas, prêt à tout pour obtenir ce qu'il veut. Je le sais, je suis comme ça aussi.

J'arrive à la porte de l'arrière-cour. Je l'ouvre doucement et ils sont là, un peu à l'écart. Elle est dans ses bras et le baiser qu'ils échangent n'a rien de virginal, putain. Il lui dévore la bouche et ses mains glissent sur son dos. Merde, il ne perd pas de temps et elle se laisse faire, bon sang !

Je retourne à la porte, l'ouvre une nouvelle fois mais cette fois-ci, je la claque très fort pour la refermer. Je veux qu'ils m'entendent arriver, mais c'est aussi la colère qui me fait agir ainsi. Le bruit métallique résonne dans la nuit et fait sursauter le couple qui se tourne vers moi. Je n'arrive pas à déchiffrer ce que pense Valentine parce que son visage n'exprime rien, mais une chose est certaine, Angelo est furieux que je les aie interrompus.

– Ton pote te cherche partout, lâché-je plus sèchement que je ne le voudrais.

– Oui, et ça ne pouvait pas attendre ? répond-il, incapable de cacher son irritation.

– Il faut croire que non. Il m'a dit qu'il t'attendait sur la piste. Ça avait l'air d'urger.

Je le vois serrer les poings. Je sais qu'il a une furieuse envie de me faire payer le fait d'avoir été interrompu. Je déteste ce type qui semble se détendre un peu alors qu'il se tourne vers ma barmaid.

– Je suis navré, ma belle. On se voit lundi, comme prévu ?

– Oui.

– Un dîner, ça te dirait ?

– Ce serait avec plaisir.

– Bien.

Il dépose un dernier baiser sur ses lèvres - un baiser qui semble durer une éternité - et enfin passe devant moi, sans un mot, pour sortir de la petite cour afin d'aller rejoindre son ami.

– « Ma belle » ?

– C'est bon, Mads, s'agace-t-elle.

– Alors il semblerait que ton Italien ait mis un terme à notre collaboration. Il manque pourtant une dernière leçon, lui balancé-je, pas très fier de moi.

Je suis si énervé que tout s'arrête si brutalement entre nous que je suis mordant et désagréable alors qu'elle ne le mérite pas. Mais bon sang, il ne me restait que cette ultime leçon pour l'avoir encore un peu et ce connard m'en prive.

– Je n'ai pas attendu Angelo pour prendre la décision d'oublier la petite surprise que je t'avais préparée.

– Qu'est-ce que tu veux dire ?

– La très belle Sigourney est venue hier soir. Elle voulait te voir, me lance-t-elle froidement.

Eh merde !

– Tu ne dis rien ? C'est pourtant grâce à moi que tu as obtenu son numéro, non ? D'après ce que j'ai compris, Antonia te l'a donné parce que tu as accepté de venir ce soir-là au restaurant pour m'aider.

– Je serais venu de toute façon, objecté-je avec véhémence.

– Arrête de te mentir et de me prendre pour une conne. Tu n'aurais jamais accepté d'embrasser l'institutrice de service coincée si Antonia ne t'avait pas fait miroiter ce que tu convoitais depuis des semaines.

– C'est faux ! Tu te dévalorises encore, bon sang ! J'ai été surpris sur le moment mais je t'assure que je ne regrette rien ! C'est Antonia qui t'a parlé de tout ça ?

– Absolument pas. Mais quelle importance est-ce que ça peut avoir ? Sache seulement que c'est du tout cuit. Sigourney est très pressée de te rencontrer. Il semblerait même qu'elle puisse te présenter une copine qui semble partante elle aussi. Tu ne vas pas t'ennuyer.

– L'ironie te va mal.

– Je ne suis pas ironique, Mads. Je suis juste réaliste. Tu as fait tout ça pour que je me sente plus à l'aise avec Angelo. Je te rassure, tu as réussi. Je me sens très bien à ses côtés et je compte bien en profiter.

– Je ne voulais pas que ça finisse comme ça. Tu n'as jamais été le jouet d'une transaction et Sigourney ne m'intéresse pas.

– Arrête de mentir !

– Ce n'est pas ce que je fais !

– Si ! Et depuis le début !

– Fais attention à ce type, d'accord ? ne puis-je m'empêcher de la mettre en garde puisqu'elle reste sourde à tout le reste.

– Pourquoi tu me dis ça ? s'étonne Valentine.

– C'est un coureur, lui lancé-je sans réfléchir.

– Parce que je n'ai pas le droit de m'amuser avec un coureur, rétorque-t-elle en éclatant de rire.

Un rire sans joie, un peu grinçant.

– Tu te fous de moi ? C'est toi qui dis ça ? Alors que tu as une nouvelle fille à ton bras tous les soirs ?

– Et alors, je suis bien placé pour savoir ce qu'il veut et ce qu'il fera de toi. Tu ne seras qu'un nouveau nom sur une liste qui doit déjà être beaucoup trop longue.

– Comme tu as inscrit le mien qui figurera entre celui de ta dernière conquête et celui de Sigourney qui viendra après moi ?

– Non, m'énervé-je.

– Tu n'es qu'un hypocrite, Mads.

Elle passe devant moi sans un regard, sans un mot, comme si elle m'avait littéralement effacé. Je suis dans la merde. Je ne suis pas fier d'avoir balancé des saloperies sur un mec qui est peut-être réglo, après tout. Le problème c'est que je n'ai pas pu m'en empêcher. Tout est bien trop compliqué et le timing est vraiment merdique. Qu'est-ce que Sigourney est venue faire ici hier soir et pourquoi Angelo est-il rentré aussi tôt ? Tous deux me privent de Valentine et c'est très difficile à accepter à cet instant.

39

Valentine

On est dimanche et ma mère m'a laissé un message. Elle veut que j'aille déjeuner chez eux. Je n'en ai aucune envie mais mon père ne va pas très fort, d'après elle, et elle veut que ses deux filles soient avec lui.

Je ne suis pas très enthousiaste, mais je m'exécute même si je vais devoir affronter Rose, que je n'ai pas revue depuis qu'elle a été éjectée du Serial Killer. Ma mère aurait quand même pu choisir un autre moment. J'ai encore la discussion avec Mads en tête avec tout ce qu'elle avait de désagréable et j'ai rendez-vous avec Angelo demain. Je suis déjà sur des charbons ardents et je n'ai pas besoin d'une dose de stress supplémentaire.

J'arrive à l'heure, pour une fois. Ma mère sort de sa cuisine en s'essuyant les mains et commence par son inspection habituelle.

– Pour une fois, tu as fait un effort.

Nom de Dieu, c'est presque un compliment ça !

J'entre dans le salon où mon père a pris place dans un fauteuil. Ses jambes sont recouvertes d'une couverture. Il n'a pas l'air plus mal que d'habitude mais après tout, je ne suis pas médecin. Il est en pleine discussion avec ma sœur et me fait un petit signe de la main pour me saluer, de peur, peut-être, qu'un baiser ne le distraie trop alors que mon aînée est en train de lui parler.

Est-ce que Rose me salue ? Absolument, elle m'adresse ce qui semble être un sourire. J'en suis sonnée parce que ce n'est absolument pas dans ses habitudes.

Malgré tout, j'espère que le repas ne s'éternisera pas. J'aimerais bien aller me reposer un peu avant d'aller bosser.

***

– Tu travailles toujours dans ce club de débauchés? me questionne ma mère alors que nous attaquons le dessert.

– De débauchés? rétorqué-je, amusée des raccourcis qu'elle utilise pour parler du Serial.

– Tu m'as très bien comprise.

– Oui, maman, j'y travaille toujours.

– Maman, ce n'est pas un club de débauchés, la reprend Rose en me lançant un sourire. C'est un des endroits les plus courus de la capitale et Valentine en est la barmaid en chef.

Mais qui a pris l'apparence de ma sœur? Qu'est-ce qu'elle a avalé ce matin? Une dose de gentillesse concentrée?

– Oh, alors c'est bien, conclut ma mère sans rien dire de plus.

Alors que je me lève pour débarrasser, je suis rejointe par Rose qui semble tout de même un peu hésitante. Elle semble avoir envie de me dire quelque chose. Sa bouche s'ouvre plusieurs fois avant de se refermer sans qu'aucun mot en sorte.

– Valentine… Hmmm… Je tenais… Enfin… Bref, je tenais à m'excuser pour mon comportement au club. Je crois que j'ai été trop loin.

Je dévisage ma sœur, incapable de cacher la surprise que fait naître son initiative. J'ai un peu de mal à croire à son repentir. Qu'est-ce qu'elle essaie de faire? Est-ce une nouvelle entourloupe? Un de ces pièges dont elle a le secret?

– Mais… Pourquoi? Pourquoi maintenant? l'interrogé-je, stupéfaite. Pourquoi ces excuses alors que tu me traites comme une merde depuis des années?

– Il est temps, non? Je ne te demande pas de les accepter, mais…

– Mais pourquoi, Rose?

– …

– Explique-moi pour quelle raison tu te sens obligée de te repentir pour toutes ces années.

– Pourquoi je ne pourrais pas le faire ?

– J'en sais rien. Peut-être parce que tu n'as jamais eu ni un mot gentil ni une attention pour moi. Peut-être parce que tu as passé ton temps à me rabaisser.

– Je suis désolée.

– Je n'y crois pas. Excuse-moi, mais c'est si soudain que j'ai du mal à t'accorder une confiance que tu n'as jamais méritée.

– Je sais.

– Et tu n'as pas répondu à ma question.

– Je crois que j'ai eu une sorte d'électrochoc quand tu m'as fait éjecter du Serial. Je me suis rendu compte que j'avais été vraiment trop loin.

– Tu ne veux plus te venger ? demandé-je encore, incapable de rendre les armes et de lui accorder ce qu'elle me demande. C'est pourtant ce dont tu m'as menacée.

Elle me regarde dans les yeux et je n'y lis aucune malice. Seulement du regret, enfin, je crois.

– J'en ai fini avec tout ça, Valentine, tente-t-elle une nouvelle fois.

– Franchement, je n'en sais rien.

– Je ne te demande pas de prendre ta décision tout de suite.

– Laisse-moi un peu de temps, alors.

– Bien sûr. C'est toi qui décideras de la suite. Je voulais simplement que tu saches que je regrette, c'est tout.

– D'accord.

J'ai laissé ma mère, mon père et une Rose que je n'ai pas reconnue. Je ne sais pas quelle mouche l'a piquée mais je reconnais aussi que ses excuses pansent un peu les plaies du passé, sans les effacer totalement.

***

Je suis dans une très grande forme pour aller bosser. Je ne croise pas Mads, et tant mieux. Je n'ai pas envie de le voir. Notre dernière conversation me reste en travers de la gorge. Il s'est foutu de moi. Il s'est servi de moi pour arriver à ses fins avec la trop belle Sigourney. Je croyais qu'il éprouvait un petit truc pour moi, même pas, il n'a servi que son intérêt.

J'y pense encore en rentrant du boulot et en me levant alors que je dois rencontrer Angelo ce soir. Je commence à flipper. Je vais à la salle d'escrime pour me vider la tête, mais mon stress revient alors que l'heure de mon rencard approche.

– Et il vient te chercher à quelle heure? s'informe Pénélope qui est à l'autre bout de la France pour son boulot.

J'ai fini par l'appeler parce que j'avais besoin de parler pour tenter de faire redescendre la pression. J'essaie de caler mon téléphone entre mon épaule et mon oreille alors que je suis en train de me maquiller.

– À dix-neuf heures, m'agacé-je alors que je viens de me foutre du mascara partout.

– Oh, la chance! Et il est comment?

Je tente d'enlever les traces noires avec un bout de coton et je ne fais que l'étaler davantage.

– Mais qu'est-ce que tu fous? s'étonne-t-elle alors que je grogne face à mon reflet.

– J'essaie de me maquiller, figure-toi.

– On dirait que ça t'emmerde de sortir avec lui.

– Mais non, qu'est-ce que tu vas imaginer?

– Et ton patron?

– Pourquoi tu me demandes ça maintenant, bon sang?

– Tu ne penses plus à lui?

– Pénélope, arrête!

– Pourquoi?

Parce que je ne veux pas parler de lui alors que j'ai rendez-vous avec Angelo.

– Alors, il est comment?

– Qui? Mads?

– Tu vois que tu penses à lui!

– Mais c'est toi, aussi ! Il est italien. Il a les cheveux et les yeux noirs, assez grand, pas très baraqué mais super bien foutu quand même, énuméré-je d'une seule traite.

– Cache ton enthousiasme, ma belle, et arrête de penser à lui.

– Mais à qui ? À Angelo ?

– Non.

– Je ne pense pas à Mads, si tu veux tout savoir. Je ne sais pas ce que tu imagines ! Je suis passée à autre chose. Simplement, je flippe un peu.

– Et je ne suis même pas là pour te botter le train pour te rassurer, déclare Pénélope.

– Ouais, tu as une sacrée façon de rassurer les gens.

– Parce que tu sais très bien que tu ne racontes que des conneries. Si ce mec veut sortir avec toi, c'est que tu es à son goût. Si en plus il est canon, riche et qu'il embrasse bien, merde, quoi ! Arrête de trouver tout un tas de prétextes pour te persuader que ce n'est pas le bon, que ce n'est pas le bon moment, que tu n'es pas prête, que…

– Oui, c'est bon, j'ai compris l'idée. Mais j'aimerais bien qu'Elmer et toi soyez là.

– Oui, moi aussi. J'aurais pu rester jusqu'à ce qu'il arrive pour voir à quoi il ressemble. Tu essaieras de prendre une photo en douce ?

– Tu veux que je fasse ça comment ?

– Tu trouveras bien un moment. Par contre, je veux te voir dans ta super robe. Un petit selfie, ce serait cool. Je suis certaine que tu seras superbe. Bon, ma bichounette, il faut que je te laisse. Tu penses à mes photos et haut les cœurs, tu vas tout déchirer.

Je l'embrasse très fort et je raccroche. Elmer est en vacances en Allemagne chez son oncle et sa tante et Pénélope bosse. À quoi ça sert d'avoir des meilleurs amis s'ils ne sont pas là aux moments les plus importants ? Je râle alors que je n'en pense pas un mot.

J'ai déjà pris ma douche, je me suis maquillée non sans mal et peignée et je n'ai plus qu'à m'habiller. Angelo doit passer dans une heure et j'appréhende vraiment même si la petite discussion que je viens d'avoir avec Pénélope a fait un chouïa régresser mon anxiété.

J'ai peur de ne pas être à la hauteur et de retomber dans mes anciens travers. Et puis, pour être franche, Mads est toujours là malgré tout. J'ai du mal à l'oublier même si je fais tout pour ça. Ce sont ses lèvres que je sens sur les miennes, le grain de sa peau, son odeur, sa chaleur, ses mains sur mon corps, les moments très intimes que nous avons passés tous les deux, ses fessées que je n'aurais acceptées de personne d'autre.

Je me vautre dans mon canapé et je regarde la télé en attendant l'heure fatidique. Le problème, c'est que je n'arrive pas à me concentrer sur ce qui défile devant moi. Au bout de quelques minutes, je décide d'enfiler ma robe, mes bas et mes chaussures. Une fois que c'est fait, je me rends compte que je suis loin d'être à l'aise avec des échasses aux pieds alors je m'entraîne et je commence à faire les cent pas au milieu de mon minuscule salon. Je tente d'oublier Mads une bonne fois pour toutes et de me concentrer sur Angelo et sur ce qui va sûrement débuter entre nous dès ce soir.

40

Valentine

Je suis presque à l'aise quand arrive l'heure fatidique.

Il est dix-neuf heures quinze quand je reçois un message d'Angelo. Je n'ose pas l'ouvrir parce que je sais qu'il va annuler et que je vais me retrouver comme une quiche, sur mon trente-et-un au milieu de mon microscopique appartement, cherchant déjà le numéro du chinois pour me faire livrer et finir par manger seule. Un court instant, je me demande si ça ne serait pas la meilleure chose. Si, dans le fond, ça ne m'arrangerait pas.

Puis je me reprends et me décide à lire son message en retenant ma respiration.

[Désolé, un client imprévu et trop bavard
arrivé à la dernière minute. J'aurai
quelques minutes de retard. Angelo]

Je ne tiens plus en place et finis par descendre un peu en avance pour attendre son arrivée. Peu de temps après, je vois une voiture noire se garer à quelques mètres de mon immeuble. Elle n'a rien à voir avec celle de Mads. La Batmobile a laissé place à une somptueuse berline très classe de laquelle descend mon rencard absolument divin sanglé dans un costard qui accentue sa taille et met en valeur son corps admirablement proportionné. Je me traite de gourde d'accorder de l'importance à un mec qui ne le mérite pas alors qu'Angelo est là, lui, et qu'il ne l'est que pour moi.

Il prend quelques minutes pour me détailler et je m'attends au pire. J'ai tellement l'habitude que l'on me juge, que l'on me trouve quelconque. J'appréhende donc ses conclusions qui ne tardent pas. J'ai tort et je le vois sourire en s'approchant et s'arrêter pour m'embrasser.

– Tu es superbe et très sexy.

Belle, je le suis sûrement. Je suis assez apprêtée pour ça. Par contre, sexy, j'en sais rien. Je me sens femme, c'est certain, mais pour le reste, je suis incapable d'en juger. Angelo me conduit vers son véhicule et, en gentleman, il m'ouvre la portière pour que je m'installe sur le siège passager.

– J'ai réservé dans un endroit très romantique. Et après, on avisera. Ce sera comme tu en as envie.

Je lui souris parce qu'il fait beaucoup d'effort pour me mettre à l'aise. D'ailleurs, il n'a pas menti. Le restaurant est à la sortie de Paris, à la campagne. Il est perdu au milieu d'une petite forêt, un lieu plein de charme pourvu d'une terrasse sur laquelle on nous installe.

Angelo me parle de ses affaires, de sa famille, de ses connaissances et je l'écoute. Je suis contente d'en apprendre davantage sur lui et sur ce qui constitue son univers. Le repas est délicieux, mais je me sens un peu perdue en découvrant l'étendue de ce que fait Angelo. Il est vraiment très riche et j'en suis encore à me demander comment un tel mec peut s'intéresser à moi.

– Je parle beaucoup mais tu ne me dis pas grand-chose à propos de toi, Valentine.

– Peut-être parce qu'il n'y a pas grand-chose à dire.

Je lui parle de ma famille, de mes amis puis très vite je ne trouve rien de plus à lui dire.

– Pourquoi ce métier de barmaid? D'où te vient cette passion?

– Je crois que j'ai un peu trop regardé le film *Cocktail*, plaisanté-je.

– Ce n'était pas pour le beau Tom Cruise, alors?

– Nooon! rétorqué-je en riant. Absolument pas. C'est après ce film que j'ai commencé à me renseigner sur les différents types de cocktails, les alcools, les techniques. J'ai commencé à en préparer pour mes amis.

J'ai découvert que j'étais plutôt douée alors j'ai persévéré et j'en ai fait mon métier.

– Tu as beaucoup de talent. Je crois que Barbie, qui est plutôt une fille difficile, est ta plus grande fan.

Un compliment, et la timidité refait son apparition.

– Tu es toujours aussi tendue avec les hommes ou c'est seulement avec moi ? me demande-t-il, badin.

– Un peu des deux, confirmé-je en lui souriant.

– Tu n'as pas à t'en faire. On ira aussi vite ou aussi lentement que tu le désireras.

Il est vraiment plein de prévenance et j'apprécie beaucoup.

Le repas est un joli moment hors du temps dans un endroit de rêve et je suis un peu plus conquise quand il me raccompagne à sa voiture. Il m'ouvre la porte, mais je ne pénètre pas tout de suite dans l'habitacle. Je crois que sa gentillesse a fait tomber certaines de mes réticences alors je me laisse aller et je l'embrasse en le remerciant de m'avoir offert ce moment.

– J'ose te demander si tu serais d'accord pour venir chez moi. J'ai une maison à une dizaine de kilomètres d'ici.

Je ne réfléchis pas et j'accepte. Advienne que pourra. Si vraiment je ne me sens pas à mon aise ou si ça va trop vite, je pourrai toujours lui demander de me ramener.

Si je voulais une preuve de la fortune d'Angelo, sa maison suffirait. Ce n'est pas un château mais une construction ultramoderne, sûrement dessinée par un architecte de renom, plantée au centre d'un immense terrain arboré éclairé par un dispositif astucieux, parce que invisible. Au prix du mètre carré dans la région parisienne, il est certain que nous pénétrons dans un domaine qui vaut son pesant d'or.

Angelo gare la voiture devant une immense porte de garage. Il m'aide à sortir puis m'escorte jusqu'à la porte d'entrée qu'il ouvre avant de m'inviter à pénétrer chez lui. J'entre et je suis saisie par l'immense intérieur. Ce qui m'interpelle, c'est l'espace dépouillé. Les meubles y sont rares, la décoration tout autant.

– Je suis désolé si c'est un peu vide, se sent-il obligé de s'excuser.

– Je n'ai pas l'habitude mais ça a son charme.

– Tu mens très mal, s'amuse-t-il. J'ai emménagé il y a très peu de temps et je n'ai pas encore pu m'occuper de la décoration.

– Je suis impressionnée par l'espace. C'est très grand.

– Oui, et très lumineux quand le soleil est au rendez-vous.

Tu m'étonnes, les dimensions sont impressionnantes. Les murs gris sont entrecoupés de baies vitrées gigantesques. On se croirait dans une cathédrale. Moi qui ai l'habitude de vivre dans un appartement minuscule, je me sens un peu perdue et angoissée par le fait que tout ici soit si impersonnel. Il n'y a aucun bibelot, pas de livres qui traînent, aucune tache de couleur, pas de photos ou d'objets perso abandonnés de-ci, de-là.

Je ne me verrais pas vivre dans un espace tel que celui-ci.

– Tu veux boire quelque chose? Un peu de vin, peut-être?

J'accepte. Un peu d'alcool m'aidera peut-être à me détendre et à apprécier, comme il se doit, les heures à venir. J'accepte le verre que me tend Angelo. Je n'attends pas et y plonge mes lèvres pour en savourer une première gorgée. C'est frais et fruité, comme le baiser que nous échangeons. Ses lèvres sont douces, curieuses, mais elles n'effacent pas les baisers de Mads, plus brûlants, exigeants, intrusifs.

– Tu permets?

Mon hôte récupère le vin qu'il pose sur la table. Il me tend la main et m'invite à m'installer à ses côtés dans l'immense canapé. Je ne me sens pas très à l'aise mais Angelo est doux, patient, toujours très attentionné.

– Si je vais trop vite, dis-le-moi.

Je suis incapable de répondre, mais je secoue la tête en souriant. Cet homme est si charmant. J'aime sa douceur, le fait qu'il m'apprivoise, qu'il ne se pense pas en terrain conquis. Je le laisse m'enlacer et j'y prends plaisir. Il me serre contre lui et sa main sur ma nuque rapproche mon visage du sien pour poser ses lèvres sur les miennes.

Je me laisse envahir par les sensations de sa langue qui pénètre ma bouche et me fouille. Je sens sa main remonter le long de ma cuisse pour s'arrêter juste sous mon sein. Ses gestes sont mesurés, comme s'il avait peur de m'effrayer, et je ne peux retenir mon sourire. Je crois qu'il m'a percée à jour. Il prend en compte mes appréhensions, ma timidité, le fait que je ne sois sûrement pas le genre de filles qu'il fréquente d'habitude. Je n'ai pas leur expérience, leur liberté.

Il va replonger sur ma bouche quand une sonnerie se fait entendre.

– Merde.

– Qu'est-ce qu'il y a ?

– C'est la sonnerie que j'ai attribuée à mon associé. Il sait que je ne suis pas dispo ce soir alors s'il m'appelle, c'est que ce doit être super important.

– Ce n'est pas grave. Vas-y, je ne bouge pas de là.

– J'y compte bien. Nous avons encore pas mal de choses à voir ensemble, susurre-t-il avant de me laisser.

Il récupère son portable dans la veste qu'il a abandonnée à l'entrée de la maison puis disparaît dans un couloir.

J'en profite pour regarder mon téléphone à mon tour. Je suis certaine d'y trouver des messages de mes amis. Bingo ! Pénélope et Elmer se sont déchaînés. Ils ont dû m'envoyer une vingtaine de SMS chacun. Je n'en ouvre que quelques-uns qui me font sourire.

Pénélope
[Après un Danois, un Italien,
tu es cosmopolite, ma belle.]

Elmer
[Je suis déjà sorti avec un Italien.
Ils sont chauds, non ?]

Pénélope
[Lâche les chevaux et amuse-toi.]

Elmer
[Ils font des trucs avec leurs doigts
très… surprenants ;)]

Pénélope
[Tu lui demanderas la recette
des pâtes alle vongole, un délice.]

Antonia aussi d'ailleurs me fait part de ses encouragements. Plus étonnant, ma sœur aussi semble m'avoir envoyé un message. Je me demande encore pourquoi elle m'a présenté ses excuses. C'est toujours aussi surprenant mais je dois avouer qu'elles me font plus de bien que je ne l'avais imaginé. Je découvre son SMS qui ne contient que très peu de mots mais qui est accompagné d'une photo.

Je suis pétrifiée en la découvrant et en lisant les quelques lignes qui l'accompagnent.

[Désolée, petite sœur, Angelo avait un rendez-vous
qui l'a mis en retard. Son client, ou devrais-je dire
sa cliente était vraiment trop bavarde et l'a retenu
plus longtemps que prévu.]

41

Valentine

Pourquoi ai-je cru qu'une fille comme Rose était capable de repentir ? Comment ai-je pu croire à ses regrets, à ses excuses alors qu'elle avait ça en tête depuis le début ?

Je suis anéantie et je ne sais plus très bien ce que je dois faire. Enfin, si… Fuir ! Mais où et comment ? Pour commencer, je lance la localisation sur mon portable pour avoir une petite idée de ma position. Je suis quelque part vers Lagny-sur-Marne, mais où exactement ? Je n'arrive pas à savoir parce que je crois que je panique un peu. J'ai peur qu'Angelo revienne et je ne sais pas comment l'affronter. Sans réfléchir, j'envoie un SOS à Antonia pour lui dire que ça ne va pas. J'aimerais lui en dire plus sur ma localisation, mais je ne connais que le nom du patelin sans connaître l'adresse exacte. Ensuite, j'enfile ma veste et cherche une compagnie de taxi sur Internet.

– Tu fais quoi ?

Je sursaute, surprise, comme si c'était moi qui avais fait quelque chose de mal. Mais ce n'est pas le cas et je fais face à Angelo avec le peu de courage que j'ai en moi.

– Je veux rentrer chez moi, annoncé-je d'une voix beaucoup plus ferme que je m'en serais cru capable.

– Comment ça, tu veux rentrer chez toi ? C'est parce que j'ai répondu au téléphone ?

– Non.

– Alors quoi ? insiste-t-il.

Je reprends mon portable et je retrouve le SMS de ma chère sœur. J'affiche la photo et je la lui colle sous le nez.

– Si c'est un jeu, il est de très mauvais goût, lui craché-je. Qu'est-ce que tu comptais faire ? Une expérience ? Te taper les deux frangines dans la même journée ? Et après ? Tu aurais fait quoi ? Dresser une liste des plus et des moins de chacune d'entre nous ? Une petite comparaison sympa pour savoir laquelle de nous deux est la meilleure, la plus performante ?

– C'était une regrettable erreur. Je ne savais pas qu'elle prendrait une photo.

– Et c'est la seule chose qui t'emmerde ? Qu'elle ait immortalisé vos ébats. Et il faut que je fasse quoi ? Que je t'assure que ce n'est rien et que je passe l'éponge ?

– Je veux que tu restes. On peut en parler, je suis vraiment désolé. C'est de sa faute. Elle a insisté. Mais c'est avec toi que j'ai envie d'être, que j'ai envie de construire quelque chose. Ce n'était l'histoire que de quelques heures avec Rose, ça ne compte pas.

– Eh bien pour moi, ça compte. Et ça compte même énormément. J'aimerais pouvoir appeler un taxi et rentrer chez moi.

– Il en est hors de question ! s'énerve-t-il. La soirée ne fait que commencer.

– Peut-être pour toi. Pour ma part, elle est bien terminée.

Je veux quitter cette baraque, ce type avec qui j'aurais pu passer un agréable moment et qui, maintenant, me dégoûte. Le problème, c'est que je n'ai pas le temps d'arriver à la porte d'entrée. Il m'a devancée et me bloque le passage. Je le trouvais charmant, mais à cet instant, il me fait peur.

– Tu restes et on en parle.

– Mais il n'y a rien à dire, putain ! Rose est la seule femme avec laquelle il n'aurait rien dû arriver ! Je ne passerai pas après elle, c'est clair !

– Je te veux.

– Et quoi ? Tu vas me séquestrer et me violer ? l'accusé-je, cinglante.

– Je veux juste qu'on en parle, comme deux adultes.

Je le repousse et tente d'atteindre la poignée pour quitter ce malade qui ne voit absolument pas où est le problème.

– Tu crois que j'invite chez moi n'importe quelle grue ? me crache-t-il.

Il me fait vraiment flipper, cette fois. Je crois qu'Angelo fait partie de ces types qui refusent qu'on les repousse, qu'on leur résiste ou qu'on leur dise non.

– Donne-moi une chance, bordel ! Rose est venue à mon bureau, elle m'a tellement chauffé que j'ai fini par céder. Je sais que je n'aurais pas dû, mais tout ne va pas s'arrêter entre nous à cause de ça.

– T'es un malade ! Bien sûr que je vais tout arrêter à cause de ça. Ce qui est hallucinant, c'est que tu ne voies pas le problème et que tu te la sois tapée quelques heures avant notre rendez-vous !

– Elle avait raison alors !

– Comment ça, elle avait raison ?

– Tu n'es qu'une allumeuse. Tu me laisses t'embrasser, t'inviter, tu me chauffes et ensuite tu arrêtes tout et tu veux te tirer.

Je dois être passée dans un monde parallèle où tu peux baiser la frangine de la nana que tu convoites sans que ça pose aucun problème. En même temps, ça reste dans la famille. Ce que je vois, moi, et ce qu'il ne voit pas, lui, c'est qu'elle a encore gagné et qu'elle vient de me faire payer au centuple le fait que Mads l'ait fait éjecter du Serial Killer. Elle m'avait juré qu'elle se vengerait, eh bien c'est fait.

Je tente une nouvelle fois de passer pour atteindre la sortie mais il tente encore de m'en empêcher.

– Laisse-moi sortir !

– Pas sans en avoir discuté !

– Mais il n'y a rien à dire ! lui hurlé-je. Ma sœur a couché avec toi pour se venger de moi. Elle savait déjà ce qui allait se passer en m'envoyant la photo. Tu crois quoi ? Que je vais te laisser me toucher après l'avoir touchée, elle ? Elle t'a bien eu, tout ça pour me faire mal.

– Alors venge-toi et reste pour lui montrer qu'elle n'a pas réussi à t'atteindre.

– Je ne peux pas.

– Reste, laisse-moi te montrer combien elle n'est rien. Je peux tout pour toi. Tu veux te venger d'elle, je peux t'aider.

Je secoue la tête. J'ai l'impression d'être dans un mauvais film. Et il va faire quoi, maintenant? Me proposer de la descendre et d'enterrer son corps là où on ne le retrouvera jamais? Si la situation n'était pas aussi difficile, je pourrais peut-être en rire même si, à cet instant, j'ai surtout envie de m'effondrer.

Il tente de me prendre dans ses bras, de m'embrasser. Comment ose-t-il? Ce type me dégoûte. Ses lèvres, son corps me révulsent. Mes mains le repoussent violemment et la gifle s'abat avec force sur mon visage. Ma tête part sur la droite. Je sens une brûlure vive. C'est si brutal, si soudain que j'en lâche mon téléphone qui va s'écraser par terre avec fracas. Je pose ma main sur ma joue, horrifiée qu'il ait osé.

– Ne me repousse pas.

– Et toi, tu ne me frappes pas, jamais, asséné-je le plus durement possible.

– Je ne voulais pas.

– Oui, c'est ce que disent les mecs dans ton genre. Ensuite, ce sera de ma faute, tu ne recommenceras jamais jusqu'à la prochaine fois. Laisse-moi passer!

Je crois qu'il est aussi choqué que moi. Je ne prends pas le temps de récupérer mes affaires. Je le pousse du passage, j'ouvre la porte et je sors en vitesse avant de me mettre à courir. Le portail est ouvert. Je m'engouffre dans la rue qui dessert la maison et j'avance le plus rapidement possible. J'ai enlevé mes talons aiguilles et c'est pieds nus que je m'éloigne.

Je pleure. C'est le chaos dans ma tête. Encore une fois, Rose est venue répandre son venin. Encore une fois, elle s'en est prise à un mec qui s'intéressait à moi. En fin de compte, je devrais la remercier. Si Angelo a été capable de me frapper une fois, il aurait sûrement fini par recommencer. Bizarrement, ça ne me console pas. Je me sens misérable et seule. Je n'ai pas d'argent, pas de téléphone, plus les clés de chez moi, plus de papiers. C'est la merde.

Je ne sais pas depuis combien de temps je marche. J'ai les pieds en feu. J'ai peur, il fait nuit, froid et quand j'aperçois les phares d'une voiture en face de moi, je sens la panique m'envahir. J'ai l'impression d'être une biche prise dans un faisceau de lumière, incapable de bouger alors qu'elle va se faire percuter.

42

Mads

– Ça ne sert à rien de rouler comme un taré, s'égosille Antonia à l'autre bout de la ligne.

Elle m'a appelé alors que je partais et depuis nous sommes en communication. Enfin, nous sommes surtout en train de nous prendre le chou alors que j'ai autre chose à faire. Comme, par exemple, me concentrer sur la route.

– Ah ouais? Elle t'envoie un SOS et il faudrait que je prenne mon temps?

– J'ai peut-être mal interprété son message. Tu la connais, elle a peut-être flippé, tout simplement.

– C'est n'importe quoi. Un SOS reste un SOS. Je te signale que c'est toi qui m'as appelé en catastrophe pour me dire que Valentine n'allait pas bien et qu'il fallait aller la sauver. J'ai dû appeler Maurizio pour avoir l'adresse de son pote et comme il ne voulait pas me la donner, j'ai dû le menacer. Autant dire que la cote du Serial Killer va en prendre un coup et toi tu me balances que tu t'es peut-être un peu emportée!

Je raccroche sinon je vais percuter une voiture et je n'ai absolument pas besoin de ça ce soir. Pourquoi, quand il s'agit de Valentine, tout prend des proportions dantesques? Quelle idée aussi de suivre l'autre naze dans sa maison de campagne? Elle le connaît à peine et elle file chez lui!

Qu'est-ce qui a bien pu lui arriver pour qu'elle envoie ce foutu message à Antonia? D'après mon associée, peut-être rien, mais j'en doute fortement. Valentine n'est pas vraiment du genre à envoyer des SOS pour rien. Donc, si elle a ressenti le besoin de le faire, c'est que ça craint. D'où ma question, qu'est-ce qui lui est arrivé?

– Bouge ta caisse, connard!

Je suis en colère. J'ai laissé Sigourney, avec laquelle j'ai dîné ce soir, en plan pour partir dès que j'ai reçu le message d'Antonia. Un véritable fiasco. À tel point qu'elle m'a demandé d'oublier son numéro quand nous avons quitté le restaurant en catastrophe après l'appel d'Antonia.

En même temps, je n'y étais pas. Je l'ai laissée babiller seule une bonne partie de la soirée. Moi? J'étais ailleurs. J'étais au resto, mais pas avec un top model. J'y étais avec Valentine à tenter d'imaginer sa soirée, ce qu'elle disait, faisait. Si elle lui souriait, si elle avait fini par se laisser séduire par l'Italien. Il semblerait que oui puisqu'elle a accepté qu'ils poursuivent la soirée chez lui.

Je n'arrive pas à la faire sortir de ma tête. Aucune nana n'a jamais pris autant de place dans mon esprit. Valentine est une glu dont j'essaie de me libérer sans aucun succès. Bon sang, qu'est-ce qui fait qu'on est attiré par une fille plutôt qu'une autre? J'ai eu des bombes atomiques dans mon lit, des nanas magnifiques, bien gaulées, de celles que les mecs rêvent d'avoir à leur bras. Pourtant, je ne me suis jamais attaché à aucune d'entre elles. Je les oublie aussi vite qu'elles défilent entre mes draps. Alors pourquoi elle? Pourquoi est-ce que Valentine m'obsède? Elle n'est ni la plus belle ni la mieux foutue – quoique j'aie découvert que sous ses vêtements se cachaient des courbes plus qu'alléchantes. Elle est timide, inexpérimentée, elle me tient tête et ne semble pas attirée par moi. Et pourtant… Elle est celle qui hante mon esprit, occupe chacune de mes pensées. Celle dont l'indifférence me torture, celle que j'aimerais garder dans mon lit, celle pour qui je pourrais sûrement faire des conneries, comme partager plus d'une nuit ou proposer de faire un bout de chemin ensemble.

Je roule trop vite. Mon cerveau tourne à plein régime. J'imagine tout un tas de scénarios et ma peur ne fait qu'augmenter. J'enrage de ne pas savoir et d'être obligé d'avaler les kilomètres pour le découvrir, en espérant ne pas arriver trop tard. Je panique si j'essaie d'imaginer ce qui a pu lui arriver.

Heureusement que la soirée est bien avancée et la circulation moins dense. Malgré tout, elle est encore trop importante pour que je file retrouver Valentine aussi vite que je le voudrais. Il me faut encore une bonne demi-heure pour arriver aux abords de Lagny-sur-Marne. La pancarte indique encore trois kilomètres quand je perçois une ombre dans le faisceau de mes phares.

Je la vois au dernier moment et je pile dans un bruit de crissement de pneus. Ma voiture est arrêtée en plein milieu de la route, mais je m'en tape. Je me détache, sors de ma caisse et me précipite vers elle. Je ne suis même pas certain qu'elle m'ait reconnu. Elle est pieds nus, elle grelotte et semble un peu perdue. Je suis incapable de retenir mon élan et je la prends dans mes bras pour la serrer fort et la mettre à l'abri.

– La Batmobile.

Je souris. J'ai l'impression débile d'être un super-héros, une sorte de chevalier au service de sa belle. C'est con, mais c'est une sensation grisante. Elle est accrochée à moi alors je l'étreins davantage pour qu'elle comprenne qu'elle ne risque plus rien, que je la protégerai.

– On rentre, ma belle.

– Je peux pas rentrer, murmure-t-elle.

– Tu vas m'expliquer pourquoi mais avant tu as besoin de te réchauffer.

Je veux la porter pour protéger ses pieds qui doivent être déjà suffisamment abîmés mais elle refuse et, à petits pas, je l'escorte jusqu'à ma voiture dans laquelle il fait chaud. Je retire mon blouson que je pose sur elle comme une couverture et referme la portière avant de la rejoindre.

– Tu m'expliques, demandé-je doucement.

– Mon sac est resté chez lui, répond-elle en tournant son joli visage vers moi.

Je ne l'avais pas vue parce qu'il faisait nuit, mais grâce à la lumière de mon plafonnier, je la découvre. Valentine a une entaille sur la joue. Une entaille qui saigne encore même si elle ne s'en aperçoit pas. Le sang a coulé dans son cou et maculé le haut de sa robe.

– Je vais le tuer… On va chez lui, on récupère tes affaires et je vais lui faire passer l'envie de frapper une femme.

Je fais démarrer ma voiture et enclenche la première. Il l'a blessée. Il l'a fait souffrir et il va le payer au centuple, cette petite raclure. J'en suis là de mes envies meurtrières quand sa main se pose sur mon avant-bras.

– Je veux qu'on parte. S'il te plaît. Il n'en vaut pas la peine. Je trouverai bien un moyen pour récupérer ce qui m'appartient.

– Merde, Valentine ! Ce type t'a frappée. Il mérite qu'on lui fasse passer l'envie de recommencer.

– S'il te plaît, Mads, réitère-t-elle.

Elle a ancré son regard dans le mien et à cet instant, je pourrais décrocher la lune pour elle si elle me le demandait. Je vais la ramener chez moi et je vais prendre soin d'elle. Tout ce que cet abruti, avec sa belle gueule et ses millions, n'a pas réussi à faire. Pourtant, je ne crois pas que Valentine demande beaucoup de choses. De l'amour, de l'attention et du respect, mais il faut croire que c'était déjà beaucoup trop pour ce type.

Elle ne dit rien et le trajet du retour se passe dans le silence. Je ne lui pose aucune question alors que j'en crève. Elle me parlera si elle en a envie et j'espère réellement qu'elle le fera. Je me contente de la rassurer. J'ai posé ma main sur la sienne. Je ne sais pas vraiment quoi faire d'autre alors qu'elle ne réagit pas.

Je la ramène directement chez moi et là, je la prends en charge parce qu'elle est encore sous le choc. Égoïstement, ça me convient. Je regarde tout d'abord l'état de ses pieds. La plante est rouge, irritée et couverte de petites plaies, mais rien de trop grave. Ensuite, je m'occupe de la coupure sur sa joue. J'essaie d'être le plus doux possible. Je fais ce qu'il faut parce que son regard n'a plus cette fixité flippante et elle semble avoir retrouvé quelques couleurs. Je la conduis dans la salle de bains, lui sors des serviettes et l'invite à se réchauffer sous la douche pendant que je lui dégote des affaires pour remplacer sa robe du soir, qui n'est plus d'actualité.

Je n'ai pas grand-chose à sa taille, mais je trouve un bas de survêt et un sweat molletonné qui lui tiendront chaud. Je dépose le tout dans la salle de bains et je la découvre encore habillée, assise sur le tabouret.

– Elle s'est vengée.

Je ne sais pas de qui elle parle, mais elle éclate en sanglots, trop longtemps retenus. Je m'assieds par terre et l'installe contre moi. Je lui caresse les cheveux doucement. Je la serre fort pour qu'elle se sente en sécurité et j'y prends du plaisir. C'est comme si elle était à sa juste place. Je la console du mieux que je peux et j'attends qu'elle poursuive.

43

Mads

Assis tous les deux dans ma salle de bains, j'ai l'impression que nous sommes seuls au monde. Je crois que j'aimerais qu'elle ne puisse compter que sur moi, puis la réalité me rattrape et me saute à la figure. Je ne serai jamais l'homme d'une seule femme, je ne l'ai jamais été. Je n'ai jamais aimé, je n'ai jamais ressenti le besoin de me consacrer à une seule conquête. Je sais ce que j'ai dit. Je sais que Valentine est importante, mais je ne pourrai jamais lui donner ce qu'elle est en droit d'attendre d'un homme.

N'empêche qu'à cet instant, nous sommes là, tous les deux, et qu'elle a besoin de moi. L'aide, l'écoute, l'attention, une once d'amour, ça, je peux le lui offrir et c'est ce que je fais. Elle est accrochée à moi, sa tête posée dans le creux de mon épaule. Je sens son souffle sur ma peau et j'attends. Les larmes coulent encore et mouillent mon épiderme. J'aimerais passer un baume sur ce qui la fait souffrir pour qu'elle oublie mais ce n'est pas la solution. Elle a besoin de cracher ce qui l'empoisonne et pour ça, j'attendrai le temps qu'il faudra.

– Elle m'a envoyé une photo et un message quand j'étais chez Angelo, commence-t-elle d'une voix ténue.

– Qui ?

– Rose. Elle m'a dit qu'elle se vengerait quand tu l'as fait expulser du club. Elle a réussi.

Valentine, les yeux délavés par les larmes, une coupure sur sa peau si douce, se redresse et plonge son regard éperdu dans le mien.

– Elle s'est photographiée nue dans un lit à côté d'Angelo et m'a explicitement fait comprendre qu'ils couchaient ensemble juste avant qu'Angelo vienne me retrouver.

– Et tu la crois?

– Il n'a pas nié. Je voulais partir et il a essayé de me retenir. Il s'est excusé, mais je ne pouvais pas.

J'essaie d'analyser tout ce qu'elle est en train de me confier et je suis mortifié. Je ne comprends pas ce que sa frangine tente de faire en lui faisant autant de mal. Je ne comprends pas ses motivations. La seule chose que je pige dans tout ça, c'est que Valentine a mal. Qu'elle finit toujours par se sentir rabaissée, utilisée, insignifiante alors qu'elle est loin de tout ça.

– J'ai bien fait? demande-t-elle d'une toute petite voix.

– Quoi, ma belle?

– Il a dit que j'étais une allumeuse et que je ne savais pas ce que je voulais. Mais je n'avais pas à passer après elle? Hein? Je n'avais pas à faire ça?

Je n'arrive plus à dire quoi que ce soit. Je me noie dans ses yeux si pleins de détresse, de questions que je me sens ému aux larmes. À l'aide de gestes doux, je l'incite à retrouver sa place contre moi et je la serre fort.

– Tu as fait exactement ce qu'il fallait, Valentine. Tu es si courageuse.

– J'ai fui, objecte-t-elle.

– Peut-être, mais après l'avoir affronté.

– Je croyais que j'avais enfin trouvé quelqu'un qui m'appréciait pour ce que je suis.

– Ne pense plus à lui, Valentine. Il n'en vaut pas la peine.

– Elle m'avait présenté ses excuses. Elle regrettait et c'était pour mieux me faire du mal après. Elle sera toujours là, elle continuera à me pourrir la vie. Aucun homme ne s'approchera de moi, pas tant qu'elle sera là.

– Je suis là, non?

Elle passe ses bras autour de mon cou et ma main glisse sur sa hanche ronde pour la caler contre moi.

– Je sais. Tu es mon Batman.
– Oui, lui soufflé-je.
– Tu m'as embrassée.
– Oui.
– Et puis on a couché ensemble.
– Oui, ma belle…
– Mais on ne le refera plus jamais…
– Valentine…

Je n'arrive pas à lui dire qu'elle se trompe et que j'ai une furieuse envie de l'emmener dans ma chambre pour lui faire l'amour encore et encore et lui montrer combien elle est attirante et excitante. Pour lui montrer qu'elle me rend insatiable même si je m'en défends. Malheureusement, je ne peux pas assouvir ce besoin qui me tenaille puisque j'entends du bruit dans la pièce voisine. Je sais déjà qui arrive et pénètre, comme une tornade, au milieu de ma salle de bains. Je maudis Antonia, mais le timing est bon. Si elle n'était pas arrivée, j'aurais fait une connerie, une énorme connerie, et j'aime trop Valentine pour lui infliger ça. Elle n'a pas besoin de quelques heures de baise supplémentaires. Elle a besoin d'un mec bien qui lui consacrera tout son temps et pas d'un mec capable de ne lui consacrer que quelques heures même si elles sont remplies de plaisir.

– Oh, ma chérie !

Mon associée se précipite sur nous et s'assoit par terre pour être à notre niveau. Je suis bêtement heureux car Valentine, si elle se tourne vers mon amie, reste collée à moi. Elle raconte, encore une fois, ce qui s'est passé et Antonia enrage.

– Oh, l'immonde salopard ! Tu as bien fait de te casser de chez ce type. Tu dois aller porter plainte contre lui pour ce qu'il t'a fait. Je crois qu'on a tous besoin de boire quelque chose. Thé pour tout le monde !

Antonia et son thé. Le remède universel contre tous les malheurs du monde. Sa proposition a au moins le mérite de tirer un petit sourire à Valentine qui accepte la main de mon associée pour se relever. Je fais de même et j'accompagne les filles au salon.

Je les laisse quelques minutes, j'ai un appel à passer. Je suis toujours aussi furieux même si j'ai jugulé ma rage pour ne pas apeurer Valentine.

– Oui. Qu'est-ce que tu veux encore ?

– J'ai besoin que tu passes un message à ton pote. J'attends qu'il ramène les affaires de Valentine au club dès demain soir. Par contre, qu'il ne croise pas mon chemin sinon même sa mère ne le reconnaîtra pas.

– Qu'est-ce qu'il a fait ?

– Je déteste les mecs qui frappent les femmes.

– On est deux. Je réglerai le problème.

– Merci. Dis-lui aussi qu'il ferait bien d'aller se faire soigner.

– Il le saura.

– En tout cas, qu'il fasse gaffe à son cul.

Je rejoins les filles qui sirotent leur boisson chaude.

– Valentine va venir à la maison jusqu'à ce qu'elle récupère ses clés.

La miss, qui a le regard rivé sur l'intérieur de sa tasse, redresse la tête et dévisage mon associée.

– C'est à moi de décider ce que je vais faire, objecte Valentine.

– Excuse-moi, s'incline Antonia. Je pensais seulement que…

Mon associée me fixe avec insistance. Je ne sais pas ce qu'elle découvre sur mon visage, mais elle me lance un regard suspicieux. Je tente d'afficher assez de détachement pour qu'elle me lâche, mais je ne peux pas non plus quitter Valentine des yeux et ce n'est pas le regard d'un patron pour son employée. Antonia est loin d'être conne et je suis certain qu'elle sait déjà qu'il y a quelque chose entre Valentine et moi. Elle sait pour le baiser, elle me connaît et mon comportement de ce soir a dû pas mal l'aiguiller. Je suis devenu dingue quand elle m'a proposé d'appeler les flics. Je l'ai presque insultée en lui annonçant que c'est moi qui irais et personne d'autre.

– J'aimerais pouvoir me laver, si c'est possible, demande Valentine.

– Je t'ai mis tout ce qu'il te faut dans la salle de bains.

– Merci…

– Normalement, Angelo devrait ramener tout ce qui t'appartient à la boîte demain soir. Il a ordre de tout déposer à l'entrée. Je ne veux plus le voir dans le club.

Valentine disparaît et Antonia me fait face. Putain, je ne vais pas y couper!

– Il ne devait y avoir qu'un simple baiser et des conseils, bon sang! Tu as couché avec elle.

– Ça ne te regarde pas, Antonia.

– Peut-être, mais je ne veux pas que tu lui fasses du mal.

– Tu m'as demandé de lui rendre sa confiance et c'est ce que j'ai fait. Il n'y a rien de plus.

– Tu es sûr? Tu vas me faire croire que tu as traversé la région parisienne pour voler à son secours alors qu'elle n'est rien pour toi.

– Mais qu'est-ce que tu veux à la fin?!

– Que tu ouvres les yeux et que tu reconnaisses que Valentine est beaucoup plus que ce que tu te plais à affirmer.

– Arrête de prendre tes rêves pour la réalité. Valentine n'est rien pour moi, tu comprends! J'ai fait tout ce que j'avais à faire. Maintenant, chacun retourne à sa place.

– Tu mens.

– Absolument pas. Je n'ai rien à lui offrir.

– Tu n'es pas comme eux.

– Si, et c'est très bien comme ça.

– Parce que tu es heureux? Passer d'une femme à l'autre t'apporte vraiment tout ce dont tu as besoin?

– Jusqu'à présent, oui.

– Tu n'as simplement pas trouvé celle qui te convenait.

– Lâche-moi, Antonia.

– Crétin!

Antonia et moi nous défions du regard puis chacun va s'asseoir dans un coin de la pièce en attendant que Valentine sorte de la salle de bains. Ce qu'elle fait au bout de quelques minutes.

– Tu peux rester là si tu en as envie, lui proposé-je.

Valentine me fixe avec une intensité que je ne lui connais pas. Elle a entendu ce que l'on vient de se dire avec Antonia et je me prends une baffe en pleine figure.

– Je ne crois pas, non. Merci d'être venu m'aider. Tu en as déjà assez fait.

Mon associée repart fâchée, suivie d'une Valentine emmitouflée dans des fringues beaucoup trop grandes pour elle. J'ai une furieuse envie de la garder avec moi, mais elle a pris sa décision. Une décision que je ne peux pas contester. Elle a entendu que je n'avais rien à lui offrir. Je ne veux pas lui faire de mal. J'ai vu les femmes que j'aimais souffrir à cause de mecs comme moi qui ont crié haut et fort leur amour avant de le bafouer sans vergogne. Je sais qu'être en couple est une sorte de loterie. On peut gagner et s'aimer toute sa vie ou perdre. Pour moi, être avec quelqu'un, s'engager, ce n'est pas quelque chose que l'on prend à la légère, avec date de péremption et séparation au cas où. Je suis peut-être vieux jeu, mais aimer quelqu'un, c'est un tout et on ne peut pas le faire à moitié. Si c'est le cas, il vaut mieux ne pas aimer du tout.

44

Valentine

Je n'ai pas envie de rester chez moi à me morfondre alors je décide de retourner au club deux jours après mon aventure désastreuse avec Angelo.

– Comme je suis content de te voir là ! s'enthousiasme Ed en me découvrant à mon poste. C'est pas la même chose quand t'es pas là.

– Dis plutôt que tu as trop de boulot quand elle n'est pas là et que tu es soulagé d'avoir du renfort, s'amuse une de nos serveuses.

– C'est complètement faux, objecte mon collègue, dont le regard s'attarde sur la coupure que j'ai à la joue.

J'ai essayé de la cacher comme j'ai pu, malheureusement, elle a bleui et même le fond de teint ne peut rien pour moi.

– Tu vas bien? finit-il par demander.

Je regarde mes collègues et je leur offre mon plus beau sourire. Leur intérêt me va droit au cœur. Je les rassure et chacun retourne à ses occupations.

Puis c'est au tour d'Antonia de venir prendre de mes nouvelles, suivie de près par Danilo.

– Comment vas-tu?

Je me tourne vers le nouvel arrivant. Mads est appuyé au comptoir. Je ne l'ai pas revu depuis que j'ai quitté son domicile. Son apparition fait naître en moi une multitude de sensations que je suis incapable de combattre. Mon cœur bat si fort que ma main se pose malgré moi sur ma poitrine. J'ai du mal à respirer et je suis convaincue qu'il sait dans quel état me met sa présence.

– Mieux, merci. Mads… J'aimerais qu'on parle de nous.

– Il n'y a pas de « nous », Valentine, objecte-t-il avec une douceur qui me hérisse le poil.

– On pourrait en discuter, non? insisté-je.

– Ça ne servirait à rien, s'excuse-t-il.

– Mais pourquoi?

– Pourquoi quoi?

– Pourquoi être venu me chercher si c'était pour mieux me jeter après?

– Je t'apprécie énormément. Tu es un atout indéniable pour le club et je suis toujours là pour mes employés.

– Tes employés? m'étranglé-je. Tu couches avec toutes tes employées, Mads? Tu viens les sauver, tu les ramènes chez toi, tu les soignes, tu les consoles?

– Je suis désolé, mais je n'ai rien à t'offrir. Tu as entendu ce que j'ai dit à Antonia. Je ne serai jamais l'homme d'une seule femme.

Je le regarde partir. Il ne me laisse aucun espoir. Oh, il reste charmant, il plaisante, me sourit, mais il fait surtout comme si rien ne s'était jamais passé entre nous et ça me ronge.

Quand j'ai accepté qu'il devienne mon professeur, mon initiateur, je croyais que je ne lui donnerais que mon corps. Franchement j'y croyais vraiment. J'ai pris nos expériences comme une sorte de jeu un peu osé, mais je me rends compte, aujourd'hui, que si j'y ai gagné une confiance toute nouvelle, si je peux prendre mes propres décisions, j'y ai laissé mon cœur et une partie de mon âme.

Je suis amoureuse de lui. J'ai eu l'espoir qu'il éprouve quelque chose pour moi, lui aussi, quand il est venu à mon secours puis j'ai vite déchanté quand j'ai entendu ce qu'Antonia et lui se disaient.

Mads a été assez clair, je ne suis rien pour lui. Simplement une employée ou au mieux une expérience agréable qu'il a vite reléguée aux oubliettes pour passer à autre chose. C'est ce que j'aurais dû faire aussi. Malheureusement, j'en suis incapable.

Ce mec me rend dingue. J'ai en tête tout ce que nous avons partagé. J'ai encore espoir qu'on puisse en parler, mais il en remet une couche en commençant à ramener des filles comme il le faisait quand je l'ai connu. Je ne sais pas à quoi il joue, mais j'en crève. Je ne le supporte plus. Je tente de faire bonne figure, mais plus les jours passent, moins j'y arrive. Je me sens mal, triste, lasse. Je ne fais plus mon travail avec autant d'enthousiasme qu'avant.

Je n'arrive plus à le supporter et je ne parviens plus à jouer le rôle de celle qui ne s'en soucie pas et qui a repris sa vie là où elle l'avait laissée.

La décision n'a pas été facile à prendre, mais j'ai décidé de partir. Je n'en ai encore rien dit à personne car j'ai quelques petites choses à régler avant de mettre les voiles. Il faut que je m'éloigne de Mads pour réussir à l'oublier et passer à autre chose. Je sais que ce sera difficile, mais comme on dit, loin des yeux, loin du cœur.

Mon ultime mission avant de quitter le Serial définitivement est de dégoter un barman pour me remplacer. J'ai appris que celui qui était en finale avec moi cherchait à quitter son club. Je l'ai contacté et il sera là pour faire l'intérim quand je serai partie. Je sais qu'Antonia et Danilo vont me maudire. Je ne parle même pas de Mads. Mais ce sera mieux pour tout le monde. Surtout pour moi.

Je sais que ma décision est la bonne. J'en ai la confirmation quand je retrouve la carte de visite de M. Louis dans la poche de mon pantalon de travail. J'y vois un signe et la solution à tous mes problèmes. Je l'ai appelé et je crois qu'il était très content de ma proposition. Il m'attend dès que je serai prête.

Encore quelques jours de patience et je pourrai quitter Paris. En fait, j'attends le départ de Mads. Il doit prendre quelques jours de vacances avec sa sœur et ses neveux revenus en France pour le voir un peu plus longtemps que la dernière fois. Je sais que je suis lâche, mais je ne me vois pas l'affronter. Je vais déjà devoir annoncer ma démission à Antonia, Danilo, Pénélope et Elmer et j'aurai déjà largement de quoi faire. Autant ne pas en rajouter une couche.

C'est le dernier soir. Mads vaque à ses occupations. Je le dévore des yeux dès qu'il passe à proximité du bar. Nos regards se croisent parfois et il me sourit, mais rien de plus. Enfin, rien de ce que je pourrais espérer. Demain, je parlerai à Danilo et Antonia. J'ai demandé au nouveau barman de venir. Et après-demain, je serai partie. J'ai du mal à imaginer que Mads ne fera plus partie de mon univers et que je ne le verrai plus. Je ne suis même pas certaine qu'être loin de lui m'aidera en quoi que ce soit. J'espère simplement qu'il deviendra un souvenir agréable et que ce souvenir ne sera pas trop envahissant pour me permettre de passer à autre chose.

– Tu pars quand? demande Pénélope qui finit de s'essuyer les yeux après avoir longtemps pleuré.

– Demain, en début d'après-midi.

– Tu sais quand même que tu n'es pas obligée de partir à l'autre bout de la France pour ne plus le voir.

– Je sais, Pénélope, mais ce sera mieux comme ça. Dans un premier temps en tout cas.

– Je vais l'atomiser, ce mec. C'est à cause de lui que tu nous quittes.

– Pénélope.

– Quoi? C'est un rat!

– Sur ce coup-là, je la rejoins, s'énerve Elmer. Ce mec est un connard. Il aurait au moins pu en discuter avec toi au lieu de fuir comme un lâche et de te coller ses poufs sous le nez.

– Ça veut dire que tu ne resteras pas toute ta vie dans le Sud? reprend Pénélope.

– T'exagères pas un peu, ma grande? la reprend encore Elmer qui, comme à son habitude, en dit peu même si la nouvelle de mon départ le remue.

– Je ne vous oublierai pas. On restera en contact. Promis. Et vous pourrez venir me voir. Ce sera super cool.

– T'essaierais pas de t'en convaincre? grogne ma meilleure amie.

– Pénélope, fous-lui la paix. Si Valentine a besoin de ça pour aller mieux, elle doit le faire, la sermonne Elmer.

– Je sais, mais quand même, chouine-t-elle encore.

Du coup, Elmer et moi finissons par la consoler, elle, alors qu'au départ ils étaient venus pour me soutenir. Ils vont me manquer infiniment mais je sais que mon choix est le bon. Je suis heureuse que Mads ne soit pas là parce que je ne sais pas si j'aurais eu autant de courage. La fin du service approche et j'ai rendez-vous avec mes boss et le nouveau barman qui vient d'arriver. Nous nous dirigeons avec ce dernier vers le bureau d'Antonia et je sais qu'elle se doute de quelque chose quand elle nous voit entrer tous les deux. Je ne détrompe pas Danilo qui met mon départ sur le compte de mon agression. Par contre, Antonia, elle, voit juste. Danilo nous quitte très vite. Il me comprend mais semble quand même tirer la gueule. Il glisse quelques mots à l'oreille de mon amie avant de disparaître, prétextant qu'il doit montrer les lieux au nouvel arrivant.

– Je suis doublement désolée, s'excuse Antonia.

– Pourquoi?

– D'une, parce que Danilo, même s'il te comprend, t'en veut, et de deux, parce que si je n'avais pas demandé à Mads de t'aider, il ne se serait jamais rien passé entre vous et tu resterais ici. Tu sais où tu vas aller?

– Non, pas encore, mais je te tiendrai au courant.

– Tu l'aimes?

– Oui…

– Tu le lui as dit?

J'éclate de rire. Ce n'est pas un rire très joyeux, mais j'arrive au bout de tout ce que j'avais à gérer et je crois que la pression qui retombe me fait voir les choses un peu différemment.

– Parce que tu crois que ça aurait compté? Je vous ai entendus le soir où Mads est venu me chercher. Je sais qu'il ne m'a aidée que parce qu'il voulait le numéro de Sigourney. Je sais aussi que je ne représente rien pour lui. Il n'a rien à m'offrir, il a été clair, non?

– Et si tu te trompais?

– En tout cas, son comportement de ces derniers jours ne plaide pas en sa faveur. Si vraiment j'avais compté, il aurait pu me le faire comprendre. Il a eu plusieurs occasions de le faire.

– Il a peur. Il pense qu'il n'est pas l'homme d'une seule femme. Je crois qu'il a eu des exemples sous les yeux qui l'ont conforté dans son idée. Je trouve ça triste et complètement débile mais on a beau le lui dire, il s'entête.

– Il est peut-être heureux comme ça.

– Je n'en suis même pas certaine.

Antonia a pleuré et moi aussi, beaucoup, et je suis partie sans me retourner. Le Serial Killer a représenté un des plus beaux moments de ma vie. Une jolie étape qui sera suivie de nombreuses autres. Enfin, j'espère.

45

Mads

Ce sont mes premiers jours de vacances depuis longtemps et c'est exactement ce qu'il me faut en ce moment. Rester au Serial, côtoyer Valentine est un véritable calvaire alors autant me casser et passer à autre chose. Cette soirée en compagnie de ma bande de potes va me faire un bien fou. Je suis à bout, à la limite d'exploser. Être un mec honorable, c'est dur, au-dessus de mes forces, surtout quand la nana avec laquelle j'essaie de l'être occupe toutes mes pensées.

Je sais que je suis un peu plus qu'un ami ou un initiateur pour Valentine. Je sais qu'elle a des sentiments pour moi. Elle a essayé de me parler, mais quoi répondre à ses questions ? Je ne peux pas la laisser espérer. Ensuite, elle a fait comme si mon refus, mon comportement ne la touchait pas. Ça a changé quand elle m'a vu avec chacune des filles que j'ai ramenées à la boîte et je sais aussi que mon comportement l'a blessée. C'est exactement ce que je voulais, pour être honnête, même si aucune de ces nanas n'a fini dans mon lit. Il fallait que je fasse croire à notre barmaid que j'étais passé à autre chose parce que c'est ce que je veux d'elle. Je ne veux pas que Valentine espère quoi que ce soit de moi. Je ne peux pas m'engager, je ne veux faire de mal à personne.

Ma mère et ma sœur ont, toutes les deux, craqué pour des mecs tels que moi. Elles ont cru, à l'époque, qu'ils avaient changé en les rencontrant et en s'engageant. Elles aspiraient à une vie tranquille en famille, faite d'amour et de confiance, mais quand elles se sont rendu compte que tout n'était qu'un mirage absurde, elles se sont effondrées et ont bien failli ne jamais se relever. J'ai été un témoin privilégié de ce que mon père et mon beau-frère ont fait et ça m'a marqué plus durement que prévu. À tel point que ma vie amoureuse n'est sûrement pas ce qu'elle aurait dû être. Si ma mère a retrouvé l'amour dans les bras d'un mec plutôt chouette, ma sœur ne croit plus en rien. Elle est devenue cynique et se consacre à son rôle de mère et à son boulot pour oublier qu'elle est aussi une femme qui a des besoins.

Pourquoi je déteste tellement mon père et mon ex-beau-frère ? Parce que je suis comme eux. Il n'y a qu'une chose qui nous différencie : je ne me suis jamais attaché à une seule meuf. Je n'ai jamais rien promis et je n'ai trompé personne. Tout pourvu que je ne leur ressemble pas complètement.

Valentine ne peut pas vouloir ce que j'ai à offrir. Elle n'est pas ce genre de nana prête à se contenter de miettes alors qu'elle aimerait le gâteau tout entier. Donc, je l'ai éloignée de moi. Depuis que j'ai été la chercher chez Angelo, je la garde à distance. Je ne suis pas moins agréable avec elle. Seulement, il n'y a plus aucun jeu de séduction, je ne la titille plus, nous n'avons plus aucun des échanges qui me plaisaient tant. Je la traite comme une petite sœur, essayant de juguler mon envie de reprendre là où nous nous sommes arrêtés avant qu'elle ne décide de sortir avec l'Italien.

J'essaie d'oublier ce que nous avons partagé. J'essaie d'effacer de mon esprit nos ébats, son odeur, sa chaleur, son enthousiasme, sa candeur, ses jolies fesses rougies. Je repense au moment où je l'ai ramenée chez moi après son expérience foireuse avec le Rital. Sentir chacune de ses courbes quand elle était contre moi, respirer son parfum, goûter à sa peau à nouveau, c'était extrême. J'avais envie de tellement plus.

Malheureusement, Valentine ne colle pas avec tout ça. Non, ma jolie barmaid ne cadre pas du tout avec ce rôle.

– T'as l'air bien pensif, mon pote, s'enquiert Tommy qui m'apporte la première bière d'une longue série à venir.

Ce type est comme moi… Non, je devrais plutôt dire qu'il était comme moi jusqu'à ce qu'il rencontre Annie. Depuis, il est devenu le plus fidèle des hommes et s'apprête même à accueillir un enfant alors qu'il m'avait soutenu mordicus que ça n'arriverait jamais. Je ne sais pas si l'amour qu'il éprouve pour sa moitié durera toujours. Je ne sais pas si sa vie d'avant le rattrapera un jour, mais il a l'air heureux, épanoui, serein.

– Tu ne regrettes jamais la vie que tu as vécue avant de rencontrer Annie? ne puis-je m'empêcher de lui demander.

– Je me demandais quand tu te déciderais à me poser la question.

Je le sais mais je n'avais aucune raison de le faire. Je ne sais pas pourquoi. Peut-être la peur de m'entendre dire qu'on peut changer si on le veut vraiment et si la fille le mérite suffisamment. Pauvre crétin… Comme si je ne connaissais pas déjà une fille qui le mérite.

– Alors? m'entêté-je, plus impatient que je ne le voudrais.

– Pour être honnête? Non. Annie est une nana géniale. Elle est une amie, une amante enthousiaste, une amoureuse passionnée. Je suis certain qu'elle sera une mère fabuleuse. Elle connaît tout de mon passé. Je ne lui ai jamais rien caché. On en parle beaucoup, on essaie aussi de donner un peu de piment à notre vie de couple même si le quotidien ne nous le permet pas toujours. On se fait confiance. On s'engueule aussi, mais ça ressemble souvent à un soufflé qui monte haut avant de redescendre très vite.

– Tu nages dans la félicité?

– Moque-toi, Ducon.

– Non, je suis heureux pour toi mais…

– Comment elle s'appelle?

– Je n'ai pas besoin d'avoir une fille dans la tête pour avoir envie de savoir si tu es heureux.

– À d'autres. Alors? insiste-t-il.

Est-ce que je suis capable de lui livrer le prénom qu'il attend? Sûrement pas, parce qu'il faudrait que je reconnaisse qu'elle m'attire, qu'elle m'obsède et c'est inenvisageable.

– Non, je te jure, il n'y a personne, mens-je. Enfin, personne qui compte assez pour que j'aie envie de changer.

– Je te crois, mon grand.

Une claque dans le dos et Tommy s'éloigne, un sourire entendu accroché aux lèvres.

Putain, ce qu'il m'agace!

La fête a été aussi réussie que prévu. Elle m'a permis d'occulter ce qui me hante et c'est ragaillardi que je pars pour la Normandie où je dois retrouver ma sœur pour quelques jours avant qu'elle ne reprenne l'avion pour le Danemark. J'aime ma frangine et je dois dire que je suis surpris en la découvrant au moment où elle est venue m'accueillir dans le hall de l'hôtel. Je l'ai rarement trouvée aussi radieuse et c'est ce que je lui dis.

Un peu plus tard, nous laissons les monstres dans la chambre devant un film et nous descendons nous balader sur la plage. Nos dix ans d'écart ne nous ont jamais empêchés d'être proches. J'ai été là quand son mec s'est barré. Je l'ai soutenue du mieux que je pouvais, j'ai gardé ses enfants pour qu'elle respire. Je l'ai vue devenir une femme beaucoup trop froide, ne vivant que pour ses enfants. Elle a pourtant eu sous les yeux l'exemple de ma mère qui a refait sa vie avec un chic type mais rien n'y a fait. Alma reste seule et ça me désole.

– Je désespère d'avoir des neveux et nièces un jour, se lamente-t-elle. Tu sais que maman n'arrête pas de me rebattre les oreilles avec ton célibat, l'envie d'avoir des petits-enfants de son fils adoré. Alors, quand est-ce que tu passes le cap?

– T'es sérieuse, là? Toi qui vis seule et qui sembles avoir tiré un trait définitif sur les mecs.

– Sur les mecs, c'est certain! Mais pas sur l'amour, assène-t-elle d'une petite voix.

Je stoppe net et me tourne vers elle.

– Tu peux répéter ce que tu viens de me balancer… Ou juste m'expliquer ce que tu essaies de me dire?

Elle reprend sa marche sur le sable. Je la rattrape et la retiens pour qu'elle se tourne vers moi.

– Alma?

– Elle s'appelle Frida. C'est une cliente de la boîte. Elle… Euh… On a lié connaissance et de fil en aiguille…

– Attends voir. Ce ne serait pas ce client qui ne pouvait pas se déplacer et que tu es venue voir à Paris il y a quelques semaines?

J'adore voir ma sœur rougir. Je savais à ce moment-là qu'elle me menait en bateau. Quand je dis qu'elle est incapable de me mentir. Mais j'arrête de l'enquiquiner parce que je suis heureux qu'elle ait enfin retrouvé quelqu'un.

– Tu l'aimes?

– Je l'ai présentée aux enfants.

– Nom de Dieu!

– Ne jure pas, crétin. Je ne pensais pas que tu serais contre, se récrie-t-elle.

– Mais t'es con ou quoi! Pourquoi je serais contre? Ma grande sœur a enfin retrouvé l'amour. Tu es radieuse. Tu sais que j'y croyais plus. Je suis très content pour toi, ma belle. Les sentiments n'ont pas de sexe, c'est ça?

Elle hoche la tête et je la prends dans mes bras pour un gros câlin.

– Et toi?

– Quoi, moi? Ça y est, maintenant que tu es à nouveau amoureuse, tu vas vouloir que tout le monde suive ton exemple? Je ne veux pas me lier à une fille, Alma. Je la rendrais trop malheureuse.

– C'est faux et tu le sais très bien. Tu n'as rien en commun avec papa et encore moins avec mon ex. Ce serait bien que tu te le rentres dans le crâne. Je suis certaine que tu vas rencontrer une fille qui ne sera pas comme les autres ou que tu verras d'une façon différente. Une nana qui fera battre ton cœur un peu plus vite, dont tu ne pourras pas te passer, pour laquelle tu seras prêt à faire un pas en avant. Tu passes si vite d'une fille à l'autre. Prends ton temps, mon grand, et ouvre les yeux. Je suis sûre que tu la connais déjà.

– Qu'est-ce qui te fait dire ça?

– Une intuition de grande sœur.

– Elle s'appellerait pas Antonia, ton intuition?

– Même pas. Mais je vais creuser la question, lâche-t-elle avant d'éclater de rire.

Tommy, maintenant ma frangine, je vais finir entouré de couples heureux. D'exemples me prouvant qu'on peut évoluer et finir par changer. Pourquoi l'image de Valentine vient-elle coloniser mon esprit à cet instant précis ? Une nana que je verrai autrement, différente des autres… La famille, j'te jure !

46

Mads

Je ne suis dans mon appartement que depuis quelques minutes que je ne pense plus qu'à une chose : la revoir. J'ai l'impression d'être passé dans une essoreuse à salade. J'ai l'impression que Tommy et ma sœur ont réussi à me secouer suffisamment pour que toutes mes certitudes volent en éclats. Je croyais me reposer, mais je suis plus fatigué qu'avant mes congés. Je ne fais que cogiter sur tout ce qu'ils m'ont dit et c'est usant.

Je n'ai qu'une seule certitude : Valentine m'a manqué et il a fallu que je m'éloigne, que je discute avec Alma et mon pote pour que je me rende compte qu'elle pourrait être celle pour laquelle je pourrais faire un pas en avant. Je ne sais pas si je suis capable de lui proposer d'être ma petite amie. Merde, rien que d'y penser, je panique. J'aimerais simplement qu'on y aille doucement, qu'on ne fasse pas de promesses qu'on ne pourrait pas tenir et qu'on voie jusqu'où cette histoire nous mènerait.

Je me sens comme un de ces ados qui va avoir une copine pour la première fois et qui va pouvoir se la jouer devant ses potes. L'image me fait sourire, mais c'est un peu ça. Depuis le temps que Danilo et Antonia me tannent pour que j'arrête de multiplier les conquêtes et que je me case, il me tarde de découvrir leur tête quand je leur dirai que Valentine et moi, ce pourrait être un peu plus sérieux que prévu.

Bon, d'accord, deux problèmes à l'horizon. Le premier, c'est que je vais devoir en parler à Valentine, qui va sûrement me prendre pour une vraie girouette. Un coup je lui annonce que je ne peux rien offrir de plus que du sexe et quelques semaines après je vais lui avouer que je veux qu'on sorte ensemble, officiellement. J'essaie d'imaginer sa réaction, mais je n'y arrive pas. Je ne sais absolument pas comment elle prendra la chose. Positivement j'espère, sinon j'aurai l'air d'un con. Et puis, deuxième souci : je ne dois pas oublier que Valentine est notre employée. Je ne voudrais pas que notre histoire entraîne des problèmes.

Putain, je ne sais pas dans quoi je mets les pieds. Je n'ai jamais été en couple et je suis certain que je vais multiplier les conneries. Je n'ai plus qu'à prier pour que Valentine soit magnanime et me pardonne mes futures maladresses. Je suis peut-être optimiste, mais je sais qu'elle le fera, c'est une nana vraiment géniale.

Et spéciale. Et ça, bizarrement, j'ai l'impression de l'avoir su dès le début. Dès que je l'ai vue le jour où nous avons fait des essais pour trouver un barman. Je la revois avec sa queue-de-cheval, ses lunettes qui lui dévoraient le visage, ses fringues qui cachaient un corps magnifique. Un corps que je connais plutôt bien maintenant. Un corps dont j'aurais dû me lasser, mais qui m'a ensorcelé et dont je n'arrive plus à me passer. D'ailleurs, je n'exclus pas de l'enlever pour l'emmener dans mon bureau afin que nous scellions, de la meilleure façon qui soit, la naissance de notre couple.

Je pénètre dans la boîte. Il y a du monde. Je dirais comme d'habitude. Nous avons enfin atteint la place qui nous revenait. Une place de choix au sein des meilleurs clubs de la capitale.

Je traverse la foule et je vais droit où je sais la trouver.

Je me fraie un passage au milieu de la foule, repousse doucement les clientes un peu trop entreprenantes, ignore celles qui me dévorent des yeux, obsédé par mon envie de la retrouver après plusieurs jours d'absence.

Je touche enfin au but et je reste un moment interdit face à ce que je découvre. Ed est là et s'affaire, mais aucune trace de Valentine. Par contre, à sa place, je reconnais un des types qui avait postulé avec elle. C'est lui que nous devions embaucher, au départ, avant qu'il ne nous fasse faux bond et reste dans le club où il travaillait. Je ne comprends pas. Qu'est-ce qu'il fout là ? Je m'approche du bar et c'est exactement la question que je balance à Ed.

– T'es pas au courant ? répond-il, méfiant.

– De quoi, putain !

– Tu devrais aller voir Danilo et Antonia.

En gros, il refile le bébé à mes deux associés et son comportement me fait craindre le pire. Si Ed n'ose pas me dire ce qu'il en est de la présence de ce type là où Valentine devrait se trouver, c'est que c'est la merde.

Je fais demi-tour et je file vers les escaliers qui mènent à notre perchoir. Je les grimpe à toute vitesse et j'entre dans le bureau très cavalièrement.

– Vous pouvez m'expliquer ce qui se passe ?

J'ai à peine posé ma question que je me rends compte que mon arrivée tonitruante ne semble pas du tout à l'origine du malaise qui règne déjà dans notre espace. Danilo et Antonia sont chacun de leur côté et vu la tête qu'ils font, ça a dû chauffer sec.

– Alors là, mon pote, je crois que je vais passer mon tour, déclare Danilo qui semble à la fois triste, en colère et totalement blasé. Je vais rentrer chez moi profiter de mon mec qui est en repos puisque de toute manière, il semblerait qu'il n'y ait plus qu'une seule personne qui prenne les décisions ici.

– C'est faux et tu le sais très bien. Je te signale que tu as préféré te barrer ! objecte Antonia.

– Bon courage, Mads, mais attends-toi au pire. Sur ce, salut !

Je me tourne vers mon associée qui est assise derrière son bureau telle une souveraine et qui attend, épaules droites, la discussion qui ne va pas tarder.

– Je n'ai qu'une question : où est Valentine ?

– Elle est partie.

Je prends quelques secondes pour encaisser.

– C'est quoi ces conneries ?

– Elle ne désirait plus bosser ici.

– Je te jure que si c'est une plaisanterie, elle est vraiment de très mauvais goût.

J'attends connement qu'Antonia me balance un de ses sourires dont elle a le secret et qui me dirait que, oui, c'est une grosse blague. Que Danilo va entrer dans le bureau et qu'ils vont me charrier en m'avouant qu'ils ont voulu me faire marcher et que Valentine n'est pas partie… Enfin, pas définitivement.

J'attends… Mais rien ne vient. Antonia finit même par baisser la tête, cachant sa honte ou je ne sais quoi et après tout, je m'en fous.

– Elle te l'a annoncé quand?

– Mads.

– Elle te l'a annoncé quand, putain de merde!? lui hurlé-je au visage.

– Il y a quelques jours. Elle savait que tu allais partir et elle en a profité.

– Et tu ne pouvais pas me téléphoner pour me prévenir, bon sang! Tu ne pouvais pas la retenir? Elle est où?

– Je ne sais pas, murmure-t-elle.

Je m'effondre dans le fauteuil face à elle. Il faut que je me calme avant de faire une connerie et de me brouiller avec celle qui a toujours été ma meilleure amie.

– Pourquoi?

– Pourquoi tu me poses la question puisque tu connais la réponse? crache-t-elle.

Et je me rends compte que, oui, je suis totalement au courant de la raison de son départ. J'ai tout fait pour. Je m'emporte contre Antonia alors que je suis le principal fautif et ça me fout encore plus en colère. Contre moi, cette fois-ci.

Le baiser était déjà de trop. J'aurais refusé de rendre service à Antonia avec toute autre meuf. Il faut croire que mon inconscient savait déjà que Valentine serait importante pour moi. Et puis il y a eu ma proposition. Une proposition indécente qui n'aurait jamais dû exister. On ne joue pas avec des filles comme Valentine. Elles sont naturelles, entières. Elles ne jouent pas, sont franches, sont capables de donner tout ce qu'elles ont et c'est exactement ce qu'a fait ma belle barmaid.

– Elle m'aime.

Antonia hoche la tête.

Valentine m'a donné son corps, mais elle m'a aussi donné son cœur et je l'ai piétiné. J'ai fait exactement ce que je m'étais juré de ne pas faire.

– Est-ce que tu as couché avec les filles que tu as ramenées dernièrement à la boîte ?

– Non.

– Alors pourquoi ?

– C'est le seul moyen que j'ai trouvé pour lui montrer que je n'étais pas un mec pour elle.

– « Était » ? Il y a quelque chose qui a changé ? s'étonne-t-elle.

– Je crois, oui.

– Oh, merde !

– Ouais, comme tu dis.

– Ce qu'elle éprouve pour toi est partagé ?

– Je n'en sais rien, réponds-je piteusement, honteux de m'être emporté alors que je me suis collé dans la merde tout seul. La seule chose que je sais, c'est qu'elle me manque et que j'ai envie de faire un petit bout de chemin avec elle.

Sur ce, Antonia décroche son téléphone et appelle je ne sais qui.

– Dani, oui, c'est moi. T'es où ? Dans ta voiture ? Alors gare-toi et écoute ! Arrête de m'engueuler. Oui, je sais, j'aurais dû refuser, mais j'ai pas pu. Non, c'est pas pour ça que je t'appelle. T'as un calendrier avec toi ? Ah, ben non, t'es dans ta caisse ! Non, j'en ai pas ici non plus. Bon sang, t'es chiant. Alors prends ton portable. Oui, fais ce que je te demande.

Mais qu'est-ce qu'elle fout ?

Elle appuie sur un bouton et j'entends Danilo râler à l'autre bout de la ligne.

– J'espère que Mads t'a pourrie comme tu le mérites.

– Non, il est en face de moi et je crois qu'il n'a plus envie de me sauter dessus pour m'en coller une. Enfin, j'espère.

– Bon, alors pourquoi tu appelles en me demandant de prendre mon téléphone?

– Vas-y, répète, balance-t-elle.

– Tu veux que je répète quoi? s'agace Dani.

– Mais je ne m'adresse pas à toi, je parle à Mads.

C'est pas vrai!

– Tu vas pas oser?

– Oh, que si! Ça fait trop longtemps que j'attends ça.

– Que t'attends quoi? demande Danilo.

– Mads est amoureux.

– Hein?

– Ah, tu vois, toi aussi tu es sur le cul. Alors tu marques sur le calendrier de ton téléphone, à la date d'aujourd'hui, que Mads est amoureux de Valentine et qu'il veut sortir avec elle officiellement.

– J'y crois pas. Mads?

– Fais ce qu'elle te dit, crétin! souris-je.

– Je crois que je ne vais pas m'en remettre. J'ai cru que ça n'arriverait jamais.

– Bon, ça y est? Je vous signale que Valentine a disparu et qu'on ne sait pas où elle a pu aller, les rappelé-je à l'ordre.

– Antonia, t'as pas essayé de l'appeler? demande Dani.

– Mais tu me prends pour qui? C'est la première chose que j'ai faite, mais ça ne répond pas. Elle a peut-être changé de numéro.

– Autant dire qu'elle n'a absolument plus envie de nous revoir, conclut Dani.

Chose que je n'ai absolument pas envie d'entendre à cet instant.

– On peut toujours demander dans les clubs de Paris et appeler les gens qu'on connaît, reprend mon pote avec enthousiasme.

On discute encore un peu et je dégage, bien décidé à faire le tour des établissements parisiens pour essayer de débusquer la seule fille à avoir trouvé la porte pour franchir les murs que j'ai eu tant de mal à dresser autour de mon cœur.

47

Mads

– Tu kiffes ta vie, mon pote? me lance un Tommy goguenard alors que j'ai du mal à tenir debout.

– Fous-moi la paix! J'adore ma vie, effectivement, rétorqué-je en m'écroulant dans mon canapé.

– C'est clair que c'est flagrant. Depuis combien de temps n'as-tu pas mis un pied au Serial Killer?

– Chais pas… Pas important… Y a Dani et Antonia.

Je fais beaucoup d'effort pour rester le plus droit possible. Je pensais pas être aussi attaqué que ça. Mon pote se fout de moi et ça m'énerve. Je voudrais l'y voir si sa chère et tendre mettait les voiles.

– Eh ben putain, se moque-t-il.

– Quoi? m'énervé-je.

– Oh, mais rien, Mads. Je te jure, tu transpires la joie et l'entrain, c'est un vrai bonheur d'être à tes côtés.

– Personne t'y a obligé. T'as qu'à faire comme elle. Elle est partie. Elle a préféré s'éloigner de moi, râlé-je en lui montrant la porte d'un doigt un peu tremblant.

– C'est pourtant ce que tu as toujours fait avec les filles. Les éloigner de toi. Faire bien attention qu'aucune d'entre elles ne reste assez longtemps de peur que tu puisses t'y attacher d'une manière ou d'une autre.

– C'est pas ce que je voulais! braillé-je.

– Ouais, et tu voulais tellement qu'elle reste que tu t'es affiché avec des nanas que tu n'as même pas baisées.

– Et tu voulais que je fasse quoi? l'interrogé-je en bougeant des bras absolument pas coordonnés.

– Que tu lui parles! Ça fait une semaine que tu téléphones partout, que tu la cherches et que tu erres comme une âme en peine.

– De toute manière, personne ne sait où elle est, gémis-je en me vautrant définitivement dans le canapé, abattu.

– Mais bien sûr, elle s'est évaporée comme ça, tout d'un coup, sans laisser aucune trace. Il y a bien quelqu'un qui sait quelque chose.

– Ben, je l'ai pas trouvé.

– T'es irrécupérable, espèce de crétin!

– Et toi, t'es rabat-joie depuis que t'es amoureux et que tu vas être papa! l'engueulé-je.

Enfin, j'essaie parce que c'est compliqué quand même.

– Ah oui, excuse-moi, rectifie-t-il.

– Quoi encore?

– Tu es tout aussi rabat-joie que moi, mon pote, puisque toi aussi, tu es amoureux.

– Dégage de chez moi.

– La vérité a toujours un peu de mal à passer au début, mais tu verras, à force, on s'y fait. Oh, et si tu veux quelques cours pour devenir un futur papa, ça peut se faire. Je n'ai pas encore pratiqué, mais ça ne saurait tarder.

– Sors d'ici!

Tom, hilare, sort enfin de chez moi. Je crois que j'ai encore trop bu et c'est vraiment pas une bonne idée. Je regarde l'heure sur mon téléphone, qui s'affiche en triple. Merde, je suis plus attaqué que je ne le croyais.

Je me traîne sous la douche et j'y reste jusqu'à ce que mes idées soient un peu plus nettes. J'en chie. C'est à cause de Valentine, c'est de sa faute si je suis une vraie loque depuis qu'elle s'est barrée.

Je m'assois sur mon lit et je tente de remettre mon cerveau en état de marche. Tout me paraît si emmêlé, si confus. Je ne sais plus rien. Est-ce que Valentine est vraiment partie parce qu'elle m'aime? Pourquoi elle n'est pas restée? Pourquoi elle ne me l'a pas dit?

Pauvre imbécile. Elle a entendu quand j'ai dit à Antonia que je n'avais rien à lui offrir, que c'était que de la baise, qu'elle n'était rien pour moi. Puis il y a eu toutes ces filles avec lesquelles je me suis affiché. J'ai fait tout ce qu'il fallait pour qu'elle parte. J'attendais quoi? Qu'elle fasse le premier pas? Est-ce qu'au moins je l'aurais écoutée? Non, je l'ai pas écoutée parce que, ça aussi, elle l'a fait. Bon sang, j'arrive pas à réfléchir comme il faut.

J'enfile un jean, un tee-shirt, j'essaie de mettre des chaussettes, de glisser mes pieds dans des baskets, mais tout est super compliqué. Je n'aurais pas dû foutre Tommy dehors, ce crétin aurait pu m'être utile, après tout.

Et puis merde, depuis quand je me fous dans un tel état pour une meuf? Ça ne m'arrive pas, un truc comme ça. Une nana ne m'a jamais poussé à plonger au point d'oublier tout le reste. D'accord, c'est de ma faute, j'ai tout fait pour qu'elle me foute la paix. Mais on a le droit de changer d'avis, non?!

Oh, la vache… Plus jamais je bois.

Je prends ma voiture? Non… Je crois que je vais appeler un taxi. Un taxi pour m'emmener au boulot. Je devrais peut-être embaucher un chauffeur. Carrément! Et je pourrais aussi acheter une grosse bagnole, style limousine. La classe! En attendant, un taxi suffira.

Si j'avais eu un chauffeur attitré, il ne m'aurait pas fallu une plombe pour arriver jusqu'au club. Au moins le trajet m'a permis de dessoûler un peu. Comment je le sais? La douleur est revenue. Une douleur lancinante qui me broie la poitrine. C'est comme si on avait collé mon cœur dans un broyeur. Il bat, c'est certain, mais mal. Je ne m'y habitue pas. Je n'ai jamais ressenti ce genre de truc. J'innove et je m'en serais bien passé.

– Nom de Dieu! Un revenant! me lance Danilo à peine ai-je passé la porte.

L'atmosphère que nous avons su créer dans le club me saute à la figure et entre en moi par tous les pores de mon épiderme. La fête, la nuit, c'est mon domaine et m'en priver depuis des semaines n'a rien fait pour atténuer mon mal. Au contraire, j'aurais dû me noyer dans mon boulot plutôt que fuir pour ne pas voir qu'elle n'était plus là.

– T'aurais quand même pu nous donner de tes nouvelles, me reproche mon associé.

– Pas envie. J'avais autre chose à faire.

– Ouais, Tommy nous en a parlé. C'est clair que tu étais absolument débordé, se moque-t-il.

Je vais le tuer, le futur papa heureux de vivre. Il ne pouvait pas fermer sa gueule. Non, il a fallu qu'il les prévienne, qu'il balance tout. Merde alors, on ne peut plus déprimer tranquille, seul dans son coin.

– Les amis ne sont pas faits que pour les bons moments, mon pote, me réprimande Dani.

– Sauf quand ce sont eux qui sont à l'origine des merdes qui nous tombent dessus.

– Oh, je te signale quand même que je n'en savais pas plus que toi. Je ne voulais pas qu'elle parte, mais qu'est-ce qu'on pouvait faire, la retenir de force? s'énerve Antonia.

– Non.

– Alors?

– Je sais, je suis désolé. C'est ma merde, après tout.

– Oui, et on est là pour t'aider, reprennent mes associés en chœur.

– Merci.

Je rejoins mon poste d'observation, le cœur lourd, et je suis à nouveau choqué quand je ne trouve pas Valentine à sa place. Son remplaçant s'active, très professionnel. Je chope Ed alors qu'il passe devant moi.

– Comment il se débrouille?

Je n'ai pas besoin de plus de précisions. Ed pige tout de suite et me lance un petit sourire qui en dit long.

– Tu veux vraiment que je réponde à ta question?

– Il est si mauvais que ça?

– Non, pas mauvais... Seulement, ce n'est pas Valentine et les clients se plaignent. Il est trop consensuel. Il manque d'âme, ce type. C'est une machine, mais ses cocktails sont plutôt bons.

– C'est déjà ça.

– Elle nous manque, boss. Travailler avec elle, c'était vraiment génial. Elle a du talent, elle est super compétente et le bar sans elle, ça ne veut plus dire grand-chose.

– Je suis d'accord, Ed… Si tu savais à quel point.

Et quand je dis ça, ce n'est pas que de l'aspect professionnel dont je parle. Quand je pense que j'ai osé dire qu'elle n'était qu'une employée et que si j'étais venu la chercher, ce n'était que pour ça. Pauvre con !

Je reste dans mon coin, seul. Mon téléphone vibre dans ma poche. À chaque fois, je me dis que c'est peut-être elle, mais une fois encore, je me trompe et je soupire. Je prends connaissance du message de Danilo, ce dernier étant trop feignant pour venir me le dire de vive voix.

[Je crois savoir où elle est.]

Je relis le message plusieurs fois pour être bien certain et je file retrouver mon associé. Je pourrais prier pour, qu'effectivement, Dani sache quelque chose, mais je ne suis absolument pas croyant. Alors je compte sur ma bonne étoile pour qu'elle se remette à briller.

48

Valentine

– Il serait peut-être temps que tu appelles Antonia pour lui dire, non ? s'agace Pénélope que j'entends grogner dans mon téléphone.

– J'en sais rien. J'ai trop peur qu'elle débarque pour me demander de remonter à Paris.

– Ce serait si terrible ?

– Non… J'en sais rien.

– Ne me dis pas que tu te plais où tu es.

– Je n'ai pas à me plaindre, Pénélope. M. Louis et son fils sont sympas, la paie est bonne et le cadre magnifique.

– Oui, mais l'ambiance est merdique.

– Au moins je suis loin de lui.

– Tu ne pourras pas le fuir éternellement. Je n'ai rien dit quand tu nous as appris que tu quittais Paris, mais ça ne te ressemble pas. Tu as laissé Rose gagner ! s'énerve Pénélope.

– C'est faux !

– Non, c'est vrai ! Tu es partie et maintenant elle a le champ libre. Je te rappelle que les absents ont toujours tort. C'est comme ça !

– Et tu voulais que je fasse quoi, bon sang ? Il n'avait rien à m'offrir. J'étais là quand il l'a dit à Antonia. Il avait une fille différente à son bras chaque soir et j'étais censée réagir comment ? Aller leur coller une baffe et le revendiquer ?

– Ben pourquoi pas ? Au moins tu aurais été fixée. Non, toi tu te tires sans lui laisser aucune chance de s'expliquer.

– Mais il a eu plusieurs semaines pour le faire et la seule fois où j'ai essayé de lui parler, il m'a opposé une fin de non-recevoir.

J'ai l'impression de parler à un mur. Pénélope m'a appelée plusieurs fois depuis que je suis dans le Sud. Elle me serine, d'une, pour que je remonte illico presto et, de deux, pour que j'aille parler à Mads alors qu'elle sait pertinemment que c'est impossible parce qu'il n'a rien à m'offrir.

– Comment va Elmer ?

– Ou comment changer de sujet. Il va bien, il t'embrasse, mais il ne te comprend pas plus que moi. Je veux juste que tu réfléchisses à tout ça.

– C'est ce que je fais, mais je bosse beaucoup, figure-toi.

– Arrête de te chercher des excuses.

– Mais merde, à la fin ! hurlé-je à mon téléphone alors qu'il n'y a plus personne en ligne.

Pénélope vient tout bonnement de me raccrocher au nez. Ma meilleure amie ne me comprend pas. Elle me le répète à chaque fois que nous sommes en contact. Le problème, c'est que je ne me comprends pas mieux qu'elle. Je suis perdue et j'ai quelques difficultés à retrouver mon chemin.

Je croyais que m'éloigner de la capitale, du club, de lui m'aiderait à passer le cap, à oublier, à guérir mon cœur, mais c'est faux. Chaque jour est plus difficile que le précédent.

Je suis pourtant au paradis. Le palace est sublime, au bord de la mer. Le bar qui vient d'être refait à neuf est un magnifique écrin dans lequel je bosse tous les jours. M. Louis râle parce que j'en fais trop, mais le travail est la seule chose qui m'aide à ne pas penser. Je me focalise sur ce que j'ai à faire et j'oublie tout. J'oublie mes amis que j'ai lâchement abandonnés. Je n'ai même pas appelé Antonia. Je ne lui ai pas donné de nouvelles et elle ne sait toujours pas où je suis. Le problème, encore une fois, c'est que je n'ai pas grand-chose à lui dire. Je me sens pathétique.

Pénélope a raison quand elle affirme que tout n'est pas aussi rose que je l'avais espéré. Oui, je suis bien payée et j'exerce dans un cadre absolument magnifique. Malheureusement, l'équipe de l'hôtel, en place depuis des années, a du mal à me laisser une petite place. Le barman, que je remplace, était très apprécié et même s'il est parti en retraite, je lui succède et je ne suis pas lui. Ce qu'on me fait sentir tous les jours de manière plus ou moins ouverte. En plus, je suis jeune, je n'ai pas une énorme expérience alors qu'il avait pas mal bourlingué avant de se fixer à Antibes où il a fait les belles heures du bar et satisfait une clientèle raffinée et souvent beaucoup plus difficile qu'au club.

Je fais de mon mieux. Personne n'est venu se plaindre jusque-là. C'est ce qui me sauve.

Ma vie privée, elle, est totalement inexistante. Je rentre dans le petit studio à quelques kilomètres de l'hôtel tous les soirs très tard. Je ne sors pas, ne vois personne et n'ai pas encore pris le temps de découvrir les environs tant je suis éreintée. En plus, je n'ai goût à rien et n'apprécie même pas la vue de la mer qui est pourtant un de mes panoramas préférés.

Heureusement que mon patron est sympa. C'est un homme d'une soixantaine d'années, encore très bien de sa personne. Il forme son fils à reprendre l'établissement. Un homme de 35 ans très compétent et ouvert à toutes les idées. On s'entend bien, mais nos relations se bornent au côté professionnel, ce qui est très différent de ce que j'ai connu avec Antonia, Danilo et Mads.

Je retourne à mon poste, ma pause terminée.

Je dois me sortir de mon marasme émotionnel. Si seulement je savais par quoi commencer. Si je pouvais effacer ce qui encombre mon cerveau, ce serait un bon début. Je pourrais virer Mads de ma tête, qu'il hante tout le temps, à chaque seconde, chaque minute, chaque heure, jour et nuit et je ne peux rien faire contre ça…

Je me focalise sur les jours qui viennent et sur mon premier week-end de repos. Ce petit intermède m'enchante autant qu'il me terrifie tant je me sens seule ici. J'ai décidé de profiter de ces quelques jours de liberté et il me tarde donc que mon service prenne fin. C'est rare que je ne bosse pas du vendredi au dimanche, mais M. Louis ne m'a pas laissé le choix. Il m'a imposé ce temps de repos, arguant qu'il me trouvait mauvaise mine. Il est conscient que tout n'a pas été rose avec son équipe, mais maintenant que les choses commencent à se tasser un peu, il veut que je pense à moi. Il est assez fin pour avoir deviné que ma venue dans son établissement, tout attractif qu'il soit, cachait quelque chose de plus grave et de plus personnel.

– Valentine !

En parlant du loup, le voilà qui entre dans le bar et m'interpelle. M. Louis a vraiment beaucoup de prestance et c'est toujours un plaisir de le voir déambuler avec beaucoup de naturel et de classe dans son établissement.

– Qu'est-ce que je peux faire pour votre service ?

– Votre travail, ma chère Valentine, en vous installant sur la terrasse ce soir pour régaler nos clients. Ils sont nombreux à arriver en milieu d'après-midi et nous leur proposons un apéritif de bienvenue ce soir.

– Bien, à vos ordres.

– Petite impertinente, s'amuse-t-il.

– Même pas, rétorqué-je, tout aussi joueuse.

Il éclate de rire et quitte le bar dans lequel il n'y a plus grand monde. J'en profite pour remettre un peu d'ordre dans la salle quand je vois se pointer Louane, une de mes collègues. En fait, la seule dont je suis proche. Elle se précipite sur moi. Je pensais que Pénélope était déjà pas mal atteinte, mais cette fille est pire. Parce que, en plus d'un grain de folie, elle possède toute l'exubérance des gens du Midi qui fait d'elle une sorte de feu d'artifice qui illumine et met de la couleur partout où elle passe.

Je souris donc en la voyant arriver, tentant de se calmer en jetant de petits coups d'œil aux rares clients qui ne font absolument pas attention à elle et à sa folie.

– Oh, mazette ! Tu ne sauras jamais ce que je viens de voir.

– Une célébrité ?

– Non, un des plus beaux mecs que j'aie jamais vus.

– Genre !

J'ai un peu de mal à la croire étant donné qu'elle bosse ici depuis une dizaine d'années et que des beaux gosses, elle en a déjà vu défiler un bon paquet.

– Genre, oui, un mec de compétition.

– T'as son nom?

– Non, le Cerbère n'a rien voulu me dire. Je hais ce type.

– Tu sais pertinemment qu'il doit obéir au secret professionnel.

– Et quoi? On doit tous faire preuve de discrétion. Je n'ai jamais bavassé sur les clients de l'hôtel alors il pouvait bien faire un petit effort.

Oui, mais on n'appelle pas notre concierge « le Cerbère » pour rien. Jules est une vraie tombe. Il est ici depuis plus de vingt ans et c'est un professionnel hors pair. Louane est mal tombée. Si ça avait été un des autres concierges, elle aurait eu toutes ses chances, mais voilà, là où le Cerbère passe, les révélations trépassent et ma collègue en fait les frais, au point de bouder, ce qui me fait doucement sourire.

– Tu es de service sur la terrasse, ce soir? finit-elle par me demander.

– Oui, M. Louis vient de me l'annoncer.

– Tu sais que ça devait être Pablo, normalement.

– Oui, et?

– Ben, il semblerait qu'il ait fricoté avec la fille d'un des clients qui s'est plaint.

– Et?

– Et? Ben, je crois que Monsieur-je-pense-avec-ma-queue va devoir se trouver un nouveau poste très rapidement. On ne baise pas avec les clients, ça ne se fait pas. M. Louis est un mec très gentil, mais la clientèle est sacrée et il la choisira toujours, même si elle a tort.

– C'est ce que font tous les grands directeurs. C'est pas toujours juste, mais il a raison, surtout dans un établissement comme celui-ci.

– Amen!

Sur ce, Louane repart comme elle est venue, c'est-à-dire en trombe. Cette nana est montée sur ressort. Elle m'épuise, mais je l'adore. De tous les employés, c'est celle avec laquelle je me suis liée le plus rapidement. Elle est restée sur ses gardes quelques jours puis elle a fait le premier pas, laissant les autres continuer à me traiter en pestiférée. Pablo a fait partie de ceux-là. Il me toisait, a même été jusqu'à critiquer mon travail, je ne vais donc pas le plaindre. Il y a une seule chose qui me chagrine. J'aurais dû finir mon service beaucoup plus tôt et à cause de lui, je vais devoir assurer quelques heures supplémentaires.

49

Mads

Je ne décolère pas depuis que j'ai quitté Paris pour le Sud. Il a fallu près de deux semaines à Dani pour se rappeler que M. Louis et son fils sont venus visiter le Serial il y a un mois. Ils ont rencontré Valentine, ont longuement parlé avec elle de leur futur projet et lui ont peut-être même proposé une place qu'elle a fini par accepter. Je ne les connais pas personnellement, mais j'ai entendu parler de leur établissement et leur réputation les précède. Je comprends qu'elle se soit tournée vers eux.

Dès mon arrivée dans le palace qui occupe une place privilégiée sur la Côte d'Azur, non loin d'Antibes, je me dirige vers le bar dans lequel elle officie depuis qu'elle nous a quittés, ou devrais-je dire depuis qu'elle m'a quitté, moi. Elle est bien là. Je reste comme un crétin à la regarder. Mon cœur va éclater. Elle est si belle et ça me fout un choc. J'ai envie de foncer sur elle, mais elle discute avec une autre employée alors je repousse nos retrouvailles à plus tard et je monte dans ma chambre pour me rafraîchir.

Je dois reconnaître que je ne m'attendais pas à ressentir un manque aussi important et l'envie de traverser la salle pour me ruer sur elle me taraude. J'ai l'impression que je ne l'ai pas vue depuis des mois alors que ça ne fait que quelques jours. En gros une éternité pendant laquelle j'ai beaucoup bu, râlé, pesté contre un destin qui me fait prendre conscience que je me suis attaché à une fille qui s'est cassée à l'autre bout du pays.

J'appelle la réception pour réserver une table pour ma soirée. On m'en propose une sur la terrasse, face à la mer, en me signifiant qu'il y sera servi un apéritif de bienvenue.

J'y descends donc alors que le soleil est encore haut dans le ciel et nimbe le paysage de reflets dorés. Il n'y a pas à dire, le cadre est superbe et si j'avais une once de romantisme en moi, je pourrais affirmer que c'est l'endroit idéal pour faire une déclaration qui risque de changer le cours de ma vie. Je prends un temps pour contempler Valentine derrière le bar et j'ai la curieuse impression d'avoir retrouvé un certain équilibre. D'être revenu à une normalité qui m'a manqué. Pour être honnête, j'ai passé tout le temps depuis son départ à tenter de l'oublier, à faire comme si elle n'avait jamais existé. Mais j'en suis incapable. Elle est une partie de moi et j'ai beau me trouver très con en pensant ça, ce n'est que la vérité.

Je sais, c'est risible. J'ai absolument tout fait pour qu'elle se tire. Je lui ai même collé mes pseudo-conquêtes d'un soir sous le nez et maintenant je chiale parce qu'elle a préféré partir loin de moi pour se protéger.

Je carre les épaules et d'un air faussement nonchalant, je me dirige vers la table qui m'est réservée. Je tourne les yeux vers le bar. Valentine ne m'a pas vu. Elle est en pleine discussion avec un homme assez âgé qui est penché sur elle, assez familièrement. Il lui sourit et elle lui rend son sourire, riant à une plaisanterie qu'il vient de lui glisser à l'oreille.

Je vois rouge. J'ai envie de me ruer sur eux, sur leur proximité, leur complicité. J'ai envie de lui cracher à la figure qu'elle ne perd rien pour attendre. Je n'ai pas pu la remplacer dans mon lit. Aucune fille ne me fait envie. Je me branle en me repassant les images des rares fois où nous avons fait l'amour alors qu'elle… Elle m'a relégué aux oubliettes et a déjà réussi à me remplacer.

J'ai envie de gerber et pourtant je vais m'asseoir et je fais comme si de rien n'était. Je m'empare du menu qu'un serveur me tend et je prends le temps de digérer. Digérer le fait que je suis loin d'être irremplaçable alors qu'elle m'a marqué au fer rouge. Putain, je devrais choisir n'importe quelle meuf qui me fait de l'œil depuis que je suis arrivé et je devrais l'exhiber sous son petit nez pour lui rendre la monnaie de sa pièce.

– Monsieur?

Je relève les yeux vers le serveur qui m'interpelle. Je ne sais pas s'il m'a posé une question. Je ne sais pas ce qu'il attend. La seule chose que je sais, c'est qu'elle est là et que j'ai la surprise de croiser son regard. J'aimerais savoir ce qu'elle pense de me découvrir là, malheureusement, son visage n'affiche rien. Je ne sais pas ce qu'elle ressent. Si elle est heureuse de me voir ou si ma présence la gêne plus qu'autre chose?

Je fais mine de me lever, mais elle appelle un des serveurs qui vient prendre sa place et elle entre à l'intérieur du bâtiment. Je pourrais lui courir après. J'en ai envie mais je me retiens. Qu'est-ce qu'elle croit? Que je vais la suivre comme un gentil toutou pour qu'elle m'accorde quelques mots et une conclusion? Qu'elle n'éprouve rien pour moi et que je peux retourner d'où je viens.

Non, je reste à ma place et je sirote le verre que j'ai fini par demander à l'employé qui attendait toujours à côté de ma table. J'essaie de profiter de la soirée, du paysage. Je tente de capter les conversations autour de moi, mais mon attention est focalisée, malgré moi, sur le bar derrière lequel elle a repris sa place. Elle ne s'est absentée que quelques minutes et est revenue avec le vieux qui avait un bras autour de ses épaules, à la vue de tous.

Je décide alors d'écourter mon séjour. Je repartirai demain soir mais avant ça, je vais mettre un point final à tout ça et reléguer Miss Valentine aux oubliettes, d'où elle ne sortira plus jamais.

Je crois que je bois un peu trop. Je prépare ma rencontre avec mon ex-employée. Je peaufine ce que je vais lui dire.

Je finis par me sentir enfin prêt, je me lève et je fonce droit vers le bar. Elle me regarde arriver et semble nerveuse. Je crois que le verre qu'elle a en main est déjà sec, pourtant elle continue à l'essuyer, ses yeux attachés aux miens.

– Salut.

– Salut.

Nous restons silencieux quelques minutes, à nous contempler. Puis Valentine ouvre les hostilités.

– Comment tu m'as trouvée ?

– Danilo s'est souvenu de la visite de tes nouveaux employeurs. Pourquoi avoir attendu que je parte pour te tirer ?

– Je n'ai pas de comptes à te rendre, Mads.

– C'est ce que je vois. Antonia avait tort quand elle a affirmé que tu avais quitté Paris parce que tu avais des sentiments pour moi.

– Pourquoi tu dis ça ? s'étonne-t-elle.

– Peut-être parce que si tu m'avais vraiment aimé, tu ne t'afficherais pas avec ton nouveau mec.

– Je ne comprends pas, objecte-t-elle, sur la défensive.

– Les mecs de mon âge ne te conviennent plus ?

– Écoute, Mads, je ne comprends pas ce que tu es en train de me dire. Si tu pouvais être un peu plus clair.

– Tu ne comprends pas ?

– Si c'est pour me parler comme tu es en train de le faire, Danilo aurait mieux fait de se taire, me crache-t-elle au visage.

– Qui est le vieux qui te collait tout à l'heure ?

– Le vieux ! Putain, mais tu parles de qui ?

Et en plus, elle se fout de moi. Elle fronce les sourcils puis son regard s'éclaire tout à coup.

– M. Louis ? Mais c'est mon patron !

– C'est décidément une habitude. En même temps, il vaut mieux se taper le bon Dieu qu'un de ses saints. Ça va devenir une habitude pour toi, de te taper ton boss. C'est vrai que c'est plus excitant et on peut en tirer quelques avantages.

La gifle part sans que j'aie pu l'en empêcher. Je ne me pose même pas la question de savoir si je l'ai méritée ou pas. Elle ne m'a pas raté. Le silence s'est fait sur la terrasse, la musique s'est arrêtée et tous les clients ont les yeux braqués sur nous.

Le mec de Valentine se pointe et nous demande de le suivre jusqu'à son bureau, ce que nous faisons.

– Je ne veux même pas savoir ce qui vient de se passer. Monsieur, il est bien entendu que cette jeune femme va vous présenter ses excuses et qu'elle sera renvoyée sur-le-champ. Valentine, je suis désolé. Je vous apprécie beaucoup, vous faites un travail remarquable, mais je ne peux pas me permettre un tel comportement dans mon établissement. Je vais vous demander de quitter votre poste et de rentrer chez vous. Vous viendrez chercher vos affaires demain et signer les différents documents de votre renvoi. Je suis navré.

Sans un mot, Valentine quitte le bureau et je me retrouve très con, au milieu de cette grande pièce, face au directeur. C'est alors que je remarque différentes photos de famille sur son bureau et sur différents meubles.

– Ma femme et mes enfants.

– Je suis navré.

– Elle m'a tout raconté. Si Valentine et vous aviez réglé vos problèmes ailleurs que devant toute ma clientèle et mes employés, j'aurais passé l'éponge, mais il est trop tard.

– Je comprends, même si je le déplore.

– Je ne peux pas cautionner un tel comportement. Je suis désolé pour elle et pour moi, car j'appréciais beaucoup son travail. Je suppose que vous êtes Mads Larson ?

Je ne peux que hocher la tête.

– Je ne l'aurais jamais laissée partir de mon établissement, me balance-t-il.

– C'est pourtant ce que vous faites, me défends-je.

– Oui… Mais je ne suis pas amoureux d'elle.

50

Valentine

Je quitte le bureau, anesthésiée, sans un mot. De toute façon, qu'est-ce que je pourrais dire de plus puisque la partie est finie. Je me sens triste, abattue et en colère. Je traverse le hall pour gagner les vestiaires et récupérer mes affaires. Je croise Louane qui essaie de me parler, mais je n'ai plus rien à dire et je l'esquive. J'enlève mon uniforme, remets mes vêtements et je rejoins le parking et ma voiture.

Je suis incapable d'expliquer comment j'ai réussi à rentrer, mais le fait est là, je suis devant mon immeuble et très vite, je me retrouve dans mon appartement. Là, seulement, je m'autorise à craquer. Je m'effondre et je laisse les larmes couler. Je ne retiens rien. Ma peine est si intense qu'elle doit sortir avant de m'étouffer et de me faire devenir dingue.

J'étais si surprise qu'il m'ait retrouvée, mais si heureuse aussi. Durant quelques minutes, j'ai naïvement cru que tout allait se dérouler comme dans les films à l'eau de rose quand les amants se retrouvent, s'étreignent et s'embrassent sous les applaudissements des multiples témoins. Mon cœur battait si fort. Mais quelle andouille ! L'illusion n'a duré que quelques secondes. Jusqu'à ce qu'il m'accuse de l'avoir trahi en partant sans le prévenir. Jusqu'à ce qu'il me crache au visage qu'en gros je n'étais qu'une meuf intéressée qui sort avec ses patrons pour en tirer des avantages. Je crois que s'il m'avait traitée de pute, ça ne m'aurait pas fait plus mal.

Malgré tout, il était là, devant moi. Il est si beau, si charismatique et il m'attire toujours autant même si je fais tout pour occulter son souvenir. Mon corps a réagi comme jamais, comme si nous nous étions quittés la veille. Puis les images de nos ébats se sont rappelées à moi pour me rendre encore plus fébrile que je ne l'étais déjà. Si je ne l'avais pas revu, j'aurais pu me mentir encore un peu, mais l'avoir là, sous les yeux, m'a poussée à comprendre qu'il fait partie de moi et que mon cœur ne bat plus que pour lui.

Alors comment ai-je pu le frapper? Non, comment ai-je pu perdre mon calme à ce point au milieu des clients et des différents employés de l'hôtel?

Tout est de sa faute après tout. Je suis en colère parce qu'il a été horrible. Si méchant, si insultant. J'ai pris ses mots comme autant de gifles. Pire encore, à cause de lui, maintenant, je n'ai plus de boulot et je vais devoir quitter cet endroit avant d'avoir pu m'y installer vraiment.

Échec sur toute la ligne… *Game over*!

Je reste là à ruminer chacun de ses mots. Pourquoi était-il si amer? Je croyais que je lui avais rendu service en partant. Il ne veut pas s'engager, il n'avait donc pas besoin que je me pende à ses basques.

Je n'en sais plus rien. La seule chose dont je suis certaine, c'est que je souffre dès qu'il est dans les parages. Ma sœur avait peut-être raison, après tout. Je joue dans la cour des grands alors que je n'en connais pas les règles. Il y a eu Jonas, Angelo et maintenant c'est au tour de Mads. Trois échecs cuisants parce que je ne suis pas à la hauteur. Je ne connais pas les codes, j'avance en aveugle et je me ramasse à chaque fois.

Je ne dors pas de la nuit. Je vois défiler toutes les heures. À huit heures, je pars pour l'hôtel afin de croiser le moins de monde possible. Je sais que ma mésaventure a déjà dû faire le tour des employés dont certains doivent jubiler et fêter mon renvoi. Pour les clients, c'est différent et pareil à la fois, je n'ai que ce que je mérite, un limogeage pour faute grave. On n'agresse pas un client, quoi qu'il se passe.

C'est encore le Cerbère qui est de service. Le visage fermé, impénétrable, il me voit arriver et m'interpelle. M. Louis lui a demandé de m'envoyer directement dans son bureau.

– Je suis navré, Valentine. Tu ne mérites pas ça.

Je me sens émue que ces mots sortent de cette bouche qui sourit rarement et que je ne croyais pas capable d'empathie. Je le remercie et je prends la direction du Saint des Saints.

Je frappe et j'attends qu'on me demande d'entrer. La première fois que je suis venue ici, je tremblais, j'appréhendais. J'allais commencer un nouveau travail, une nouvelle vie alors qu'à cet instant, je ne ressens plus rien, sauf peut-être une grande tristesse d'avoir déçu un homme qui croyait en moi. Alors que je pousse la porte, j'ai peur de trouver Mads dans le bureau, mais je suis soulagée de n'y voir que M. Louis qui se lève et m'invite à prendre place en face de lui.

Je n'ai pas le temps de dire quoi que ce soit qu'il attaque déjà et pose différents documents devant moi.

– Avant toute chose, la paperasse. Nous nous séparons d'un commun accord. Je n'ai pas fait mention d'une quelconque faute grave.

– Mais pourquoi? m'étonné-je, essayant de cacher mon désarroi face à cette situation.

– Ma petite Valentine, j'ai beaucoup parlé avec Mads Larson. Il m'a expliqué ce qui s'était passé. Malheureusement, le mal est fait. Je sais que vos débuts ici ont été difficiles. Vous étiez deux sur le poste quand vous nous avez contactés pour nous rejoindre et ça n'a pas plu que je fasse venir un barman de l'extérieur alors que j'avais déjà une personne toute désignée dans mon équipe. Et puis il y a le cas de Pablo. Comme vous le savez, il a été licencié hier pour faute grave parce qu'il a séduit la fille d'un de nos clients. Il est parti après avoir passé dix ans avec nous. Je ne pouvais pas faire moins après ce qui est arrivé hier soir. L'équipe et notre clientèle n'auraient pas compris.

– Alors pourquoi ne pas me renvoyer pour faute grave? demandé-je encore, sachant pertinemment que c'est ce que les autres patrons feraient.

– Je vous l'ai dit, Mads Larson a reconnu qu'il avait poussé le bouchon trop loin et je comprends votre geste, même si je ne peux pas l'accepter dans le cadre de votre service. C'est pourquoi aussi je vais vous offrir une porte de sortie. Une de mes connaissances cherche un barman pour un de ses établissements parisiens. C'est un palace réputé et il vous attend lundi pour un essai. Si cela fonctionne, vous pourrez commencer tout de suite. Je sais que ça s'apparente à un retour à la case départ, mais vous avez gagné en expérience et croyez-moi, votre CV commence à valoir de l'or.

– Je ne sais pas quoi vous dire. Je suis navrée de vous avoir déçu.

M. Louis me contemple de son regard doux chargé de regret et de sympathie.

– C'est si vous n'aviez rien fait que vous m'auriez déçu, Valentine. Je suis juste triste que tout se soit passé devant témoins et que rien ne se soit arrangé entre Mads Larson et vous. Je crois que c'est un type bien même s'il a une drôle de manière de le montrer. Je suppose qu'il était très malheureux pour en venir à de telles extrémités.

Malheureux au point de me faire renvoyer, veut-il dire. Je remercie M. Louis. Je m'excuse encore même s'il balaie mes mots d'un revers de la main et je quitte définitivement son bureau. C'est encore une page de ma vie qui se tourne alors qu'une autre est peut-être sur le point de s'ouvrir. Mon ex-patron a raison sur une chose. Je prends ça comme un échec puisque je dois repartir pour la capitale. J'ai tout fait pour fuir Mads et voilà que je reviens là où il est.

– Valentine !

Je me retourne pour tomber nez à nez avec Louane. J'aimerais bien esquiver, comme hier soir, mais elle a été ma seule amie ici alors je lui dois bien un au revoir avant de quitter les lieux.

– Je suis vraiment désolée. C'est de lui que je parlais hier quand je t'ai dit que c'était le plus beau mec que j'aie jamais vu. Je ne savais pas que toi et lui… Qu'est-ce que tu vas faire maintenant ? m'interroge-t-elle en saisissant ma main.

Son contact me réchauffe et passe un peu de baume sur ma tristesse.

– Je m'en vais. Je dois faire un essai pour une nouvelle place lundi, lui réponds-je, posant à mon tour ma main sur la sienne.

– Tu vas me manquer, déclare-t-elle, le regard brillant.

– Toi aussi, Louane. Je suis très heureuse d'avoir fait ta connaissance. Je vais te demander un dernier service.

– Tout ce que tu veux, ma belle, s'enthousiasme-t-elle.

– Ne lui dis pas que tu m'as vue.

– De toute manière, il est reparti hier soir à peine sorti du bureau de M. Louis.

– Merci, et viens me voir à Paris dès que tu le peux.

– C'est vrai? s'étonne-t-elle.

J'adore cette nana et je regrette que nous n'ayons pas eu plus de temps pour parler et apprendre à nous connaître. Ma proposition est sincère et je me promets de la faire venir à Paris le plus rapidement possible.

– Il me tarde que tu rencontres Pénélope. Vous allez vous adorer, conclus-je avant de la prendre dans mes bras.

Nous nous embrassons. Je regarde, une dernière fois, tout ce qui m'entoure et qui m'a enchantée à mon arrivée, et je pars.

Je passe les derniers jours qui me restent à remballer les quelques affaires que j'avais descendues avec moi. J'ai appelé Pénélope. Je vais loger chez elle en attendant que tout se tasse et que j'aie un nouveau boulot. Une chose est certaine cependant, mon retour à Paris ne veut pas dire retour à la case départ. Mads m'a fait beaucoup de mal alors je le bannis de mon existence. C'est beaucoup plus sûr. Il m'a blessée plus que je ne le croyais et j'ai besoin de penser à moi.

51

Mads

Je ne sais même pas si elle est revenue à Paris. Je me suis pris une très grosse claque dans la gueule. J'ai merdé sur toute la ligne et si elle m'éjecte définitivement de sa vie, je l'aurai bien mérité.

En plus de ça, je me suis fait pourrir par Antonia quand je suis revenu à Paris. Il n'y a que Danilo qui ne me batte pas froid, mais c'est parce qu'il n'est pas au courant de tout et qu'il m'a vu si malheureux qu'il n'a sans doute pas voulu en rajouter une couche. Nous sommes tous les trois réunis dans mon bureau, assis autour de la table sur laquelle s'alignent nos verres de whisky. C'est une sorte de réunion de crise dont je suis le centre d'attention. Ils sont là pour m'apporter leur aide. Malheureusement, j'ai plutôt l'impression d'être un cas désespéré.

Maintenant je fais quoi ? Une chose est certaine, je dois la récupérer, mais pour ça, pas moyen d'enfiler mes gros sabots et de foncer. J'ai collectionné les meufs, elles sont toujours tombées dans mes bras sans que je me force à quoi que ce soit. Mais ce n'est absolument pas le cas cette fois-ci.

– Va falloir que tu te sortes les doigts du cul et que tu aies un peu plus d'imagination.

Antonia me fait payer cher ce qui s'est passé dans le Midi. Elle ne manque pas une occasion de me pourrir. C'est la mort dans l'âme que je suis venu lui demander des conseils. Elle n'a pas accepté tout de suite, mais depuis qu'elle m'a donné son accord, j'en chie et j'en prends plein la face.

– Et qu'est-ce que tu proposes?

Oui, c'est bien beau de me répéter que j'ai merdé, que j'ai joué au con et qu'après tout je ne récolte que ce que j'ai semé. Mais il faudrait peut-être me donner une solution pour régler tout ce cirque. Le soir même, je voulais aller la retrouver chez elle pour m'expliquer et surtout pour m'excuser, mais M. Louis m'a fait comprendre que c'était une très mauvaise idée. En attendant, cela fait deux semaines que ça traîne alors que j'aurais pu agir tout de suite. Je ne sais pas si j'aurais pu arranger quoi que ce soit, mais j'aurais essayé.

– Je n'ai aucune solution à t'apporter, Mads. Tu as joué avec Valentine et tu as perdu.

– Je ne l'ai pas forcée, bon sang!

– Tu savais très bien qu'elle n'est pas le genre de fille à se donner sans mettre ses sentiments dans la balance. Je crois qu'effectivement elle pensait y arriver, mais elle est tombée amoureuse de toi. Je crois même qu'elle l'était avant que tu lui proposes tes leçons un peu spéciales.

– Alors pourquoi elle est sortie avec Angelo si vraiment elle ressentait quelque chose pour moi?

– Tu le sais très bien.

– Comment on fait, putain? Comment est-ce que je peux lui faire comprendre que je veux reprendre là où on s'est arrêté?

– Quand ça? Quand elle t'a collé une baffe?

– Arrête de dire des conneries!

– Tu l'aimes?

– J'en sais rien!

– Mads, bon sang. Sois honnête pour une fois.

– Peut-être un peu alors, m'entêté-je.

– En gros, je traduis, il est fou d'elle, ajoute Danilo qui, comme d'habitude, se contente d'écouter avant de lâcher une bombe.

– Dani, on t'a pas sonné.

– Alors fallait pas me demander de participer, objecte-t-il avant de reprendre une gorgée de whisky.

– T'es là pour me soutenir, pas pour m'enfoncer davantage, grogné-je.

Je crois qu'ils ne se rendent absolument pas compte du truc. J'ai la terrible impression, sinon de jouer ma vie, du moins de miser tout mon avenir sur ce que nous allons décider. Enfin, sur le plan que nous devions mettre en place. Le problème, c'est que je suis face à deux crétins qui n'ont pas plus d'idées que moi.

Je sais pertinemment que Valentine n'est pas une fille comme les autres et que je dois oublier toutes mes techniques de drague à deux balles. Elle ne se laissera pas impressionner par ma position, ma belle gueule, mon pognon. Elle connaît déjà tout ça. Je pourrais peut-être l'impressionner en lui donnant un orgasme de malade, voire toute une tripotée, mais pour ça, je dois déjà l'approcher, qu'elle accepte de me parler et de sortir avec moi.

Autant d'étapes tout à fait improbables à cet instant.

– Elle te connaît et elle sait comment tu fonctionnes. Elle t'a vu avec des dizaines de filles. Il faudrait qu'elle souffre d'amnésie. Peut-être qu'alors tu aurais une toute petite chance de pouvoir sortir avec elle.

– Faites chier, je vous jure ! Je vous en supplie, n'aidez jamais un dépressif, ce serait le meilleur moyen de le faire plonger définitivement.

– On n'est pas magiciens, mon pote. On peut essayer le coup sur la tête pour qu'elle perde la mémoire, mais je vois pas grand-chose de plus.

Je contemple mes associés et je crois que j'ai une furieuse envie de les embrasser. En fait, ils sont plutôt géniaux dans leur genre.

– Mads, mais tu vas où ?

Pas le temps de leur répondre.

Ça peut marcher. Il faut juste que je ne me comporte pas comme un connard. Que je la joue cool. Que je laisse de côté tout ce qui a été nous, enfin, surtout ce qui a failli être. On prend l'ardoise et on l'efface pour mieux réécrire dessus.

Maintenant, il ne reste plus qu'à y aller en espérant qu'elle comprendra et qu'elle voudra bien entrer dans la danse.

Je suis très tendu quand j'arrive devant le palace où elle bosse. Je laisse ma bagnole au voiturier et j'entre. C'est un des plus beaux hôtels de la capitale. Un des rares qui a su conserver son âme et dans lequel elle doit être comme un poisson dans l'eau. À condition qu'elle ait accepté la proposition, bien sûr.

Je ne sais même pas quels sont ses horaires. En gros, je joue tout sur des choses que je ne domine même pas. Je n'ai plus qu'à espérer que la chance me file un petit coup de pouce.

Quand j'entre dans le bar, je tombe sous le charme des lieux et de l'atmosphère feutrée qui y règne. Le bois sombre, les canapés Chesterfield, les tables basses, les lumières tamisées, les journaux abandonnés ici et là, les clients assis comme dans un salon, parlant doucement, chuchotant presque, tout dénote une grande classe, un niveau d'exigence élevé et un barman connaissant son art.

Je jette d'ailleurs un œil du côté du bar et je pourrais tomber à genoux pour remercier ma bonne fortune. Elle est là et elle s'active derrière le grand meuble de bois précieux.

Comment est-ce que je peux la trouver plus belle à chaque fois que je la vois? Comment j'ai pu croire qu'elle sortait avec M. Louis? Comment j'ai pu lui balancer toutes ces horreurs? L'alcool que j'ai ingurgité ce soir-là, mais ce n'est pas une excuse. Non, c'était beaucoup plus simple et plus compliqué à la fois, un mélange détonnant de douleur, de sentiments que l'on pense non partagés et de jalousie. Un cocktail de malade qui a tout détruit aussi sûrement qu'une bombe atomique.

Je m'avance doucement. Je ne la regarde pas. Je veux jouer une nouvelle partie. Je veux de nouvelles règles que nous comprendrions tous les deux. Je prie. Je m'assois sur le tabouret du bout, celui qui est le plus éloigné d'elle, et j'attends.

Il ne se passe que quelques secondes avant qu'elle me voie. Je lui souris et j'attends qu'elle approche.

– Tu ne…

– Bonjour… Max n'est pas là?

Joue, ma belle… S'il te plaît… Joue avec moi.

Valentine me fixe. Je sais qu'elle ne comprend pas.

– Je suis un habitué des lieux et je ne vous ai jamais vue ici.

Je pourrais l'implorer, je le ferais. Joue, mon cœur… Donne-nous une chance. Même une toute petite. Elle me regarde, semble hésiter, fronce ses jolis sourcils, cherche où je veux en venir… Elle me tourne le dos, prête à partir.

– Je ne suis là que depuis deux semaines, Monsieur. Max est parti et je le remplace.

– Oh. J'espère que vous vous plairez ici alors.

– Je l'espère aussi, Monsieur. Qu'est-ce qui vous ferait plaisir?

Toi…

– Un whisky.

– Avec glace?

– Non… Sec.

– Une marque préférée?

– Je vous laisse choisir.

– Bien, Monsieur.

J'ai juste envie de hurler de joie. Rien n'est joué, mais elle me donne une chance. Elle a entrebâillé la porte. À moi de ne pas m'y engouffrer comme une brute.

– J'espère qu'il vous plaira, annonce Valentine froidement avant de déposer le verre d'alcool devant moi et de retourner à ses occupations.

D'accord, ce ne sera pas de la tarte.

Je bois mon verre et l'appelle pour qu'elle m'en serve un autre. Elle revient vers moi. Elle reste toute professionnelle, n'affiche aucune émotion. Elle a accepté d'entrer dans mon jeu, mais va-t-elle vouloir poursuivre la partie alors que je l'ai fait souffrir, il n'y a pas si longtemps?

– Merci, il est très bon.

Quel crétin! Comme si je n'avais rien de mieux à lui sortir.

– Absolument, mais il est à consommer avec beaucoup de précautions. Il est un peu traître. Il peut s'avérer calme et tranquille en surface, mais puissant et bouillonnant en profondeur.

Je ne sais pas si elle parle d'elle ou de moi, mais je m'en tape, elle est entrée dans la danse et c'est tout ce qui importe.

Je la regarde partir à nouveau et je repasse ses mots dans ma tête. Elle accepte peut-être d'entrer dans la danse, mais, en gros, si je fais un seul faux pas, elle se retirera et tout sera perdu sans aucun espoir de rattraper le coup.

52

Valentine

Mads est reparti il y a quelques minutes, après avoir vidé son verre et déposé son dû accompagné d'un généreux pourboire. Je ne suis pas encore très sûre de ce qu'il vient de se passer et il me tarde d'en parler avec Pénélope et Elmer que je dois aller retrouver pour manger.

Thomas vient prendre ma suite et je peux enfin partir après un long service. Je m'apprête à entrer dans le vestiaire quand je croise le directeur des lieux qui me demande comment je me sens et si tout se passe bien.

– J'espère que vous ne vous êtes pas plainte auprès de Mads Larson.

– Pourquoi me dites-vous cela, Monsieur?

– Étant donné que c'est lui qui vous a recommandée pour ce poste, je n'aimerais pas qu'il croie que je vous maltraite.

– Mais je croyais que c'était M. Louis qui…

– Non, il a juste apporté sa caution. Mads et moi étions dans la même promo et il a su que je cherchais quelqu'un pour remplacer Max. Il a pensé à vous puisque vous vouliez remonter sur Paris.

– Je… Oh, oui. Merci d'avoir validé sa proposition.

– J'aime m'entourer de gens qui ont du talent et vous en avez, sans conteste.

Je m'effondre sur un des bancs dès que j'entre dans le vestiaire. Trop d'émotions en trop peu de temps. J'ai cru que je pourrais, sinon haïr Mads, du moins l'oublier et passer à autre chose. Il faut croire que soit je suis faible, soit mes sentiments pour lui sont si forts que je pourrais presque tout lui pardonner. Par exemple, m'avoir fait une crise de jalousie qui a mis fin, prématurément, à mon expérience à Antibes.

Le voir ce soir, assis devant mon comptoir, si calme, si peu sûr de lui m'a complètement retournée. J'ai bien cru que mon cœur allait exploser et il m'a fallu tout mon professionnalisme pour ne rien lui montrer. Enfin, j'ai essayé de faire au mieux.

Je ne sais pas ce qu'il veut faire, je ne sais pas pourquoi il a joué celui qui ne me connaissait pas. Peut-être pour ne pas me gêner envers mon patron ou pour que je n'apprenne pas que c'est lui, en fin de compte, qui m'a obtenu cette place. Je secoue la tête… Je ne sais pas.

Ma seule certitude, c'est que je l'aime comme une folle. Que mon cœur lui appartient et que je rêve de retrouver l'abri de ses bras et la douceur de ses baisers.

Mais c'est prématuré. Mads n'est peut-être pas venu ce soir pour me voir, moi, spécialement. Il n'y avait peut-être pas de message caché derrière sa visite. C'est ce que j'explique à Pénélope et Elmer alors que je les ai retrouvés autour de la table d'un de nos restaurants préférés.

– Tu te moques de nous? propose Elmer qui me fixe, les yeux ronds comme deux soucoupes, avant de se tourner vers Pénélope.

– Je crois que notre petite Valentine est à côté de la plaque, confirme ma meilleure amie.

– Elle croit vraiment qu'il est venu au bar, comme ça, l'air de rien, pour boire un whisky alors qu'il aurait pu le faire dans son propre club?

– Il semblerait, oui.

– Elle est en plein déni.

– Je crois qu'elle est un peu perdue et que quand il s'agit de lui, elle n'a plus toutes ses capacités de réflexion.

– Non, mais oh! Vous vous amusez bien? Ça ne vous gêne pas de parler de moi comme si je n'étais pas là?

– Qu'est-ce que tu veux qu'on te dise? Tu ne sais vraiment pas pourquoi Mads Larson est venu te voir ce soir?

– Non.

J'en ai marre qu'ils me reluquent comme si j'étais une véritable idiote, incapable de piger quoi que ce soit. Oui, je crois savoir ce qu'il voulait et non, je n'ai pas vraiment envie de le formuler à haute voix. Ce serait donner vie à un espoir encore trop ténu.

Je ne peux pas être certaine que Mads ait changé. Je ne peux pas savoir si oui ou non il veut réellement qu'on se mette ensemble. Et si vraiment il en avait envie, qui peut m'assurer qu'il voudra bien m'offrir ce que je désire et qu'il n'ira pas voir ailleurs quand il en aura marre ou quand il jugera que je lui en demande trop?

– Et pourquoi tu ne lui poses pas toutes ces questions? propose Pénélope en se retenant de rire.

– Hein?

– Ben tu penses à haute voix, donc voilà, pourquoi vous n'en parlez pas ensemble? insiste Elmer.

– Je crois simplement qu'il est venu ce soir pour repartir de zéro et je trouve ça plutôt malin.

– Carrément! Il n'est plus le Mads d'avant, tu n'es plus son employée ou une fille avec laquelle il a déjà passé du bon temps. C'est plutôt cool de construire votre histoire sur de nouvelles bases. En fait, j'adore le concept.

– Mais si ça ne marche pas? tergiversé-je encore.

– Au moins, vous aurez essayé.

Je ne suis toujours pas convaincue quand nous rentrons, Pénélope et moi. Je loge toujours chez elle. Elle a refusé que j'aille ailleurs tant que mon mois d'essai n'est pas terminé. Alors je squatte sa chambre d'amis dans laquelle je m'enferme dès que nous sommes arrivées à destination. C'est petit, pas très confortable, mais c'est suffisant. J'ai empilé mes sacs dans un coin, squatte sur un matelas une place, mais c'est mieux qu'être seule dans un hôtel.

Je n'arrive pas à dormir. Je pense à lui. Il occupe mon esprit. Des images des moments que nous avons vécus ensemble me hantent. Je le revois la première fois au club quand il a refusé que j'intègre leur équipe. Puis il y a mon travail, nos échanges toujours houleux, le soir de notre premier baiser, son sauvetage quand il est venu me chercher après l'épisode calamiteux avec Angelo. Je ne parle même pas des deux fois où nous avons couché ensemble.

C'était si bon.

Il me suffit de fermer les yeux pour le sentir, là, avec moi. Je sens encore ses mains sur moi, ses lèvres m'embrassant, sa langue se mêlant à la mienne ou parcourant chaque centimètre carré de mon épiderme. Il n'y a pas à dire, Mads est un amant extraordinaire qui connaît le corps des femmes et sait en jouer en virtuose.

Mais voilà, il connaît trop bien notre corps parce qu'il a multiplié les expériences. Comment est-ce que je peux avoir confiance en lui ? Je fais partie de ces filles qui veulent plus, qui rêvent d'une maison, d'un foyer et d'une famille même si ce n'est pas pour tout de suite. Est-ce qu'il serait prêt à me donner tout ça ?

Je n'en sais rien. Et après tout, je m'emballe peut-être. Je lui prête des intentions qui ne sont peut-être que mes propres envies. En venant et en faisant comme s'il ne me connaissait pas, il voulait seulement vérifier que j'allais bien après notre mésaventure dans le Midi. Il venait s'assurer que j'occupais bien la place qu'il avait trouvée pour moi et c'est tout. Je me fais un film et c'est sur cette certitude que je finis tout de même par m'endormir.

53

Valentine

J'aurais dû parier qu'il ne reviendrait pas et j'aurais gagné. Le premier soir, comme une idiote, je l'ai attendu, ne quittant pas des yeux l'entrée du bar et sursautant dès que la porte s'ouvrait pour laisser passer un nouveau client. J'ai senti mes espoirs s'étioler au fur et à mesure que les heures s'écoulaient et quand je suis rentrée chez Pénélope, j'ai dû faire face à son enthousiasme. Un enthousiasme envahissant. Elle était heureuse que je l'attende encore, que j'espère parce que ça voulait dire que je voulais suivre les nouvelles règles qu'il nous avait imposées et que j'allais lui donner une chance.

Le deuxième soir, quand je suis rentrée, elle s'est amusée de ma mine renfrognée. Encore une fois, je l'avais attendu en vain, trépignant et regardant souvent la pendule, désespérée que les heures filent, me rapprochant de la fermeture sans qu'il se soit montré.

Pénélope a commencé à douter au quatrième jour.

Au cinquième, elle avait perdu tout son enthousiasme et commençait déjà à me suggérer de l'oublier et de passer à autre chose.

Au bout d'une semaine, Elmer et elle se sont mis d'accord. J'avais raison depuis le début et je devais tirer un trait définitif sur Mads Larson et me focaliser sur de futures rencontres qu'ils allaient organiser pour moi, et ce, malgré mon veto ferme et définitif.

J'en veux à Mads de m'avoir fait miroiter de faux espoirs. J'ai cru toucher le paradis et je me retrouve en enfer, une nouvelle fois. Je m'étais laissé convaincre qu'il voulait vraiment renouer avec moi et je me retrouve seule à guetter, encore et encore, la porte du bar dès que je la vois s'ouvrir sur un nouvel arrivant.

Ce soir, pour la première fois, je ne l'attends plus. J'ai donné, c'est bon. Alors quelle n'est pas ma surprise quand je vois la porte s'ouvrir sur une tête couronnée de cheveux blonds et hirsutes, un regard bleu océan et une belle bouche que je n'ai pas vus depuis quelque temps déjà.

Danilo s'assoit là où Mads était assis, il y a une semaine, et m'adresse un grand sourire.

– Je suis très heureuse de te voir, mais qu'est-ce qui me vaut l'honneur de ta visite?

– Hormis le plaisir de vérifier de mes propres yeux que tu vas bien, je suis porteur d'un message.

– De la part de qui?

– Tu ne devines pas?

Le beau Brésilien me demande un cocktail et attend que je le lui serve. Il va me délivrer son message quand plusieurs clients arrivent à la fois et s'installent à une table que je m'empresse de satisfaire.

Je trépigne, mais je ne peux pas faire autrement et j'ai peur que Danilo ne se lasse et reparte sans m'avoir dit ce pour quoi il est venu.

Il me faut une bonne heure à servir de nouveaux arrivants pour pouvoir me consacrer à Danilo et c'est, hilare, qu'il m'accueille alors que je pose un autre verre devant lui.

– Je suis navrée, il n'y a pas tant de monde d'habitude, mais il y a un colloque dans l'hôtel et je crois qu'ils se sont donné le mot pour tous venir se désaltérer en même temps.

– Je ne serais pas parti sans t'avoir transmis son message, Valentine. Sinon je crois qu'il aurait pu me tordre le cou.

J'ai envie de l'implorer de tout balancer, mais je n'ose pas. Je n'ai pas envie de passer pour la pauvre fille désespérée alors qu'après tout, si j'en suis là, c'est de ma faute. J'ai pris la décision de partir, je ne lui ai laissé aucune chance et maintenant j'en suis à espérer le moindre mot venant de lui. Je suis réellement pathétique.

– Danilo, ne puis-je m'empêcher de l'encourager, faisant fi de toutes mes réticences.

En fin de compte, je me fous qu'il me prenne pour une pauvre fille. Je veux savoir.

– Ce n'est peut-être pas ce à quoi tu t'attends, me prévient-il.

– Je ne m'attends à rien de particulier, le rassuré-je.

– Il ne se rappelle plus le nom du whisky que tu lui as servi la dernière fois. Voilà son numéro de téléphone pour que tu le lui envoies.

– Il… C'est… Je… Oh!

– Oui, je sais. Tu ne t'attendais à rien de particulier, mais pas à ça. Je suis navré. Il en a besoin pour faire un cadeau.

Danilo me lance un regard navré, mais je fais bonne figure. S'il veut que je lui envoie le nom de l'alcool, c'est qu'il n'a pas l'intention de revenir pour continuer notre partie.

Je refuse donc le papier sur lequel est inscrit le numéro de Mads et je lui donne un Post-it sur lequel j'inscris l'information qu'il désire. Danilo s'en empare, triste et résigné, me remercie et me salue chaleureusement avant de disparaître.

J'aimerais que mon service soit terminé parce que j'ai une furieuse envie de m'effondrer et de pleurer. À quoi est-ce que je m'attendais, bon sang? J'ai l'impression que Mads me rend la monnaie de ma pièce. J'ai également la sensation que nous aurons passé notre temps à nous louper. À être disponible quand l'autre ne l'était pas et à vouloir des choses que l'autre n'était pas ou plus prêt à donner.

Je termine la soirée en mode zombie. Heureusement qu'il y a le colloque et que les clients se succèdent au bar pour me faire oublier, quelques heures, la tristesse qui enfle en moi et qui ne demande qu'à éclater.

Il me faut encore de longues minutes pour regagner le domicile de Pénélope et pour pouvoir m'effondrer dans les bras de mon amie qui me garde serrée contre elle, sans parler et sans me poser de questions, devinant qu'il n'est toujours pas venu et que peut-être il ne reviendra pas.

***

Je suis en repos et j'ai décidé de rester sous la couette, à me morfondre. Je n'ai envie de rien, surtout pas de mettre le nez dehors pour voir le ciel bleu dans lequel le soleil brille au-dessus d'une pléthore de gens heureux et amoureux.

Je veux broyer du noir, manger des cochonneries en regardant la télé pour m'abrutir de programmes à la con!

– Valentine, bouge tes fesses, on sort.

Même pas en rêve. Elle croit quoi, qu'elle va me faire obéir au doigt et à l'œil?

– Lève-toi ou je viens te chercher.

Pourquoi je me lève, déjà?

Parce qu'elle est capable de m'enquiquiner de la pire manière qui soit jusqu'à ce que je cède. D'accord, face à cette nana, ma volonté se fait la malle.

Même si j'ai la terrible envie de lui tenir tête, ma ténacité est solidaire de ma volonté et elle m'abandonne à son tour. On ne peut vraiment compter sur personne. En même temps, je sais que Pénélope insiste parce qu'elle veut que je me sorte du marasme dans lequel je flotte. Elle m'aime alors je lui pardonne.

– On va faire les magasins.

– Oh, non!

– Et pourquoi?

– Parce que je n'ai besoin de rien.

– Si, tu as besoin d'une robe sexy pour ce soir.

– Je ne vois pas pourquoi puisque je vais me coucher très tôt pour être en forme demain.

– Eh non, parce que tu vas te coucher très tard parce que si le crétin de Mads ne vient pas à toi, c'est toi qui vas aller au crétin de Mads.

– Alors là, il n'en est pas question. Si vraiment il avait eu envie de continuer notre petit jeu, il serait revenu me voir. Il ne l'a pas fait, basta! Je ne vais pas m'abaisser à courir après.

– Et moi je te dis que tu vas vite aller te laver pendant que je te fais couler un café, que je te beurre une ou deux tartines et après on y va. Et c'est pas la peine de grogner, de m'agonir d'injures, je m'en tape. Bouge !

Je ne sais pas ce qu'elle a bouffé, mais c'est du lourd. Je ne l'ai jamais vue comme ça même si elle peut parfois atteindre des sommets. N'empêche qu'aller retrouver Mads au Serial Killer est réellement une idée de merde, quelles que soient les frusques que j'aurais sur le dos.

54

Mads

J'enrage. Je me suis fait niquer sur toute la ligne. J'ai voulu jouer, j'ai perdu et tout me revient dans la tronche.

Après m'être rendu au bar où bosse Valentine pour la voir, la première fois, j'ai laissé passer quelques jours, certain qu'elle attendrait ma venue. Je voulais qu'elle soit heureuse de me voir revenir vers elle et impatiente de reprendre là où nous nous étions arrêtés. Je ne comptais laisser passer que trois ou quatre jours, mais je me suis retrouvé complètement débordé et tout m'est tombé dessus en même temps. Ma sœur qui débarque avec ses mômes et sa copine, ma mère qui fait une alerte cardiaque nécessitant que nous partions tous en catastrophe au Danemark. Elle est sujette aux angines de poitrine et maintenant que son mal a été identifié et qu'elle a sérieusement été prise en charge, tout est rentré dans l'ordre. Je ne suis revenu qu'hier soir et c'est pour recevoir des mains de Danilo un Post-it sur lequel est inscrite la marque du whisky que Valentine m'a servi lors de sa première visite. Elle n'a même pas voulu de mon numéro de téléphone. Autant dire que tout semble réellement compromis et je m'en mords les doigts.

J'aurais pu aller m'excuser en live, mais elle est de repos et je ne sais pas où elle habite puisqu'elle n'a plus d'appartement. Il va falloir que j'attende demain et j'enrage parce qu'elle va me jeter et qu'elle aura sûrement raison de le faire.

Pour ne rien arranger, Rose est revenue et elle me tourne autour comme un vautour autour de sa proie. Elle a appris que sa sœur ne travaillait plus ici et a fait valoir cet argument pour récupérer son droit de fréquenter la boîte. Danilo a accepté et j'enrage de la voir se pavaner ici, me lançant des œillades enflammées qui n'arrivent même pas à provoquer la moindre étincelle en moi.

Tout va pour le mieux dans le meilleur des mondes. J'ai juste envie de me bourrer la gueule, de casser la figure à quelqu'un pour extérioriser ma rage et d'aller m'enfermer chez moi pour ruminer comme un pauvre con parce que tout tombe en quenouille ! Merde à la fin !

Je traîne du côté du bar. Je n'arrive pas à perdre cette habitude alors que je sais pertinemment qu'elle n'y sera pas. Je n'arrive pas à m'y faire et malgré les semaines passées, Ed et les serveuses non plus. La mayonnaise ne prend pas avec le nouveau. Il n'arrive pas à s'intégrer. Il est bon, mais rien de sensationnel et Barbie semblait désespérée de ne pas retrouver le cocktail portant son prénom, il y a quelques jours, lors de sa dernière visite avec son mec.

– Et si t'arrêtais de te faire du mal, me suggère Danilo qui m'a rejoint.

– Elle ne t'a vraiment rien dit quand elle t'a donné le Post-it? demandé-je encore.

– Si elle l'avait fait, je te l'aurais dit.

– Et elle avait l'air comment?

– Normal. Très professionnelle.

– Merde, Danilo. Elle semblait triste, en colère, déçue?

– J'en sais rien, bon sang. Je suppose qu'elle était peut-être déçue, mais elle ne me l'a pas montré.

Putain, mais quel con!

– Tu pouvais pas carrément lui demander son numéro au lieu de trouver cette idée à la con? Ou plus facile encore, le demander à Antonia.

– Ah, parce que tu crois que je n'ai pas commencé par elle? Je te signale qu'elle a refusé de me le filer. Encore une façon de se venger de ce qui s'est passé avec Valentine. Je crois qu'elle adore me voir en chier, rétorqué-je, amer.

Mon pote ne dit rien sachant, comme moi, combien notre associée peut être susceptible et revancharde. Le problème, c'est que je n'ai plus aucun moyen d'atteindre Valentine et que plus le temps passe, moins elle sera encline à accepter mes excuses et à reprendre notre petit duo qui semblait pourtant bien parti.

– Je crois que le destin fait bien les choses parfois, s'amuse Dani.

– Arrête de te foutre de ma gueule, je l'emmerde le destin ! rétorqué-je, hors de moi, parce que je me sens totalement impuissant.

Et il faut que Rose choisisse ce moment pour venir m'inviter à danser. Bordel, mais qu'est-ce qu'elle me veut cette meuf ? Comment est-ce que je peux lui faire comprendre qu'elle ne m'intéresse absolument pas ?

– Oh oh !

– Arrête de faire le crétin, Dani. Je peux savoir ce qui se passe ?

– Il va y avoir du sport !

Merde, mais je pige rien. Puis je suis son regard et…

– Bordel !

– Ouais, carrément !

– Mais qu'est-ce qu'elle fout là ?

– J'en sais rien, mais si elle se retrouve face à sa frangine, ça va swinguer !

– OK, j'emmène Rose danser, je m'en débarrasse et toi tu offres un verre à Valentine.

Qu'est-ce que j'avais dit ? Ah oui, je maudis le destin très fort alors que j'empoigne Rose par le bras pour la traîner jusqu'au milieu de la piste de danse pour qu'on ne nous voie pas depuis le bar.

Par contre, si Valentine ne peut pas nous apercevoir, moi je le peux et, bon sang, cette fille va me tuer. Elle est juste divine dans sa robe près du corps qui moule chacune de ses courbes. Elle tombe dans les bras de Danilo, lui présente la fille qui l'accompagne et ils se rendent tous les trois au bar où Ed, tout sourire de retrouver son ancienne collègue, leur offre un verre.

Je donnerais tout ce que j'ai pour être avec eux alors que je suis coincé avec cette nana qui me colle beaucoup trop et dont le parfum trop capiteux va finir par me rendre malade.

– Mads ?

Je ne veux pas lui répondre. Pas alors que ses mains sont en train de glisser dans mon dos vers mon cul. Mais c'est quoi cette nana?

– Enlève tes mains, la préviens-je.

– Je pourrais te faire tellement de bien, me susurre-t-elle.

– Rose, je ne te le demanderai pas deux fois. Enlève tes mains.

– Tu veux peut-être autre chose?

– Je ne veux rien. Enfin, rien venant de toi.

– Tu serais bien le seul!

– Il en faut un.

Je n'en peux plus. Son parfum m'écœure, sa présence m'importune, ses attentions me répugnent. Quand je pense qu'il y a quelques mois encore, je l'aurais mise dans mon pieu et je l'aurais baisée jusqu'à la faire hurler.

Le problème, c'est que Valentine m'a castré, en quelque sorte. Il n'y a plus que son corps qui m'obsède. C'est même à un point où je dois me branler pour évacuer la pression. Je ressemble à un putain d'ado que des hormones en ébullition ne laisseraient jamais en paix.

J'abandonne ma cavalière au milieu des autres danseurs et je me casse. Je ne vais pas directement au bar parce qu'il faut que je me calme. Je m'isole quelques minutes dans un coin sombre pour respirer un grand coup puis je file les rejoindre.

Je n'arrive pas à détacher mes yeux de Valentine. Elle est vraiment sublime. Elle l'a toujours été en fait, sauf que j'étais trop aveugle pour le voir. Trop certain de mon charme et de mes goûts en matière de femme. Elle a tout chamboulé dans ma vie et elle ne sait même pas à quel point.

J'essaie d'afficher le plus de nonchalance possible alors que je n'en mène pas large. Elle ne me voit pas tout de suite arriver. C'est un coup de coude de sa copine et quelques mots glissés à son oreille qui lui font relever la tête pour me regarder approcher.

Danilo, qui est au courant de notre petit jeu et qui s'en amuse beaucoup, me présente déjà la jeune femme que je ne connais pas. Pénélope est vraiment très jolie. Elle est plantureuse, rousse et me fixe comme si elle voulait me bouffer. Pas sexuellement parlant, ce serait même tout le contraire. Je crois qu'elle pourrait me dévorer tout cru, sûrement une sorte de vengeance pour avoir fait souffrir sa meilleure amie.

– Je crois que tu as déjà rencontré Valentine. Elle est barmaid chez Josh Andrews.

– Oui, bien entendu. Je suis heureux de vous accueillir au Serial Killer et je m'excuse de ne pas être venu vous voir une nouvelle fois, mais…

– Ce n'est pas grave. Vous avez eu votre information?

– Oui, merci, Dani me l'a transmise.

– Bien. Pénélope, on va danser?

Nous regardons les deux amies se rendre sur la piste de danse et commencer à se trémousser en riant. Putain, elle ne calcule rien. Elle est si naturelle alors que les autres nanas font tout pour qu'on les remarque.

– Je crois que tu vas ramer, mon pote.

Oh, oui! Mais je crois que c'est la première fois qu'en baver me rend si heureux, parce qu'elle est là et que j'ai encore une chance de la ramener vers moi.

55

Valentine

Je dois me retenir de tourner la tête vers lui. Mon cœur bat bien trop vite à chaque fois que je pose les yeux sur son corps. Ce corps que je connais trop bien… Je sais ce qui se cache sous sa chemise. Son torse sculpté à la peau si douce, seulement orné d'une petite bande de poil qui doit disparaître sous la ceinture de son jean pour descendre jusqu'à son…

– Tu comptes le faire lanterner longtemps ? Et arrête de le regarder comme ça, la bave va bientôt apparaître à la commissure de tes lèvres.

– Je ne le regarde pas.

– Oui, bien sûr. Ah oui, tu as raison, tu ne le regardes pas.

– Ah !

– Tu le dévores des yeux ! C'est vrai que c'est très différent ! Alors ?

– Alors quoi ? Il n'est pas revenu au bar, il a préféré envoyer son pote pour demander la marque d'un whisky !

– Oui, et c'est peut-être la seule chose à laquelle il a pensé pour ne pas avoir à te demander ton numéro directement. En fait, t'es trop nulle en drague. D'accord, lui aussi, mais bon sang, va falloir que vous y mettiez un peu du vôtre parce qu'à ce train-là, on y sera encore dans dix ans.

– Je ne vais quand même pas lui tomber dans les bras. Pas après ce qu'il m'a fait.

– Mais c'est toi qui es partie !

– Oui, et c'est lui qui a réussi à me faire renvoyer après m'avoir fait une scène.

– Parce qu'il était jaloux.

Elle m'énerve. Elle a toujours le dernier mot.

– Mais pourquoi tu le défends comme ça !?

– Parce que ce mec est dingue de toi et que tu es amoureuse de lui.

Je la hais à cet instant.

Je me tourne vers lui, encore une fois pour le contempler, et j'ai la mauvaise surprise de reconnaître celle qui est accrochée à son bras.

– Je croyais qu'elle n'avait plus le droit d'être là, celle-là !

– Qui ?

D'un signe de tête, je désigne le bar.

– Mais c'est Rose !

Ou mon pire cauchemar.

– On lui casse la figure ?

– Pénélope !

– Quoi ?! Ni vu ni connu. On la chope dans un coin et on lui fait bouffer ses faux seins !

J'éclate de rire, mais le problème reste le même.

– Non, en fait j'ai une meilleure idée. Viens ! m'ordonne Pénélope.

– Hein !

– T'es venue pour lui alors tu vas me faire le plaisir de te battre pour ce mec. Première bataille, éjecter ta frangine ! Allez hop !

Pénélope me traîne jusqu'au bar, l'air de rien, où nous retrouvons Danilo, Mads et Rose.

– Je croyais que tu ne bossais plus au Serial, réagit mon aînée en me découvrant.

– C'est le cas.

– Alors qu'est-ce que tu fous ici ?

– Comme si elle avait des comptes à te rendre, ne peut s'empêcher de lâcher Pénélope.

Danilo se retient de rire et moi je ne peux pas détacher mes yeux du bras de ma sœur enroulé autour de celui de Mads. Bon sang, je suis jalouse. À tel point que je pourrais faire du mal à mon aînée, moi qui n'ai jamais été une adepte de la violence. Mais je pourrais aussi marquer mon territoire, revendiquer ce mec pour lui faire comprendre que quoi qu'elle fasse, il ne sera jamais à elle.

Oui, mais si je fais ça, Mads aura gagné sans avoir à se battre. Il ne fait rien, il la laisse le coller comme une sangsue.

– Mads, on pourrait retourner danser, comme tout à l'heure.

Ah, parce qu'il l'a déjà invitée. Mais il joue à quoi, enfin? Est-ce qu'il veut vraiment que nous nous rapprochions? Après tout, je n'en sais rien. Je devrais peut-être le lui laisser.

Non, cette simple idée me retourne l'estomac. Je n'arrive même pas à les imaginer ensemble. Ses mains à elle sur lui et les siennes sur son corps à elle. Beurk!

– Tu peux aller t'amuser ailleurs, propose Rose en se rapprochant encore de Mads.

– Et toi, tu peux peut-être le lâcher, pour qu'il puisse m'emmener danser comme il me l'a promis.

– Si vraiment il avait voulu que je le lâche, il me l'aurait demandé.

– Il est trop poli pour ça. Tu es dans sa boîte et il a peut-être peur que tu fasses un scandale parce qu'on t'a repoussée un peu trop cavalièrement. Tu as tendance à devenir une vraie teigne quand tu ne réussis pas à avoir ce que tu veux. Rappelle-toi la dernière fois, il a fallu qu'on t'escorte jusqu'à la sortie.

– Mais c'est que la petite Valentine se prendrait pour ce qu'elle n'est pas. Où as-tu gagné cette confiance toute neuve?

Je prends ma sœur par le bras et je l'entraîne à quelques mètres du bar pour qu'elle soit la seule à entendre ce que j'ai à lui dire.

– Rose, tu me fatigues. Tu es pathétique. Si tu pouvais dégager et aller semer ton venin un peu plus loin, ça nous ferait des vacances. Je vais t'apprendre quelque chose et après tu pourras partir. Mads est à moi. Tu pourras faire tout ce que tu veux pour attirer son attention, c'est vers moi qu'il reviendra.

– Tu prends tes rêves pour la réalité, ma pauvre fille. Comment peux-tu imaginer qu'un mec comme lui puisse te préférer à moi?

Rose retourne vers Mads avec un air victorieux qui m'horripile. Elle se glisse contre lui et lui ne réagit pas. Mais bon sang, à quoi il joue?

– Alors il semblerait que tu lui appartiennes, balance ma sœur, assez fière d'elle, en me désignant d'un geste dédaigneux.

Mads me fixe avec surprise puis reporte son attention sur Rose. Danilo, Pénélope et surtout moi sommes suspendus à ses lèvres, attendant une réponse qui tarde à venir.

À cet instant, je doute réellement. Soit il joue avec moi, soit il me lâche, me colle un vent monumental et finit de me rabaisser devant ma sœur qui n'attend que ça. J'ai beau me dire qu'il ne peut pas me faire un truc pareil, je n'en suis pas totalement certaine. Ma sœur me toise comme si elle avait déjà sa réponse et je suis à deux doigts de me ratatiner et de partir cacher ma honte dans un endroit où personne ne pourra me trouver.

Puis Mads se redresse. Il se dégage de la poigne de ma sœur et vient me tendre la main.

– Je crois que je te dois une danse.

Je suis sonnée. Ce n'est pas vraiment ce que j'avais prévu, mais il y a au moins une chose positive, c'est vers moi qu'il se tourne, laissant mon aînée seule, délaissée par Danilo et Pénélope qui quittent le bar pour nous suivre.

56

Mads

J'ai l'impression d'avoir gagné le gros lot au loto. Je suis tellement fier d'elle. Elle a enfin tenu tête à sa frangine, réellement, sans rien lâcher. J'aurais pu envoyer Rose bouler beaucoup plus tôt, mais je voulais faire réagir Valentine et elle l'a fait, de la plus belle des manières.

La musique est lancinante. Le tempo est lent, sensuel et elle est beaucoup trop loin de moi. Je veux que son corps épouse le mien. Je veux sentir chacune de ses courbes merveilleuses alors je passe ma main autour de sa taille et je la colle contre moi. Elle lève son visage, lèvres entrouvertes, vers le mien. Je prends le temps de la contempler. Elle est si belle et elle est à moi. Enfin. Il m'aura fallu du temps pour m'en rendre compte, mais ça y est. Je n'ai pas tout à fait remporté la guerre, mais j'ai le sentiment d'avoir gagné une bataille décisive et j'ai envie de la savourer. Pourtant, je ne sais pas si je dois l'embrasser. Bien que j'en meure d'envie. Je veux son goût sur ma langue, sentir, à nouveau, la douceur de ses lèvres, m'abreuver à sa bouche. Je veux me fondre en elle, mais je me retiens. Pas déjà, pas alors que j'aimerais que notre jeu continue encore un peu.

– J'aimerais que nous allions dans mon bureau. Vous voulez bien?

Il faut qu'on parle. Je la garderais bien contre moi jusqu'à la fin du morceau, mais je veux garder la tête froide et elle ne m'y aide pas. Je la sens alanguie et prête à céder alors qu'il ne faut pas.

Elle me laisse l'emmener. Je lui ai pris la main et nous nous dirigeons vers un endroit où nous ne serons pas dérangés. J'en viens même à être heureux qu'Antonia soit absente ce soir, car avec ma chance, elle aurait monopolisé Valentine et je n'aurais rien pu faire. Quand nous arrivons à destination, je la fais entrer dans la pièce qui m'est dévolue et je referme la porte sur nous.

Valentine est étrangement silencieuse. J'aimerais qu'elle parle, qu'elle me dise ce qu'elle veut, mais je crois qu'elle va me laisser prendre la direction des opérations et je ne sais pas si je suis prêt.

– Je ne voulais pas rester si longtemps sans vous revoir, mais ma sœur est arrivée sans prévenir et j'ai dû partir d'urgence pour le Danemark. Je ne suis rentré qu'hier soir.

– Rien de grave?

– Ma mère a fait un malaise, mais tout est rentré dans l'ordre.

– Bien.

– J'aurais dû directement vous demander votre numéro de téléphone. Je ne sais pas ce qui m'a pris.

– Je vous l'aurais donné.

– Je sais. Valentine, vous... Tu...

– Vous pouvez m'embrasser, vous savez.

Elle me sourit timidement. Putain, oui, j'ai envie de l'embrasser. Le problème, c'est que si je le fais, je ne la laisse plus sortir de cette pièce.

– C'est risqué.

– Probable, concède-t-elle.

Tu ne m'aides pas, mon p'tit cœur... Mais alors pas du tout.

– J'aimerais vous inviter à dîner.

– Chez vous?

– Dangereux. Au restaurant?

– Non, chez vous.

Je crois qu'elle s'amuse autant que moi. Je ne sais pas si elle est aussi excitée que moi, parce que je suis prêt à prendre feu. Je pourrais me cacher derrière mon bureau pour dissimuler l'effet qu'elle a sur mon anatomie, mais j'y renonce. Je sais qu'elle l'a remarqué, mais elle n'en dit rien. D'ailleurs, est-ce qu'elle ne serre pas les jambes un peu trop fort, là?

– Demain? suggéré-je.

– Je travaille et je ne suis pas certaine d'obtenir ma soirée alors que je ne suis à mon poste que depuis quelques jours. Il va falloir attendre ma prochaine soirée de libre.

– Encore une semaine? ne puis-je m'empêcher de gémir.

– Trois jours. Je serai alors d'après-midi.

– Ah.

– J'amènerai du vin.

– Vous savez où j'habite?

– Oui.

– Bien.

Tu parles d'un jeu à la con. Je crois que dès qu'elle sort d'ici, je me branle parce qu'il est impossible que je fasse disparaître autrement la trique qui déforme mon pantalon.

– Il faut que je parte. Je bosse demain et j'ai perdu un objet qu'il faut absolument que je retrouve. Je le réservais pour une leçon qui n'a finalement jamais eu lieu.

Oh, la vache! Bordel, cette satanée troisième leçon durant laquelle elle devait me surprendre. Je sais. Son petit sourire en coin, le fait qu'elle ait beaucoup de mal à se tenir droite font que je devine que le truc en caoutchouc qu'elle va utiliser ce soir aura beaucoup plus de chance que moi. Et dire qu'elle me le réservait.

– Je suis heureuse que nous ayons dissipé ce malentendu.

– Oui, je ne vous fuyais pas.

– Maintenant, je le sais.

– On dit dix-neuf heures trente, dans trois jours?

– Oui. Au revoir, Mads.

– Valentine.

J'en suis presque à la pousser dehors pour qu'elle me laisse parce que des images d'elle allongée sur son lit, les jambes écartées en train de se faire du bien avec un vibromasseur vont me rendre complètement dingue.

Trois jours d'enfer. Trois jours à tourner en rond et à rendre mon entourage complètement fou. Trois jours à tenter d'imaginer différents scénarios. Trois jours à me demander si nous coucherons ensemble ou si nous nous contenterons de nous embrasser. Trois jours pour décider ce que je vais lui cuisiner. Trois jours à osciller entre espoir et peur que finalement elle soit empêchée. Trois jours à me branler comme un dingue parce que je n'ai jamais autant rêvé d'une fille. Trois jours pour réaliser que je suis irrévocablement amoureux de Valentine. Trois jours pour me dire que Tommy avait raison d'aimer et de vouloir fonder une famille parce que je découvre que c'est exactement ce que je veux aussi. Trois jours pour me dire que je serais le plus heureux des hommes si elle acceptait de m'octroyer cette chance que je vois poindre à l'horizon.

***

Et finalement trois jours et quelques minutes pour entendre la sonnette retentir et aller lui ouvrir.

– Mais qu'est-ce que vous foutez là ?

– On est venu te souhaiter bonne chance, mon pote.

– Mais elle va arriver, bordel. Vous choisissez bien votre moment.

– Tu lui sautes pas dessus, hein, commence Antonia.

– Tiens, on a pris des fleurs au cas où tu n'y aurais pas pensé, reprend Danilo en me tendant un bouquet.

– J'y ai pensé, annoncé-je, blasé.

– C'est vrai ? Oh, t'es mon héros ! s'écrie Antonia.

Je regarde l'heure et je m'apprête à les foutre dehors quand la sonnette retentit à nouveau.

Putain, timing de merde.

Je vais ouvrir tout en raccompagnant Antonia et Dani, mais c'est une nouvelle surprise qui s'offre à moi quand la porte s'ouvre.

– Tommy ?

– Elle n'est pas encore arrivée ? Génial. J'ai amené des fleurs au cas où tu n'y aurais pas pensé.

– Il y a pensé, répondent en chœur mes associés.

– Cool, c'est quand même ton vrai premier rendez-vous d'amoureux transi, alors, ben, il faut que tout roule, quoi !

– Putain, si vous pouviez dégager, maintenant, m'agacé-je, impatient.

– Sois fort ! me lance Danilo.

– Pas de connerie ! renchérit Antonia.

– Ouais, plus c'est long, plus c'est bon. Non, n'écoute pas toutes ces conneries, suis ton cœur, conclut Tommy qui m'offre un sourire radieux.

Bordel, trois bouquets… Je suis à la bourre et je suis encore plus nerveux qu'il y a quelques minutes à peine. Mais merde à la fin, j'ai déjà invité une meuf à manger. Ouais, connard, mais tu ne t'apprêtais pas à lui balancer un je t'aime entre le fromage et le dessert.

Tu parles d'une galère.

57

Valentine

Pourquoi est-ce que je suis si tendue ? Je connais Mads, on s'est déjà embrassé, on a couché ensemble plusieurs fois alors pourquoi est-ce que j'ai l'impression que c'est la première fois ? Une chose est certaine, je n'ai jamais été aussi excitée. À tel point que je passerais bien l'étape repas pour retrouver ses baisers et ses caresses qui savent si bien faire réagir mon corps. Puis je me dis qu'il faut que nous prenions notre temps. Chose que nous n'avons pas faite la première fois, avec les résultats que nous connaissons.

Je ne sais pas où il est allé chercher cette idée de tout reprendre à zéro. J'aime beaucoup le fait qu'il veuille tout recommencer avec moi. Qu'on efface notre passif pour repartir sur des bases un peu plus saines. Je ne sais pas ce qui l'a fait changer, mais je sais que le Mads que je vais voir ce soir n'est plus celui que j'ai connu quand je bossais au Serial. Il n'est plus celui qui affirmait haut et fort qu'il n'avait rien à offrir à une femme. Je peux donc espérer. Espérer qu'il ne joue pas avec moi et qu'il sera prêt à aller un peu plus loin que quelques nuits de baise avant de passer à autre chose.

D'autant que je l'aime comme une dingue. Je le savais déjà avant de partir. Le fait qu'on ait couché ensemble n'a fait que le confirmer, mais ce n'était qu'un amour à sens unique. Et aujourd'hui ? Est-ce que c'est différent ?

Je ne supporterai pas une relation comme celle qu'on a connue. Je ne supporterai pas qu'on se voie pour la bagatelle sans rien partager d'autre. J'en veux plus en sachant que c'est souvent ce que les mecs redoutent et qui les fait fuir en courant. Est-ce que c'est ce qu'il fera quand nous mettrons les choses au point et que je lui dirai ce dont j'ai envie et ce que je refuse tout net?

Est-ce qu'il sera prêt? Est-ce qu'il sera toujours partant? Est-ce qu'il ne me dira pas, qu'après tout, ce n'est pas vraiment ce à quoi il avait pensé ou ce qu'il avait imaginé?

Je me pose sûrement beaucoup trop de questions, mais j'ai peur. J'ai la terrible impression que mon avenir va se jouer ce soir, chez lui, et c'est tellement important à mes yeux que je panique.

Je pousse la porte de son immeuble et patiente devant l'ascenseur, attendant qu'il arrive. Les portes s'ouvrent et je suis surprise de tomber sur des personnes que je ne m'attendais absolument pas à voir ce soir. Du coup, je me sens gênée qu'ils sachent que je vais chez Mads.

Je sais qu'ils sont au courant et c'est encore plus déstabilisant. Antonia s'approche de moi avec un grand sourire et me prend dans ses bras.

– Tu es magnifique, Valentine et je suis très heureuse pour vous.

– Tu es resplendissante, ma belle, ajoute Danilo avant de m'envoyer un baiser.

– Alors vous êtes celle qui l'a fait tomber du côté obscur, me lance un type que je ne connais pas, mais qui semble, lui, savoir qui je suis.

– Tommy, tu vas la faire flipper.

– Absolument pas. Je veux juste qu'elle sache qu'il est à point, que je le connais depuis très longtemps et que je ne l'ai jamais vu comme ça. Vous devez être un peu magicienne, Valentine. Faites juste attention à lui.

Je hoche la tête bêtement et je prends leur place dans la cabine d'ascenseur. Je repense à ce que vient de me dire le dénommé Tommy. Il n'a jamais vu Mads comme ça. J'ai le cœur qui bat parce que je sais que moi non plus je n'ai jamais ressenti ce que j'éprouve à cet instant.

Je suis impatiente, nerveuse, heureuse, amoureuse. C'est un mélange dangereux parce qu'il pourrait me faire faire n'importe quoi alors que mon cerveau me suggère d'être mesurée, réfléchie et de prendre mon temps. Malheureusement, plus j'approche de l'appartement de

Mads, plus mes résolutions se dissolvent et laissent place à une envie monstrueuse de lui sauter dessus, de lui dire que je n'ai jamais aimé un homme comme je l'aime, lui, que je veux tout de lui et que je suis prête à lui donner mon cœur, mon corps et mon âme en prime.

L'ascenseur stoppe et mon ventre se tord. J'ai mal physiquement. Je manque d'air et je crois que je frise la crise de panique au moment où je me retrouve devant sa porte. Je reste là quelques minutes, le poing en l'air. Je tente de respirer profondément. Sans succès. J'essaie d'imaginer ce qu'il va se passer quand il ouvrira la porte et je ne vois rien, qu'un grand trou noir. C'est pas possible d'être comme ça. Alors je prends sur moi, je me redresse, je lisse ma robe qui n'en a pas besoin, passe la main dans mes cheveux qui n'en ont pas besoin non plus et avant de perdre tout mon courage, je frappe.

– Vous pouvez pas me foutre la paix, bordel. C'est bon, je sais ce que j'ai à faire !

J'entends sa voix avant de le voir, lui. Du coup, il finit sa diatribe en me découvrant le poing encore levé et sûrement prête à m'effondrer.

– Merde, Valentine. J'ai cru qu'ils étaient revenus.

– Je les ai croisés en bas.

– Tu es très belle.

– Toi aussi.

Merde, oui, il est divinement beau. Il porte un pantalon lâche, noir qui lui tombe sur les hanches et un tee-shirt blanc qui font ressortir sa peau bronzée et son corps sculpté à la perfection. C'est comme si l'air crépitait autour de nous. Comme si un courant électrique nous reliait.

On est là à se dévorer des yeux alors qu'on devrait sûrement faire quelque chose. Il pourrait m'inviter à entrer, ce qu'il finit par faire en s'excusant encore.

– J'ai l'impression d'être totalement à côté de la plaque.

Je le fixe, mais mes yeux sont attirés par trois bouquets gigantesques déposés sur le plan de travail.

– Ils pensaient que j'oublierais. Du coup, y en a trois.

– Ils sont très beaux.

– Il va falloir que tu m'aides, Valentine. J'ai rarement invité des filles à manger chez moi. D'habitude, je suis un peu plus sûr de moi. Enfin, tu me connais un peu mais là, j'ai l'impression que tout fout le camp et que je fais n'importe quoi.

– Je t'aime, Mads.

– Merde.

Est-ce que c'est un « merde » de surprise ou de panique? J'en sais rien, mais je décide de poursuivre et de lui balancer ce que je ressens quitte à ce qu'il me foute dehors.

– J'avais plein de bonnes résolutions. Je voulais continuer à jouer. Je voulais dîner avec toi, qu'on prenne notre temps, mais c'est trop urgent. J'ai ça en moi depuis trop longtemps et j'ai peur que tu flippes parce que j'en veux plus et peut être pas toi. Je t'aime comme j'ai jamais aimé personne. Si je suis partie, c'était pour me protéger parce que j'avais déjà tous ces sentiments pour toi alors que toi tu ne voulais pas...

– Je les avais.

– Hein?

– Les sentiments... Je les avais. Je crois que je suis tombé amoureux de toi le jour où tu es venue faire les essais au Serial. Seulement, j'étais trop con et trop aveugle pour m'en rendre compte. Et puis il y a eu ces putains de cours et tout ce qu'ils ont engendré. L'élève a dépassé le maître, Valentine. Depuis, je n'arrête pas de penser à toi, à ce qui s'est passé entre nous. Combien c'était unique et divin. Je t'aime aussi, mon cœur. Je voulais te le dire plus tard. Je voulais que tout soit parfait mais, putain, c'est pas moi tout ça.

– Alors, sois toi!

– Je vais t'emmener dans ma chambre et je vais te baiser parce que ton corps m'a terriblement manqué puis je te ferai l'amour parce que tu m'as énormément manqué. On pourra parler de ce qu'on veut en plus après?

Je crois que c'est moi qui lui saute dessus, qui écrase ma bouche sur la sienne et qui enroule mes jambes autour de sa taille pour qu'il m'emmène plus vite dans son lit.

Tout n'est que frénésie, impatience, passion. C'est n'importe quoi. Pêle-mêle, nous atterrissons sur le matelas. Nous luttons pour retirer nos fringues. Mads m'arrache presque ma robe, à tel point qu'il ne me reste bientôt plus que mes sous-vêtements et mes bas. Lui est déjà torse nu alors que mes doigts s'activent sur sa braguette pour libérer son sexe déjà dur.

Il ouvre le tiroir de sa table de nuit, s'empare d'une bande de préservatifs qu'il dépose à côté de nous en me souriant puis il finit de me dénuder. Mon string disparaît comme par enchantement. Mon soutien-gorge suit le même chemin. Il me laisse mes bas puis m'écarte les jambes pour exposer mon sexe sur lequel il plonge.

Il avait raison de dire que ce serait rapide, violent, destructeur. La jouissance déferle sur moi en quelques minutes, sous les assauts de sa langue et de ses dents. Je me cambre alors qu'il me maintient contre sa bouche avant de me relâcher pour se hisser sur moi. Son sexe est à l'entrée du mien et sans préavis il me pénètre d'un grand coup de reins. Il ne me quitte pas des yeux, vérifiant que je supporte l'intensité de ce qu'il me donne. Je la supporte d'autant plus que c'est exactement ce dont j'ai besoin à cet instant. Je suis heureuse de le sentir en moi. Je suis heureuse de retrouver cette connexion qui m'a tant manqué. J'aime sa façon de me crier son amour sans avoir à utiliser un seul mot. Et j'aime par-dessus tout la jouissance qui nous terrasse l'un après l'autre, à quelques secondes d'intervalle et qui nous laisse abrutis, éreintés, voguant dans un autre monde qui serait fait de lumière intense, d'étoiles, de petits courants électriques qui parcourraient notre épiderme pour mieux faire durer les sensations qui nous traversent.

Je le serre si fort contre moi. J'aime sentir sa peau contre la mienne, sa chaleur, son odeur. J'aime cette image complètement cucul qui me fait dire que nous ne formons plus qu'une seule entité alors que nos sentiments sont au diapason de nos corps et de nos âmes.

Je lui souffle un je t'aime auquel il répond avant de se relever sur ses coudes pour éviter de m'écraser. Il caresse mon visage, m'embrasse, bouge en moi.

– Et si je te faisais l'amour maintenant?

58

Mads

– Je t'aime, Valentine.

– Je risque de te faire fuir, me susurre-t-elle alors que nous venons de reprendre notre souffle après une énième partie de jambes en l'air.

Nous sommes enfermés chez moi depuis deux jours. Pour la première fois de sa vie, Valentine a menti à son patron et lui a fait croire qu'elle était malade et devait se reposer quelques jours. On a même réussi à convaincre un médecin qui est un pote mais ça, Josh n'est pas obligé de le savoir.

En attendant, nous avions du retard à rattraper et nous y avons mis beaucoup de cœur. Donc, je ne comprends pas ce qui pourrait me faire fuir.

– Tu m'expliques?

– Je veux plus.

– Moui, mais encore.

– J'aimerais qu'on ne se voie pas que pour la bagatelle.

– Hmmm, mais encore?

– J'aimerais qu'on fasse un bout de chemin ensemble.

– Oh, mais encore?

– Je t'aime, Mads.

– Je sais et…

– Tu ne m'aides pas.

– Pourquoi? Tu voudrais vraiment que je dise les choses à ta place? Soit. Alors je suis fou amoureux de toi. Je pensais qu'aucune femme n'arriverait jamais à me faire voir la vie autrement. Je me suis gouré. Je croyais que je ne serais jamais l'homme d'une seule femme. Là aussi, je me suis vautré. Est-ce que je veux qu'on partage notre vie tous les deux? Oui, je le veux. Est-ce que je serais prêt à envisager la petite maison, la famille et un avenir à deux ou à trois? Carrément. Est-ce que je veux plus? Absolument. Je te veux, Valentine et je te jure que maintenant que tu m'as, il va falloir me supporter et je te jure que ça risque de durer vraiment très longtemps.

Est-ce que je l'ai déjà vue aussi radieuse, avec un sourire qui lui dévore la moitié inférieure de son visage? Absolument pas, et j'adore la rendre si heureuse.

Et voilà que la demoiselle se sent pousser des ailes et glisse vers le bas de mon corps qui a déjà repris de la vigueur.

– Ce sera toujours aussi bon entre nous? demande-t-elle.

– On peut essayer de faire en sorte que ce le soit.

Son premier coup de langue le long de ma queue me fait décoller, mais ce n'est rien à côté des sensations qu'elle fait naître en moi dès qu'elle me prend dans sa bouche. J'adore quand elle me suce. Non, en fait j'adore tout ce qu'elle me fait, mais surtout j'adore tout ce que je lui fais.

Valentine est telle que je l'imaginais, et plus encore. Elle est la partenaire dont j'ai toujours rêvé. Elle aime tout. Elle apprécie qu'on la domine, qu'on lui laisse les rênes, qu'on la fasse obéir, qu'elle vous mette à genoux. Elle aime la douceur, la douleur, un peu de rudesse, quand c'est romantique, imprévu, rapide, lent et long. Elle aime tout et je ne sais pas si j'arriverai, un jour, à me rassasier de tout ce qu'elle a à me donner.

Je n'ai pas menti, c'est la première fois que j'envisage plus, beaucoup plus même si ça me fout la trouille. Mais je me dis qu'elle est là et qu'elle sera un soutien sans faille quand je douterai.

En attendant, il est hors de question que je jouisse dans sa bouche, pourtant divine. C'est en elle que je veux me répandre. Je tâtonne et récupère un préservatif dans le tiroir de ma table de nuit sous son regard amusé, mais impatient et je l'enfile. Alors je la tire vers moi, je l'embrasse et je l'invite à me chevaucher. Elle s'empale sur mon sexe au garde-à-vous et c'est juste prodigieux. J'adore la voir bouger sur moi, coulisser sur ma queue. J'aime voir sa poitrine bouger, ses mains sur mon torse et ses grognements qui me montrent combien elle aime ce que nous faisons.

Mes mains remontent de ses hanches à sa poitrine. Je lui pince le bout des seins et je l'accompagne dans son mouvement pour m'enfoncer encore plus dans son fourreau qui semble fait sur mesure pour moi et qui m'enserre si justement. Je la sens palpiter. Elle est si mouillée, si chaude et si passionnée.

L'orgasme nous cueille avec une violence que je suis toujours aussi surpris de ressentir et qui me laisse anéanti et à bout de souffle.

Valentine s'est écroulée sur moi et je la maintiens aussi près que possible.

Aimer aussi fort.

Quand Tommy m'a annoncé ce qu'il ressentait pour Annie, j'ai mis sa parole en doute. Je crois que je lui ai même dit qu'il exagérait. Putain, quel con j'ai été ! À parler de ce que je ne connaissais pas. Je sens que certains de mes potes vont me charrier, Tommy le premier, mais après tout je m'en tape. Je leur souhaite ce que je suis en train de vivre.

– J'ai pas envie d'aller bosser demain, gémit ma belle, encore vautrée sur moi.

– Reviens bosser au Serial.

– Je peux pas, je me suis embrouillée avec un des patrons.

– Merde, et t'as pas moyen de te faire pardonner.

– Comment ça, me faire pardonner ?! s'écrie-t-elle en se redressant. Et pourquoi ce ne serait pas lui qui reviendrait vers moi en rampant ?

– Peut-être parce que c'est toi qui es partie alors qu'il voulait que tu restes.

– Pourquoi il ne m'a rien dit alors ?

– Parce qu'il avait les jetons et qu'il était trop orgueilleux. Enfin, peut-être que je me trompe.

– Et si j'avais envie de rester où je suis?

– C'est à toi de choisir, mon cœur. Sache simplement que tu nous manques et que Barbie est désespérée de ne plus avoir de cocktail à son nom. Le nouveau a bien essayé de lui en faire un. J'ai cru qu'elle allait le lui jeter à la figure.

– T'exagères pas un peu?

– À peine.

– Est-ce que j'ai le droit de réfléchir?

– Oui, mais pas trop longtemps.

Nous restons collés l'un à l'autre encore de longues minutes avant de retrouver assez de force pour nous aimer encore.

J'ai la sensation d'avoir ouvert les yeux. C'est l'effet Valentine. Si on m'avait dit que je trouverais mon âme sœur et la femme de ma vie sous la défroque d'une institutrice coincée, jamais je ne l'aurais cru. Et pourtant.

Je suis amoureux, j'ai envie de plus pour la première fois de ma vie et je crois, sans en être encore tout à fait certain, que je n'ai rien en commun avec mon père et le mec qui a brisé le cœur de ma sœur. Je sais qu'on peut vivre avec quelqu'un toute une vie. À condition de trouver la personne qui vous accompagnera et c'est clair que je l'ai trouvée, un après-midi, alors qu'elle venait seulement montrer ce qu'elle savait faire derrière un bar.

ÉPILOGUE

Valentine
Six mois plus tard

Je n'ai pas pu y couper. J'ai dû accepter l'invitation. Ma sœur va présenter son fiancé à mes parents et je suis conviée. Je crois qu'elle veut être bien certaine que je ne manquerai pas sa nouvelle victoire. Malheureusement pour elle, je m'en fous. Je m'en fous d'autant plus que pour la première fois, je ne serai pas seule.

Mads a tenu à m'accompagner. Rose ne sait même pas que je suis avec lui puisqu'elle n'est jamais revenue au Serial. Pas depuis que je lui ai mis les points. alors je crois que les parents et elle vont avoir une petite surprise.

Je regarde l'homme de ma vie garer la Batmobile dans la petite rue dans laquelle habitent mes parents. Il n'a pas voulu que je les prévienne qu'il venait. Je crois qu'il leur en veut. C'est ce qu'il m'a dit. Il ne comprend pas comment on peut traiter ses enfants de manière aussi différente, sa mère les ayant toujours, sa sœur et lui, mis sur un pied d'égalité.

C'est la première fois que je me sens aussi sereine en allant à un repas de famille. Je suis heureuse que Mads soit à mes côtés et, en même temps, ce n'est pas important. Je n'ai plus rien à leur prouver. J'ai repris mon travail de barman au Serial. Je suis redevenue le chef, j'ai même pu investir dans le club puisque Rebecca, leur ancienne associée, a retiré ses billes, comme elle l'avait dit quand elle est partie. Je ne suis pas la seule à avoir investi. Maurizio aussi l'a fait sur les ordres de Barbie, pour être sûr qu'elle aurait toujours un cocktail prêt pour elle.

En d'autres termes, tout va bien.

J'aime, je suis aimée, je partage ma vie avec un dieu du sexe, j'ai un boulot génial, je me sens bien dans mes escarpins. Que demander de plus? Que mes parents et ma sœur m'accordent un peu plus de considération? Je m'en fiche, je suis passée à autre chose.

Dire que ma mère est surprise en nous découvrant derrière la porte serait un euphémisme. Elle commence par me détailler. Je ne suis plus celle que j'étais il y a encore quelques mois. J'ai changé, je m'habille, prends soin de moi et c'est un mini cataclysme que ma mère a du mal à assimiler. Si je rajoute à ça la présence d'un homme à mes côtés, autant dire que le monde doit être sur le point de lui tomber sur le coin du nez.

Nous entrons dans le salon où se trouvent déjà mon père, ma sœur et son fiancé. Je ne le connais que de nom. C'est un des associés de son cabinet d'avocats. Il est assez mignon, plein aux as et semble aimer ma frangine qui ne se sent plus pisser et laisse un peu trop souvent, à mon goût, sa main en l'air pour bien nous montrer combien elle a un caillou énorme autour du doigt.

Une bague de fiançailles qui doit peser son poids, mais qui montre aussi combien son mec a de l'argent et qu'il est prêt à le dépenser pour la contenter. Grand bien lui fasse.

Je ne sais pas quoi attendre de ce repas. Mads est charmant. Il me couvre d'attentions, discute avec mon père, avec ma mère, il échange même avec l'ennemi sans montrer aucune animosité.

Nous partons en même temps que ma sœur qui m'interpelle alors que nos hommes regagnent leur voiture respective.

Je me retourne et me retrouve face à mon aînée. Je reste sur la défensive même si elle a adopté un air avenant et m'offre un sourire timide. Je suis étonnée de la voir si peu assurée alors qu'elle a toujours fait preuve d'un aplomb redoutable.

– On peut parler? demande-t-elle.

– Pour que tu me mentes ou que tu m'insultes encore?

– Je crois que je l'ai amplement mérité, s'incline-t-elle.

Elle tourne nerveusement sa bague de fiançailles autour de son doigt et jette un regard à la voiture dans laquelle son fiancé l'attend.

– Rose.

– Je suis jalouse de toi.

Je ne comprends pas et je lui demande de répéter.

– Je suis jalouse de toi, réitère-t-elle.

– Tu te fous de moi ?

– Non, assène-t-elle avec force.

– Explique-toi parce que j'ai réellement l'impression que tu te fous de ma gueule encore une fois.

– Tu n'as jamais fait ce qu'on attendait de toi.

– Tu veux dire que je n'étais qu'une fille alors qu'on attendait un garçon, que j'étais trop nulle, trop moche, pas assez douée pour répondre aux attentes de nos parents.

– Arrête de dire ça !

– Et toi, arrête de te foutre de moi ! Essaie de repenser à tout ce que tu m'as craché au visage depuis toutes ces années !

C'est réellement la première fois que je vois le visage de ma sœur se décomposer. Et moi qui pensais que j'en serais contente, c'est tout le contraire.

– Tu étais si jolie quand tu es née. Si jolie que tout le monde le répétait encore et encore, à tel point que j'en étais jalouse. Tu me volais l'attention des autres. Oui, les parents voulaient un garçon, mais ils étaient heureux même s'ils ne le montraient pas forcément. Tu avais du caractère, tu disais non, refusais de faire ce que maman te demandait. Tu ne voulais pas porter les vêtements qu'elle t'achetait, tu n'étais pas une bonne élève parce que ce n'était pas ce dont tu avais envie. Moi, j'ai fait tout ce que j'ai pu pour être la meilleure en tout. Je voulais qu'ils me voient moi, et plus toi. Tu étais si forte, si indépendante alors que je m'évertuais à leur plaire. J'aurais pu accepter un petit frère, mais pas une autre sœur qui allait me voler le cœur de ceux pour qui j'avais été le centre de l'attention pendant des années.

– Tu racontes n'importe quoi, Rose. Tu as toujours été leur préférée. Je n'étais jamais à la hauteur.

– C'est que mon travail de sape a marché. Traite quelqu'un comme de la merde pendant des années et il le deviendra.

– Tu te rends compte du mal que tu m'as fait?

– Oui, me souffle-t-elle en baissant les yeux.

– Je ne sais pas si je pourrai te le pardonner un jour, Rose. Tu t'es déjà excusée une fois et tu m'as trahie de la plus vile des façons juste après.

– Je sais, mais je me soigne. Je suis d'une jalousie maladive et je commence seulement à en prendre pleinement conscience.

– Bien.

– On peut se laisser un peu de temps? demande-t-elle, hésitante.

– Oui, on va faire ça.

Je quitte Rose, non sans lui avoir offert un sourire engageant. Après tout, je prends conscience que si elle me dit vraiment la vérité, elle a sûrement été très malheureuse de son côté.

Je rejoins Mads dans la Batmobile. Je ne peux pas m'empêcher de lui sauter au cou et de l'embrasser pour le remercier de ne pas avoir joué le jeu de ma sœur qui n'attendait qu'une chose, qu'on entre dans la danse pour savoir de qui, d'elle ou de moi, avait la plus grosse.

Mads éclate de rire puis je le vois fouiller à l'intérieur de sa veste pour en sortir un écrin qu'il me tend.

– Je pensais te l'offrir devant ta famille. Je voulais demander ta main à ton père, mais je me suis dit qu'en fait ça ne concernait que nous. La bague n'est pas aussi grosse que celle de ta sœur et j'espère qu'elle te plaira.

Elle est somptueuse. Il s'agit d'un simple anneau d'argent autour duquel s'enroulent des fleurs, quelques diamants de couleur. C'est magnifique et je n'arrête pas de l'admirer à partir du moment où Mads me la passe au doigt.

– Ça veut dire que tu acceptes? demande-t-il timidement.

– Oui, mais je te préviens.

– Quoi?

– T'as pas fini de te faire charrier.

– C'est clair. Et si on allait à Las Vegas?

– Je ne serais pas contre, mais…

– Mais t'as peur que certains de nos amis nous fassent la peau.

– Carrément.

– Je t'aime, je te défendrai.

– Non, on s'aime et on fera front ensemble !

REMERCIEMENTS

Troisième opus avec l'équipe d'Addictives et je ne peux pas vous dire à quel point je suis heureuse et fière.

Pourtant, ce nouveau roman n'a pas été si facile que ça à écrire. Il arrive parfois qu'on se laisse emporter et que l'histoire qu'on avait imaginée au départ ne corresponde plus à celle que l'on a fait émerger. La faute aux personnages qui parfois vous donnent l'impression d'avoir une vie propre et qui vous emmènent vers des contrées que vous n'imaginiez même pas.

Mon éditrice Maud a su, non sans mal, me remettre sur le droit chemin. Je l'ai maudite, je ne le cache pas. Le travail sur ce manuscrit a été intense, mais, au final, j'ai retrouvé cette histoire que j'avais imaginée au début. Elle est telle que je la voulais, et Mads et Valentine n'en sont que plus chers à mon cœur.

Maud, merci. J'espère que vous aurez pris du plaisir. Que vous aurez aimé découvrir ce *serial* baiseur et cette petite nana coincée qui jouent, perdent, s'éloignent pour mieux gagner.

Merci à vous, lecteurs, de faire vivre nos histoires, de vous les approprier et de les faire vôtres.

Merci aux blogueuses qui mettent en lumière nos romans pour que d'autres aient envie de les découvrir.

Merci aux auteurs de l'équipe Addictives qui sont toujours là pour un conseil, un encouragement, une plaisanterie. Merci de partager, de constituer ce réseau de folie qui nous donne une visibilité que l'on n'a pas ailleurs.

Merci à mes amies et copines qui sont toujours là. Je vous aime fort, Anne, Caroline, Sophie, Maryse, Amandine, Rachel, Anna, Loraline, Wendy, Gwen et toutes celles que j'oublie, mais qui sont tout aussi importantes.

Merci à ma famille qui me soutient, papa, Arlette, Adeline, Schoubert. Qui laissent l'écriture prendre un temps que je pourrais leur consacrer.

UN ÉNORME MERCI À TOUS.

À ceux qui manquent.

Je vous love.

Ils ressentent autant d'attirance que de colère l'un pour l'autre : ça promet des étincelles !

La Fratrie, Maïa ne la connaît que trop bien. Et pour cause : elle est la fille du chef de ce groupe mafieux surpuissant implanté aux États-Unis. Mais son père est mort et elle s'apprête à épouser Taylor, un homme sans histoires, espérant ainsi tourner la page de ce volet sombre de son existence.
C'est alors que débarque Mikko, l'ancien bras droit du père de Maïa. Lors de la cérémonie, au moment de la traditionnelle phrase « Si quelqu'un a une raison de s'opposer à ce mariage, qu'il parle maintenant ou se taise à jamais ! », il se manifeste sans ciller et avertit Maïa : Taylor n'est pas celui qu'elle croit. Maïa se voit contrainte de collaborer avec Mikko pour piéger Taylor, sans pour autant avoir toutes les cartes en main. Commence alors un dangereux manège dans lequel la jeune femme a du mal à démêler le vrai du faux. Est-elle prête à retourner dans l'arène d'un monde qu'elle s'était résolue à fuir ? Ce double jeu est le prix de la liberté pour Maïa. Mais tout se complique davantage quand la tension qu'elle ressent en présence de Mikko se mêle à l'équation, et vient la troubler plus que tout le reste…

Autrice : Mina Zadig

Edisource – Éditions Addictives
100, rue Petit, 75019 Paris
Imprimé par FINIDR – Lipova cp. 1965 – 73 701 Cesky Tesin,
République tchèque
Dépôt légal : avril 2023 – Achevé d'imprimer : mars 2023
ISBN : 978-2-37126-556-1
Réf. contrat : ZADS_001